KB150445

달팽이의 꿈

출간을
축하합니다
임상현 지음
평민사 펴냄
달팽이의 꿈

....

이 외수 작가가 출간 축하 메시지를
자필로 쓴 추천사

달팽이의 꿈

임상현 지음

평민사

머리말

내가 해운대 바닷가를 처음으로 찾았던 때는 70년대가 저물어가던 79년 2월 무렵이었다. 중학교를 막 졸업한 후 고등학교 입학 전 시간의 여유가 있어, 당시 해운대에 살고 있던 친척 집을 방문할 겸 찾아갔던 터였다. 처음으로 바라본 바다는 놀라움 그 자체였다. 까마득히 펼쳐져 앞이 보이지 않았던 바다의 수평선 위로 희미하게 장난감처럼 보이는 배가 떠다니고 있었다.

아무리 주변을 둘러봐도 시선의 끄트머리엔 항상 산이 있었던 궁벽한 산골 출신인 나에게 끝없이 펼쳐진 바다는 그동안 우물 안 개구리같이 좁게만 살아왔던 자신의 삶을 돌아보게 했고 각성의 계기도 되었다.

그 널따란 바다는 가슴속에 쌓여있는 답답함을 한 방에 날려주는 것만 같아 나는 환호했다. 도시의 한구석에 이렇듯 천혜의 아름다운 바다도 있는데 그동안 나는 왜 시골에서 답답하게만 살았나 하고 한편으로 후회가 되기도 했다.

사실 오래전부터 도시를 동경해왔던 나는 시간이 날 때마다 어머니에게 도시로 가 살자고 졸라오고 있었다. 당시 아버지는 세상을 떠나신 지 오래됐고 형들은 군대다 직장이다 하여 뿔뿔이 흩어져 어머니와 단둘이 살던 때였다.

하지만 저녁이 되어 찾아갔던 친척 집을 보고 놀라지 않을 수 없었다. 방 두 칸에 친척 어른 세 분과 형, 누나, 동생 등 도합 9명이나 되는 대식구가 살고 있던 좁디좁은 집은 시골에서 가난하게 살아왔던 내가 보기에도 충격으로 다가왔다. 심하게 표현하면 마치 시골에서 보았던 돼지우리 같은 느낌마저 들 정도였다.

지금은 해운대 신시가지 아파트촌으로 변해버린 해운대 중 1동 산 00번지 일대는 당시 수백 가구가 다닥다닥 붙어살고 있었는데 대문도 없이 미닫이문이 고작이었다.

나는 시골보다 못한 도시의 모습에 신기한 듯 방안을 두리번거렸다. 방안에는 2층으로 올라가는 나무 사다리가 있고 그 안에는 다락방이 있었다. 나와 같은 또래였던 사촌은 나의 팔을 잡고 그곳으로 이끌었다.

산동네에는 한때 같은 고향마을에 씨족을 형성해 살았던 친척들이 이사를 와 띄엄띄엄 정착해 살고 있었다. 나는 가끔 묘사 때나 집안의 큰 행사로 고향을 다녀가는 그들을 볼 수 있었다. 그들의 나들이에는 시골에서 볼 수 없는 좋은 옷을 입고 다녀와 도시에서 제법 성공한 줄 알고 있었는데 막상 대하고 보니 사실과 많이 왜곡되어 있다는 사실을 발견하곤 씁쓰레했다. 결국 나는 동경해오기만 했던 도시의 실체를 그곳에서 적나라하게 보았던 것이다.

그 후 나는 해운대에서 고등학교를 다니게 되었고 산동네에 살았던 친척들 덕분에 자주 산동네를 방문할 기회를 얻었다. 당시 나를 나름대로 귀여워해 주던 사촌누나는 수출용 와이셔츠를 제조하는 봉제공장에 다니고 있었는데 내가 방문할 때마다 공장에서 일어난 자잘한 에피소드를 재미나게 들려주곤 했다. 그때 지켜본 산동네의 풍경과 일상들이 소재가 되어 책으로 내게 되었다.

요즘 어렵게 사는 사람은 더욱 어려워지고 부자만 부자로 대물림 된다는 우스갯소리도 하는 사람도 많다. 온 세상이 환히 드러나는 대명천지에 개천에서는 더 이상 용이 날 수 없는 세상이 되었다고들 얘기하는 사람도 많다. 하지만 아직도 세상은 희망과 꿈을 가지면 얼마든지 자신이 원하는 삶을 살 수 있고 꿈도 달성할 수 있다고 생각한다. 단지 자신이 잘 되고 못되고는 꿈을 가졌느냐 아니냐 한 끗 차이인 것 같다.

비록 소설이지만 이 글이 어려운 상황에서도 꿈을 안고 살아가는 사람들에게 마음을 달래주는 단비나 청량제가 되었으면 하는 소망을 가져 본다.

추천사

어릴 적 고향마을에서부터 지켜본 임상현 작가는 소설 속의 주인공 민석이처럼 어려운 가정환경을 극복해내고 마침내 뜻을 이뤄 낸 대기만성(大器晚成)의 죽마고우입니다. 임 작가가 초등학교 6학년 때 아버지를 여의었지만 어려운 가정환경을 이겨내고, 독학으로 서울에서 대학에 다니던 시절에 만나본 기억이 어제처럼 새롭습니다. 힘들게 아르바이트를 하면서도 항상 밝은 표정의 그를 볼 때마다, 희망을 떠올리곤 했습니다. 그렇게 힘들게 보낸 시절의 추억이 이번의 따뜻한 소설을 만드는 데 자양분이 되었을 거라는 생각을 감히 해봅니다.

서울서부지방법원 한영환 판사

달팽이의 꿈

01 | 양례는 건물 주인아줌마로부터 저녁에 한번 집에 들르라는 호출을 받았다. 오전 일찍부터 가게에 나타난 아줌마는 왠지 알듯 말 듯 야릇한 미소만 지은 채 무엇 때문에 그러는지 묻는 양례에게 끝까지 아무 말도 하지 않았다.

점심시간이 되기 전, 오전 11시부터 손님이 밀어닥치기 시작하더니 오후 3시가 되어서야 겨우 쉴 틈이 생겼다. 얼마 전까지만 해도 아무리 바빠도 혼자서 해결해야 하던 때와는 달리, 이제는 동이 엄마의 도움 없이는 손님을 치러낼 수가 없었다.

국숫집을 맡고부터 장사가 잘 되어, 양례는 몇 개월 사이에 저축도 제법 많이 하고 형편이 나아져 조만간 민복에게 공장은 이제 그만두고 공부만 하라고 해야겠다고 벼르고 있었다. 낮에는 공장에서 시달리고 저녁에는 학교 수업으로, 집에 와선 밤늦게까지 공부를 하는 민복이었다. 동이 엄마가 온 뒤로부터 주말에는 집중적으로 공부를 하고 있는 것 같았지만 매일 피곤에 절어 사는 것 같아 안쓰러웠다.

헌데 주인아줌마가 왜 나를 보자고 한 거지? 뭔가 예감이 좋지 않았다. 여태껏 살아오면서 지금처럼 일이 잘 풀린 적이 한 번도 없었고, 시골에 살 때도 한시도 편할 날이 없었다. 농사철에는 아침부터 저녁까지 일을 했고 농한기에는 가마니틀에 앉아 가마니 짜는 일에 매달렸다. 하지만 가난은 항상 숙명처럼 사신을 따라다녔나. 부산으로 이사한 뒤에도 별 기술이 없던 남편이 막노동으로 어렵게 직장을 잡아 겨우 생계를 유지해 갈 수 있었다. 다행히 조금 시간이 흐른 후에 남편이 기술자가 되어 돈을 좀 벌고 형편이 좀 나아지나 싶더니, 그 작은 행운에도 누군가 시샘이라도 하듯 남편은 공사장에서 떨어져 세상을 떠났다.

그래서 양례는 자신도 모르게 좋지 않은 방향으로 자신의 인생이 설계되어 있지는 않을까 하는 숙명론자가 되어 있었다. 하지만 최근 1년 사이에 자신의 주변에 일어난 변화를 놓고만 본다면 그동안 자신이 잘못 생각해 왔다고밖에 할 수 없을 것 같다.

민복도 대학생이 되고, 민석은 우등생이 되고, 특히나 민석은 가정 형편이나 여건이 자신과는 비교가 되지 않은 병철을 훨씬 뛰어 넘었다니 생각만 해도 통쾌했다. 며칠 전에는 동호의 아들인 병철이 사고를 쳤는데, 경찰에서 이 사실을 학교로 통보해 와 병철이 한 달간 근신에 처해졌다는 소식을 민석이가 전해주었다. 지금은 같은 반인데 민석은 3등이고 병철은 과외를 받아 가면서도 중간도 못되고 학교에서 온갖 문제는 혼자서 다 일으키는 문제아라는 말에 자신도 모르게 기분이 좋아지는 것은 어쩔 수가 없었다.

아주 오래전 남편인 동출과 동네의 아는 언니였던 연숙 언니가 한때 교제했다는 사실을 우연히 들어 알고 있었다. 사람들은 동출이 못 배우고 가난해서 연숙에게 버림을 받았다고 생각하고 있는 것 같았다. 하지만 양례와 동출의 금슬은 남달랐다. 자신이 알기에도 남편은 한 번도 자신과의 결혼에 후회를 하고 있다는 느낌을 준 적이 없었다. 양례는 마음속으로 언젠가 동출이 자신과 결혼한 일이 연숙과 결혼한 것보다는 훨씬 잘한 일이고, 보란 듯이 말할 수 있게 하리라고 몇 번이나 다짐을 했었다.

하지만 세상은 뜻대로만 되지 않았고 남편은 죽었다. 그래도 자신은 아직도 동출이 저 세상으로 가던 그 순간까지도 자신과의 결혼을 행복하게 여겼었다고 믿고 싶었다.

"어소 오소."

양례가 가게 2층집 문을 열고 들어서자 주인 여자가 평소에 잘 안 쓰던 경어까지 써가며 앉은 자리에서 부스스 일어났다.

"이쪽으로 앉으소."

주인 여자가 방석까지 건넨다. 평소답지 않은 행동이 양례는 왠지 편하지 않고 부담스럽다.

"요즘 가게에 손님이 많아 정신 없지예?"

"예."

"잠깐만 여기 있으소. 내 커피라도 타가지고 올게요."

"아입니더. 마 괜찮습니더. 근데 지를 와 불렀지예? 가게세도 꼬박꼬박 잘 내고 있는데."

"마 가게세야 민복이 어무이가 어렵히 잘 내고 있는 거 잘 압니더. 내도 이 말 꺼내기가 영 부담스러바서 이거야 원."

주인집 여자가 평소답지 않게 행동하는 모습이 왠지 어색하다. 물론 연배가 위라 그랬겠지만 평소 같으면 반말은 기본이고 농담도 잘 걸어왔었다. 그런데 오늘따라 하는 행동들이 영 부자연스럽다.

"지금 그 가게 6개월 전 서울로 이사 간 동석이네가 십 년 이상 잘 해왔고 민복이네도 이어받아 잘 해와 한 번도 가게세도 밀린 일이 없고 해서 내도 항상 고맙게 생각해왔습니더. 그런데 이 말 할라 카이 정말 입이 안 떨어져서 이거야 원."

"도대체 와 그러는데예? 뭐 문제라도 있습니꺼?"

양례는 여자가 그렇게 말하자 붐으면서노 산이 멀컥 내리앉는 기분이다. 예상보다 심각한 뭔가가 불안한 예감으로 다가서고 있었다. 만에 하나 가게라도 내어 놓으라면 어떻게 하나 역시 그 문제가 가장 신경이 쓰인다. 이런 일이 벌어졌을 때 주인에게 항변할 방법은 없는 걸로 알고 있다. 촌에 있을 때 소작 일을 할 때도 그랬다. 주인이 이제 그만 붙이라면 물러나는 일밖에 달리 뾰족한 수가 없었다. 그게 다 가진 자의 횡포요 못 가진 자의 설움이 아니겠는가. 그러나 자신은 생존권이 달린 문제다. 흐지부지 쉽게 양보할 사항이 아니다.

"근데 일이 좀 생겨 그만 가게를 비워줘야겠습니더."

"예? 뭐라꼬예?"

양례는 자신의 귀를 의심했다. 정말 듣고 싶지 않은, 들어서는 안 될 충격적인 말이 주인 여자에게서 결국 튀어나왔기 때문이었다.

"가게를 비워줘야겠다고예?"

"……."

양례는 주인 여자로부터 가게를 비워야 한다는 말을 확실하게 듣고 나자 충격으로 하마터면 앉은 자리에서 뒤로 넘어질 뻔했다. 전 가족의 생존권이 달려있고 민복에게 공장은 그만두고 공부만 하라고 말하려던 시점에 벌어진 기막힌 현실에 그만 말문이 막히고 말았다. 양례는 고개를 푹 숙였다.

"내도 민복이네 사정은 잘 압니더. 그래도 우짜겠습니꺼? 내도 말 못 할 사정이 있다는 거."

"……."

양례는 사정을 얘기하고 하다못해 주인아줌마의 바짓가랑이라도 붙잡고 늘어져도 시원치 않을 판에 숨이 턱 막히고 어떤 말을 해야 할지 아무런 생각도 떠오르지 않았다.

"사모님 예 사모님은 제가 애아부지도 없이 한 집안을 이끌어가는 가장인 줄은 알지예?"

한참 만에 양례가 한 말은 고작 이것이었다. 집 없는 약자가 집 가진 강자에게 고작 할 수 있는 항변은 어려운 사정을 얘기하고 매달리는 일밖에 더 있겠는가, 양례는 자신의 처지가 스스로도 가련했다.

"알지예. 예, 잘 알고말고예."

"알고 있다면 사정을 좀 봐주면 안되겠습니꺼? 사모님은 이제 자제들도 다 성장했고 돈도 벌어오고 해 크게 돈 들어갈 일도 없는 걸로 알고 있습니더."

양례는 자신이 세 들어 있는 건물 안쪽 골목 외에도 사람들이 다니는 앞쪽으로 점포가 2개에다 그 앞쪽 난전까지 자릿세를 챙겨가는 주인네가 경제적으로 크게 어려움이 없을 텐데 도대체 왜 가게에 욕심을 내는지 속내가 갑자기 궁금해진다. 혹시 자릿세를 올리려는 수작이 아닐까. 장사가 잘 되는 지금 자릿세 올리는 것쯤이야 얼마든지 감수할 수 있다.

"가게 세 올려달라고 그럽니꺼? 그 일 때문이라면 미리 상의하지 그랬었예? 저도 감수하겠습니더."

"이 아줌마가 자꾸 좋게 얘기할라 카이 말을 못 알아 묵네. 그냥 비워달라면 비워주소. 내 구질구질한 말을 꼭 입 밖으로 내뱉어야 마 속이 시원하겠능교?"

"도대체 이유가 뭡니꺼? 저도 이곳에서 장사를 해왔는데 이유나 알고서야 물러나든지 뭐든지 할 거 아입니꺼?"

급기야는 두 사람 사이에 고성이 오갔고 잠시 긴장 속에 고요가 왔다. 바로 그때 안방에서 쿵 하는 주인 영감의 헛기침 소리가 들려왔다. 남편이 죽은 뒤로 무슨 건수나 없을까 자신의 주변으로 빙빙 돌던 영감이었다. 평상시 그렇게 살갑게 굴던 영감도 막상 이런 일이 벌어지자 자신의 일과 전혀 무관한 양 아예 숨어 버렸다.

"일단 다음 달 가게 세 낼 때까지는 자리를 어쨌든 비워주소. 내가 뭘 하든 그건 당신네가 알 필요는 없고."

주인여자가 험한 인상까지 쓰며 더 이상 할 말이 없다는 듯 앉은 자리에서 돌아앉았다.

양례는 가게 세 때문이 아니란 걸 알자 더 이상의 희망이 보이지 않았다. 일단 물러나는 일이 수일 것 같았다. 다음 달 가게 세까지라면 아직 20일 정도의 여유가 있다. 주인아줌마가 저렇게 막무가내면 주인 영감에게라도 뭐 때문에 그러는지 알아내어 대책을 세우리라. 양례는 앉은 자리에서 슬그머니 일어났다. 하도 신경을 쓴 탓인지 갑자기 어지럼증이 찾아와 이마를 짚어가며 밖으로 나왔다.

난전에는 하나 둘 불이 꺼져가고 있었다. 밤이 되어 파장이 되어가는 시장통의 한쪽에서 어떤 노파가 떡을 펼쳐놓고 띄엄띄엄 지나가는 행인들을 상대로 물건을 사달라며 소리치고 있었다. 양례는 자신의 옛 시절이 떠오르고 가련해 보여 할머니에게 다가가 떡을 샀다. 다시는 돌아가고 싶지 않은 난전의 세계로 다시 뛰어들 수밖에 없는 안타까운 예감에 세차게 머리를 흔들었다.

02 | 결국 우려했던 일이 벌어졌다. 민복은 태연한 척했지만 정신을 가다듬기 위해 입술을 꾹 다물었다. 공장장이 갑자기 자신을 불러 퇴직금과 한 달치 월급이 든 봉투를 내밀었기 때문이다.

"민복 양 나는 누구보다도 민복 양이 우리 회사에 들어와 성실하게 하나하나 이루어 가는 모습을 보면서 정말 딸같이 자랑스럽게 생각했던 거 민복 양도 잘 알 거야. 나도 이 회사에 들어와 주임에서 부장을 거쳐 공장장이 될 때까지 산전수전 다 겪었고 말이야."

"공장장님 왜 하필 공장장님이 저에게 이런 설명을 해주죠? 차라리 다른 사람이었다면 대들고 따져보기라도 할 텐데요."

"민복아 나는 네가 이 일로 상처를 받을까 봐 그게 가장 걱정이다. 그래서 마지막 순간만은 내가 이렇게 자진해 나선 거고."

항상 자신에게는 친딸이나 친동기처럼 대해줬던 공장장이었다. 학교 문제도 공장장이 적극적으로 눈감아줘 성사되었던 부분이었다. 민복은 그런 공장장 앞에선 한없이 작아지는 자신을 느꼈다.

"공장장님 결국 사장님이 절 해고하라고 하던가요?"

"민복아 그동안 돌아가는 자세한 내막은 내 잘 모른다. 하지만 나도 사장과는 일면식도 없는 기술자로 맨 처음 이 회사로 들어와 30년 가까이 회사 덕분으로 생계를 꾸려왔다 해도 과언이 아니다. 이 나이가 되어 보면 너도 절로 알게 되겠지만 사람이 나이가 들면 운신의 폭이 좁아질 수밖에 없다. 그래서 너에게 도움을 주는 일보단 어쩔 수 없이 가족들의 생계와 내 앞길에 대해 생각하지 않을 수 없다."

"공장장님 그걸 왜 모르겠어요. 저는 공장장님을 존경해왔고 원망하지 않아요."

"그렇게 생각해준다면 나도 고맙구나. 헌데 민복아 내가 생각하기에도 지금 다니는 이 회사는 이제는 너와는 격이 맞지 않는 것 같구나. 이 말은 네가 그만큼 수준 있는 사람이 되었다는 말도 되겠지. 세상 사람들이 이곳에 다니는 여직원들을 공순이라 부르는 것쯤 너도 잘 알 거 아니냐?"

"예, 공장장님."

"사람은 항상 자신의 위치에 맞게 살아야 세상을 조화롭게 살 수 있는 법이야. 새옹지마라는 말도 있듯 이번 일을 회사에서 해고되었니 어쩌니 생각할 게 아니라 더 큰 발전을 위해 새롭게 시작하는 계기로 삼았으면 하는 바람이다."

"……."

"맨 처음 사장이 널 해고하라는 말을 들었을 땐 깜짝 놀랐다. 그리고 당연히 받아들일 수 없다고 했지. 네가 회사의 여직원들에게 열심히 살다 보면 우리도 저렇게 될 수 있다는 희망을 줄 것이라고 긍정적인 측면을 얘기했지. 하지만 사장은 그렇게 고운 시선으로만 보는 것 같지 않았어. 오히려 사기를 떨어뜨리고 위화감을 조성할 뿐이라는 눈치였어. 그리고 여직원들이 너나 나나 회사는 생각지 않고 공부를 하겠다고 나서면 어쩌겠냐고 말하는 사장의 논리에 반감을 느끼면서도 더 이상 대들수도 없었다. 결국 회사를 운영하는 사람과 고용인의 인식 차이라는 걸 깨달았으니까."

"아무튼 공장장님 그렇게 생각해 주셔서 너무 감사합니다. 제가 회사를 관두더라도, 아니 어디에 있더라도 절대 원망하지 않겠습니다. 하지만 앞으로 제가 어떤 행동을 하더라도 제삼자의 입장으로 봐주셨으면 고맙겠습니다."

"민복아 나는 민복이 네가 어떤 일을 벌이려고 하는지 대충은 짐작이 간다만 아까도 말했다시피 네가 그 일로 상처를 받을까 봐 그게 가장 걱정이다. 세상엔 아직도 대부분이 가진 사람을 위해 만들어 놓은 법과 잣대가 너무도 많아. 자칫 잘못하면 계란으로 바위를 치는 격이 될 수도 있단 말이다. 나는 네가 어떤 일을 하든 반대는 하지 않겠다. 그만큼 너의 심성과 살아온 성실성을 믿기 때문이다. 그렇더라도 세상이 불공평하네 썩었네 아무리 소리쳐도 당장에 달라질 수 없는 게 기성사회라는 곳이다. 결국 내 말의 요지는 세상이 변화되기 위해선 아직도 시간이 많이 필요하다는 말이지. 언젠가 이 사회도 가진 자와 못 가진 자의 불공평의 폭이 거의 없어지는 날도 오겠지.”

공장장은 그렇게 말하면서 한숨을 내쉬었다. 민복은 그 모습에서 다시 한번 공장장의 진심을 읽었다. 하지만 아무리 그렇더라도 자신은 여직원과 관련된 일에 손 뗄 생각은 추호도 없다. 게다가 자신마저 부당해고당할 형편이지 않는가.

민복은 작업장으로 돌아와 짐을 정리하며 이제 마지막이라는 생각으로 그동안 정들었던 공장 구석구석을 돌아보면서 만감이 교차했고 기분이 예사롭지 않았다. 여태껏 어떻게 살아온 자신인데 이 정도 일로 무너질 순 없었고, 쉽사리 발길을 돌릴 수 없을 것 같다는 마음이 들었다.

착잡해진 마음을 어떻게 할 수 없어 민복은 갑자기 옥상으로 올라갔다. 차라리 이곳에서 뛰어내리면 어떻게 될까. 그러면 만사 끝이다. 더이상 고민도 고통도 없는 세상으로 훨훨 날아갈 수 있을까.

하지만 바로 그 순간 빌라 신축현장에서 떨어져 돌아가셨던 아버지가 떠올랐다. 떨어져 죽은 가족으론 아버지 한 명으로 족하다. 민복은 옥상 한구석에 웅크리고 앉았다. 갑자기 환상처럼 자신이 앉아있는 눈 앞으로 꽃이 보였다. 눈을 비볐다. 환상은 아니었다. 근데 이 콘크리트 옥상에서 꽃이 어떻게 자란다고. 그게 가당키나 한 일일까. 하지만 분명히 꽃이었다. 그것도 노란 민들레가 옥상에 쌓여있는 흙먼지 위에다 뿌리를 내리고 살아가고 있는 것이다. 게다가 그 옆으로 집도 없는 민달팽이가 힘겹게 조금씩 꼬물거리며 움직이고 있었다. 이렇게 척박한 곳에서도 질긴 생명력으로 다 살고 있었다니. 갑자기 민복의 시야에 지나간 시절이 떠오르며 뿌옇게 흐려졌다.

03 | 삼월 중순이 지나자 들판에는 파릇파릇 새싹이 돋아나며 생기가 돌았다. 양지바른 언덕배기엔 아기 쑥이 쏙 머리를 내밀었다. 제방을 따라 이어진 긴 논둑길을 따라 아침저녁으로 까만 교복에 모자를 푹 눌러 쓴 한 무리의 학생들이 지나갔다. 그 뒤로 양 갈래로 땋은 머리를 나풀거리며 하얀 교복을 입은 여고생들이 조잘거리며 걸어갔다. 집 마루에서 이런 풍경을 내다보던 민복의 눈동자가 어느새 촉촉이 젖어갔다. 자꾸만 그 무리 속 어딘가에 섞여 있는 자신의 환영이 떠오르고 미래에 대한 부푼 꿈에 젖어보면서 아무런 걱정 없이 다니던 중학교 시절이 떠올랐기 때문이다.

'나는 이제 어떡하지? 이러다 시골에 눌러앉아 어쩌면 시골아낙처럼 평생 농사만 지으며 살아가야 하는 것은 아닐까.'

민복의 눈에 잔뜩 근심이 어렸다.

중학교 졸업 후 집에서 하릴없이 보낸 지가 벌써 한 달이 지나가고 있었다. 하지만 아무리 고심해 보아도 어떻게 해야 할지 어떤 방법이 있는 것 같지 않았다.

"여보세요 거기 영진실업이지예? 사장님 좀 바꾸어 주이소."

"누고? 동출이라꼬? 그래 나야 잘 지낸다. 그래 딸이 올해 졸업했다고? 그래."

보다 못한 동출이 발을 벗고 나섰다. 심성이 고운 민복이 그럴 리 없겠지만 저러다가 혹시 가출이라도 해버리면 정말 걷잡을 수 없는 지경이 된다. 주변에서도 부모가 학교에 보내주지 않자 가출해서는 평생 부모를 원망하며 의절하곤 원수처럼 지내는 사람을 본 적도 있었다. 이럴 줄 알았다면 본인이 그렇게 원하던 고등학교를 무리를 해서라도 보내줄 걸 하는 때늦은 후회가 일기도 했다.

그러던 어느 날 민복의 장래 문제를 놓고 민복과 의논을 하는데, 민복이 도시로 취직해 가겠다는 얘기를 꺼냈다. 학교에 아직 미련을 버리지 못한 민복은 마음속으로 취직부터 한 후 기회가 되면 공부를 계속해야겠다는 다부진 생각을 가지고 있었던 것이다.

"민복아 부산으로 가면 꼭 찾아뵈어야 할 집이 있데이."

동출은 민복이 부산으로 취직자리를 알아보러 간다고 했을 때 대번 떠올린 사람이 6촌 형 동호였다.

동호라면 그렇게 썩 가까이 지내오진 않았다 해도 그래도 고향을 찾으면 찾아오는 가까운 친척이었고 자기 사업체를 경영하고 있으니 그런 쪽으로는 발도 꽤 넓을 거라 생각했다. 민복이 근무할 공장 정도는 관심만 있다면 얼마든지 소개장을 써 주거나 고용해 줄 여력이 있을 것으로 믿었다.

민복은 단발머리를 나풀거리며 어머니와 함께 모처럼 읍내 장에 들렀다 사 입은 원피스를 입고 간단한 옷가지 등을 가방에 챙겨 넣었다. 부산으로 가선 7촌 아재 집인 동호 집을 물어물어 어렵게 찾아갔다.

민복은 동호 집에 잠시 머물며 직장 자리를 알아볼 요량이었다.

"니가 민복이라고? 어이구 많이 컸네."

밤늦게 회사에서 돌아온 동호는 예쁘게 자라 벌써 성숙한 티가 나는 민복을 보면서 반갑게 인사는 했지만 아직 취직자리는 알아보지 못했다. 동출에게 전화를 받았을 땐 한번 알아보마 하고 대답은 했지만 무관심과 바쁜 경황에 깜빡 잊고 있다가 귀가하여 민복을 대하자 그때야 생각을 떠올릴 정도였다. 하지만 아내의 불쑥 튀어나온 입을 보자 그나마 그런 생각도 가셔 버렸다.

뽀로통한 표정의 아내 연숙이 안방으로 동호를 불렀다.

"당신 재 촌닭 어떻게 할 거유?"

"어떻게 하긴. 곧 취직해서 나갈 텐데."

"아까 들어보니 6촌 동생 딸이라고 하던데, 사람이 아무리 염치가 없기로서니 뭐 그리 가까운 친척이라고 다 큰 딸을 맡기긴 맡겨. 6촌이 뭐 친척 축에 들어가나 뭐."

"당신도 알 텐데. 재 아버지가 동출이라고 당신과 동창이잖아."

"그걸 누가 몰라서 그래요? 동출이도 아무리 도시생활을 모른다 해도 그렇지 어디 눈치도 없이 먼 친척 집에다 덜컥 보내길 보내."

"당신도 그 심보하곤. 그래도 묘사 때나 고향에 볼일이 있을 때 최고로 신세 많이 지는 집이 그 집이잖아? 하긴 당신이야 참석을 잘 하지 않으니 잘 모르겠지만. 너무 야박하게 굴지 말고 며칠만 데리고 있읍시다. 내일부터 나도 기숙사가 딸린 회사로 재가 있을만한 데가 있는지 알아볼게. 정 안되면 내가 경리라도 쓸까?"

"당신 나한테서 무슨 말을 들으려고 그렇게 무책임한 말을 해요. 촌구석에서 중학교도 겨우 졸업한 애가 경리일을 잘도 보겠다. 며칠 전 해외로 효도 관광 떠나신 어머님은 아예 방문을 걸어 놓으시며 떠나셨고 민경이가 대학 땜에 서울에 올라가 있어 그나마 방이 남아 그렇지 개만 집에 있었어도 아주 난리가 났을 거예요. 개처럼 까다로운 성격에 저런 촌닭 같은 애하고 친하게 지낼 리 없을 테고."

"그 참 사람 하곤, 촌닭 촌닭이 아예 입에 붙었구만. 당신은 시골 출신 아닌가?"

"아무튼 나는 몰라요. 주말에 민경이도 내려온다고 하던데. 그때까지 죽이 되든지 밥이 되든지 어떻게 좀 해봐요."

그랬던 것이 동호의 무관심과 회사에 바쁜 일이 생겨 이틀이나 아무 진척 없이 지나가 버렸고, 그러는 사이 민경이가 토요일 오후에 내려왔다. 연숙은 모처럼 가족 나들이를 가야 하는데 민복 때문에 신경이 쓰였다. 마침 민경에게도 방을 같이 쓰라고 하자 입이 댓 발이나 튀어나왔다. 아무리 친척이라고 해도 둘은 그동안 일면식도 없었던 터였다.

연숙은 민경이 대학 입학 후 마땅히 입을 옷이 없다고 하여 백화점에 가기로 했다. 남편은 저녁 늦게 들어온다니 별문제 없지만 병철과 민복을 집에 두고 가자니 신경이 쓰였다. 마침 병철이 친구들과 함께 영화도 보고 저녁까지 먹고 천천히 오겠다며 용돈을 두둑이 챙겨 나가버리자 에라 잘 되었구나 하고는 바로 집을 나설 궁리를 했다.

"오늘은 저녁까지 먹고 올지도 모르는데 어떡하지 민복아."

연숙은 큰 걱정이라도 되는 표정을 지으며 민복을 바라보며 묻는다.

"큰 어머님 걱정 마세요. 제가 집 보고 있을게요."

"그럴래? 그럼 이리 와 봐."

연숙은 민복을 불러 가스레인지 사용법을 가르쳐주고 식은 밥이 아직 남아 있는 밥솥과 이전에 간식용으로 사둔 라면이 들어있는 싱크대 서랍장을 일러준다. 먹을 것이 없으면 라면이라도 끓여 먹으라는 듯. 그리곤 마음 편히 집을 나섰다.

"서운해도 어쩌겠어? 딸이 모처럼 서울에서 내려왔는데, 너도 이해하지?"

"물론이지예 큰 어머님. 여기는 아무 걱정 마시고 다녀 오이소."

밤이 되자 민복은 내일부터는 어떤 일이 있더라도 회사를 구해봐야겠다고 굳게 다짐하면서 라면에다 식은 밥까지 말아서 후딱 해치웠다.

연숙과 민경은 백화점에서 쇼핑을 끝내고 꼭대기 층에 있는 레스토랑에 앉아 와인을 곁들인 식사를 우아하게 하고 있었다.

이제 대학에 갓 입학한 민경에겐 호사스런 행보였다. 연숙은 민경이 어릴 때부터 수준 있는 아이로 키우기 위해 애써왔다. 옷 하나, 행동 하나, 용돈 등 민경을 위해서는 최고를 고집했다. 대학생이 된 지금까지 민경이 그런 부분에 한 번도 아쉬움을 느껴본 적이 없을 정도였다.

거기다 연숙은 시간이 있을 때마다 돈의 중요성을 강조했다. 돈이면 안 되는 것이 없고, 가장 순수해야 할 남녀 간의 사랑마저 돈만 있으면 얻을 수 있는 존재쯤으로 인식시키려 애썼다. 민경은 은연중 이런 생각들을 흡수하거나 체득하며 성장해오고 있었다.

하지만 대학에 가면서 부모와 떨어져 처음으로 독립해 사는 동안 그러한 생각들이 전적으로 옳지만 않다는 것을 조금씩 느껴가고 있었다. 가난한 고학생을 보면서 연민을 넘어 사랑의 감정을 느끼기도 했고, 돈이 없어도 소박한 꿈을 꾸며 얼마든지 행복해 질 수 있을 것 같다는 생각이 은연중 자리 잡기 시작했다. 어쩌면 가치 있는 존재는 정작은 돈과 무관하다는 것도.

"우리 둘이 잘 왔지?"

"그래도 엄마 지금 생각해보니 아까 걔 데려와도 좋을 뻔 했는데. 이런 데도 있다는 것도 보여 주고. 엄마가 이렇게 여유 있는 문화생활을 하는 모습을 보면 담에 고향에 가서 엄마 자랑하면 주가도 오를 거고. 그리고 걔 자세히 보니 심성이 무던해 보이고 괜찮아 보이던데. 아깐 별 생각 없이 괜히 투정을 부리긴 했지만."

"기집애 난 그것도 모르고 괜히 니 눈치 봤잖아. 하긴 여기 못 온 것도 지 복이지 우짜겠노? 지 복이 고것밖에 안 되는 거. 참 모처럼 나온 김에 영화도 보고 천천히 들어갈까?"

"아빠가 빨리 들어오면 어떡하려고 그래요?"

"애 말 마. 니 아빠 요즘 엄청 바빠. 거의 매일 술이고 보통 땐 얼굴 보기도 힘들다 얘 호호."

영화를 보고 돌아온 병철이 가장 먼저 들어와 TV를 보다 자기 위해 방으로 들어갔다. 하지만 나머지 사람들은 돌아올 기미가 없었다. 밤 9시가 넘어서자 민복은 식곤증에 급작스레 졸음이 쏟아지기 시작했다. 소파에 앉아 꾸벅꾸벅 졸다 나중엔 아예 드러누워 잠이 들어 버렸다.

민복이 잠에서 깬 건 가슴이 답답해서였다. 한동안 잠에 빠져 있었는데 자신이 자는 소파 옆에 비스듬히 앉아 지그시 바라보는 시선에 도저히 눈을 뜰 용기가 나지 않았다. 동호 백부가 자신의 가슴을 더듬으며 수상한 행동을 하고 있었기 때문이었다. 피가 거꾸로 솟는 기분이었다. 벌떡 일어나고 싶었지만 그 순간 덜컥 겁이 났다. 술 냄새를 풀풀 풍기며 대담해진 동호는 이제는 단추까지 풀어헤쳐 가슴을 더듬었다. 그리 길지 않은 시간에 일어난 일이었지만 민복은 마치 몇 시간이나 되는 악몽을 꿈꾼 것 같았다.

다음 날 민복은 아침 일찍 집을 나와 공장 일대를 꼼꼼히 살피며 돌아다녔다. 일요일이라 대개는 문을 열지 않았지만, 수출경기가 호황이라더니 공장을 가동 중인 곳도 있었다. 모집공고문이 붙은 회사 위주로 돌아다녔지만 여자가 일할 곳은 그리 많지 않았고, 문을 닫은 곳은 경비실에 들러 모집 여부만 확인했다.

별 성과가 없이 하루 종일 돌아다녔지만, 일단 직원을 채용하는 것이 확실한 회사는 월요일에 재차 방문하기로 하고 귀가를 서둘렀다.

저녁 무렵 집에 돌아오니 병철만 소파에 드러누워 TV에서 만화를 보고 있다가 민복이 들어서자 한 번 쳐다보고는 다시 TV만 봤다.

"니는 누나가 밖에 갔다 왔는데도 인사도 안 할끼가?"

"쳇."

"요런 꼬맹이 녀석이."

"나 꼬맹이 아닌데 5학년이나 되었는데."

민복은 그 말에 어이가 없어 웃음을 터뜨렸다.

"아빠와 엄만?"

"누나 서울로 올라간다고 데려주려 터미널 갔다가 저녁 먹고 온댔어."

"그럼 밥은?"

"조금 전 자장면 시켜 먹었어. 엄마가 단골중국집에 미리 전화해 주고 갔어."

병철은 그렇게 말한 뒤 귀찮다는 듯 TV에 집중했다. 민복은 오늘도 별 수 없이 라면이구나 하고 서랍장을 뒤졌지만 라면이 남아 있지 않았다. 하는 수 없이 냉장고에서 우유 한 잔을 마시고 힘없이 방으로 들어섰다. 저녁까지 굶은 데다 하루 종일 걸은 탓에 피곤하여 깜빡 잠이 들었다.

밖에서 떠드는 소리에 민복이 잠에서 깼을 땐 동호 백부와 큰어머니가 민경을 배웅하고 돌아와 있을 때쯤이었다. 잠결에 부스스 일어나 인사하러 나가려던 순간 들려온 연숙의 소리에 민복은 걸음을 멈출 수밖에 없었다.

"어이구 우리 애기 집 잘보고 있었네. 걔는 자나보네. 자 니가 사오라던 고급 쿠키다. 안에 안 들리게 조심조심 먹어 응."

배고픔과 요의를 느꼈지만 민복은 방바닥에 주저앉아 한참을 웅크리고 있었다.

다음 날 아침 일찍 민복은 아침을 먹는 둥 마는 둥 하고 가방을 주섬주섬 챙겼다. 어젯밤 저녁도 걸렀지만 서운한 감정이 남은 탓에 식욕도 별로 동하지 않았다. 먹는 음식에서마저 차별을 할 만큼, 환영받지 못하는 자신은 하루라도 빨리 떠나는 길이 상책임을 느꼈다. 게다가 이틀

전, 동호 백부와 있었던 야릇하면서도 끈적거리는 불쾌감이 서서히 되살아나고 계속 이곳에 머물렀다간 무슨 일이 일어날지도 모를 불길한 예감까지 자리 잡기 시작했다. 사실 그때 이후 동호 백부 얼굴을 제대로 보지 못했을 뿐만 아니라 자신도 모르게 얼른 자리를 피하고 있었다. 아무 잘못도 없는 자신이 마치 죄인이라도 된 듯 기분이 뒤죽박죽이었다.

출근하는 동호 차에 병철이 같이 나가는 것을 집 밖까지 배웅하고 돌아온 연숙이 민복을 보고 의아스럽다는 듯 묻는다.

"가방은 직장을 알아본 뒤 천천히 가져가도 될 텐데."

"저는 들고 다니는 게 오히려 더 편해요. 안녕히 계세요."

"안녕히 계세요? 꼭 다시 안 볼 것처럼 인사하네. 호호."

민복은 전날 둘러본 공장 중 직원을 뽑는 것이 확실한 공장을 골라 찾아갔다. 그중에 괜찮아 보였던 봉제공장 성창방직은 여자 미싱 보조 직원을 모집하고 있었다.

공장장이 민복을 세세히 살펴보고 고향과 학력을 물은 뒤 오후에 바로 출근하라고 하며 반장을 불렀다.

"어이! 박 반장. 이 아가씨 일하기로 했으니 오후부터 완성반 미싱 보조로 투입시키기 전에 이력서 받아놓고 기숙사 안내도 좀 해주지."

"알겠습니다."

민복은 반장이 내미는 이력서에다 꼼꼼히 주소와 학력 등 인적사항을 기재하기 시작했다.

04 | 점심 식사를 마친 동호는 비서가 끓어주는 작설차를 마시며 곰곰이 생각에 잠겨 있었다. 전전날 밤 술에 취해 저지른 자신의 행동이 슬슬 후회가 되고 걱정이 되었기 때문

이다. 아무리 술을 많이 마셨더라도 그렇지 그땐 제정신이 아니었어. 이제 겨우 어고생 정도인 딸내미 같은 애한테 내가 미쳤지 미쳤어.

사실 그날 오후에 회사일로 거래처 손님들과 골프를 친 후 술을 마시고 늦지 않게 집에 들어간 것까지는 좋았다. 마침 토요일 저녁이라 서울에서 민경도 내려와 있다고 했다. 헌데 집에 들어오니 너무 조용했다.

현관문을 열고 들어서보니 소파에 누워 하얀 허벅지살을 드러내놓고 자고 있는 민복이 맨 처음 눈에 띄었다. 민복은 시골 아이답지 않게 예쁘고 영특하게 보여 어릴 적부터 시골에 가면 귀여워해 주던 질녀였다.

동호는 안방 문을 열어보았다. 아직 아내와 민경은 돌아오지 않았다. 병철의 방도 열어보니 코를 가볍게 골며 세상 모르게 곤히 자고 있었다. 다시 거실로 돌아온 동호가 냉장고에서 물을 꺼내 마시고 돌아올 때까지도 민복은 정신없이 자고 있었다.

동호는 민복이 자고 있는 소파 옆에 앉았다. 현관은 이미 동호가 은은한 미등으로 바꾼 뒤였다. 술기운 탓인지 민복의 드러난 허벅지 탓인지 순간적으로 동호는 해서는 안 될 충동에 빠졌다. 그나마 언제 들어올지도 모를 아내와 딸이 두려워 애무만 하는 것으로 그친 것만도 다행이면 다행이었다.

동호는 차를 마시며 다시 생각에 잠긴다. 만일 이 일이 새어나가면 어떻게 한다. 그럴 일이야 없겠지만 혹시 민복이 동출에게도 이 사실을 알리면 개가 가만 있을까. 아니야 아니야 그럴 일은 없을 거야. 내가 알고 있기에 민복은 그때 분명히 자고 있었어. 그러다 동호는 그때 일을 더듬어 간다. 민복이 나중에 몸을 뒤척였지. 그리고 분명 몸을 비틀었어. 그때 벌써 잠이 달아나고 깨어 있었던 것은 아닐까.

바로 그 순간 동호는 뭔가 뒤통수로 한 대 얻어맞는 충격이 온 것은,

그 일이 있었던 뒤부터 민복이 자신을 대하던 행동 때문이었다. 자신과 마주치면 시선을 의식적으로 피해 버리고 같은 자리에 있기를 꺼리는 것이 눈에 보였다.

내가 미쳐도 단단히 미쳤지. 앞으로 동출과 민복을 어떻게 대하지. 방법은 하루라도 빨리 민복을 내보내는 일이었다. 그 방법밖에 없었다. 그리고 무조건 잡아떼는 것이다. 뭐 그 정도의 가벼운 애무가 큰 문제가 될까. 아내 말처럼 겨우 중학교만 나온 촌닭 같은 애가 날뛰어 봤자지 얼마나 큰일이 있을라고. 그래서 선심이나 쓰듯 공장장을 불러 여자애가 할 수 있는 찾아보라고 지시를 막 내리려고 할 때 전화가 걸려왔다.

"저예요. 방금 민복이한테서 전화가 왔는데 취직을 했대요. 그래서 따로 인사하러 오지 않는다니 그렇게 알고 있으랍디다. 제 딴에 서운한 일이 있었나? 그렇게 심하게 대해준 일은 없는 것 같은데…."

"방은 어떻게 하구?"

"직장을 구해주는 일에 뭐 크게 관심 없더만 그래도 걱정이 되긴 하나 보네. 기숙사로 들어갔답니다."

전화를 끊고 난 동호는 휴우 한숨을 내쉬었다. 급한 불을 끈 기분이었다. 하지만 그런 일도 저질렀는데, 자신이 직장을 잡는 일에 조금도 도움을 주지 못한 일이 큰 빚으로 남았다. 이제는 동출의 집안과는 가까이 할 수 없는 운명 같은 예감이 자리를 잡았다.

자신이 결혼 전 아내 연숙이 동출과 동창 이상으로 가까운 사이라는 걸 언젠가 주변에서 들은 적이 있었다. 하지만 당시 자신은 연숙의 경제력이 절실히 필요했고 연숙의 미모에 반해 자잘한 과거는 덮어 줄 수밖에 없었다. 그래서 그들의 사랑을 젊은 시절에 흔히 있을 법한 한때의 불장난쯤으로 치부했다. 자신이 매파를 통해 청혼을 넣은 후부터는 언젠가 자신 곁으로 돌아오리라 믿었고 끈기 있게 기다렸다. 오랜 기다림 끝에 동호는 연숙을 아내로 맞았다.

　어쩌면 연적이 될 수도 있었던 동출의 딸에게 불미스러운 일을 저지른 것이 한때 질투를 넘어 분노까지 일으키게 한 현재의 아내 연숙에 대한 복수를 한 것 같은 착각에 휩싸였다.

　'그동안 일을 덮어주고 결혼해 준 것만도 고맙게 생각해야지. 결혼 전에 남자를 안 헌 댁으로 소문나면 지가 아무리 부잣집 딸이라 해도 시집이라도 제대로 갈 수 있었을까.'

　나중엔 그런 생각까지 하며 동호는 차가운 미소를 지었다.

　05 | 그로부터 2년이 지난 76년 가을 무렵이었다.

　아침부터 어른들이 이삿짐을 싸느라 분주했다.

　"야. 민석아. 너도 빠트린 물건이 없는지 꼼꼼히 챙겨 보거라."

　어머니는 짐을 싸면서 걱정이 되는지 민석에게 몇 번이나 잔소리를 늘여 놓았다.

　민석은 짐꾼들이 짐을 싸는 동안 집 뒤뜰로 가 토끼집을 살폈다. 며칠 전에 어미 토끼가 새끼를 다섯 마리나 낳았는데 그새 한 마리가 죽고 살아남은 새끼들이 꼬물꼬물 어미의 젖을 빨고 있었다. 이사 가기로 결정된 며칠 전부터 어머니를 졸라 어디다 토끼를 맡길지 걱정했던 민석이다.

　"데리고 가서 키우면 우째 안 되겠나, 엄마 제발."

　민석이 몇 번이나 졸랐건만 어머니는 끝내 허락하지 않았다.

　"야가 도시에 그것도 달동네에다 세를 얻어 가는 주제에 토끼를 키울 공간이 어디에 있다고."

　나중엔 막무가내로 조르다시피 했지만 어머니는 끝내 꿈쩍도 않을 태세다. 말은 바른 말이지만 처음부터 토끼에게 정이 들었던 건 아니다. 학교를 마치고 집으로 돌아와 시간이 날 때면 토끼풀을 뜯어다 토끼장에 넣어준 민석이다. 그러다 점점 배가 불러오던 토끼가 새끼를 낳았고 신기하여 자주 들락거렸는데 막 정이 들 무렵 그만 새끼 한 마리가 죽고 말았다.

"엄마 토끼 새끼 한 마리가 아무래도 죽은 것 같다. 꿈쩍도 안 하네."

그래서 그런지 몰라도 마치 어미 토끼의 눈망울이 슬퍼서 더욱 붉어진 것처럼 느껴졌다. 민석은 어머니가 죽은 토끼 새끼를 집게로 끄집어내어 소쿠리에 담아 땅에 파묻는 모습을 바라보았다. 어느 순간 콧잔등이 찡해진다 싶었는데 눈꺼풀로 작은 물기가 맺혀졌다. 민석은 쑥스러워 얼른 소매로 눈가를 쓱 문질렀다.

민석이 며칠 전에 있었던 생각을 떠올리며 토끼집 안을 다시 살피고 있는데 오촌 당숙이 당도했다. 어머니가 이사 소식을 알리며 토끼를 부탁한 모양이었다.

"형수, 아이구마 시간에 맞춰 온다는 기 많이 늦었습니더."

"서방님 오셨습니꺼? 안 그래도 민석이가 토끼 때문에 걱정이 태산 같았어예. 호호."

"아재 오셨습니꺼? 토끼 잘 부탁 합니더."

"그래 민석아. 여부가 있겠나? 하하하."

당숙이 호탕하게 웃다가 트럭 위의 짐을 갈무리하고 있는 아버지 곁으로 다가갔다.

"동민이 동생 왔나?"

"형님. 이사 가고 나면 섭섭해서 우짭니꺼? 그렇지 않아도 가까운 친척들이 하나둘 고향을 등져 섭섭했는데 인자는 형님마저…."

"이렇게 정든 고향을 누구라고 떠나고 싶어서 떠나겠나? 매년 농사만 지었다 시장에 내놓을 때쯤이면 나라에서 수매가를 꽉 틀어쥐어 짜는 통에 아 공부라도 제대로 시키겠나?"

민석이 집 뒤뜰로 나가 뒤뚱거리며 토끼집을 당숙 아재한테 옮겨왔다. 이삿짐을 싸던 인부들도 짐이 마무리되었는지 마당 한쪽에 자리를 잡고 앉았다.

민석이 토끼집을 당숙에게 맡기고 뒤뜰로 가 혹시 빠뜨린 물건이 있는지 두리번거리며 사방을 둘러보았다. 그동안 정들었다 이제는 쓸모없게 된 많은 물건들이 먼지를 뒤집어쓰고 굴러다니고 있다. 담 너머로 멀리 영축산이 바라보였다. 어떤 곳은 벌써 단풍이 들었는지 울긋불긋했다.

민석은 뒤뜰에 있는 제법 큰 편백나무 아래에 서서 멀리 바라보이는 풍경을 즐기곤 했던 때를 생각했다.

"이제 이렇게 이곳에 서서 풍경을 바라보는 것도 오늘이 끝이겠지."

여러 가지 생각으로 만감이 교차했지만, 도시로 가서 새 교복을 멋지게 입고 씩씩하게 다니는 자신의 모습을 그리며 애써 서글픈 생각을 지워버렸다.

06 | 민석이가 태어난 고향은 벼농사와 양파를 주로 재배하는 경남 창녕의 어느 시골 마을이었다. 고향마을을 기준으로 살펴볼 것 같으면 70여 호가 오순도순 마을을 형성한 뒤쪽으로 우뚝 솟은 거봉산이 감싸고 있다. 마을 앞쪽으론 어려운 형편에 대부분 자녀들의 학비 마련을 위해 힘들게 지은 곡식을 추곡 수매가로 합동으로 내어 놓아야 하지만 가끔 잔칫날이나 제사 때는 쌀밥 정도는

제공해 줄 논이 자리 잡고 있다. 바로 그 앞으로 앞산이 야트막하게 자리 잡고 있다. 앞산은 말이 산이지 대개가 옥수수나 채소를 일구어내는 텃밭으로 이용되고 있다. 특히 거봉산 뒤편으론 사방 이십 리 지역에선 알아주는 영축산이 산세를 뽐내며 우뚝 솟아 있다.

민석이네는 농사만으로 근근이 입에 풀칠이나 하는 칠십여 호 주민들 중에서 논 열댓 마지기를 부치는 중농 정도에 속했다. 말이 좋아 중농이지 척박한 논 마지기에서 나오는 소출로는 학교 공납금도 제대로 벌지 못하는 농가가 대부분인 진모리 마을에서 중간쯤 정도로 살고 있다는 표현이 더 맞을지도 모르겠다.

어쨌든 중간쯤 되다보니 진모리 마을에서는 그래도 남에게 아쉬운 소리하지 않을 체면치레는 유지할 정도로 살아왔다. 하지만 민석의 아버지 동출은 추곡수매가로 공납금을 겨우 맞추고 나면 여유가 없어 밤늦도록 늘 가마니틀에 매달리고 있는 아내가 안쓰러웠다.

때는 70년대 중반으로 산업화가 막 불붙기 시작했으며 가난에서 벗어나기 위해선 오로지 수출만이 살길이라며 도시 곳곳에 공장이 들어서던 시절이었다.

진모리는 민석이가 초등학교 입학 전에는, 마을의 가구 호수가 100호를 넘어설 만큼 제법 큰 동네였다. 그런데 어느 순간부터 산업화의 바람이 농촌으로도 밀고 들어와 마을 전체가 휩쓸리기 시작했다. 산업화의 열풍은 정말 드셌는데 처음엔 초등학교를 졸업하고 도시에 있는 공장에 취직하는 누나들로부터 시작되었다. 도시로 나갔다 하면 꾀죄죄한 땟국을 벗고 곱게 단장하여 고향에 등장해서는 시골에 살던 부모님을 도시로 나가자고 설득하기 시작했다.

농사만 짓던 부모들이 처음부터 시골을 등졌던 건 아니었다. 자식들에게 먼저 설득을 당한 한둘이 먼저 고향을 뜨고 그들에게 촌보다는 살

만하다는 소식을 들은 후발주자들이 점차 합류하기 시작했다. 나라에서는 수출규모를 늘리기 위해선 많은 근로자들이 필요했다. 낮은 임금으로 많은 근로자를 산업역군으로 붙잡아 두기 위해선 쥐어짜는 저물가가 급선무였고 최고 통제가 수월한 분야가 추곡수매가였다.

아직 가난이 숙명처럼 달라붙었던 시절이었다. 배고픔만 면한다 해도 남부러울 것이 없던 시절이었다. 사정이 이렇다보니 농사를 지어봤자 학비도 감당할 수 없게 된 농민들은 너나나나 도시로 나가면 막연히 잘 살 수 있을 것 같은 부푼 꿈을 안고 고향을 등지고 떠나기 시작했던 것이다.

동네 우물가에 모인 아낙네들도 모였다 하면 도시로 나가 용돈을 부쳐주는 자식자랑이나 도시로 이사 간 친척들의 근황을 늘어놓기에 바빴다.

"아 글쎄 명자 갸는 부산에 있는 방직공장에 취직했다지 않습니꺼?"

"방직공장이라 카면 뭐 만드는 뎁니꺼?"

"옷도 만들고 옷감용 실을 뽑아내는 공장이라 카데예."

"명자 어무이는 인자 옷과 용돈 걱정은 다 잊어뿟네."

"참 얼마 전에 이사 갔던 종갑이네는 마땅히 할 만한 것이 없어 아부지는 공사장에 나가고 어무이는 식당 식모로 나간다 카던데 도시 간다꼬 일거리가 막 널린 것은 아닌 것 같습디더."

"아이구마. 그 안들(여편네) 성질 머리에 식당일이나 제대로 하겠나 걱정이데이. 말이야 바른말이제 그 집이 알짜배기 논이 열댓 마지기에다 살림이 얼마나 따뜻했습니꺼? 괜히 헛바람만 들어 도시로 가더마 고생길이 보통이 아니겠구마. 호호호."

"그래도 우리처럼 애들 학비는 걱정하겠습니꺼? 이거는 농사 지어봤자 맨날 공납금 맞추기도 힘들고. 밤늦도록 가마니틀에 매달려 손등이

거북등처럼 갈라지도록 해봤자 겨우 밥치레 하는 여기보다는 낫겄제?”

“맞데이. 도시 생활이 아무리 힘들다 캐도 여개처럼 밤늦도록 일하지
는 않을 끼라.”

가난과 힘든 삶을 숙명처럼 여기며 살아오던 농촌 사람들에게 도시화
는 많은 영향을 끼쳤다. 무엇보다도 그들이 살던 방식 외에도 새롭게 살
아갈 수 있는 길이 있다는 사실을 알게 됨으로써 그들은 생각을 바꾸게
되었다. 하루 종일 뙤약볕에서 고생하지 않아도 되고 무엇보다 공장에
서 일하는 여자직공이 한 달 동안 벌어들인 돈이 쏠쏠하다는 것에 너나
나나 매력을 느꼈다. 게다가 농촌에서는 일 년 내내 고생한 보람이 가을
에 가서야 한꺼번에 수확되지만 도시에서는 넉넉하진 않아도 매달 일정
주기의 월급으로 생활할 수 있다는 사실이 빼놓을 수 없는 또 다른 매력
이었다.

이런 형편으로 민석이네도 자연스럽게 도시화의 물결에 합류하게 되
었다. 먼저 중학교를 졸업하자마자 부산으로 갔던 민복이 수출용 와이
셔츠 공장에 취직해 집을 향해 손짓했다. 민복이 객지에서 혼자 생활 하
는 것을 걱정하던 양례의 마음이 움직였고 평생 꿈쩍 않을 것 같던 동출
도 흔들리기 시작했다.

“나도 도시에 가면 할 만한 일이 있겄제?”

어느 날 동출이 그렇게 의사를 타진했고 양례는 그런 그를 안심시켰
다.

“당신은 걱정하지 마소. 내사 시장통에서 개기를 팔아서라도 생활에
보탤 테니. 아무리 힘들어도 여개보다는 낫겄제?”

07 | 도시로 이사를 온 첫날부터 민석은 실망이 이만 저만이 아니었다. 촌에 살 때는 비록 크지는 않아도 공부하고 싶으면 조용히 공부하고 그러다 피곤하면 드러누워 공상을 즐기던 자신의 방은 있었는데, 이곳은 자그만 집들이 닭장처럼 다닥다닥 붙어 있을 뿐만 아니라 대문도 없이 고작 미닫이 문이었다. 바로 옆집에서 싸우는 소리가 숫제 같은 집에서 싸우는 만큼이나 가깝게 들리고 어떨 때 미닫이 문틈으로 앞집 내부가 훤히 들여다보일 때도 있었다. 불편한 일은 한두 가지가 아니었다. 방은 2개지만 하나는 너무 작아 민복이 누나와 같이 지내는 것이 불편했는데 다행히 안방에는 사다리로 올라가는 다락방이 있어서 그 방이 민석이 방이 되었다.

민석은 이삿짐이 어느 정도 정리되자 집 주위를 둘러보았다. 여유 공간이 전혀 없는 자그마한 집들이 계속 이어진 지대 위로는 소나무가 자라는 야산이었다. 소나무 지대 중간쯤에 마침 어른 두어 명이 앉을만한 바위가 덩그러니 놓여 있었다. 민석은 그곳으로 달려가 바위에 걸터앉았다. 바위에 앉아 있자니 며칠 동안 음식이라곤 구경 못해본 것 같은 후줄근하고 추레해 보이는 개 한 마리가 어슬렁거리며 지나갔다.

민석은 그곳에 잠시 앉아있다 가장 높아 보이는 지대로 옮겨갔다. 그곳에서는 해운대 바다가 내려다보이는데 마침 바닷가 주변의 호텔들이 막 전기 불을 밝히고 있었다. 산동네 치곤 전망이 제법 좋은 곳이었다. 바다를 바라보다 산동네의 집들을 바라보니 민석의 마음이 답답해졌다. 자신도 모르게 바닷가를 향해 터벅터벅 내려가기 시작했다.

맨 처음 눈에 들어온 것은 끝없이 펼쳐진 바다였다. 소름이 끼칠 정도로 너른 바다에 압도되어 한동안 꿈쩍않고 바라보았다. 엄청나게 너른데 비해 날씨가 쌀쌀해진 탓인지 사람들이 많지 않아 호젓한 백사장에는 팔짱을 낀 연인들이 밀어를 속삭이며 스쳐갔다. 호텔들은 그 사이 전체가 환하게 불빛을 쏟아내고 있었는데 바라보기에도 웅장했다. 시골의 기와집이나 초가집만 보고 자랐던 민석은 호화찬란함에 그만 넋을 잃고 쳐다보았다.

민석은 눈이 부시는 호텔 보기를 그만두고 백사장에서 자신이 앞으로 살아갈 집이 어디쯤인지 가늠해 보았다. 처음에는 잘 보이지 않아 한참 동안 자리를 옮겨가서야 조금 시야에 들어왔다. 산동네에 있는 몇 집에서 마침 반딧불 같은 불빛이 새어나오고 있었다. 이곳 호텔들과는 감히 상상조차 하기 힘든 초라한 몰골의 집들을 바라 보자니 자신도 모르게 어깻죽지에 힘이 쭉 빠졌다. 두리번거리던 민석의 시야에 백사장 바로 너머로 자리 잡은 APT 밀집촌이 들어왔다. 가정생활도 저렇게 호텔처럼 생긴 빌딩 안에서 할 수 있다는 사실이 새삼 신기로웠다.

'아참! 엄마가 심부름 시킬 일이 있을지 모르니 기다리고 있으라고 했는데.'

불현듯 민석이 그 생각을 떠올렸고 총총 걸음으로 백사장을 빠져나와 집으로 달려가기 시작했다.

"아이구 민석아. 어데 갔다 이제 오노? 너거 아부지가 못 사오라고 아까부터 너를 찾더만."

"알았습니더. 지금 댕겨 오겠습니더."

"일없다. 너거 아부지가 직접 사오겠다고 진즉에 나가셨다."

민석이 무안하여 방문턱에 걸터앉았다. 민복이 누나는 공장일이 바쁜지 이삿날인데도 귀가가 늦어지고 있었다.

못을 사러갔던 동출은 한참만에 술 한 잔으로 불콰해진 모습으로 돌아왔다.

"오다가 종복이를 만났네 허허."

"종복씨라 카면 오 년 전에 이사 간 합천댁?"

"와 아니겠니? 선술집에서 술을 마시다가 문득으로 나를 발견하는 통에 붙잡혀 억지로 몇 잔 얻어 마시고 왔지. 허허, 그 양반 지금 공사장에 일 나가고 있다는데, 마침 어제 허리를 삐끗해 오늘 하루 쉰다 카데. 좋은 데 일자리 구해보고 정 할 데 없다면 공사장이나 같이 다니자 카데. 허허. 자꾸 한 잔만 더하고 가라는데 지금 이삿짐이 덜 정리 되었다 카고 얼른 도망 온 기라."

"연락처는 받아 났습니꺼?"

"하모. 이 근방에 산다 카데. 지도 며칠 있다 인사차 우리 집에 한번 들린다 캐서, 우리 집 약도를 그려주고 왔네."

08 | 동출이 옷걸이로 사용할 못을 박는 사이에 양례가 깔끔하게 짐을 정리하고 나니 꽤 늦은 시간이 되었다. 아직도 민복은 돌아오지 않았다. 전화라도 있으면 어떤 일인지 연락해보련만 그냥 기다리고 있으려니 마냥 시간만 지나가고 있었다. 벽에 달린 괘종시계가 9점을 치고도 30여 분이 지날 때쯤 민복이 한 손에 봉지를 들고 함박웃음을 지으며 집에 당도했다.

"엄마, 아버지 오늘 이사한다고 고생 많았지예. 요즘 수출 물량이 늘어 오늘도 잔업을 하고 왔어예."

"어대? 민복아. 우리사 그렇다 치더라도 니가 매일 고생 많다. 이렇게 늦게까지 일하고 다니면서 밥이라도 제대로 챙겨 묵고 다녔는지 내 맘이 아프다. 이 손 보거라. 많이 까칠해졌네."

"엄마도 걱정 마세요. 이 딸이 누구 딸인데. 야근하면 회사에서 식사도 제공해주고. 나야 우리 가족들이 이제부터 오순도순 같이 살게 되었으니 너무 좋네. 호호.”

　민복은 봉지에서 먹을 것을 잔뜩 꺼내 놓았다. 물론 동출이 좋아하는 소주도 한 병 들어 있었다. 동출이 흡족한 듯 입이 귀에 걸렸다.

　민복이 중학교를 졸업하자마자 부산에 있는 공장에 취직한 지가 벌써 2년이 되어가고 있었다. 정상적으로 학교에 다녔다면 이제 고 2로 한창 주전부리나 하고 용돈이나 타 쓸 나이였다. 일찍부터 고생을 하여 벌써 세상살이의 고단함과 쓰라린 맛을 터득해버린 듯하여 동출은 그런 딸이 자꾸만 안쓰러웠다. 아내도 시시콜콜 모든 것을 다 털어 놓지는 않았지만 오래전부터 민복이 보내온 땀 묻은 돈을 꼬박꼬박 읍내에 있는 은행에 묻어 둔다는 것을 짐작으로 알고 있었다.

　“그게 어떤 돈이라고 함부로 쓰겠습니꺼? 지금 해놨다 나중에 여유가 되면 고등학교에 보내이시더. 민복이 갸가 얼마나 고등학교에 가고 싶었겠습니꺼? 공부도 남들한테 뒤지지도 않았고 애살도 참 많았는데. 집안 형편이 이렇다보니 지풀에 고집을 꺾은 기라.”

　민복이 처음에는 고등학교에 진학한다고 무던히 고집을 부렸었다. 하지만 집안에서 아무도 그녀 편이 되어주지 못했다. 동출은 당시 딸아이가 적당히 배우고 취직했다 시집만 잘 가면 그만이지 했고 양례는 집안 형편을 빗대어 적극적으로 나서지 않았다. 어린 민석마저 초등학교만 졸업하고 도시로 가서 용돈과 좋은 옷을 사주는 누나들을 둔 친구들을 은근히 부러워해왔던 터라 속으로는 누나가 빨리 취직하기만을 바랬으니.

　민복은 용케도 잘 적응하고 있었다. 무던하고 착실해서 회사에서도 인정을 받고 있었다. 민복이 몸담고 있는 회사에서 만든 와이셔츠는 주문자 생산방식으로 전량이 미국으로 수출되고 있었다. 전반적으로 경기가 호황국면으로 접어들면서 물량은 점차 증가일로에 놓여 있었다. 민복은 자신이 받은 월급으로 사취방 월세에다 밥값과 용돈을 제하고 고향에다 돈을 부쳐 주곤 했는데 점차 다른 생각들이 꿈틀거리며 자리 잡았다. 회사생활 2년만에 터득한 사회경험도 쓰라린 감회로 와 닿았다.

회사에는 여러 부류의 사람들이 일하고 있었는데, 초등학교 중퇴자, 초등학교를 겨우 졸업한 사람, 자신처럼 중학교를 졸업한 사람이 더러 있었고 드물게 고등학교 졸업자도 있었다. 대개는 초등학교 졸업자가 주류를 이루었다. 회사에서 하는 일도 재단부는 구격에 맞춰 부지런히 옷을 재단하고 나면 완성부에서는 미싱대에 앉아 옷을 갈무리하는 단순한 작업방식이었다. 민복이 생각하기에도 정해진 시간 내에 옷을 하나라도 더 생산할 수 있는 숙련공이 회사에 도움이 될 것 같았다. 미싱대에 앉아 옷을 여미는 사람이 초등학교를 나왔건 무학이었건 작업에는 전혀 영향을 받지 않을 것 같았다.

그런데 전혀 엉뚱한 일이 회사 내에서 공공연하게 벌어졌다. 민복이 일하는 공장에 반장이 세 사람 있었는데 두 명은 고등학교 졸업자였고 한 명은 입사한 지 십 년이 다 되었다는 중학교 졸업자였다. 얼마 전 완성반의 반장이 일이 있어 회사를 그만두게 되었는데 작업반장 선출을 놓고 말들이 많았다. 작업반장은 회사의 방침대로 회사에서 임명하고 있으나 그동안 회사에 기여해온 공헌도와 숙련 정도 외에도 대부분 근무하는 직원들의 의견이 반영되기 마련이었다. 작업반장의 말에 반원들이 잘 따라야 작업이 순조롭게 이루어지고, 밀려드는 주문 물량을 기한 내 맞춰야 하는 상황에는 무엇보다 통솔력이 필요했다.

"반장은 누가 보더라도 이번에는 말자가 되겠제."

"그동안 근무해온 경력으로 보면 말자가 단연 1 순위제? 그래도 알겠나 회사에서 우째 나올지."

"내도 말자가 초등학교만 나온 기 약간 걸리네. 그것만 빼고 기술면에서나 경력 면에서 흠 잡을 네가 없는데 그쟈?"

반원들은 모였다 하면 그 일을 놓고 쑥덕거렸다. 반장이 빨리 정해져야 일의 진척도 빨라지고 회사도 돌아갈 것이기 때문에 회사에서도 그 자리를 오랫동안 비울 처지가 못 된다.

반장 발표가 있던 날 모두들 말자가 된다는 것에 이의를 달 사람은 없었다. 말자 본인도 그 날은 만면에 웃음을 띠고 재봉틀을 부지런히 밟으며 은근히 소식이 오기를 기다렸다. 다만 아주 소수의 사람이 말자의 학력을 놓고 쉬쉬하는 사람도 있긴 있었다.

"언니는 벌써 알고 있제? 표정 좀 관리해라. 입 찢어지겠다."

민복이 말자에게 이미 임명된 것을 축하하기라도 하듯 추켜세웠다. 반장이 되면 이십여 명이나 되는 반원들을 통솔하는 권한 외에도 수당이 별도 지급되어 누구나 탐을 내는 자리였다.

공부가 싫어 초등학교도 겨우 졸업했다는 말자에게는 그 자리가 더할 나위 없는 영광의 자리로 여겨졌다. 초등학교를 갓 졸업하고 14살이 되던 봄에 취직하여 6 년이라는 세월 동안 회사를 위해 최선을 다해 일해 온 그녀였다. 나이가 어린 탓에 남들은 6개월 만에 앉는 미싱 틀에 보조로만 1년이라는 세월을 보냈다. 서러움도 고스란히 겪었다. 초등학교 밖에 못 나왔으니 영어 알파벳을 잘 몰라 라벨을 엉뚱하게 다는 등 치명적인 실수를 몇 번 저지른 뒤에 기가 많이 꺾이고 홍역도 치렀다. 하지만 그 후 독학으로 영어 알파벳이라도 배워 실수 없이 그럭저럭 잘 넘겼고 재봉틀 기술자로 노력에 노력을 더해 이제는 엄연한 기술자로 거듭나고 있었다. 요즘 들어 와선 민복에게서 간단한 영어 문장까지 개인교습을 받아 부쩍 친해졌던 터였다.

"내 다른 사람은 몰라도 내가 반장이 되면 민복이 니한테는 톡톡히 한 턱 내꾸마."

"그래 언니 꼭 뇌어야 해."

발표가 있기 전날 쉬는 시간에 민복과 단둘이 있을 때 서로의 손을 꼭 잡고 이런 대화를 나누기도 했었다.

그런데 누구도 생각 못한 순영이가 반장이 되었다. 순영이는 입사한 지 2년이 채 안 된, 조금은 건들건들한 면이 있는 사람이었다. 그녀가 시간이 날 때마다 신경을 거슬리게 했던 말을 사람들은 기억하고 있었다.

"내가 말이야 고등학교까지나 나와 이런 미싱 대에 앉아야 되겠나?"

그런 말을 할 때마다 사람들은 입을 삐죽거리며 속으로는 질타해 왔다. 그런데 그녀가 반장이 되다니. 민복에게는 충격 이상이었다. 그러나 무엇보다도 가슴 아픈 사람은 정작 말자였기에 사람들은 쉬쉬하고 넘겼다. 발표가 있던 날 저녁 순영이 반원들을 위해 회식자리를 마련했지만 두 사람은 핑계를 대고 그 자리에 참석하지 않았다. 대신에 민복은 말자를 위한 위로의 자리를 마련했다.

"민복아 그동안 직장생활을 정말 보람과 열정을 가지고 해왔지만 오늘처럼 비참한 적이 없데이. 오늘따라 내 자신이 정말 초라해지고 한심한 생각이 드는데 우짜면 좋겠노?"

말자는 억지로 소주까지 마셔가며 한탄하듯 그 말을 꺼냈다.

"언니 힘내. 언젠가 또 기회가 오겠제."

"민복아 니는 내가 반장이 못된 이유가 뭐라고 생각하노?"

"…."

"니가 말 안 해도 내사 다 안다. 내는 공부하기가 싫어서 도시에 왔데이. 부모님이 중학교까지는 꼭 댕기라고 몇 번이나 말렸는데 그때는 와 그리 시골이 싫었는지 모르겠다. 결국 이 짝이 올 것도 모르고. 하이구마 흐윽."

말자의 눈에 눈물이 그렁저렁 맺혔다. 그런 말자를 바라보는 민복의 눈도 어느 순간 촉촉이 젖어갔다.

"민복아. 내사 중학교라도 나온 니가 부럽대이."

"언니 제발 그만 해라. 그러니까 나도 자꾸 눈물이 나잖아."

"민복아 니는 공부를 더 해라. 오늘 봤제? 순영이 갸가 나보다 나은게 도대체 뭐꼬?"

그날 밤 민복은 집에 돌아와서도 잠이 잘 오지 않았다. 그동안 가슴속에만 간직했던 진학의 꿈이 도발적으로 솔솔 피어올랐다.

'그러려면 아무래도 고향에 있는 부모님이 이사를 와야겠제.'

여건이나 상황으로 그동안 미진하게 진행해왔던 고향집 이사를 이번 참에 확실히 진행해야겠다고 민복은 다시 한 번 입술을 꼭 다물었다. 그렇게 결국 고향집 이사가 추진되었던 것이다.

09 | 전학 온 날 첫날부터 기가 꺾였다. 하필 영어 수업시간에 질문을 받은 몇 안 되는 사람 중에 민석도 있었다. 대부분이 척척 잘 맞추었지만, 민석과 또 한 명의 답이 틀렸다. 영어 선생은 전학 온 학생이라고 배려하지 않았다. 오히려 시골에서 온 아이가 수준이 어떤지 너무 궁금해하고 있었다. 선생뿐만이 아니었다. 학급 전체의 귀와 눈이 자신에게 쏠리는 느낌이 들 정도였다. 민석은 고향에 있는 학교에서는 반에서 5등 정도의 비교적 우수한 성적을 유지해온 터였지만 이곳에선 달랐다.

학교는 산 언덕배기에 자리 잡아 운동장에서도 바다가 한 눈에 들어왔다. 쉬는 시간에 주변을 둘러보며 경관을 감상하는 것도 쏠쏠한 재미였다. 수업을 주로 하는 교실과 교무실이 있는 건물 외에도 좀 독특한 모양의 지붕을 얹은 체육관이 따로 있었다. 그 옆을 지나자니 기합소리가 새어나오고 있었다. 시합을 앞두고 연습이 한창이었다.

그렇게 며칠이 지난 점심시간에 산보 삼아 학교 운동장을 혼자서 어슬렁거리고 있을 때였다. 도시의 아이들은 아직 환경에 익숙하지 않은 일 못지않게 정이 가지 않았고 먼저 가까이 다가오는 친구도 없었다. 그래서 그날도 혼자서 무슨 개똥철학자라도 되는 양 심각한 표정으로 운동장 구석구석을 누비고 있던 참이었다.

바로 맞은편에서 한 아이가 웃으면서 다가왔다. 민석은 자신을 보고 웃고 있는 그 아이가 왠지 눈에 익었다. 학교에 오던 길에 본 것 같기도 하고 방과 후 산동네에서 부딪친 것 같기도 했다. 가슴팍에 달려 있는 하얀 명찰을 보니 같은 1학년이었다.

"헤이 반갑다. 나 김종두다. 내 본 적 없나?"

"글쎄. 어디서 본 것 같기는 한데."

"산동네…."

"산동네? 아! 맞다."

역시 산동네에 살았구나. 마치 수십 명의 적과 싸움을 벌이다 한쪽으로 몰려서 절체절명의 위험에 빠져 있을 때 어디선가 불쑥 나타난 동지를 만난 영화 속의 주인공이라도 된 듯한 기분이었다.

"저쪽으로 경치가 좋은데. 거기 안 가볼래?"

"응. 고마 그래 볼까."

종두는 위험에 빠져있는 주인공을 구해내어 자신만이 알고 있는 마법의 성으로 인도하기라도 하는 듯 민석을 이끌었다. 체육관 뒤편으로 가니 어른 한 사람이 겨우 빠져 나갈 틈이 있는 곳이 있었다.

"니 개구멍에 와 본 적 있나?"

"개구멍."

"이 개구멍을 아는 사람은 몇 안 될끼다."

종두가 먼저 빠져나가고 민석도 뒤를 이었다. 민석은 처음 만난 자기를 오래된 친구처럼 따뜻하게 대해주는 종두가 고맙기도 했지만 따라가면서도 약간은 부담스러웠다. 개구멍을 빠져나가니 한쪽 구석에 바위가 놓여 있는데 햇볕이 잘 드는 따뜻한 지대였다. 종두가 먼저 그곳에 앉고 민석도 앉았다.

바위에서 아래로 내려다보니 바다가 보이는 풍광이 예사롭지 않았다. 끝이 보이지 않는 바다, 잔잔한 바다가 하얀 포말을 일으키며 눈앞에 펼쳐졌다. 며칠 전 어두컴컴한 백사장에서 바라본 바다와는 또 다른 느낌을 주는 바다였다.

"니 시골에서 이사왔제?"

"우째 알았노? 내 얼굴에 그렇게 쓰여 있나. 시골 아이라고."

"응."

종두는 이제 주인공을 어려움에서 구해준 무술의 달인에서 벗어나 세상을 다 꿰뚫어보는 도인 같은 표정을 짓고 있었다.

"우째 알았는데? 전학 오고, 이사 온다꼬 다 시골사람이 아닐 낀데."

"나도 사실은 니처럼 1년 전에 촌에서 이사 왔어. 니를 보면 그때 꼭 내 모습을 보는 것 같아."

종두가 의미 있는 웃음을 지었다. 그런 모습을 바라보던 민석도 자꾸만 웃음이 나오려고 했다. 뭔가 실마리가 풀어지는 기분이었다.

10 | 동출은 며칠 동안 아는 사람을 쫓아다니거나, 연줄로 소개받은 곳에 부지런히 들락거렸지만 하나

같이 반응은 시큰둥했다. 다시 한 번 냉담한 현실이 피부로 와 닿았다. 내일은 공장 사원 모집공고가 나붙은 회사 위주로 다녀볼 생각이었다. 이러다 최악의 경우 종복이 다닌다는 공사장에 나가야 하는 것은 아닐까 은근히 걱정이 되기도 했다.

아는 사람이라고 해봤자 살아보겠다고 농촌을 등지고 고향을 떠나 온 사람들이 대부분이었다. 그나마 이사를 온 사람들은 논마지기나 밭뙈기가 있어 고향을 뜨지 못하는 사람에 비해 가난뱅이 출신들이 많았다. 그래서 번듯한 직장에 들어간 이는 드물고 대부분 시장통에서 좌판을 벌이고 있는 처지였다. 직장에 다니는 사람들에겐 내 사정이 이러니 좀 봐달라며 바짓가랑이라도 붙잡고 매달려봤지만 그네들도 직위 면에서도 윗전의 눈치를 보고 있는 입장이었다. 한마디로 지 앞가림도 겨우 하는 사람들이었다. 그래서 일찍 고향을 떠나 부산에서 고등학교를 마치고 직장에 다니다 선친이 돌아가시자마자 시골에 있는 전답을 몽땅 처분하고 공장을 차린 6촌 형 동호를 찾았다.

"이봐 동생 지금 나이가 마흔 중반이야. 더벅머리 시다바리처럼 한참 어린 녀석한테서 기술을 제대로 배울 수 있겠나? 고마 일찍 치우는 게 낫대이. 이 바닥은 기술이 없다면 아무짝에도 쓸모가 없는 곳이대이."

"그래도 어째 죽었다 생각하고 눈 딱 감고 배우면 안 되겠습니꺼?"

"허허 그래싸도 이 친구가 말귀를 몬 알아 묵네. 우리 회사 공장장 나이가 올해 겨우 서른아홉이다. 니가 그 밑에서 공장장님 공장장님 하고 꼴사납게 배알 꼴리는 소리를 우예 하노 말이다. 차라리 장사를 하든가 경비자리를 알아보든가. 경비자리라면 얼마든지 늘렸다."

"알겠습니더. 다른 데다 알아보겠습니더. 그래도 정 안되겠거든 마 형님한테 부탁 드리겠습니더."

"그래 오해는 말거라. 절대 니가 몬 미더봐서 그런 기 아이니까니."

동호는 그러면서도 뒤가 구려서 그런지 몰라도 오래 전부터 동출의 집안일이라면 은근히 반대를 해왔던 아내의 얼굴을 떠올린다. 자신도 드러날 만큼 표내지 않았지만 아내 연숙과 관련된 동출에 대한 오래된 구원이 자리 잡고 있었다.

다음 날 아침 일찍부터 도시락을 싸들고 집을 나선 동출은 벽보가 붙은 회사 위주로 뛰어 다니기 시작했다.

"뭐 아무 거라도 좋으니 기술이나 관련 자격증이라도 있습니꺼? 없다고예. 농사만 짓다 왔다고예. 하다못해 운전이라도 할 줄 압니꺼? 그것도 안 된다고예. 그러마 쪼께(조금) 곤란하겠습니더. 다른 데나 한번 알아 보이소."

찾아가는 곳마다 이런 식으로 쫓겨나기 일쑤였다. 아니면 육촌형 말대로 나이를 물고 늘어졌다.

"올개(올해) 몇 인교? 뭐라꼬예. 하이구마 마흔다섯이라꼬예. 이 바닥에 마흔다섯이면 환갑나이미더. 아들 같은 새파란 사람 밑에서 온갖 궂은 일 도맡아 하면서 시다노릇 하겠능교? 마 그만 돌아가시는 기 낫겠습니더."

동출은 다시 한 번 냉담한 현실에 직면해야만 했다. 정작 기술자 모집 공고를 내놓았다 동출을 보고선 6촌 형이 그랬듯이 아예 경비 자리를 권하는 사람도 더러 있었다. 공원 한 모퉁이에 자리를 깔고 앉아 도시락을 까먹으며 동출은 경비 자리나 아니면 종복이와 함께 공사장 일이나 생각해 봐야겠다며 머리를 절레절레 흔들었다. 공원에 자라는 단풍나무들이 빨갛게 물들어가는 모습을 보니 머지않아 겨울이 닥쳐올 것 같다. 서민들에게 가장 고단하고 힘든 계절이 겨울이라고 생각하니 저절로 한숨이 푹푹 나왔다.

도시생활의 적응이 힘들고 고단하기는 동출의 아내 양례도 마찬가지였다. 그녀도 이사 오고 짐 정리도 대충 끝난 이틀이 지나자 좀이 쑤셔 못 견딜 지경이었다. 애들 아버지로부터 번듯한 직장을 구했다는 소식이라도 들려오면 여유를 갖고 기다려 보겠는데 모르긴 해도 힘이 드는 모양이었다. 집에 들어올 때면 발걸음은 힘이 없고 빈 도시락의 소리만 요란한 가운데 축 처진 어깨로 아내를 쳐다보지도 않았다. 그런 남편을 보자니 아무리 눈치 없는 사람도 오늘도 역시 공쳤네 짐작하고도 남을 일이었다.

"당신 어깨에 우리 식구들 생계가 달려있는 기라요. 당신이 그리 축 늘어지면 우리는 우짜라고."

그런 말들이 입에서 자꾸 맴돌다가도 혹 그 말로 일이 더 꼬이지나 않을까 꾹꾹 눌러 참았다.

"당신 힘들더라도 조금만 더 알아보이소. 설마 산 입에 거미줄이야 치겠습니꺼? 언젠가는 당신을 인재로 알아주는 곳에 턱하니 취직하는 기라예."

그런 말을 하며 전날 한 번씩 끓어먹으면 힘이 난다며 민복이 사다준 커피를 따뜻하게 끓여 내어 놓는 일 말곤 달리 어쩔 도리가 없다. 내일부터는 자신도 한번 부딪쳐 보리라 생각에 생각을 거듭 먹었다.

이튿날 양례는 단단히 마음을 먹고 시장통 입구로 들어섰다. 시장을 구경하기보단 어떻게 돌아가는지 정탐하는 형국이었다. 오전 내내 이곳저곳을 기웃거리며 시장을 몇 바퀴나 돌았는지 모른다. 그러다 오래 전에 이사를 와서 생선 좌판을 벌이고 있는 숙이네에게 다가갔다. 숙이네는 자신이 다가선 줄도 모르고 얼굴도 들지 않고 주문부터 받으려고 했다.

"퍼뜩 오이소. 어떤 고기로 드려볼까예?"

"……."

"고기는 싱싱하고 좋습니더. 새벽부터 자갈치에서 떼갖고 온 기라
요."

"잘 팔리나?"

그때서야 숙이네는 눈을 들어 양례를 쳐다본다.

"아이구야! 이기 누꼬? 복이 네가 여기에 다 웬일이고? 하기사 이사
왔다는 소식을 풍문에 들었다만 사는 기 바빠 한번 가본다는 기 차일피
일 미루다보니 늦었네. 호호 이쪽에 앉거라."

양례는 북적거리는 시장통의 한 귀퉁이에서 겨우 있을까 말까 하는
공간을 비집고 숙이네 옆에 앉았다. 이제부터 그녀가 장사하는 모습을
지켜볼 참이었다. 그녀가 옆에 앉기가 무섭게 손님들이 부지런히 들이
닥쳤고 두 사람이 이야기할 시간은 좀처럼 주어지지 않았다. 물건을 그
냥 훑어보고 말 한번 건네지 않고 그냥 가버리는 사람, 물건 값 흥정만
잔뜩 하다 사지도 않고 가는 손님들을 비롯 가지각색이다.

숙이네가 부산으로 이사 가기 전에는 같은 골목에 바로 이웃으로 두
고 살았다. 두 사람은 나이도 같아 친구처럼 말을 터놓고 사이좋게 지
냈다. 그러다 5년 전에 숙이의 동생 명수가 중학교에 들어갈 무렵 이사
를 가버린 것이다. 목수였던 숙이의 아버지가 촌에서는 일거리가 없고
자꾸만 타지로 나돌자 한 곳에 정착해 안정도 찾고 애들의 교육도 제
대로 시켜 보자며 숙이네가 부지런히 주장한 덕분이었다. 평상시 사람
좋다는 소리를 듣던 숙이의 아버지도 술만 먹었다 하면 고주망태로 취
할 때까지 마셔대는 버릇이 있었다. 그런 인사를 객지에 방치하는 일
이 숙이네에겐 물가에 어린애를 내어 놓은 일만큼이나 불안한 일이기
도 했다.

한 차례 폭풍이 지나가 버리고 다시 잔잔해진 바다처럼 꽤 북적대던 손님이 끊기고 좌판에도 어느새 고요가 찾아왔다. 그때야 부랴부랴 식사를 준비하고 때늦은 점심을 한다.

"야! 숙이네야. 맨날 이렇게 쭈그러 앉아서 밥묵나?"

"형편이 이렇다보니 우짜겠노? 그래도 요 시간이 되면 희한하게도 손님도 안오고 조용해지는 기라. 꼭 내 밥 챙겨 묵어라꼬 시간을 주는 듯이 호호."

숙이네는 단출한 반찬에 맛있게 식사를 했다. 밥 먹는 시간까지 아껴가며 장사를 하는 숙이네를 생각하며 양례는 안쓰럽다는 생각이 들었다. 그리고 보니 평상시의 점심시간에서 한참 지나있었다.

"니도 개기 장사하고 싶나?"

숙이네가 불쑥 물어온다.

"와? 내도 하면 안 되겠나? 오늘 니 장사하는 거 보이니까니 보기만해도 배가 절로 불러지데. 손님도 많고. 호호."

양례는 숙이네가 장사를 하더만 눈치하나 정말 빠르다고 여기며 웃는다.

"야 복이네야. 그래도 이렇게 편안하게 시장통에 앉아서 장사한 지 1년밖에 채 안되었다. 몇 년 동안 마음 졸여가며 장사하던 그때를 생각하면 아직도 간이 콩닥콩닥 뛰는 기분이다카면 니 믿겠나?"

숙이네는 그러면서 숭늉을 마저 따라 먹고는 입맛을 쩍쩍 다신다.

"애 아부지 목수 벌이가 괜찮았다 캐도 장사를 진작에 때려치울라꼬 마음 묵인 기 한두 번이 아니다."

그렇게 말을 꺼낸 숙이네가 그동안 겪었던 객지생활의 고단함을 고향사람에게 오랜만에 털어 놓는다. 들을수록 기가 막힌 일이 많아 듣고있는 양례의 눈동자도 때론 커졌다 촉촉이 눈물을 적시기도 한다.

"행상이라는 것이 그렇게 힘든 일인 줄 몰랐다."

양례가 겨우 위로조로 한마디 내 뱉는다.

"그렇게 맨날 시장번영회 사람한테 쫓겨 다니며 장사하는데 1년 전쯤 여기서 장사하던 할매가 그만 중풍이 든 기라. 그 소식을 듣자마자 잽싸게 건물 주인한테 매달렸지."

"자리를 쉽게 내주던 모양이제."

"오데가? 처음엔 어디 아는 사람한테 줄 데가 있다고 막 버티데. 그러면서 나중에는 권리금조로 돈을 요구하더라. 참 내 아니꼬바서. 권리금이라면 여개서 장사한 그 할매가 받아야지 지가 받을 일이가?"

"그래서 줬나?"

"하모 우짤끼고. 약자는 낸데. 요구한 금액은 한꺼번에 못주고 차츰 갚기로 하고 겨우 이곳에다 자리를 잡은 기라."

"점방 말고는 아무데서나 하면 되는 줄 알았는데 거기 아인 모양인 갑다."

아직 시장의 실태를 모르는 양례가 새로운 사실을 깨우쳤다는 듯 불쑥 말한다.

"말도 말거라. 시장 안에서는 서로 좋은 장소 잡을라꼬 벌이는 복마전이 따로 없다카이. 점방에서 장사하는 사람은 이 바닥에선 아예 양반인 기라. 점방 바로 앞에 코딱지만 한 자리도 임자 없는 곳이 없는 기라. 나도 이곳 세가 한 달에 자그마치 십만 원이다."

"여개가 십만 원이라꼬! 보통 직장 월급쟁이가 십오만 원밖에 못 받는다 카던데 이거는 순전히."

양례는 놀라서 입을 다물지 못한다. 밑천 없이 장사해 먹기도 글러먹은 것 같다. 물건 값에 들어가는 밑천은 생각해봤어도 자릿세는 생각 못한 양례다.

"그래도 걱정 말거라. 행상을 하면 되이까너. 대신 많이 힘들 끼라. 장사는 길목이 최곤데. 이곳 저곳에 옮겨다니면서 할라카면 째가 빠질긴데. (힘이 들낀데) 그래도 밑천 없인 그 방법 밖에 더 있겠나?"

11 | 이튿날부터 양례는 숙이네가 일러준 대로 떡을 담은 다라이를 이고 다니며 행상을 시작했다. 숙이네가 미리 가르쳐 주었기에 망정이지 대처방법도 없이 시작했단 낭패 볼 일이 한두 가지가 아니었다. 다행히 숙이네가 이전에 겪었을 때 써 먹은 방법대로 하다 보니 힘은 들지만 버틸 수는 있었다. 하지만 무엇보다 힘든 일은 행상으로 미리 자리 잡은 장사치들의 텃세였다. 열심히 밥을 먹고 있는 개밥통을 건드리면 으르릉거리며 달려드는 사나운 개처럼 장사일도 그보다 더하면 더했지 결코 덜하지 않았다.

"이보소 댁, 아니 처음보는 아줌마구먼. 여개가 어디라꼬 판을 벌리기는 벌려 어이!"

리어카에다 해산물을 잔뜩 싣고 다니며 행상을 하던 거구의 사내가 인상을 쓰며 쏘아보았다.

"이보시오! 보긴 뭘 봐. 기분 나쁜교? 행상에게도 다 상도리라는 게 있는 기라요. 이곳에 자리 잡고 장사한 지가 언젠데 아직 털도 안 난 보숭보숭한 하룻강아지가 남 구역을 침범할라 카노 어이!"

양례는 더 있어봤자 본전도 못 찾을 것 같아 자리를 옮겨갔다. 역시 숙이네가 일러준 대로 텃세가 만만치 않았다. 별도리 없었다. 처음엔 행상을 했다는 숙이네도 보나마나 고생이 뻔했을 것 같다.

떡은 같은 장사치나 시장을 찾은 사람들의 군것질 거리로 조금씩은 팔려나갔다. 양례는 전대 속에 들어있는 돈이 자랑스러워 미소가 절로 났다. 오늘은 아 아부지도 어쩌면 번듯한 직장자리를 구해 어깨를 쭉 펴고 들어올지도 모른다. 잠시 그런 기분 좋은 생각에 빠져 있는데 웬 사내가 불쑥 나타나 떡이 든 다라이를 확 나꿔챘다. 양례는 깜짝 놀라 사내를 쳐다보았다. 시장번영회라 적혀 있는 완장을 찬 사내였다. 빨갱이처럼 새빨간 모자를 쓰고 양례를 노려본다.

"이보슈 아줌마. 시장 입구에 붙은 재래시장 일제정리 공고문도 몬 봤는교? 앞으로 아줌마처럼 자릿세도 한 푼 안내고 행상하는 장사치는 바로 이 손에 단속될 끼라. 바로 이 손에 생명줄이 달렸다캐도 과언이 아닌 기라. 오늘은 그냥 압수지만 다음부터는 바로 벌금이다. 이말이요. 알아들었다문 얼릉 가보소."

"아저씨 좀 봐주이소. 오늘 처음 시장에 나왔는 기라예. 내가 오늘 이래 그냥 돌아가면 내만 바라보고 눈을 뚱그렇게 뜨고 있는 알라들은 쫄딱 굶는다 말입니더. 그러니 한번만 우예 안 되겠습니꺼?"

양례는 사내의 바짓단을 잡고 매달리며 없는 일도 부풀리며 통 사정했다. 숙이네가 혹시 시장번영회 단속반을 조심하라고 했는데 가는 날이 장날이라고 첫날부터 이렇게 곤욕을 치를 줄 몰랐다.

"이 아줌마가 와 이리 말뀌를 몬 알아묵노. 으잉. 마 좋게 이바구 할때 돌아가소."

사내는 뿌리치며 잠시도 틈을 주지 않고 다라이를 들고 구석진 곳으로 들고 갔다. 양례는 주변을 살피며 두리번거리다 몇천 원이나 되는 돈을 요령껏 사내의 주머니에 찔러준다. 그때서야 사내의 얼굴이 화색을 띤다.

"이번에는 처음이라니 봐 준다. 점방에서 장사하는 사람들 눈에 벗어나지않게 요령껏 좀 잘하라 말이요. 단속에 안 걸릴라카먼."

사내는 다라이를 넘겨주고 그곳을 벗어났다. 사내가 가고 나서 남은 돈을 세어보니 겨우 물건구입에 들어간 돈밖에 없는 것을 알고는 양례는 한숨을 푹 내쉰다.

사내가 가고 나서도 한참 동안이나 가슴이 콩닥거리고 진정이 잘 안된 양례는 점심을 사먹었던 시장통 국숫집에서 물 한잔을 얻어서 마신다. 시장 골목에 탁자 세 개와 간이의자가 놓여있는 조그만 가게였다.

"표정이 많이 굳은 것을 보니 와 무슨 일 있는가베?"

국숫집여자가 근심 있는 표정으로 양례를 쳐다본다. 시장통에서 어렵게 장사를 해먹고 사는 사람끼리의 동병상련(同病相憐)이 생기는 모양이다.

"이왕 온 거 떡 다라이 옆에 놓고 편안하게 쉬었다 가소. 그렇게 우거지상을 짓고 있으면 손님이 잘도 오것다."

양례는 그때서야 한숨을 내쉬며 여자를 바라본다. 약간은 투박해 보이지만 정이 가는 얼굴이다. 나이는 댓 살 더 들어 보인다.

"임자 오늘 장사 처음 나왔제?"

"우째 아십니꺼?"

"내 장사 하루이틀 해묵고 사나? 척 보마 삼척동자라꼬 임자 얼굴을 쳐다보는 순간 바로 알아뿟다 호호."

"언니 장사는 잘 됩니꺼?"

양례도 관심을 가져주는 여자가 고마워 살갑게 묻는다.

"와 걱정이 되는 모양이제? 이래 뵈도 내가 벌어서 대학에 댕기는 아가 둘이나 된다."

양례는 그 말에 깜짝 놀라며 부러운 마음이 든다.

"장사를 하다가 힘들면 고민만 말고 일로 와서 쉬고 가. 내 동생 같으니 하는 소리니 고깝게만 듣지 말고."

국숫집여인은 양례가 떠나가는 뒤통수에 대고 다정하게 말을 건넨다. 양례는 다시 적당한 곳에 자리를 비집고 앉는다.

그림자를 길게 늘어뜨리던 해가 서산으로 뉘엿뉘엿 넘어가는지 어두워지기 시작했다. 저녁이 되자 손님이 거의 없었다. 양례는 전대에 꼬깃꼬깃 들어있는 돈을 자꾸만 세어본다. 하루 종일 장사를 했지만 본전이다. 그나마 남은 것은 번영회 사내에게 뺏기다시피 쥐어준 돈을 제하고 다라이에 든 떡 몇 조각이다.

시장통은 점점 어두워졌고 가게에 전등이 일제히 켜져서야 우중충했던 시장안도 차츰 환해졌다. 양례는 하루 종일 고생한 보람도 없이 겨우 본전만 한 하루를 끝내고 가기가 자꾸만 아쉽다. 그래도 떡이라도 남았으니 민석이나 아 아부지에게 먹이면 남는 것이라 좋게 생각하고 막 일어서려고 할 때 지나가던 두 명의 여자가 떡을 샀고 겨우 몇 백 원을 남기자 자리를 털고 일어섰다.

12 | 민석은 방과 후에 종두와 학교 앞 똘이문방구 입구에서 만나기로 했다. 그래서 은근히 수업이 끝나기만 기다리고 있었다. 종두는 만난 지 얼마 되지 않아도 정이 가는 친구였다. 민석은 종두에게서 1년 뒤 자신의 모습을 발견하고 싶은지도 몰랐다. 종두는 먼저 나와서 기다리고 있었다. 종두는 민석을 데리고 해운대 바닷가로 이끌었다. 해운대 백사장은 전국의 명소답게 많은 사람들로 넘쳐났다.

"이쪽으로 가보자. 조가비도 많이 주울 수 있다."

"조가비?"

"조개껍데기가 뭔지도 몰라?"

종두는 백사장이 끝나는 지점에 사람의 발길이 잘 닿지 않는 곳으로 이끌었다. 역시 종두의 말대로 조개껍데기가 지천으로 굴러다니고 있었다.

"고향이 바다 근처가?"

조개껍데기를 열심히 줍고 있는 종두를 보며 민석이 묻는다.

"아니 논에서 고디(고등) 잡아봤나?"

"논고디는 많이 잡아 봤지. 우리 논에 가서 논바닥을 헤집으면 논고디가 여기저기 늘렸다."

민석도 아버지와 논에서 일했던 시절을 떠올리며 말한다.

"자슥 그렇구나. 바다 근처에는 염분이 많아 논고디가 없다고 우리 아부지가 말하대."

종두는 말을 그렇게 하면서 조가비 줍는데 아주 열중이다. 잠시 후 어느새 반쯤이나 채워진 비닐봉지를 보여준다.

"도시 생활은 잘 적응 되나?"

"아니, 그저 그래."

둘은 조가비 줍는 일도 금방 싫증난다. 종두는 모자에 들어있는 반이나 되는 조가비를 민석에게 넘겨주며 팔을 이끌었다.

"와? 어데 갈라꼬?"

"민석아. 이리 와 봐라. 아주 재밌는 데가 있다."

두 사람은 백사장 중간 쪽으로 걸어갔다. 민석은 종두를 따라가면서 과연 재밌는 데가 어딜까 하고 주변을 두리번거린다. 종두는 다시 차가 다니는 길가 쪽으로 민석을 데려간다. 잠시 후 도착한 곳은 안으로 들어서자마자 기계소리가 요란한 어두컴컴한 전자오락실이었다. 민석은 신기한 듯 두리번거린다.

"쫄 것 없다. 니 오락실 처음 와봤제?"

대답 대신에 민석은 고개를 끄덕였다. 자신보다 어린 초등학생도 오락기 앞에 앉아 정신없이 열중하고 있는 모습에 웃음이 나오려 한다.

"오락은 뭐니 뭐니 해도 갤러그가 제일 인기라."

"갤러그?"

종두는 어떤 사람이 한창 열중하고 있는 사람 뒤편에 서서 구경하기 시작했다. 민석도 종두 옆에 서서 구경한다. 끊임없이 총알을 쏘면서 다가오는 적의 수많은 비행기를 뚫고 포탄을 쏘아대며 나아가는 아군의 비행기, 잠시라도 방황하면 적의 총알에 비명횡사 할 순간을 요리조리 요령껏 피해 다니며 나아가는 비행기는 옆에서 지켜보기에도 아찔했다. 어느 새 하나 남아 있던 아군의 비행기가 적의 총에 맞아 장렬하게 전사해버리자 앉아 있던 사람이 자리를 떴고 종두가 그 자리에 앉았다.

"오늘은 어떻게 하는지 구경만 해."

종두가 눈을 끔뻑끔뻑하며 민석을 일별한 뒤 오락에 열중한다. 종두의 실력은 정말 기가 차도록 대단하여 절로 감탄사가 나올 정도다.

"대단한데."

민석은 박수라도 쳐주고 싶은 기분이었다. 종두는 시간이 날 때마다 오락실에 다녔다고 생각될 정도로 솜씨가 대단했다. 그렇게 출중한 재주에도 불구하고 오래지 않아 아군의 비행기가 모두 장렬하게 전사를 했고 종두도 아쉬운 듯 자리를 털고 일어섰다. 민석은 다음엔 자신도 꼭 해보고 싶다는 의욕만 가진 채 종두와 함께 터벅터벅 걸어가기 시작했다. 잠시 걷다보니 바로 시장통이었다. 재래시장답게 시장 안은 잡상인들과 손님들로 넘쳐났다. 두리번거리며 시장 안에서 구경하고 있는데 생선좌판에 앉아있는 사람이 낯이 익었다. 자세히 보니 숙이 누나 엄마였다. 지켜보기에 숙이 엄마는 손님을 맞느라 정신이 없었다. 손님이 생선을 주문하면 바로 앞에 놓여있는 커다란 도마 위에 생선을 올려놓고

칼로 내장을 손질하고 손님에게 건네주었다.

"와 아는 아줌마가?"

종두가 빤히 쳐다보는 민석을 바라보며 묻는다. 민석은 대답 대신 고개를 끄덕였다. 비린내도 진동하고 손님들도 북적대어 서 있기가 뭐하여 금방 자리를 뜬다. 인사도 없이 그냥 가는 것이 약간 찜찜하지만 언젠가 기회가 오겠지 생각하니 마음이 편해졌다.

시장통은 장사치와 옥신각신 물건 값을 흥정하는 사람들로 넘쳐났다. 그런 사람들을 지켜보기에도 재미있었다. 그래서 너나 없이 구경을 하며 지나갔다. 어떤 곳에는 얼굴이 온통 주름투성이로 나이가 많이 들어 보이는 할머니가 지나가는 손님들을 호객하는 모습에 마음이 짠해지기도 했다.

그런데 그 아주머니와 불과 얼마 떨어지지 않은 곳에 엄마가 초라하게 앉아서 눈을 두리번거리며 손님을 기다리고 있었다. 엄마 앞에는 손님 하나 없었고 떡을 담은 다라이도 한없이 초라해 보이기까지 했다. 민석은 그런 엄마를 쳐다보기가 민망하여 시선을 아예 외면했다. 설마 설마 했는데 엄마까지 장사를 할 줄은 몰랐다.

"안 갈끼가?"

잠시 얼쩡거리며 서있는 민석에게 종두가 빨리 가자고 성화다. 민석은 엄마라고 종두에게 소개를 해야 하나 고민에 빠졌다. 그러나 잠시 후 민석은 종두와 함께 그곳을 벗어나기 시작했다. 아무래도 그냥 가는 게 나을 것 같다. 창피하기도 하지만 엄마도 아직 장사를 하고 있다는 사실을 알리지도 않았는데 이렇게 준비도 안 된 상태에서 마주치는 것도 도리도 아닐 듯싶었기 때문이다.

"시장 구경한 기분이 어떻노?"

시장통을 벗어나며 종두가 묻는다. 민석은 시장통에서 우연히 만난 엄마 때문에 정신이 다른 데 가 있다.

"응 뭐라고?"

"짜식 시장 구경이 괜찮으냐고 물었다 아이가?"

"아니. 우리 고향에 있는 오일장보다 시시하네. 다시는 오고 싶지 않네."

민석은 마음에도 없는 말을 지껄이며 빨리 시장통을 벗어나고 싶다.

13 | "계십니꺼?"

밤늦은 시간에 누군가 미닫이문을 두드렸다. 민석은 다락방에서 책을 보고 있자니 어머니가 문을 열어 주는 눈치였다.

"어이구 반갑씹니다 제수씨. 제가 제대로 찾아오긴 왔나 봅니더."

"난 누구라꼬? 어서 오이소. 민석이 아부지요 손님 왔네예 합천때기 아저씨…."

"종복아 어서 오이라."

아버지가 방문을 열어젖히고 종복아저씨를 방으로 모셨다. 민석도 다락방에서 눈치를 보다 나무계단을 타고 내려와 인사했다.

"안녕하셨습니까?"

"그래 민석이 많이 컸네. 벌써 중학생이 되었구마. 동출아 자 이것 술하고 안주다 허허 오늘 한잔 해야제?"

"허허 이사람 말라꼬 사왔노? 그냥 와도 되는데."

"제수씨 진작에 인사를 왔어야 하는데 사는 기 쪼매 바쁘다 보니 많이 늦었습니다. 이해 하이소."

양례는 종복이 사가지고 온 술과 안주거리를 상에다 차려가지고 방으로 들어갔다. 민석은 다시 다락방으로 올라갔다.

"제수씨도 일로 와서 앉으소. 그래 도시로 이사 오니 좋습디꺼?"

"오네예. 산동네라 오르내리기도 많이 힘들고 별로 좋을 기 있습니 꺼? 다 참고 기다리면 언젠가는 마 좋은 날도 안 있을라꼬예."

"그라모예. 처음엔 힘들어도 약간만 적응하면 농사짓는 일보다는 나을 낍니더."

두 사람이 소주잔을 주거니 받거니 하고 양례도 옆에서 한 잔 거들었다.

"합천때기는 참 우째 지냅니꺼?"

"식당일 나간다 아입니꺼? 둘이 버니 우째 애들 교육도 그럭저럭 시키고 인자는 저금도 조금씩 하는 형편이라예."

"그래 종복아 거 반가운 소리데이 하하하. 옛날에 촌에 있을 때 만날 입에 풀칠하기 바쁘고 그나마 겨울엔 사랑방에 앉아 노름으로 재산도 많이 축내고 그래 쌌는데 도시에 오길 잘했네. 니 집사람이 많이 좋아하겠다."

"으이 사람도. 남사시럽꾸로 호랑이 담배 피우던 케케묵은 지난 이야기는 말라 꺼내노."

술이 들어가고 차츰 시간이 흐르자 자연 옛날 추억담이 오고갔고 분위기도 무르익어갔다.

"참 동출아 니 직장 구하는 일은 우째 되어가노?"

동출은 종복이 그 이야기를 꺼내지 않나 했는데 결국은 그렇게 물어오니 한편으론 시원하기도 했다. 공사장 잡부 자리는 최후의 마지노선으로 잡아놓았던 동출이다. 그런데 이사를 온 지도 벌써 5일이 지났고 부지런히 쫓아 다녔지만 마땅한 직장은 나타나지 않았다. 이제는 앞으로의 일이 차츰 불안해졌던 동출이다.

"대답이 없는 걸 보니 아직 몬 구핸 모양이네. 그래서 말인데 동출아 그 일도 물으러 왔다. 십장이 심성이 무던하고 심복할 만한 사람을 찾는 다 카이 바로 자네 얼굴이 떠오르더구만 하하."

옆에서 듣고 있던 양례도 차마 끼어들지는 못했지만 반갑기는 마찬가지다. 그동안 표현은 안했지만 마음고생이 무척 심했던 남편을 지켜봤다. 직장을 구한답시고 하루 종일 돌아다니다 귀가해선 무척이나 피곤할 텐데도 한숨을 내쉬며 밤잠을 설쳐대던 남편이다. 아무 직장이라도 다니다 차차 좋은 직장자리를 구했으면 하고 생각해보기도 했다.

"내일 현장에 가서 십장한테 니 얘기 꺼내도 되겠나? 내도 니가 일도 편하고 계속 근무할 좋은 직장자리를 구했으면 했다만 번듯한 기술이나 하다못해 동아줄 같은 빽이 없인 힘들 줄 알았다. 이런 이바구 할라카이 우습다만 나도 맨 처음 이사 와서 직장 구한다고 쌔가 빠질 뿐 했다. 아는 배고프다고 빽빽 울어쌌제, 거 참 며칠이 지나가니 앞이 캄캄한데. 결국 노동일에 몸담게 되었다만. 내도 기술이 있나 학벌이 좋나 그저 가진 거라곤 건강한 이 몸뚱아리밖에 없으니."

"그라고 보이 합천때기가 아를 참 늦게 나았지예. 늦게사 아들 낳았다고 동네가 축제 분위기 맨쿠로 떠들썩했는데 호호. 인자 제법 컸겠습니더."

옆에서 지켜보던 양례가 거들었다.

"하모예. 우리 창남이가 올개 벌씨로 여섯 살이라예. 낳아놓으니 씩씩하게 잘도 커네예. 지 엄마한테 매달려 식당에도 같이 나간다 아입니꺼?"

"식당에 따라 다니면 눈치 보일 낀데. 고마 쪼매 힘들더라도 유치원 같은 데 보내지 그러나?"

직장을 구했냐고 물었을 땐 잠자코 있던 동출이 나섰다.

"우리 형편에 유치원에? 안 그래도 식당주인이 잘 봤는지 식당에 손님이 많을 땐 힘들다고 가게 옆에 자기 동생이 운영한다는 미술학원에 싼 가격으로 맡겨 놓는다 카데. 저녁때 찾아오고."

"그래도 창남이 갸는 도시에서 큰다고 문화 혜택을 누리고 있네. 아직 고향에 있다면 오데 그런 일 꿈이나 꾸어 보겠노? 하루 종일 동구 밖으로 싸돌아다니거나 부모님을 따라 들녘에서 뒹굴 일밖에 더 있겠나?"

"참 동출아 니 대답 안했다. 공사장일 할 끼가 우짤 끼가?"

"글쎄 아무 대책 없는 형편에 찬밥 더운밥 가릴 입장도 못 된다만." 그런 말을 하면서 그는 아내의 얼굴을 슬쩍 바라보며 눈치를 살핀다.

"그러면 좀 더 생각했다가 며칠 뒤에 연락 주거라. 내는 내일 새벽에 일 나가야 되니까니 내 인자 가 볼란다."

종복이 여러 잔 마신 술에 불콰해진 얼굴로 자리를 털고 일어섰다.

종복을 배웅하고 돌아온 동출은 내일 하루만 더 말미를 갖고 직장자리를 알아볼 요량이었다. 그래도 안 되면 종복을 찾아야겠다고 생각했다. 민복은 오늘도 잔업이 있는지 아직도 돌아오지 않고 있었다.

14 | 민복은 오늘도 야근을 마치고 집으로 돌아오면서 같은 버스에 타고 있던 교복을 입은 학생들을 부러운 듯이 쳐다보았다. 자신도 학교에 계속 다녔다면 이제 고 2의 나이였다. 버스정류장에 내려서니 향긋한 국화 내음이 코를 자극했다. 시에서 국화를 가득 담은 화분을 올려놓은 간이대를 정류장 근처에 설치해 놓았다. 노란색의 투박한 국화들이 차디찬 밤이슬을 맞고 있었다. 국화들을 바라보며 잠시 감상적인 생각에 빠졌다가 집에서 자신을 기다리고 있을 가족들을 생각하며 얼른 집으로 타박타박 걸어가기 시작했다.

회사 내 작업장에서는 순영이 반장이 되고나서 처음의 분위기는 이전 같지가 않았다. 사람들은 경력이나 일솜씨에서 자신보다 결코 나을 리 없는 순영의 지시를 무시하고 자기 고집대로 처리하기 일쑤였다. 수출 경기의 호조와 맞물려 상부에서 내려오는 물량을 맞추기 위해 동분서주 해야 할 마당에 그러한 감정적인 소모는 회사 입장에서도 좋은 소식이 아니었다. 3개의 반에서 만들어 내는 물량은 톱니바퀴가 맞물려지듯 융합적으로 만들어지고 있어 어느 한쪽의 미진한 부분은 금방 표시가 나기 마련이었다.

회사에서는 오래지 않아 완성반의 부진 원인이 기계의 불량이나 원자재 물량의 원활하지 못한 공급보다는 조직 내부에 문제가 있음을 캐치해냈다. 그 원인이 비록 반장으로 선출된 순영과 조직원들 전체의 문제가 있었다 해도 결코 간과할 가벼운 문제가 아니었다. 그렇다고 회사에서 새로 임명된 반장을 조직원들의 편을 들어주면서까지 번복한다는 것은 장래를 위해서나 회사의 권위를 위해서도 좋은 방안이 못 되었다. 그래서 응급 처방약으로 쓴 것이 인사이동이었다.

"너희들 들었니? 말자가 글쎄 재단반으로 자리를 옮겼다 카네."

어느 날 아침에 민복이 회사로 출근해보니 바로 옆 자리의 말자가 없고 다른 사람이 미싱대에 걸터 앉아있었다. 민복으로서는 금방 사태가 그렇게 진전될 줄은 꿈에도 생각 못해본 일이었다.

"정말 모두 너무들 하네. 처음부터 말자를 반장으로 만들었다면 이리 안 되었을 거 아이가? 인제 와서 아무 잘못도 없는 말자를 그곳에 보내면 우짠다 말이고."

사람들은 모였다 하면 이런 불만을 놓고 쑥덕쑥덕 댔다.

"여러분들 고생하는 거 다 압니다. 이왕 하는 김에 표가 나도록 합시다. 저번 달에도 수출물량을 당초 계획보다 야근을 며칠이나 늘려서 겨우 맞췄다는 것 잘 알지예. 여러분들이 물량공급에 차질을 빚으면 그 손해가 고스란히 회사로 직결되고 그 여파가 바로 어러분에게 돌아간다는 것을 명심해 주시기 바랍니다. 그라고 이번 참에 회사의 지시나 방침을 자기 멋대로 무시하는 일이 있다면 반드시 응분의 조치가 내려 질 거라는 사실을 확실히 주지시켜 드리는 바입니다."

아침에 부장이 작업장을 돌면서 그런 일장의 연설을 하고 갔다.

"도대체 누가 무시했다는 말이고? 그 착하디 착한 말자가 그랬다는 말이가? 회사에서 자기 멋대로 해놓을 때는 언제고 이제 와서는 할 말이 없으니까니 괜히 엉뚱한 소릴 늘어 놓는 거 아이가 참내."

부장이 돌아가기가 무섭게 누군가의 입에서 그런 불만이 터져 나왔다. 그런 일련의 사태를 가장 안타깝게 지켜보는 사람은 다름 아닌 민복이었다. 말자언니와 가장 친하게 지냈으면서도 아무런 도움이 되지 못하는 힘없고 나약한 자신이 미워지기도 했다.

불과 한 달 전만 해도 그랬던 분위기가 요즘 들어와선 완전히 이전으로 회복되어 있었다. 회사에서는 수출물량을 제때에 맞추고 독려 하기 위해 별의별 방법을 다 동원했다. 그 중 대표적인 방법 중 하나가 열흘 단위로 반장이 우수 직원을 선정하여 보고하면 회사에서 부상품을 수여하고 우수 직원 리스트를 작성해 연말에 보너스를 지급하는 방식이었다. 그런데 이 방식은 변별력에 문제점을 안고 있었다. 즉, 엇비슷하게 일하는 사람들 중에 어느 누가 우수한지를 반장이 입맛대로 선별할 수 있는 맹점을 안고 있었던 것이다.

"글쎄 이번에는 명옥이가 선정되었다 카데."

"명옥이가? 그 가시나 반장 앞에서 알랑방귀 잘도 꿰어샀더만 호호 결국엔 ….."

처음에는 모두들 이렇게 수군거리며 불만을 터뜨렸다. 그런데 차츰 시일이 지나자 반원들이 순영을 대하는 태도가 하나같이 변하기 시작했다. 처음엔 거들떠보지도 않던 사람이 순영이만 옆에 오면 괜히 신경을 쓰고 눈치를 보기 시작했다. 순영이도 이때는 눈치 빠르게 사람들을 이용하기 시작했다. 이제는 자기 쪽에서 먼저 아쉬운 소리 할 필요가 없어졌다. 우수 직원을 선정하여 세 번 보고하고 네 번째 보고하는 기한이 오기도 전에 반원들이 완전히 자기 손아귀에 들어온 것 같아 혼자 있을 때면 자꾸 헛헛하고 웃음이 나왔다.

"민복이 제까짓 게 별 거 있을 라꼬, 좀 더 있어봐 호호."

순영은 평상시 좀 친했다는 이유로 부서를 옮긴 말자와 아직도 자주 만나고 있는 민복을 바라보며 아니꼬운 생각을 가지기 시작했다.

"니네들이 아무리 자존심 따월 내세워봤자 결국은 힘 있는 데로 쏠리게 되어 있어. 힘 있는 사람은 별로 힘들이지 않고 토닥여 주기만 해도 약자들은 자기편인 줄 알고 완전히 감동을 먹고 한다니까. 호호호."

민복은 두어 달 동안 세상살이의 냉정한 현실을 발견하고는 마음이 착잡해졌다. 자신도 사람이라 순영에게 잘 보여 우수 직원에 선정되어 봤으면 하는 생각이 생기는 데는 어쩔 도리가 없었다.

'아무리 그렇더라도 말자언니를 그렇게까지 조치한 건 너무 가혹한 조처인기라.'

민복은 어느 새 다가온 산동네의 집에서 새어나오는 불빛을 바라보며 한숨을 내쉬었다. 오늘도 고단한 몸을 쉬고 있으면서도 이런 줄도 모르고 자신을 금쪽 같이 여기고 있을 부모님을 생각하니 어깨가 한결 무거워짐을 느꼈다.

15 | 동출은 종복이가 다녀간 이튿날 아침부터 집을 나섰다. 자존심이고 뭐고 다 저냥 잡혀 놓았다 치고 마지막으로 동호가 운영하는 영진실업을 찾아가 볼 생각이었다. 며칠 동안 직장을 구한답시고 돌아다녔지만 소득은 없었다. 덕분에 앞으로 오랫동안 직장에 버티고 인정받기 위해선 자기만이 내세울 만한 기술이 필요하다는 생각을 하게 되었다.

영진실업은 사출성형기를 통해 가정용 전자제품의 부속품을 찍어내는 회사였다. 생활수준이 전반적으로 향상될수록 가전제품의 소비량은 늘어날 것이므로 미래의 전망은 매우 밝은 편이었다. 자신이 나이가 좀 많긴 해도 친척이자 사장인 동호가 조금만 배려해주면 아무런 문제가 되지 않을 듯 보였다. 6촌 형님이라면 아주 가까운 친척이다. '하지만 끝까지 안 된다고 거절하면 우짜지?' 동출은 동호가 이번에도 그렇게 나올까 두렵다. '나이고 자존심이고 다 집어치우고 기술을 배워보겠다는데 형님도 우짤끼고' 동출은 다시 한 번 독하게 마음을 먹고 애써 생각을 다잡았다.

그러나 다짐했던 것과는 다르게 회사의 입구에서부터 동출은 주춤거렸다. 검은 세단이 바람을 휙 가르며 달려와 회사의 정문을 통과하여 주차되는 모습을 정문 귀퉁이에 서서 지켜보고 있었다. 차에서 내린 동호가 경비의 인사를 받으며 어깨를 쫙 펴고 힘찬 걸음걸이로 사무실로 향하고 있었다. 동출은 뛰다시피 달려가 어느새 동호를 따라붙었다. 인기척을 느낀 동호가 뒤를 바라보았다.

"아니! 너?"

"형님 염치불구하고 오늘도 왔습니더."

"아무튼 여기까지 왔으니 일단 사무실에 가서 차 한 잔 하고 가지."

동호가 앞서고 동출이 주변을 두리번거리며 어색한 몸짓으로 따라갔다.

"허, 이 사람 그게 생각보다 쉽지 않다 카이."

"형님 며칠 동안 나름대로 찾아서 댕겨봤는데 직장 구하기가 정말 어렵다는 걸 느꼈습니다. 나이나 자존심 따윈 낙동강 강물에 흘러 보냈다 치고 젊은 친구한테서 기술 배워보면 안 되겠습니꺼?"

"그게 생각보다 쉽지 않다고 몇 번이나 말해야 알아묵겠노?"

동호는 커피 잔을 내려놓고 동출을 바라보며 생각에 잠긴다. 그냥 이번 참에 눈 딱 감고 한번 봐 줘. 그러다 머리를 절레절레 흔든다. 지난번 동출이 다녀가고 어떡할까 생각해봤던 동호다. 혹시나 해서 마누라에게 얘기를 꺼냈고 역시나 어림도 없는 소리라고 일언지하에 거절당했다. 어떨 땐 마누라가 초등학교 동창인 동출에게 왜 그리 좋지 않은 감정을 가지고 있는지 의아스럽게 여겨지기도 했다. 여자들은 한번 정이 떠나고 나면 오히려 더 냉정해진다는 말이 맞긴 맞는 모양이라고 동호는 생각했다.

처음엔 세 명으로 어렵게 시작하여 이제는 40명이나 되는 어엿한 중소기업으로 키워놓은 자신의 저력은 스스로 생각하기에도 흐뭇하다. 현재 직원들 중 자신과 특별한 친분이 있는 사람을 꼽아보면 딱 3명 정도 있었다. 절친한 친구의 아들인 준식이와 처남이 있었다. 그렇다고 마누라의 친척이나 자신과 특별한 친분이라고 거들먹거리는 꼬락서니는 비위와도 맞지 않았다. 마누라는 처남 쪽을 2인자 겸 감시자로 키울 생각인지 회사의 일에 자주 콩 내와라 팥 내와라 관여했다. 당초 공장을 차릴 때 자금부족으로 많은 금액을 처가 쪽에서 끌어왔던 터라 마누라는 그럴 만도 했다.

그런데 처남보다도 나이가 더 많고 아무 기술과 경험도 없는 6촌 동생을 회사에 앉힌다면 지금도 귀찮을 정도의 마누라 등살이 오죽할까. 그러나 무엇보다 손만 내밀 줄 알았지 도움이라곤 전혀 뇌시 않는 고향 쪽 떨거지라면 이가 갈린다. 공장을 운영하고 있다는 소문이 언제 났는지 무슨 행사다 하며 걸핏하면 손을 내미는 사람들이 고향 쪽엔 수두룩했다.

"참말로 안 되겠습니꺼? 아무런 조건 없이 밑바닥부터 배워보겠다는데도 정말 안 되겠습니꺼?"

"허, 이 사람. 그런 생각을 갖고 있다면 진짜 아무 연관도 없는 회사에 들어가야 옳지."

동출은 아무리 찔러도 피 한방울 안 나올 것 같은 동호의 모습에 절망한다. 누가 그걸 몰라. 아무리 쫓아다녀도 자리가 없는데 낸들 그러고 싶겠어. 정말 독한 인사네요. 몇 번이나 나오려는 말이 목울대까지 치밀어 오르는 것을 꾹꾹 참는다. 두 사람이 이런 신경전을 벌이다보니 쓸데없이 시간만 지나간다.

"사장님 회의 준비를 마친 임원들이 사무실에서 기다리고 있다는데요."

보다 못한 여비서 미스 리가 나섰다.

"으응 그래? 하마터면 깜빡 잊을 뻔했구마."

미스 리의 말에 눈치를 차린 동호가 불편한 자리를 털고 일어선다. 강제라도 내쫓길 판인 동출도 그제야 잘 떨어지지 않은 무거운 엉덩이를 뗀다. 잠시 현기증이 일어난다. 빈혈증세가 다시 도지는 기분이다.

"그럼 바빠서 이만. 내 마중은 못나가네."

동호가 사장실을 빠져나간다. 뭔가 할 말이 남은 듯 미적거리던 동출도 뒤통수를 긁적이며 동호의 뒤를 따른다. 공사장 판에서 노가다를 하는 일이 있더라도 내 이놈의 회사 죽어도 다시 오나 봐라 자존심이 상할

대로 상한 동출이 스트레스와 맞물려 일어나는 어지럼증에 비틀거리며 회사의 정문을 벗어난다. 2층의 사무실 창문으로 이 장면을 지켜보는 동호의 입가에 묘한 웃음이 번진다.

'짜슥 거 보기보다 끈질긴 구석이 있네. 저 자슥 저거 빈혈증세 있는 것 아냐. 저런 부실한 몸으로 일하다 쓰러져 남의 회사 망칠 일이라도 있나 우째 일 하겠다고 쯧쯧.'

동호가 혀를 차며 궁싯거리다 다시 사장실로 들어간다.

16 | "어이 김씨, 좀 쉬었다 하소."

시멘트를 벽에다 바르던 오씨가 담배를 피워대며 옆 자리에 앉기를 권한다. 2월 중순이 지났는데도 날씨는 제법 쌀쌀했다. 동출이 종복을 따라 공사장에 다닌 지 어느새 석 달째로 접어들었다. 두 사람이 앉아서 잠시 휴식을 취하고 있자니 어느새 종복이 옆으로 와 합류한다.

"거 날씨 한번 디기 춥네. 손이 다 얼어 터지겠다. 모닥불이라도 좀 피울까?"

"십장이 알면 뭐랄 낀데."

"어! 이 사람. 벌써 십장 역성을 다 들라카네. 하긴 동출이 자네 말이 맞네 그자. 그라모 좀 참지, 좀 있다가 참 시간이니 그때 언 몸을 좀 녹여야 겠네."

동출은 담배를 피우자마자 다시 시멘트를 섞기 시작했다. 동출은 종복과 오씨, 세 명이 한 조가 되어 노가다 디모도(잡부) 역할을 수행하고 있었다. 종복은 노가다에 이력이 붙어서인지 이제는 기술자로 제법 인정을 받고 있었다.

건설현장에서 위계질서는 어느 조직 못지않게 세다. 보조의 역할이 시원찮으면 금방 심한 욕설이 터져 나오기 마련이다. 다행히 동출은 친구인 종복이와 같은 조가 된 덕분에 그런 수모는 겪지 않아도 되었다.

처음엔 십장이 종복과 같은 조에 배정하지 않아 제법 곤욕을 겪기도 했다. 나이가 한참 어린 조장이 막말을 해도 꾹꾹 참는 도리밖에 없었다.

"참 시간이 되었네. 동출아 함바집으로 얼른가자 고마. 날씨도 추운데 언몸도 녹여야제. 어이 오씨도 갑시다."

동출은 종복과 오씨를 따라 함바집으로 갔다. 많은 사람들이 꽃을 찾아 벌들이 모여들듯 난로 가에서 옹기종기 모여 불을 쬐며 한담을 나누고 있었다.

"3월에는 반송동에 짓는 빌라를 떠맡게 되었다."

불쑥 나타난 반장이 기쁜 얼굴로 일갈을 했다.

"이야! 반가운 소식이네예."

"어이 오씨 그럴 땐 말만 하지 말고 단체로 박수를 치는 기라 알간."

반장의 말에 현장에 모인 잡부들이 모두 환호하며 박수로 응수했다.

"빌라 동이 모두 7갠데 336세대로 대단위 공사라 카데. 올 가실(가을)까지 일거리는 걱정 없는 기라 허허."

참으로 나온 국수를 먹으며 십장이 말하자 모두들 즐거운 표정을 지었다. 공사장 일로 밥을 먹자면 무엇보다 일거리가 끊이지 않고 계속되는 것이 관건이었다. 지난달만 해도 영하 5도 이하로 내려가 시멘트가 얼어붙는 바람에 닷새나 공쳐야 했다. 하루 하루 일당을 계산해서 받는 입장에선 크나큰 손실이 아닐 수 없었다. 그런데 적어도 가을까지 버틸 수 있는 일거리가 생긴 셈이다. 이즈음은 단독주택을 짓는 일보다도 빌라를 포함 집합건물을 짓는 경우가 종종 눈에 띄곤 했다. 아직 APT가

보편화 되어 있지 않아 그렇지만 점차 늘어날 추세도 곳곳에서 조짐을 보이고 있었다. APT가 늘어나면 일거리는 기하급수적으로 늘어날 판이었다. 공사장 일에 경험이 많다는 이유로 시간이 날 때마다 그런 화제를 띄우는 종복으로 인해 동출도 점차 그 바닥의 생리를 터득해갔다.

"참 저녁에 쇠주 한 잔 어떻노?"

시멘트를 바르던 종복이 동출을 바라보며 물었다.

"오늘 간주 나오는 날 아니가? 간단하게 한 잔 하지 뭐."

동출은 기분 좋게 응수하면서도 머릿속에는 다른 생각들로 가득 찼다. 도시로 이사를 온 지 하루하루가 다르게 민석이 변해가고 있었다. 처음엔 기가 많이 죽은 눈치더니 나날이 다르게 공부에 매달리기 시작했다. 도시는 시골보다 수준이 높아 따로 공부를 많이 해야만 따라 갈 수 있는 생리를 터득한 모양이어서 한편으론 흐뭇하기도 했다. 딱 몇 달 만에 시골에서 받았던 등수를 받아내는 걸 보고서 대견한 생각이 들었지만 막상 칭찬 한번 제대로 못해줬다. 공사장 일이 피곤하고 적응도 잘되지 않아 속으로만 끙끙 앓던 시절이었다. 이제는 자신의 일에 어느 정도 적응도 했고 마음도 여유가 생겨 기회만 엿보고 있었는데 퇴근길에 맛있는 것을 준비하여 대화의 시간을 갖고 싶었다.

17 | "아부지 다녀 오십니꺼?"

엄마와 함께 잠시 TV를 보고 있던 민석이 동출을 반겼다.

"오냐 자 옜다 그라고 이것은 당신 것 허허."

간주로 받은 봉투를 아내에게 전하며 동출이 들고 간 봉지를 민석에게 내밀었다. 일을 마치고 종복과 함께 들린 포장마차에서 특별히 준비한 간식거리였다.

"오늘은 이부지가 기분이 마이 좋다. 민복이가 없어 섭섭하다만 셋이서 맛있는 것을 먹으면서 모처럼 이바구나 해 볼까 허허."

양례도 민석 옆에 나란히 앉아 음식을 펼치고 세 가족이 모처럼 기분 좋게 마주보며 앉았다.

"아이구 민석이 아부지 오늘은 얼굴이 무척이나 밝네요."

"그래 민석이 엄마 오늘 간주도 타고 기분이 좋은데, 다음 달부터 반송동에 대단위 공사가 기다리고 있다 카데. 인자 가실까지는 이자뿟다."

"그래예. 그것 반가운 소식이네예. 지도 오늘은 모처럼 떡을 한 개도 안 남기고 다 팔아 치워서 기분이 좋은데 우리 가정에도 항상 이래 좋은 일만 있었으면 좋겠습니더."

양례도 평소 말수가 적은 남편이 술만 약간 먹고 나면 기분이 상승했을 때가 좋은 기회라 반색하며 평상시 꺼리던 대화까지도 꺼내 놓는다.

"그래 당신 추운데 떡 판다고 고생 많데이. 내가 하는 일이 얼른 정착되면 당신은 살림만 하소."

"글쎄예. 지 팔자에 그런 날도 오겠습니꺼? 호호호."

"와? 당신이 어때서? 참 민석아 니도 성적이 많이 올랐다문서. "

"아부지 우째 알았습니꺼?"

"내 말 안 해도 다 안다. 니가 밤늦게까정 공부하는 기 대견타."

분위기가 한층 밝아졌다.

"도시로 와서 성적이 안 나오니까니 자존심이 팍 꾸겨지데예. 따라 붙을라꼬 오기로 열심히 했습니더."

민석이 아버지의 칭찬에 힘이 솟아 다부지게 말한다. 그런 아들의 모습에 동출은 더욱 기분이 좋아진다.

"그래 학교 댕길 때는 공부에 최선을 다해야 하고 사회생활을 하는 사람은 자기가 맡은 일에 최선을 다해야 하는기라. 나도 우리 아들이 아무리 생각해도 대견하데이."

양례도 옆에서 거들었다. 어쨌든 주어진 일에 최선을 다해야 한다는 평소의 소신을 피력했다. 조금 있자니 민복이도 퇴근해서 집으로 돌아와 모처럼 한 가족이 모두 모였다.

"민복이도 일로 와 앉거라."

당연한 순서지만 가족회의에 민복을 끼워 놓는다. 민복이도 마침 할 얘기가 있어 기회를 엿보고 있었는데 좋은 기회라 여기고 참여한다.

"엄마, 아버지 마침 가족들 간의 모처럼 대화 중인데 저도 할 얘기가 있습니다."

그 말에 전 가족의 귀가 민복에게 쏠렸다.

"3월 초에 야간학교에 입학하기로 했습니다."

"그래? 그것 듣던 중 반가운 소식이다."

양례가 무척 반기며 반색한다. 동출도 반갑기는 마찬가지지만 일단 할 말을 자제하고 옆에서 지켜본다. 처음에 도시 생활이 적응되지 않아 이 일이 마음에 꺼림칙하게 남아 있었어도 한마디 못 꺼낸 동출이다. 민복의 그 말에도 그럼 다니던 직장은 어떻게 되는 거지 하는 걱정부터 앞선다.

"저도 진작에 말했어야 하는데 도시로 온 지 얼마 되지 않아 고생하시는 부모님들을 대할 때마다 차마 용기가 안 나더라꼬예. 그런데 시간은 자꾸 지나가고 미룰 수만 없어 이번 참에 알아봤는데 낮엔 회사에 다니고 야간 학교에 다니기로 했습니다. 회사에서도 일만 지장을 안 준다면 좋은 일이라며 수긍하기로 했습니다."

"이야! 그래 그것 참 잘 되었네."

그제서야 동출도 한시름 놓은 듯 반색을 한다. 옆에선 양례가 눈물을 훔친다. 그렇게 고등학교에 가고 싶어 했던 딸이 집안 형편으로 어쩔 수 없이 직장에 다니게 되었을 때도 안타까운 마음으로 지켜보기만 했던 자신이다. 물론 지금 입학해도 남들보다 2년 정도 늦어진다. 하지만 사회생활 2년 만에 직장일도 척척해내며 자립하여 스스로 고등학교까지 다니겠다는 딸이 자랑스럽기만 하다.

"우리 딸 정말 대견테이."

양례가 민복의 손을 덥석 잡는다.

"엄마."

순간적으로 넘쳐오는 기쁨과 그동안의 마음고생이 합쳐진 복잡한 심경으로 눈물이 글썽해진 민복이 엄마에게 안긴다. 그런 정겨운 풍경을 옆에 있는 동출과 민석이 흐뭇한 표정으로 지켜본다.

"다음에 날이 풀리는 봄쯤에 우리 온가족 봄나들이 한번 가재이. 부산에는 가볼 데도 많을 거 아이가. 민복이 니가 잘 알 테이까니 한번 알아보고. 정 안되면 선착장에 가서 유람선이라도 타든지 허허."

"당신 참 좋은 생각 하셨네요. 이사 온 지 몇 개월이 지났는데도 조촐한 외식 한번 못했네요. 민복이 입학하는 날에 같이 외식 한번 하입시더."

모두들 모처럼 활짝 웃는다. 도시로 이사와 정말 처음으로 느껴지는 행복감에 동출은 가슴이 벅차오른다.

18 | 말자는 아침부터 열심히 옷감을 재단하고 있었다. 완성반에 있다 정말 뜻하지 않게 부서를 옮기고 나선 화가 울컥 치밀어 올라 늘 우울증에 시달리곤 했었다. 반장이 되지

못한 것도 억울한데 자리까지 뺏기니 회사를 관두고 뛰쳐나가고도 싶었었다. 하지만 현실이 발목을 잡았다. 14살 이후 나이 스무 살이 되도록 오로지 재단과 미싱 틀에만 매달려 일해 온 자신이 다른 일을 할 자신도 없었다. 물론 같은 계통의 다른 회사에 들어가는 일도 고려해 볼 수도 있지만 옮긴다고 별 뾰족한 수도 생길 것 같지 않았다. 더구나 부서를 옮기고 얼마 되지 않아 부장이 슬쩍 자신을 불러서 한 말이 더욱더 회사에 미련을 두게끔 발길을 붙잡았다.

"어이 미스 허. 잠시만 참고 기다려 봐. 재단반과 완성반 다 골고루 해 봐야 진짜 옷 만드는 기술자라꼬 할 수 있겠제. 혹시 알아. 다음에 양장점이라도 차리게 될지, 허허. 그건 그렇고 분위기가 잠잠해지고 실적도 만회가 되었는데도 미스 허가 그때 가서도 재단반이 체질에 안 맞는다면 자리를 고려해보도록 하지."

말자로선 재단반엔 6개월 정도 근무한 적이 있어 이번 근무로 두 번째 하는 셈이었다. 재단반의 숙련공은 디자인한 치수와 규격에 맞게 선을 긋고 자르는 고도의 기술을 필요로 한다. 말자는 처음엔 아주 단순한 재단 보조의 역할을 수행했는데 부장의 말이 자극이 되어 이번 참에 아예 기술자로 남을 생각을 하게 되었다. 부장의 말대로 이 담에 양잠점이나 차려볼까 생각도 해본다. 생활수준이 나아질수록 사람들이 외모에 신경을 쓸 테니 잘만 하면 전망이 아주 밝아 보인다. 사람일이란 알 수 없는 것이다. 말자는 요즘 그런 생각이 부쩍 든다. 지난 일들을 돌이켜 생각해보니 이 말처럼 절실히 피부에 와 닿는 말이 없다.

자신이 직장생활을 하면서 처음으로 고비에 부딪쳤을 때가 재단반에서 완성반으로 자리를 옮기고 라벨을 달 때였다. 수출용으로 세탁에 대한 설명서를 비롯 모든 부착물이 영어로 되어 있어 신경을 써서 달음질을 했지만 생각보다 쉽지 않았다. 우선 영어를 배운 적이 없는 그녀로선

글자의 모양새부터 어디가 앞뒤인지 구분조차 못 해내는 지독한 까막눈이다. 다행히 마음씨 고운 민복이가 옆에 없었다면 창피 당하기 연속이었을 것이다. 그녀의 이러한 애로점을 알고 도움의 손길을 먼저 뻗쳐온 것도 다름 아닌 민복이었다.

어느 날 공장장이 완성반에 근무하는 전체 직원을 불러놓고 불호령을 내렸다. 수출용 제품에 거꾸로 단 라벨이 문제를 일으킨 것이다. 그래서 역추적 끝에 말자가 그 원인 제공자로 밝혀져 한차례 곤욕을 치렀다. 하도 창피해 회사를 관둘 생각까지 했다. 그때 민복이 구세주처럼 구원의 손길을 내밀었다.

"언니 이번 기회에 영어공부도 해보고 아예 검정고시도 준비 해보는 게 어떻겠노?"

"검정고시라 캤나?"

"그래 언니. 틈틈이 공부해서 아예 중학교 졸업장을 독학으로 따는 기라."

"내사 자신 없데이. 공부하기 싫어 집까지 뛰쳐나온 내가 독학으로 공부한다 카면 세상 사람들이 다 웃을 끼라."

말자는 머리를 절레절레 흔들었다. 민복이 작업장에서 쉬는 시간에 틈틈이 단어장으로 영어를 공부하는 장면을 몇 번 목도한 적이 있었다. 그때마다 대견하고 신기하다는 생각을 가져보긴 했어도 정작 자신은 그럴 자신도 없고 관심도 없었다. 하지만 회사의 분위기가 심상치않게 돌아가고 있었다. 자꾸 이런 일이 발생하면 재단반으로 자리를 옮기거나 다시 완성반 보조 일을 맡긴다는 것이다. 그 일만은 당하고 싶지 않았다. 그래서 어느 날 민복에게 검정고시는 없는 걸로 하고 애원하다시피 부탁한 일이 영어 개인 교습이었다. 간단한 알파벳부터 시작하여 영어에 관한 아주 초보적인 사항을 민복에게 배우기로 한 것이다.

말자는 지난날을 회상해보며 웃음을 지었다. 정말 죽으란 말이 없다는 세상 말도 있듯 남의 일처럼 금방 적응이 되었다. 언제부터인가 부장의 말대로 재단부로 잘 옮겼다는 생각을 차츰 갖게 되었다. 영어 알파벳을 잘 몰라 벌어졌던 치명적인 실수도 민복을 통해 그럭저럭 해결했듯이 이번 일도 금방 적응하고 말 거라는 요령을 체득했다.

"그래 세상일이란 다 그런 거야. 환경이 바뀌면 처음엔 약간 힘들긴 해도 그 순간만 지혜롭게 잘 넘기고 나면 정말 남의 일처럼 되어 버린다 카이. 호호호."

퇴근길에 민복과 만나 저녁식사를 하기로 약속이 되어 있었다. 민복이 낮에는 직장에 다니고 저녁에 야간 고등학교에 입학할 거라는 소문이 회사의 입조심에도 불구하고 공공연하게 퍼져 있었다. 순영이 많은 사람들 앞에서 떠벌리고 다녔다는 소문도 있었다.

"민복이가 입사 동기쯤 되는 내가 학력이 더 좋아 먼저 반장으로 선출된 것에 충격을 받아 야간고등학교에 들어갈 모양인데 아무리 그래도 한참 처지는 야간학교 정도와 내가 나온 학교와 어디 비교가 되겠어?"

순영이 이런 말도 했다는 소문도 있었다. 말자는 소문의 진상도 알 겸 민복과의 개인적인 친분도 있어 이런 자리를 마련했다. 소문이야 어떻든 민복이 대단하다는 생각이 든다. 하지만 공부에 관심이 없는 자신으로선 잘 다니고 있는 직장에 남의 눈총까지 받아가며 어렵게 공부까지 할 필요가 있을까 안타까운 생각이 드는 데는 어쩔 도리가 없다.

19 | "날씨가 상당히 춥네. 어서 가자 민복아."

공장 입구에서 만난 민복과 말자는 코트 깃부터 먼저 세웠다. 살을 에일 듯한 차가운 바람이 공장이 쭉 자리 잡은 골목길을 한차례 훑고 지나갔다. 연인처럼 두 사람은 공장을 나서자마자 팔짱을 꼈다. 공장 사람들이 자주 이용하는 식당은 실어서 5분 거리에 있었다. 뛰다시피 해서 식당 안으로 들어서기가 무섭게 식당 중간에 설치한 난로가로 가서 손을 녹였다.

"언니 얼굴이 빨그레 한기 이쁘네 호호."

민복이 그렇게 말하자 말자가 눈을 흘겼다.

"우리 여기서 이럴 게 아니라 음식이나 시키고 불을 쬐자 으잉 민복아."

"그래 언니."

음식이 나오자 식탁으로 자리를 옮긴 두 사람은 열심히 음식을 먹었다.

"너 학교 간다는 소문이 있던데 사실이가?"

음식을 부지런히 먹다 말고 말자가 느닷없이 물었다. 민복은 대답 없이 웃음 띤 얼굴로 말자의 얼굴만 일별한 뒤 다시 음식을 먹기에만 열중한다. 두 사람 사이에 잠시 침묵이 지나간다.

"언닌 나중에 세월이 지나, 아니 다시 말해 한 십 년쯤 지나면 뭘 하고 있을 것 같아?"

"근데 그걸 와 묻노 민복아. 민복아 니가 새삼 그렇게 물으니까니 내가 할 말이 막히잖아."

"글쎄 언니 미래의 모습이 궁금하지도 않아? 십 년 뒤의 모습을 상상해보니 그것만으로도 가슴이 설레고 말이야 호호."

"골치 아프게 십 년이나 지나서 있을 생각을 뭐하러 할라카노?"

민복은 그렇게 말하는 말자를 빤히 쳐다본다. 본인도 그런 화두를 먼저 꺼냈지만 구체적으로 미래에 대해 생각해 본 적은 없다. 그렇더라도 분명한 기준은 있다. 당연한 얘기지만 미래는 지금보다 훨씬 나아야 한다는 사실이다. 지금 몸 담고 있는 직장에 차근차근 경력을 쌓아 이 분야의 전문가가 되기보단 다른 방향으로 빨리 벗어나고픈 것이 솔직한 심정이다.

자신을 빤히 쳐다보는 민복의 시선에 말자는 잠시 쑥스럽다. 그래도 뭔가는 이야기해주고 싶다. 민복은 학교진학에 대한 자신의 물음에 아직 답도 하지 않은 상태다.

"학교 가는 기 맞느냐고 물었을 때는 대답 안하고 골치 아픈 장래 이바구는 말라 하노?"

말자는 민복에게 재차 채근한다.

"언니 다음 달에 나 입학하기로 했어. 낮엔 회사에 있고 야간학교로."

"어! 그렇구나 결국은. 아무튼 대단하고 대견스러워."

말자는 정말 진심이 가득 담긴 눈빛으로 민복을 바라본다. 그렇지만 자신으로선 낮에 직장 다니고 저녁에 학교에 가야하는 민복의 처지가 걱정된다. 자기에게 해보라고 하면 당장 거절할 것 같다. 공부에 그렇게 미련도 취미도 없지만 두 가지 일을 소화하기엔 자신은 정말 자신 없다.

민복이 느닷없이 미래에 대해 물어온 사실에 조금은 이해가 될 것 같기도 하다.

"직장일 마치고 저녁에 학교에 갈라카면 힘들어서 우짜노?"

말자가 솔직한 심정으로 걱정해준다.

"언니 나 그 부분에 대해선 이미 단단히 각오가 돼 있어. 미래를 위한 투자인데 그까짓 힘든 일이야 이겨내야지."

미래의 꿈에 대해 상상만 해도 즐거워지는 민복이다. 자신이 되고자 하는 구체적인 꿈은 아직 정하지는 못했다 하더라도 대략적으로 생각해 본 적은 있다. 공부가 뒷받침 되는 게 우선이다. 기회가 된다면 대학에도 가고 싶다. 약간 늦은 공부지만 고등학교를 마치고 대학을 선택할 때쯤이면 전공도 드러날 테니 그때 구체적인 목표를 정하고 싶다.

민복이 이런 즐거운 생각을 하고 있을 때 말자는 직장에서의 자신의 처지를 생각하고 있었다. 한동안 차지했던 반장에 대한 미련도 물거품처럼 허망하게 부풀어 올랐다 사라져 버렸다. 좀 싱거운 생각이지만 자신도 반장에게 잘 보여 우수 직원으로 뽑혀 부상품을 받는 생각도 해본 적이 있다. 하지만 완성반에 오래 근무한 뒤였던 터라 재단반에 빨리 적응이 되지 않았다. 한동안 부지불식간에 찾아드는 회사에 대한 적개심도 발목을 잡았다. 그러나 부서를 옮긴 지 석 달째로 접어든 요즘은 아예 재단부가 자신의 체질에 맞는다는 생각이 들 정도로 적응을 해 버렸다. 하루하루 쳇바퀴 돌아가듯 단순한 생활의 연속이지만 자신은 변화 있는 환경보다는 안정적인 그런 분위기를 선호했다. 그래서인지 환경을 변화하고자 하는 민복의 도전 정신만 사줄 뿐 그저 남의 일처럼 느껴질 뿐이다.

20 | 아침부터 한복을 곱게 차려입은 어머니와 단벌인 양복을 꺼내 입은 아버지를 따라 민석은 집을 나섰다.

"엄마 도대체 뭔 일인데예? 저도 꼭 가야 됩니꺼?"

"그럼 가봐야제. 나에겐 당숙모이니 너에게도 아주 가까운 친척의 칠순잔친데 가는 기 도리지."

엄마한테 물었는데 대답은 아버지가 하셨다. 어젯밤에 이 일을 놓고 민석은 부모님이 약간 옥신각신 하는 소리를 들었다.

"당신 그렇게 푸대접을 받고도 꼭 가봐야겠습니꺼?"

"취직 때문에 그러는 모양인데 그 일과 이번 일은 별개지."

"그래도 그렇지예. 당신이 몇 번씩이나 그곳을 찾았다문서요. 6촌 동생이 그렇게 부탁한 취직자리 딱 무시한 일이 억울치도 않습니꺼?"

"아 듣겠소 마 조용히 하소. 마음 같아선 딱 거절하고 싶더라만 그래도 고향사람 중엔 가장 가까운 친척 칠순인 줄 알면서도 무시하기도 그렇더라고."

"당신이 그렇게 당하고도 친척이라고 챙겨주는 마음을 그 사람들이 과연 알아주기나 할지…."

양례는 자신이 너무 반대만 하는 것도 무리가 있다는 것을 느낀다. 한때 남편이 지금은 유한부인이 되어있는 연숙과 맺어질 뻔도 했다. 연숙이 맨 처음 남편의 육촌형인 동호와 결혼할 때만 해도 아가씨였던 그녀는 별로 대수롭지 않게 여겼다. 하지만 이런 저런 형편을 잘 알고 있는 자신이 불과 얼마 뒤에 동출과 결혼하면서 사정은 완전히 달라졌다. 양례는 육촌으로 단지 사촌 정도의 가까운 사이가 아닌 것만으로 다행이라 생각했다.

사회적 체면과 직업에 따라 양반 상놈으로 분류하는 시대는 끝이 났다. 돈이 체면이 되고 벼슬이 되고 양반이 되는 시대로 변했다. 연숙의 부모님이 한때 시장에서 고기를 팔아가며 천하게 돈을 모았든 농사를 짓든 아버지가 그런 사람을 천박하다고 사람 취급하지 않은 것을 보면서 성장했든 이제는 부질없는 일이 되어버렸다. 남편이 체면을 다 구겨가며 그런 사람과 관련된 사람이 차린 곳에 취직자리를 구하러 다닐 때부터 연숙과 자신의 처지는 이미 결정된 것과 다름없었다.

다닥다닥 붙은 자그만 집들이 있는 지대를 벗어나 보기에도 웅장해 보이는 저택들이 서 있는 곳에서였다. 아버지는 앞장을 서서 가면서도 몇 번이나 두리번거렸다.

"밤길에 종복이와 같이 한번 집 앞까지 다녀오긴 했었는데 낮에 보니 헷갈리네 그것 참. 아마 요 근처쯤 되었을 낀데. 집들이 양옥이라 한결같이 모양새도 비슷하다 보니 이거 원 쯧쯧."

동출만 믿고 따라온 터라 이제는 세 사람이 같이 헤매는 꼴이었다. 약 십여 분을 그곳 지대에서 두리번거리고 있자니 어떤 집에서 음악소리가 밖으로 새어나오고 있고 사람들이 들락거리는 모습이 눈에 띄었다.

"아, 맞다. 아마 저 집인 모양인 갑다."

동출은 바로 그 집 앞으로 달려가 문패부터 확인했다.

"김동호 허허 제대로 찾아오긴 왔네."

그러면서 그는 양복 안쪽 주머니에 넣어 두었던 봉투를 꺼내 아내에게 내밀었다.

"아마도 이 부조금은 당신이 건네는 것이 모양새가 낫지 싶소."

대문을 열고 들어서자 음악소리가 요란했고 몇 명의 노인네가 음악에 맞춰 덩실덩실 어깨 춤을 추고 있었다. 방과 거실까지 많은 사람들로 넘쳐났고 거실 주방 쪽에는 요릿집에서 초빙했는지 조리사 복장을 갖춘 두 명이 부지런히 음식을 장만하고 있다. 거실의 안쪽에서 연숙이 음식을 나르는 사람들에게 이것저것 시키며 진두지휘하고 있었다. 양례는 얼핏 연숙과 얼굴이 마주쳤지만 시선을 외면해버린다. 남편 취직이 잘 안된 일이 분명 연숙의 입김이 작용했으리라 이미 짐작하고 있는 양례다.

그들을 먼저 발견한 동호가 앉아있던 자리에서 엉거주춤 일어나 손짓으로 아는 시늉을 했다.

"형님 당숙모 칠순 축하합니더."

"그래 와 줘서 고맙데이."

음식을 나르던 동민이 그들을 발견하고 다가왔다.

"형님 형수님 오셨습니꺼? 이거 민석이도 왔네."

"동생은 언제 왔더노?"

"새벽차로 올라 왔습니더."

"참 여개서 이럴 것이 아니라 당숙모님한테 인사부터 먼저 해야제."

세 사람은 음악에 맞춰 어깨춤을 둥실둥실 추고 있는 당숙모에게 다가갔다. 당숙모가 동출을 발견하곤 춤을 멈췄다.

"어, 조카 자네 왔는가? 부산에 이사 왔다는 소문은 들었네만 인자서 보네."

"숙모님 칠순 축하드립니더. 앉즈이소 인사 드리겠심더."

"마 괘않타. 옆에 손님들도 있고 한데 이래 서서 여기서 보면 되었제? 자네도 이런 큰일에는 미리 와서 음식 장만도 도와주고 해야 되는데 물론 출장 요리사를 불렀다캐도 일손이 만만치 않았을 낀데."

당숙모가 양례를 지목하며 핀잔을 주었다.

"숙모님, 송구스럽습니더. 미리 연락을 몬 받아 지는 오늘에사 알았습니더."

양례가 머리를 수그렸다. 세 사람은 다시 거실로 와 자리를 잡았다.

"형님 많이 드세요."

동민이가 어느새 음식을 잔뜩 가져오며 인사를 건넸다.

"그래 동생이 고생이 많네."

"당연히 해야지예. 도시생활은 잘 적응 되었습니꺼?"

"그렇지 뭐. 막노동일 나가고 있다."

"뭐라꼬예! 동호형님한테 와 부탁 해보지 그렇습니꺼?"

"내사 기술이라도 있어야제. 고마 이제는 괘않타."

"자 형수님도 제 잔 한 잔 받으시소."

동민이 동출과 양례에게 정종을 그득히 따라준다.

"아참 병철이가 조금 전까지 보이더마 그새 어디 갔나?"

"병철이? 형님 댁에 조카가 걔 혼자가?"

"오데예. 큰 질녀는 서울 쪽 대학에 막 입학했는데 이번에 일이 있어 못 왔다고 하네요. 그라고 아래로 있는 조카가 병철이 아닙니꺼? 올해 중 1이라 카니 민석이와 친구 될 낀데. 여기 와서 같이 합석하면 민석이도 덜 심심할 꺼 아닙니꺼? 민석아 잠시 있어 보거라. 내 금방 찾아오꾸마."

동민이 자리를 박차고 일어나 자리를 떴다.

"자 자 오늘 이렇게 참석해주신 여러분 고맙습니다. 차린 음식이 부족하더라도 많이 드시이소. 제가 건배 제의하겠습니더."

동호가 좌중에서 일어나 잔을 높이 치켜들었다. 모두들 동호를 따라 잔을 치켜들었다. 잠시 자리를 비웠던 동민이 민석이 또래인 아이를 데리고 나타났다. 동민도 얼떨결에 잔을 따라 들었다.

동호가 다시 제자리에 앉자 동민이 병철에게 동출의 가족들에게 인사를 시켰다. 여드름이 송송 난 병철이 인사를 했다.

"촌에 있을 적에 시사 때 아버지 손잡고 다니던 애가 많이 컸네. 우리 안면 있제?"

병철이 동출의 그 말에 가볍게 고개를 끄덕끄덕하며 수긍한다. 민석도 병철을 바라보았다. 시골에서 언젠가 본 적이 있었다. 놀러 와서도 하도 도시티를 내서 따돌림을 받던 아이였다.

"민석이 너도 얼른 밥 먹고 병철이와 같이 가 보거라. 아무래도 여기는 불편할 테니."

동민이 자상하게 세세한 부분까지 챙겼다.

"참 아재 토끼는 잘 큽니꺼?"

밥숟갈을 들다 민석이 물었다.

"암 잘 크고 있제. 전에 내한테 넘겨준 토끼 새끼들이 벌써 어미가 다 되었다. 허허 세월이 유수라 카더만."

병철은 자리가 불편했던지 어느새 사라지고 없다.

민석은 밥을 다 먹자 마자 병철을 찾아 자리를 떴다. 민석이 이곳저곳 방을 기웃거리다 겨우 병철의 방으로 보이는 곳에서 병철을 찾아냈다. 다른 방들은 손님들로 가득 찼는데 마침 그 방은 병철이가 덩그러니 벽에 기대고 앉아있다 민석이 들어서자 크게 반기는 기색 없이 쳐다본다. 민석이 어색한 몸짓으로 기웃거리다 병철의 앞에 앉는다.

"오랜만에 보네. 동백중학교에 다니나?"

병철이 뜸을 좀 들이다 마지 못한듯 한마디 한다. 민석도 2년 전 병철이 촌에 왔을 때 또래들과 합세하여 따돌린 적이 있던 터라 껄끄럽다. 하지만 그때의 상황은 누가 봐도 병철이 따돌림을 받을 만한 상황이었다. 로마에 가선 로마의 법을 따르라는 말이 있듯 시골에 와서도 왕자처럼 몸을 사리는 병철을 아이들은 좋아하지 않았다. 논이건 밭이건 진흙탕 속에서도 시골 아이들은 서슴없이 잘 놀았지만 병철은 유독 몸을 사려 환대받지 못했다.

"그래, 넌?"

"난 해운대 중학교다."

"그래서 한 번도 눈에 안 띄었구나."

"나도 니가 이사 온 건 진작에 알아 궁금했는데 오늘 결국 보네."

"어떻게 알았는데?"

"동출 아재가 아버지 회사로 직장 구하러 왔다는 말을 하는 것을 우연히 엿들었거든."

"그랬구나."

"우리 여기 있지 말고 바람 쐬러 갈까? 오락실에 가보든가."

병철이 민석에게 솔깃하게 제안해온다. 민석이도 얼떨결에 따라 왔지만 집에 죽치고 있는 것이 시셔울 것만 같다. 병철이 앞서고 민석이 따라 나선다.

21 | 불고기집에서였다. 저녁 일찍 모처럼 가족이 한자리에 모였다. 여러 사정상 민복이 입학식장에 참석은 못해도 기념으로 저녁을 먹기로 했다. 민복은 2년여 만에 학생이 된 기쁨으로 들떠 있었다.

"민복아 미안 테이. 입학식에도 못 가보고."

"괜찮아요. 대신 이렇게 좋은 자리를 마련했잖아요."

"그래. 모처럼 가족끼리 하는 외식인데. 우리 다 같이 건배하자."

동출이 소주와 사이다를 시켰다. 그리고 잔에다 각각 그득히 따라 부었다.

"자 우리 집안의 기둥 민복이가 자랑스럽게도 고등학교에 들어 갔데이. 비록 남들보다 약간은 늦었다 캐도 직장이다 학교다 척척 해내는 것을 보이 니가 자랑스럽데이. 자 민복이를 위해 건배."

"건배!"

모두들 즐거운 마음으로 기쁨에 넘치는 표정들로 잔을 부딪쳤다. 민복의 눈에는 어느새 눈물방울이 맺힌다 싶더니 뺨을 타고 내렸다. 그 모습을 바라보던 양례가 손수건을 꺼내 가만히 닦아 주었다.

"엄마, 아부지 고맙습니다. 그리고 민석이도. 제가 가족들 덕분에 다시 학생이 되었습니다."

"민복아 우리사 도와 준 기 뭐 있다고?"

옆자리의 양례가 안쓰러운 표정으로 민복을 바라보며 말한다.

"아입니더. 시골에서 이사 오기도 쉽지 않았을 텐데 이사도 선뜻 와주고. 저 혼자만 도시에 있다 카면 학교는 엄두도 못 냈을 겁니더."

민복은 그 대목에선 다시 한 번 가족에게 고마움을 느꼈다. 이사를 온 것이 꼭 민복이를 위해 온 것도 아니었고 모두가 잘살아 보자고 한 일인 줄은 누구나 알 수 있는 일이었다. 하지만 민복이 그렇게 생각해 주는 것이 대견하고 기특하여 동출은 다시 한 번 가슴이 뜨뜻해 옴을 느꼈다. 요즘 들어와 분에 넘친 행복이 슬며시 불안감으로 자리 잡을 때도 있었다. 직장 일만 해도 그랬다. 처음엔 고향 사람과 한 조가 되면 농땡이 치기 십상이라고 아예 종복과 한 조가 되지 못하도록 막던 십장도 요즘 들어 완전히 달라졌다. 물론 나름대로 잘해보자며 두 사람이 합심하여 애쓴 노력도 있지만 완전히 심복하는 쪽으로 바뀌었다.

"처음엔 친구가 한 조가 되면 물 만난 개기처럼 농땡이 치기 십상이라고 생각했던기 기우였던 기라. 요즘 두 사람이 척척 손발이 맞아 일을 확실하게 마무리 짓는 것을 보면 그만 입이 딱 벌어진다 카이."

십장은 두 사람과 함께 있는 개인 자리에선 으레 그렇게 말하며 추켜세웠다.

그렇다 보니 동출 입장에서는 막노동 일이라도 차츰 보람을 느끼기 시작했다. 요즈음은 친구인 종복의 적극적인 지원 속에 시멘트 바르는 기술도 차츰 익히기 시작했다. 어떨 땐 종복의 입에서 이제 약간만 더하면 사수도 넘어서겠다는 말이 농담반 진담반 터져 나오기까지 했다.

"당신 뭐가 그리 좋은지 빙긋 웃다가도 골똘히 생각하는 표정을 짓기도 해요?"

옆에 있던 양례가 그렇게 말하고 나서야 동출이 지나간 생각에 빠져 있다 제자리로 돌아온다.

"내 민복이가 다시 학생이 된 일이 하도 기뻐 잠시 딴 생각 했던 갑소.

참 민복아 회사에서도 잘 협조 되었다캤제?"

"아무렴요 아부지. 직장에서도 저녁 5시만 되면 학교에 보내주기로 특별히 약속해줬어요. 수업이 없는 주말에는 잔업으로 보충하기로 저도 회사 배려에 따른 보답에 대신하기로 했고예."

"민석이 아부지 오늘은 식사를 마치고 백사장에 같이 놀러 가이시더. 백사장 야경이 좋다 캅디더."

양례의 그 말에 모두 찬성해 식사를 마치고 온 가족이 백사장으로 향했다.

백사장은 밤이 되자 제법 찬바람이 불고 있었다. 하지만 옷깃을 여미고 마치 연인처럼 엄마는 민석과, 아버지는 민복과 팔짱을 끼고 백사장을 거닐었다. 백사장은 뒤편으로 가로등이 설치되어 대낮같이 환했다. 여기저기에 놀러 나온 가족들이 유난히 많이 눈에 띄었다. 입학시즌이라 그런지 교복을 입은 학생을 사이에 두고 가족단위로 바람을 쐬러 온 사람도 더러 보였다.

모든 가족들이 모처럼 만의 외식을 겸한 외출에 들뜬 모습이어서 도시로 이사 온 후 처음으로 동출은 뿌듯함을 느꼈다.

22 | "얘들아 조용히 해. 학생장으로 완전 인기 짱인
조상혁 선배가 곧 나타날 거래."

같은 학과 애들 중에서도 유독 명랑한 희진이가 호들갑을 떨었다. 민경은 왜 호들갑이지 하며 희진을 바라보았다. 정말 어렵게 들어온 학교였다. 자신은 고 2까지만 해도 천방지축 동네를 휘젓고 다녔다. 오죽했으면 엄마마저도 요런 개날라리 같은 년을 어디가 쓸까 하며 공개적으로 적의를 드러내기도 했다. 그런 자신이 고등학교 2학년 말부터 정말

정신을 차리고 3학년 때부터 본격적으로 입시에 매달려 미대에서는 전국에서 알아주는 H대에 입학했던 것이다. 자기 자신마저도 그 대목에선 한없이 자부심이 되살아나곤 했다.

드디어 학과대표가 조상혁을 데리고 강의실로 들어섰다. 민경은 상혁을 바라보는 순간 갑자기 주변이 환해지고 머릿속이 어질어질해질 만큼 기분이 묘해졌다. 정말 그동안 한 번도 느껴보지 못했던 이상한 느낌이었다. 자신이 고등학교 시절 부산의 바닥을 주름잡으며 여러 남학생들과 어울리며 돌아다닐 때만 해도 개 중에 꽤 괜찮은 남자도 있었으련만 그때는 이정도의 기분은 한 번도 느껴보지 못했었다.

그런데 학생장 조상혁이 교탁 위에서 폼을 잡고서자 여기저기서 환성이 터져 나왔다. 민경이 주변을 둘러보니 주로 여학생들 속에서 튀어나온 소리였다. 하지만 남학생들도 상혁에게 꽤 호감을 가지는 눈치였다.

"후배 여러분 환영합니다. 이번에 미대 학생장을 맡은 조상혁입니다. 내일 저녁에 장소를 빌려 우리 미대학생 전체가 한데 어울려 신입생 여러분을 환영하는 조촐한 저녁식사 자리를 마련할까 합니다. 제 욕심 같아선 한 분도 빠짐없이 참석해 주시면 고맙겠습니다. 구체적 장소와 시간은 나중에 학과대표 편으로 알려 줄 것입니다. 자 그럼 저의 인사는 여기서 마치기로 하고 앞으로 학교생활을 하는데 있어 하고 싶은 질문과 미대의 발전을 위해 건의사항이 있으면 얼마든지 해 주십시오."

그 말이 떨어지기가 무섭게 희진이 손을 들었다.

"저 질문 있습니다. 학생장님이 너무 멋있는데요. 혹시 여자 친구 있으세요?"

"하하하 이거 꽤 난감한 질문인데요. 그런 개인적인 질문은 공개적인 장소에서 삼가해 주시고요 나중에 개인적으로 만날 기회가 있을 때 슬쩍 물어 봐 주세요. 그땐 여과 없이 답변해 드리겠습니다."

"호호 어머! 그런가요? 선배님. 그럼 내일 회식장소에서 슬쩍 물어 볼게요. 호호."

분위기가 정말 묘했다. 민경도 희진이처럼 그에게 호감을 느껴 하마터면 개인적인 질문을 할 뻔했다가 상혁의 그 말에 아차 했다. 모르긴 해도 앞으로 그런 질문을 할 기회는 얼마든지 많을 것이다.

그날 저녁이었다. 민경은 학교 수업이 끝나자마자 미용실로 달려가 불과 얼마 전에 손본 머리를 다시 손질했다. 짙은 노란색으로 염색한 부분이 좀 튀긴 해보여도 자신은 흡족했다. 미용실을 빠져나와선 백화점으로 가 마음에 드는 옷을 골랐다. 어릴 때부터 메이커에만 길들여져 온 자신이었다. 자신도 모르게 다음 날 있을 신입생 환영회에서 잘 보이기 위해 부쩍 신경을 쓰고 있었다. 상혁을 만난 뒤부터 그의 눈에 띄기 위해 민경은 자신도 알 수 없는 분위기에 이끌려 그렇게 행동하고 있었다. 하지만 자신이 보기에도 상혁에 대해 너무 많은 여학생들이 관심을 보이는 것 같아 그 점이 무척 신경 쓰였다. 그렇지만 모든 일은 진실이 통한다고 최선을 다해서 대하다 보면 기회를 잡을 수 있으리라 민경은 생각했다. 그동안 여러 번 남자들을 사귀어 보면서 나름대로 터득한 방식이었다.

고등학교 때만 해도 그랬다. 한번은 고 2에 있었던 지역축제 때 인근 남자고등학교와 합동으로 참가하는 프로그램이 있었다. 그때 학교 대표로 각각 학교마다 몇십 명이 참가해 같이 연습을 하곤 했는데 같은 여학생이라면 누구나 관심을 가졌던 인기 짱인 장동준이란 남학생이 있었다. 어떤 여학생에게도 꿈쩍 않던 그가 한 달간의 끈질긴 시도 끝에 결국 축제가 있던 날 민경의 파트너가 되면서 다른 학생들의 부러움의 대상이 되었고, 한동안 그 일은 학교의 전설이 되었다. 물론 3학년 땐 각자 대학입시를 준비하면서 자연스레 멀어지긴 했지만.

　신입생 환영회는 학교 앞 중국요리집 북경성 연회장에서 있었다. 이 날 갓 입학한 신입생 50여 명을 비롯, 2학년, 3학년 선배 등 백이십 여 명이 성황리에 참석했다. 신입생 중에는 민경이 단연 돋보였다. 인물도 인물이지만 스타일이 다른 학생들과 비교할 수 없을 정도였다. 메이커 정장이 주는 고급스런 멋과 금발에 가까운 이국적인 스타일이 그곳에 참석한 남학생들의 시선을 대번에 사로잡았다. 특히 조상혁의 시선이 자주 민경에게 머물렀다. 민경은 짐짓 모른 체하면서도 상혁의 뜨거운 시선이 자신에게 머물 때면 은근한 미소로 화답했다. 그럴 때마다 상혁의 강렬한 눈동자가 이글거리며 빛을 발했다.

23 | "저기 뭐꼬? 코끼리 아이가, 허허 거 참 그놈 덩치가 엄청나네."

　동출이 동물원의 축사에서 어슬렁거리는 코끼리를 발견하고 감탄사를 연발했다.

　민복은 이전에 친구와 함께 다녀간 동물원에 오늘은 안내원이 되어 가족을 이끌고 나타났다. 가족 봄나들이는 오래전부터 생각해 왔는데 오늘에야 겨우 기회를 잡았다. 민복의 가족이 살고 있는 산동네 마을 어귀에도 노란 개나리가 탐스럽게 피어났던 4월의 어느 일요일이었다. 이날을 위해 동출은 하루 휴가를 내었다. 부산으로 이사를 오고 처음으로 함께한 가족 나들이였다. 그동안 사는 게 어려워 나들이다운 나들이를 한 번도 못한 것이 내내 아쉬움으로 남아 있던 터였다. 비록 막노동꾼으로 남들이 보기엔 늦은 나이에 변변한 기술도 없이 데모도(보조, 뒤치다 꺼리) 역할이나 하고 있지만 그도 한 집안의 어엿한 가장이었다. 막 노동꾼 6개월 만에 아직 기술자로서는 인정을 받지 못하고 있지만 나름대로 성실성을 인정받아 계속된 일자리를 보장 받았다. 물론 보조생활을 하는 틈틈이 종복으로부터 시멘트 바르는 기술을 전수받아 내심 정식으로 기술자로 인정받을 날을 벼르고 있었다.

한번은 종복이 잠시 쉬는 틈에 시멘트를 바르고 있었는데 때마침 나타난 십장이 그 장면을 목도한 후 시멘트 바른 곳을 세세히 살피고는 의미 있는 웃음을 짓고 갔다. 종복도 이제는 시간이 날 때마다 십장에게 동출이를 기술자로 세워도 문제없을 것이라고 추천해오고 있었다.

이 계통에 보조에서 기술자로 바뀌는 것은 신분의 상승을 의미했다. 비록 공사장 막노동꾼의 세계이지만 그 차이는 엄청났다. 우선 매일매일 계산하는 지급 수당에서 기술자는 보조보다 세 배나 더 받았다. 하루하루 벌어서 입에 풀칠이나 하는 막노동꾼 세계에서 그보다 더한 축복은 없었다. 또한 기술자는 공사장에서 귀한 대접을 받는다. 공사장 일이 한창 바쁠 때는 시공사 측에서 모셔가지 못해 안달이다.

그럼에도 안정된 직업으로 인정받지 못하고 있는 것은 체계적이지 못한 노동시장에 있었다. 가끔씩 건설 불경기도 영향을 미쳤다. 때론 건설현장에서 일어나는 안전사고와 건설현장의 특성상 새벽 7시부터 시작하는 고된 일로 젊은 세대는 점점 기피하는 업종으로 전락되고 있었다. 하지만 이즈음 곳곳에 불어 닥친 아파트 건설 붐이 새로운 건설경기의 호조로 이어졌다. 많은 현장에서 기술자의 수요가 태부족하여 동출이 인정받을 날도 가까워오고 있었다.

"당신도 동물원엔 처음이지?"

동출이 옆에서 원숭이에게 과일 부스러기를 던져주고 있는 양례에게 물었다.

"몇 년 전 동네 여자들 계모임을 통해 다녀왔다 아입니꺼? 그땐 경기도 용인이라던가 어디쯤 있는 동물원이라 카던데 오히려 여개보다 훨씬 규모가 컸지예. 서울에 있는 덕수궁이라는 임금님이 살았던 대궐도 구경하고 호호."

"어, 그랬던가? 내가 당신보다 훨 촌놈이네 거참 허허."

"저도 처음인데예."

옆에서 두 사람의 대화를 엿듣고 있던 민석이 눈치 없이 끼어들었다.

"녀석도. 니야 아직 어린데 너거 아부지 하고 비교할라꼬? 호호."

"아이다. 민석아 니하고 내는 동물원을 처음으로 구경한 동기니라 알았제 하하하."

옆에 서 있던 민복도 그 말에 박수를 쳐대며 웃었다. 온 가족이 맘껏 웃음꽃을 피운 하루였다. 고향에서 농사를 지을 때나 도시로 이사 온 후를 통틀어 오늘처럼 기꺼운 적이 없는 동출은 한없이 안겨오는 행복에 가슴이 벅찼고 앞으로는 이런 기회를 자주 마련해야겠다는 생각을 했다. 그런데 실체를 드러내지 않는 어떤 불안감이 가슴 한 귀퉁이에 자리잡고 있었다. 그것이 두려웠다. 언제부터였는지는 정확하게 기억나지 않지만 막연한 불씨가 자라나고 있었다.

"자 다음은 식물원입니다."

동물원 구경이 어느 새 끝났다 싶자 민복이 안내원의 흉내를 내며 다음 코스로 이끌었다. 옆에서 보기엔 아직 서툴렀지만 본인은 능숙한 안내원이라도 되는 양 활기찬 몸짓으로 가족을 이끌었다. 그 모습을 바라보며 동출은 배꼽을 잡았다.

24 | 공장 뒤쪽 백양산이 며칠 전부터 진초록 옷으로
단장을 했다. ⼊내식당에서 점심을 믹고 말자와 주변
을 산책하면서 바라본 산이 하루하루 바뀌어 간다 싶더니 온통 푸른 옷
으로 갈아입었다. 산도 푸르고 동네에 뛰어놀던 아이들도 씩씩하게 활
보하는 계절의 여왕 5월이 왔다.

말자는 며칠 전부터 다시 완성반에서 근무하고 있었다. 회사에서도
처음에 우려했던 일이 일어나지 않았고 민복이 오후 5시면 학교에 가야
하는 관계로 일손이 딸리는 완성반에 말자를 재배치했다.

회사와 학교를 병행하는 민복도 하루하루가 다르게 적응해 갔다. 학
교에서는 성적이 좋아 우등생이었으며 회사에서는 주어진 시간 안에 그
녀가 할 수 있는 최선의 물량을 뚝딱 만들어내는 일꾼이었다. 말자가 완
성반에 배치 받자마자 두 사람은 이전의 관계를 회복하고 오히려 전보
다 더 끈적끈적해졌다.

"허말자 넌 좋겠어. 동생처럼 따라주는 동료가 있어서."

"반장님 동료끼리 잘 지내는 일은 차라리 회사 분위기를 위해서라도
오히려 권장해야 되는 거 아입니꺼?"

말자가 잘 안 쓰던 경어까지 쓰며 말한다.

"어쭈 제법인데."

"순영반장, 내가 다시 이쪽으로 왔는데 환영식 어때? 이건 순전히 내
생각인데 민복이 수업이 없는 토요일로 잡는 게 어떻겠노? 아예 2차는
단체로 고고장 같은 데 가서 스트레스도 확 풀고."

순영도 그렇게 나오는 말자가 밉지 않았다. 이전의 두 사람은 라이벌
의식이 강했다. 동갑내기에다 경력에서 앞선 말자와 경력에서는 처지지
만 고등학교까지 나온 순영은 매번 티격댔다. 그러다 반장 건으로 두 사
람은 돌아올 수 없는 강을 건넜다라고 생각하는 사람도 있었다.

말자는 그런 생각을 가진 사람을 아예 비웃기라도 하듯 완전 달라진 모습으로 이전의 부서로 돌아온 것이다. 어느 순간 유들유들 농담까지 던지는 여유를 가진 사람으로 돌아왔다. 이렇게 되기까지 말자로선 마음고생이 심했다. 하지만 비교적 현실체제 순응자에 속하는 말자는 삐딱선을 탔다가 손해만 보는 동료들을 주변에서 많이 지켜봤다. 차라리 그럴 바에야 철저히 현실을 있는 그대로 받아들이자고 생각하니 마음이 훨씬 편해졌다.

"언니 잘 했어."

반장이 돌아가자 민복이 파이팅까지 하는 손짓을 해보이며 말자를 추켜세웠다.

"아까 순영반장이 언니한테 비꼬듯 말을 건넸을 때 나는 속으로 언니가 거기에 말려들어 또다시 티격 대면 우짜노 하고 얼마나 쫄았는지 몰라."

"민복아 니는 회사다 학교다 해서 양쪽에서 인정을 받고 있는데 언니가 되어 갖고 하나라도 제대로 소화 못 해내면 안 되지 호호."

그래서 두 사람은 기분이 더욱 상승되어 호호호 낄낄대며 한참을 웃었다. 주변에 있던 동료들이 시샘을 낼 정도였다. 완성반과 재단반을 번갈아가며 경험을 한 말자로선 양 분야에 무엇이 당장 시급한지 파악이 가능한 인재로 회사엔 꼭 필요한 존재였다. 하지만 회사에서는 아직 그녀에게 반장을 맡길 생각은 갖고 있지 않았고 향후에 그런 자리가 난다고 하더라도 맡길 것이라는 장담이 없었다. 상부에서 지시하는 단순한 업무는 회사 내에서 말자가 으뜸이라고 할 수 있다.

하지만 유행의 흐름에 따라 그때 그때 민감하게 변하는 새로운 패션 형태에서도 그녀가 잘 할 수 있을지 의심하는 사람이 있었다. 트렌드라 명명되는 새로운 문화와 환경의 변화는 아무래도 좀 더 배운 사람이 쉽게 적응하리라고 사람들은 막연히 생각했다. 수출시장을 주도하고 있는 미국에서는 벌써부터 이상한 징후가 발견된다는 관세자의 보고가 있었다. 유행의 흐름에 따라 소비자의 구매 욕구는 새로운 형태와 다양한 변화를 요구하고 있었다.

25 | 아침저녁이 다르게 날씨가 더워졌다. 공사기간을 하루라도 앞당기려는 시행사의 요구가 있었다고 시공사 관계자가 수시로 현장을 돌며 독려했다. 질통을 지고 씨름을 하는 입장에서 동출에겐 무더운 날씨가 가장 큰 적이었다. 가끔씩 어지럼증과 함께 찾아오는 두통은 새로운 고민거리였다.

반송동 빌라는 하루하루가 다르게 제 모양을 갖춰가고 있었다. 동출은 시간이 날 때마다 시멘트 바르는 일에 몰두했고 종복의 말에 의하면 이제 아예 데모도는 관두고 기술자로 바로 현장에 투입되어도 전혀 손색이 없을 거라고 추켜세웠다.

그러던 어느 날 아침 십장이 현장의 기술자와 잡부를 불러 모았다. 반장 옆에는 처음 보는 두 명의 젊은 친구가 서 있었다.

"여러분도 아다시피 시행사가 공기를 단축하려고 시도 때도 없이 시공사를 들볶고 있다는 소문을 들었을 겁니더. 오늘 아침에도 건설 소장이 간부들을 불러놓고 일장 연설을 하고 갔습니더. 분발해 주시기 바랍니더. 그라고 옆에 있는 이군과 박군을 오늘 데모도로 새로 지원 받았습니다. 김동출은 오늘부터 이군과 한 조로 B동 내부 공사를 맡고, 종복이가 동출이 대신 박 군을 맡는다, 자 알아들었으면 얼른 현장으로 가 보더라고."

"방금 뭐라 캤습니꺼? 제가 B동 내부공사에 이군과 함께 한다고예?"

"이 사람 조선사람 맞나? 조선 사람이 와 조선말을 몬 알아 묵노 으잉?"

"동출아 축하 한데이."

종복이 십장이 하는 말을 얼른 눈치 채고 눈을 빙긋하며 악수를 청해 왔어야 동출은 실감이 났다. 정말 하늘이라도 뛰어 오를 듯 기쁨이 넘쳐 왔다. 찌뿌둥하게 당겨오는 뒷골도 언제 그랬냐는 듯이 말끔히 사라졌다.

그날 저녁이었다. 정식으로 기술자가 된 것에 대한 기념으로 종복이가 축하주를 샀다. 동출이 사려고 했지만 종복이 이런 좋은 일은 이 분야에 선배가 되는 자기가 당연히 사야 한다며 끝까지 우기는 통에 동출은 다음을 기약해야 했다.

"동출아 어쨌든 니는 빨리 된 기라. 니 기술이 십장님한테 인정받은 것에 내도 너무 기분이 좋데이. 그라고 이번에 공기 단축 한다꼬 기술오야지도 많이 딸리어 마침 기회도 좋았고 허허 진짜 축하한데이. 내는 꼬박 2년간이나 데모도 생활을 했는데 1년도 안되어 해냈으니. 아무튼 이제는 수당도 많이 오를 테이니까 다음 번 간주 탈 때 한잔 팍팍 쏴라."

"여부가 있겠나 친구야 이게 다 친구 니 덕분이다. 정말 고맙다 친구야."

"나야 뭐 도와준 기 있나? 동출이 친구 너가 열심히 배우고 노력한 덕분이지. 오늘은 집에 가서 좋은 소식도 알려야 될 테이니까 이쯤에서 그만 마시자."

둘은 식당에서 벗어나며 기분 좋게 한바탕 웃었다. 동출도 기분이 너무나 좋아 종복과 어깨동무하며 한참을 걸어갔다.

산동네 어귀에서 종복과 헤어져 돌아오는 동출은 절로 콧노래를 흥얼흥얼거렸다. 이렇게 남들보다 빨리 기술자로 인정받는 일이 정말 꿈 같았다. 가슴이 벅차올라 휴우 하고 깊은 숨을 몰아쉬며 하늘을 쳐다보았다. 밤하늘엔 별빛이 초롱초롱 했다. 그러다 멀리 바닷가 쪽으로 시선을 돌렸다.

삐용! 삐용!

마침 개장을 축하하는 불꽃축제가 벌어지고 있었다. 하늘 높이 형형색색의 불꽃이 아름답게 피어올랐다. 동출은 기분이 우쭐해졌다. 마치 자신이 기술자로 승격한 기념으로 불꽃축제를 벌이고 있다는 착각이 들었기 때문이었다.

하지만 금방 현실로 돌아온 그는 여전히 초라한 산동네 한 귀퉁이의 자신의 집에서 새어나오는 희미한 불빛을 바라보며 기가 죽고 만다.

'나도 이제 기술자가 되었고 수당도 많이 올랐으니 얼른 돈을 모아 이 산동네를 벗어나는 기다. 그땐 아예 살 집을 새로운 곳에 장만해서 옮기는 거라 허허.'

혼자 상상하기에도 기분 좋은 일이었다. 동출은 그러면서 미닫이문을 두드렸다.

"당신입니꺼?"

양례가 문을 따기 전에 묻는다.

"그래 낭군님 왔다 허허."

다락방에서 공부하던 민석도 내려와 아버지를 반긴다. 동출은 술 냄새를 풍기며 두 명을 와락 끌어안는다.

"어이구 남사시럽구로 와 이랍니꺼? 오늘 무슨 일 있는가 봐예."

"그래 일이 있고말고. 그것도 아주 좋은 일로 허허."

"와예 무슨 일인데예?"

"임자 한번 맞춰 볼래?"

"아이구 숨 찹니더. 이 품 떼놓고 이야기 하이시더."

그때야 동출이 양례를 놓아준다. 양례와 민석이 동시에 뭔 일일까 잔 뜩 기대를 하며 동출을 바라본다. 동출은 다시 가슴이 벅차 심호흡을 한 뒤 말한다.

"내가 오늘부터 정식 기술자로 승격을 했다. 그것도 초고속으로 허 허."

"참말입니꺼?"

양례가 좋아서 어쩔 줄 모르며 확인하듯 묻는다.

"아부지 축하합니더."

민석도 아버지에게 따뜻한 시선으로 진심을 담아 축하해준다.

"암 사실이제. 이제 다음 간주부터 수당이 3배나 오른다. 허허 이제 우리도 얼른 돈을 모아서 산동네를 벗어나는 기라."

"정말 잘 되었습니더. 민석이도 기말통지표를 받아 왔던데 성적이 많이 올랐습니더. 지부터도 벌써 사흘째 떡 다라이에 떡 하나도 남김없이 다 팔아치웠습니더. 이제 우리 집에도 좋은 일만 일어날 모양입니더 호호."

양례가 그렇게 웃으며 말하자 동출은 더욱 가슴이 벅찼다. 정말 좋은 일만 생기는 것 같았다. 그런데도 가슴 한 귀퉁이가 허전해지며 불안한 무엇이 끈질기게 달라붙어 있었다.

26 | 동출이 기술자자 된 지 며칠이 지나갔다. 십장 도 가끔 동출이 맡고 있는 B동의 공사현장을 둘러보 고는 만족하는 모습이었다. 동출은 자신의 실력만으로 발라놓은 시멘트 가 만족스럽지만 십장에게도 과연 통할까 내심 긴장하기도 했다. 혹시 라도 그에게서 "아직 멀었어. 좀 더 배워서 기술자로 써 먹어야겠어"라

는 말이 나오지나 않을까 노심초사 하면서 지켜봐야만 했다. 그렇다고 십장이 대만족만 했던 건 물론 아니었다. 이런 부분은 시멘트 바른 상태가 꺼칠하니 신경을 쓰야 되겠거니 하면서 자상하게 세세한 부분까지 이야기 해주고 갔다. 십장이 돌아가고 나서야 동출은 휴우하고 안도의 한숨을 내쉬었다.

그러던 어느 날 외벽공사를 하던 날이었다. 비가 올 듯이 하늘이 잔뜩 흐렸다. 빌라의 4층 골격이 거의 완성된 B동에는 외벽공사로 아시바(비계발판)가 얼기설기 설치되어 있었다. 동출은 아시바를 타고 다니며 군데군데 시멘트를 발랐다. 더운 날엔 날씨가 흐리니 오히려 시원했고 일은 수월하게 진행되었다. 오전 참 시간이 금방 다가왔다.

"어이 동출이 오야 요즘 할 만하나 어떻노?"

"예끼 이 사람. 남들이 들으면 웃겠다. 그만해."

"내가 어디 틀린 말 했나 허허. 넌 이군이라는 시다를 책임진 어엿한 오야라니깐. 왕년의 자기 오야도 몬 알아보고 말이야."

종복이 거드름을 피우는 자세로 배를 쭉 내밀었다. 그 모습이 하도 우스워 동출이 배꼽을 잡았다.

"A동은 잘 돼가나?"

"우리야 실내 쪽을 하고 있으니. 거 참 B동은 아까 보니 외벽공사를 하더마. 오늘 같이 날씨가 찌푸려있을 땐 위험할 낀데. 각중에(갑작스레) 소나기라도 쏟아지면 우짤라꼬?"

"글쎄. 십장이 상부의 지시라꼬 빨리 외벽을 마무리지어야 된다 안 카나?"

참 시간에 국수를 먹고 나와 동출은 건물 바깥에서 자신이 작업한 부분을 올려다보며 흐뭇한 미소를 날렸다. 그러면서 금방이라도 비가 쏟아질 듯 잔뜩 흐린 하늘을 바라보았다. 날씨는 좋아질 기미가 보이지 않았다.

그 날 저녁 간주가 지급되었다. 정식 기술자로 지급된 수당이 포함되어서인지 평소보다 훨씬 많았다. 비록 며칠이 반영된 부분이었지만 그냥 지나칠 수 없어 퇴근길에 종복과 함께 속옷가게와 선물 따위를 취급하는 가게에 들러 아내 것으로 속옷을 사고 민복에게 줄 만년필, 민석 것으로는 수영복을 샀다. 아내는 도시로 이사 와서도 시골에서나 입었던 하얀 속옷을 이번에는 멋을 내보라며 색깔 있는 것으로 샀다. 민복은 만학도로 공부에 관심이 많으니 오랫동안 공부를 하는데 만년필이 긴요할 것 같아 샀고 민석은 가까운 곳에 전국에서 최고 유명한 해수욕장이 있어도 잘 이용 못하는 것 같아 이번 기회에 공부 외에도 관심을 가지는 여유를 누려보라고 샀다. 종복이 지켜보는 가운데 한 쇼핑이라 쑥스러워 자꾸만 머리를 긁적였다. 간조를 탄 기념으로 종복이 식사를 샀고 2차로 동출이 대포집에서 술을 마시고 민복이 돌아올 쯤 해서 늦은 시간에 귀가했다.

"여보 당신 설마 이걸 나보고 입으라고 요란스런 이 옷 사신 것 아니겠지예? 어이구 남사시러봐서 " 말은 그렇게 하면서도 양례는 싱글벙글했다.

"아부지 제가 꼭 갖고 싶었던 물건입니다. 저도 얼마 전에 엄마한테 아부지에게 좋은 일이 있었다는 소식 들었습니다. 축하합니다. 이 만년필로 공부를 열심히 해서 제가 꼭 되고 싶은 사람이 되어서 효도할게요. 그때까지 오래 오래 건강 하셔야 됩니더. 약속 할 수 있지예?"

"허허 누구 부탁이라꼬 몬 들어 주겠노, 고맙다 민복아. 내, 말만 들어도 배가 부르다."

"아부지 며칠 있으면 방학인데 바로 해수욕장에 가 볼랍니더. 정말 고맙습니더."

"민석아, 아부지는 말이다. 요즘 민석이 공부를 열심히 하던데 가끔은 운동도 하면서 균형 있게 살아가라고 신 것이다 알겠제?"

"아부지 그 말씀 가슴에 새기겠습니더." 민석은 아버지의 자상함에 가슴이 뜨끈해졌다.

그날 밤 누구나 할 것 없이 행복한 미소를 머금고 잠자리에 들었다. 새벽녘에 동출은 악몽을 꾸었다. 옆에서 자던 양례가 동출의 이마에 솟은 식은땀을 수건으로 닦아 주었다.

다음 날이었다. 동출은 이군과 한 조가 되어 전날 다 못했던 B동 외벽 공사를 맡았다. 십장이 궂은 날씨에도 불구하고 외벽공사 강행을 지시했기 때문이었다. 꾸무럭대던 날씨가 오전 참 시간이 지나자 결국 한두 방울 비를 긋기 시작했다. 그러다 점차 굵어지기 시작했고 동출은 화이바를 타고 내려와 눈 속으로 스며드는 빗방울을 훔쳐댔다.

"김 반장님. 비가 오는데 그만 내려 오시지예. 이렇게 비가 오는데 외벽은 무립니더."

이군이 독촉하는 소리를 잠시 들었는가 싶었는데 동출은 순간 아찔했다. 어젯밤 악몽을 꾸며 잠을 설친 탓에 평소 앓아오던 두통이 더욱 심해졌고 잠시 현기증이 일었다. 동출이 아시바에 걸터앉으며 얼기설기 엮어놓은 쇠파이프를 붙잡았다.

"괜찮습니꺼?"

이군이 건물 안에서 그런 동출을 올려다보며 걱정이 되어 물어오는 소리를 얼핏 들었다. 동출은 자꾸만 어질해지는 머리를 가다듬고 일어섰다. 부우웅 하늘을 떠가는 기분이었다. 아시바를 밟고 몇 발짝 옮기는 순간 그만 헛발을 내딛으며 기우뚱했다. 건물 안쪽 바닥에서 시멘트를 섞고 있던 이군이 놀라 달려와 건물 밖을 바라보았을 땐 동출은 이미 추락한 뒤였다.

이군은 고함을 치며 계단을 통해 건물 아래쪽으로 내달렸다. 건물 아래엔 이군의 고함 소리를 들은 사람들이 여기저기에서 모여 웅성대고 있었다. 그 속에 종복도 있었다. 종복이 쓰러져 피를 흘리고 있는 동출에게 절규하듯 소리를 내지르며 다가갔다. 지켜보던 대부분의 사람들은 당황해서 발만 구르고 우왕좌왕 했다. 십장이 현장에 나타났다.

"모두들 병원 앰뷸런스는 부르지 않고 거기들 서서 뭣해. 쯧쯧 사람들하고서는…."

십장이 사무실로 달려가 급히 연락을 취했다. 십여 분도 채 되지 않아 요란한 소리를 내며 병원 앰뷸런스가 도착했다. 동출은 병원 응급실에 도착하기 전에 심한 발작을 한 차례 일으킨 후 잠잠해졌다. 병원까지 끝까지 동행했던 종복은 "이미 숨이 멎었습니다"라는 의사의 말을 듣고서야 동출의 죽음이 실감났다. 종복은 순간 이 모든 일을 어떻게 수습해야 할지 앞이 캄캄해지고 난감해졌다.

장례식장에서 양례는 자꾸만 허둥댔다. 이건 꿈이야 생시가 아니라니깐 하면서 어린아이처럼 자꾸만 도리질을 해댔다. 종복이 집안의 일처럼 끝까지 챙겨주었다. 그는 문상 오는 사람들을 위해서도 자신의 일처럼 일일이 인사를 하며 챙겼다. 그리고 허둥대느라 아무것도 하지 못하는 양례를 추슬러 지인들에게도 동출의 부음소식을 알렸다. 시공관계자들이 장례와 보상절차를 협의하기 위해 찾아 왔을 때도 혹시나 손해 보는 일이 없도록 양례 옆에서 조언해주며 꼼꼼히 챙겼다.

"제수씨 하늘이 무너질 것 같은 심정은 잘 압니더. 하지만 한번 간 사람이 다시는 돌아오지 못할 일이고, 흐억. 나도 가슴이 너무 아픕니다. 망자를 앞에다 두고 이런 말하기 그렇습니다만 산 사람은 살아야 안 되겠습니꺼? 보상이라도 제대로 받아야 민석이 공부도 시킬 거 아닙니 꺼?"

회사관계자들이 맨 처음 몰려왔을 때 양례는 보상절차와 장례절차를 거부했다. 다 필요 없으니 사람을 살려내라며 생떼를 부렸다. 그때 종복이 양례를 한쪽으로 불러내어 몇 번이나 설득 끝에 겨우 협의가 이뤄져 장례절차가 진행되었다.

뒤늦게 소식을 듣고 달려온 민복은 혼이 빠진 사람처럼 멍해있었고 민석은 자꾸만 소매로 눈물을 훔쳐대었다. 그런 상주들에게도 종복은 토닥거리며 할 일을 하나하나 챙겼다. 저녁에 동민이 도착해서 영정 앞에서 대성통곡을 했다.

"형님 이런 일을 당할라꼬 도시로 왔습니꺼? 말해 보이소 형님. 도대체 무슨 흉사가 형님을 이렇게 만들었습니꺼?"

동민은 통곡을 마치고 곧바로 손발을 걷어 부치고 돕기 시작했다. 문상객이 오면 경험이 없는 조카들과 함께 인사를 하며 챙겼다.

저녁 10시가 지나 꽤 늦은 시간에 동호가 어디서 한 잔 걸쳤는지 불과해진 모습으로 장례식장에 나타났다.

"제수씨 우째 이런 일이 벌어졌습니꺼? 뭐라고 위로해야 될지 모르겠습니더."

"고마 맘에도 없는 소리 하지 마시고예 일 다 봤으면 다른 볼일이나 보러 가이소 마."

"뭐라꼬예? 제가 뭐 우쨌다고 그캅니꺼?"

"와예? 제가 틀린 말 했습니꺼? 맨 처음 부산에 왔을 때 아 아부지가 취직시켜 달라꼬 그래 쫓아 다녔는데도 거절 했다문서예."

"그 일이 이 일하고 무슨 상관있다고 역성을 내는교?"

"와 상관이 없습니꺼? 아 아부지가 저렇게 죽어 있는데."

"참말로 사람잡겠습니더. 남들이 들으면 제가 동생을 죽인 줄 알겠습니더."

두 사람이 옥신각신하자 주변으로 사람들이 몰려들기 시작했다. 동민도 종복도 대화내용을 고스란히 듣고서도 이러지도 저러지도 못하고 지켜보고만 서 있었다.

장례식장에 문상 왔다가 수치와 수모를 겪은 동호가 얼굴이 일그러진 모습으로 자리를 박차고 일어섰다.

"내 그래도 6촌 동생이 큰일을 당했다고 찾아왔더마 이거 안되겠구마 앞으로 한번 지켜보소. 우째 하는지. 내참 이거 더러바서."

"언제는 신경이라도 써 줬었예. 내 하나도 안 두렵습니더. 그때 취직만 시켜줬어도 민복이 아부지가 그 위험한 공사장일 했을 리가 없을 꺼 아닙니꺼? 흐윽 아이구 민복이 아부지요."

양례는 영정 앞에서 대성통곡을 했다. 그동안 하도 어처구니가 없어 잘 울지도 못했던 눈물을 한꺼번에 쏟아내기라도 할 듯 울었다. 그 옆에서 민복과 민석이 앓는 소리를 내며 눈물을 훔쳤다. 동호는 민망한지 동민이 붙잡는데도 뿌리치고 가버렸다. 장례식장에 한동안 세 사람의 울음소리가 울려 퍼졌다. 누가 먼저 울기 시작하면 옆에 있던 사람도 절로 전염되어 울음이 나오듯 세 사람은 동시에 서럽게 울어댔다.

27 | 민석은 방학 동안 종두와 함께 오락실을 전전했다. 아버지가 돌아가신 후로 자꾸만 밖으로 나돌았다. 집에만 들어가면 가라앉은 분위기에서 뿜어져 나오는 서글픔과 그만 풀이 죽어버리는 기분에서 조금이라도 벗어나고 싶었기 때문이다. 아버지는 고향 선산에 묻혔는데, 동호 때문에 한바탕 소동이 있었다. 양례가

장지에 나타난 동호를 냉대했고 이에 반발한 동호와 사람들이 보는 앞에서 옥신각신했다. 이 일을 세기로 동호가 동출에게 했던 행위가 고향의 친지들에게 알려진 셈이다. 단순하고도 순박한 시골 사람들은 6촌 동생의 취직자리도 못 구해준 니가 과연 사장이 맞나 의심의 눈초리를 보냈고 그 대목에서 동호는 더욱 불쾌해져 앞으로 고향 쪽 친지들과는 인연을 끊네 어쩌네 하며 돌아가 버렸다. 하지만 민석은 아버지 죽음을 자꾸만 동호아재와 연관시키며 원망을 늘어놓는 어머니의 불평이 잘 이해되지 않았다. 물론 친척이니까 취직을 시켜 줄 수도 있다. 하지만 사장은 동호다. 사장의 입장에서 직원으로 채용하지 않겠다는데 어쩔 텐가 어린 마음에도 그런 생각이 들었다.

민석은 오락실에 푹 빠져 오락을 하고 있으면 걱정거리가 잠시라도 잊어지는 듯 했다. 종두는 시골에서 올라온 민석이와 다시 친해져서 좋았다. 그동안 공부에 푹 빠져 수업이 끝나자마자 집으로 일찍 가버리는 민석을 보면서 섭섭한 마음을 가졌던 게 사실이었다. 그런데 그랬던 친구가 자신에게 먼저 놀러가자고 제안을 해와 그러면 그렇지 하면서 오락실로 이끌었던 것이다. 민석은 종두의 현란한 오락 실력을 지켜보면서 혀를 내둘렀다. 그 사이 종두의 실력이 부쩍 늘어있었다. 민석이 주변 사람이 하는 모습을 곁눈질하면서 비교해보아도 종두는 이 방면에 탁월한 재주를 가지고 있는 듯 했다.

오늘도 오락실로 가자고 먼저 제안한 것이 민석이었다. 벌써 일주일이 넘게 오락실로 직행한 셈이다. 장례식장에 다녀가던 친지들이 용기를 가지라고 보태준 용돈들이 고스란히 오락실 비용으로 탕진되고 있었다. 아직도 민석의 마음은 정돈되지 않고 갈팡질팡 했다. 공부는 뒷전이 되고 책을 펼치면 오락기 화면이 그 위로 오버랩 되면서 머리를 어지럽히고 있었다.

양례는 남편을 묻고 온 후로 아직도 허공에 떠다니는 기분이었다. 신랑을 저 세상으로 떠나보냈다는 사실이 도저히 실감나지 않았다. 남편의 육촌 형인 동호의 일만 해도 그렇게까지 악화시키고 싶었던 게 아니었다. 물론 마음속에 그때 취직만 시켜줬더라면 이런 사고는 당하지 않았을 거라고 원망의 시발점이 된 건 사실이다. 그렇지만 장례식장에 문상을 왔을 때 끝을 냈어야 할 일을 장지까지 연결한 것은 자신의 불찰이었다. 동호를 보는 순간 불쑥 화가 치밀어 올랐고 자신도 모르게 그런 말을 자꾸 쏟아내었던 것이다.

양례는 앞으로 살아가야 할 일이 걱정이었다. 남편이 다녔던 회사에서 보상금이 지급되었는데도 어떻게 활용해야 할지 아직 결론을 내리지 못했다. 민복은 혼자 힘으로 고등학교까지는 그럭저럭 다니겠지만 민석의 학비와 생활비는 지금 자신이 버는 떡장사로 감당하지 못할 것은 뻔했다.

건성으로 하던 장사가 도저히 의욕이 생기지 않고 마침 점심시간이 되자 떡 다라이를 이고 국숫집으로 갔다. 그동안 몇 번 다녀왔지만 최근에 들어서는 발길을 거의 끊고 있었던 터였다.

"하이고 이게 누꼬? 동생 너무 하는 거 아닌가? 정말 이러다가 얼굴이자 묵겠다."

국숫집 여자가 양례를 반긴다. 양례는 국수를 주문하고 멍하니 앉아 있다. 요즘 들어 잠시만 시간이 나면 온갖 생각이 머리를 어지럽혔다.

국수를 말아 내주던 여자가 호기심 가득 찬 눈으로 양례를 바라본다.

"와? 동상 무슨 걱정거리가 있는 갑네. 백짓장도 맞들면 낫다고 전에도 그렇게 일러주었더만 무슨 일인지 이 언니한테 해 보거라. 조금이라도 도움이 될란지 어찌 알 끼고?"

국수를 한 젓갈 먹다말고 양례는 여자를 쳐다본다.

"언니 어디 장사할 만한 데 없겠습니꺼? 여기저기 옮겨 댕기는 행상이 인자는 하도 지긋지긋 몸서리 쳐져서."

"동상도 인자 그렇게 말하는 거 보이니까 장사 이골이 트일 모양 인갑다. 첨에는 장사하는 기 영 안 어울린다 싶더니만 앞으론 천상 장사 해묵고 살 팔자인갑다."

"언니 한번 알아봐 주이소. 요즘 이런 저런 생각으로 머리가 아파 미치겠어예."

"하이고 그렇게 신경 써서 돈 벌어 어디다 쓸라꼬? 신랑도 벌 끼고 동상이 번 돈은 반찬값과 아들 용돈 값이라고 했던 말이 얼마나 되었다고? 그라고 한 군데 정해서 장사할라 카먼 권리금이다 전세금이다 해서 돈이 많이 필요할 낀데."

"언니 실은 아 아부지가 갔습니더. 그것도 아주 먼 세상으로."

"아니 뭐라 카노? 지금 농담하나. 신랑이 몇 살이나 묵었다고 벌써 죽었단 말이고?"

"언니 사고로 그렇게 되었습니더."

"아이구마, 이거 우짜면 좋노? 내 그것도 모르고. 동상 미안테이. 진작에 연락하지 그랬나, 내 문상이라도 가야 하는 긴데?"

여자가 양례에게 다가와 손을 덥석 잡았다. 양례는 이 대목에서 다시 슬픔이 치밀어 올라 꺼이꺼이 울음을 삼켰다.

잠시 진정이 되어가고 마침 여러 명의 손님이 한꺼번에 몰려왔다. 여자는 바빠졌고 양례는 남은 국수를 후루룩 먹어치웠다.

양례가 바빠진 틈에 눈치가 보여 자리를 뜨자 국숫집여자가 말한다.

"나중에 저녁답에 다시 오거래이. 아까 했던 얘기 마저 하게."

"언니, 나중에 또 오겠습니더."

양례가 인사를 하고 떡다라이를 챙겨 국숫집에서 빠져 나온다. 양례는 터벅터벅 숙이네 가게로 다가갔다. 장례식장에 찾아와 부의금도 내놓고 갔는데 그동안 인사도 제대로 못했던 터였다.

숙이네도 마침 한가해진 틈에 시장통 구석에 앉아 국밥을 먹고 있다 양례를 발견하곤 반색하며 옆에 자리를 내어준다.

"어서 오이라. 아직 식사 전이제?"

"조금 전에 묵었다. 어서 먹거라."

숙이네가 국밥을 맛있게 먹는 모습을 지켜본다. 그러면서 시장통으로 시선을 돌린다. 점심시간이라 그런지 시장통에 오가는 사람들도 많이 줄었다. 양례는 앉은 자리에서 멍하니 생각에 잠겼다.

"요즘 머리가 많이 복잡제? 큰 일 치룬다고 고생 많았데이."

식사를 마친 숙이네가 컵으로 입을 헹구고 난 뒤 말한다.

"그땐 고마웠다. 니도 힘들 낀데 부조를 많이 했더라."

"별말을 다하네. 나야 같이 버니까. 그란데 앞으로 애들 공부 시킬라 카면 행상으로 힘들 낀데."

"그래서 말인데. 숙이네야 솔직히 말 좀 해 보거라. 내가 지금 행상이 지긋지긋해서 자리를 알아보고 있는데, 자리가 나면 어떤 품목이 좋겠노? 지금 파는 떡으로는 만날 팔아봤자 애들 용돈 벌기도 버거울 것 같고."

"나도 니가 큰 일 치룰 때 댕겨 와서는 많이 생각 해봤는데, 자리가 나면 생선을 파는 기 어떨까 싶데. 고기는 제사상에도 필수이니 까니 꼭 사야 될 사람도 있을 끼고. 문제는 재고 처린데 저녁때쯤 물건이 간당간당할 때 물건 값을 잘 조절해서 떠리미를 잘해야 물건이 싱싱하다는 입소문이 날 끼고 그래야 손님도 붙을 끼고 말이다."

숙이네가 품목은 물론 장사의 요령까지 일러준다.

"생선장사라?"

"잘 생각해 보거라. 자리가 확정되면 하루 날 잡아 파는 요령과 재고 처분하는 비법들을 내 전수해 주꾸마."

"그래 숙이네야. 말만 들어도 고맙데이. 손님도 몰려오고 내 그만 가볼란다."

식사가 끝나자마자 손님이 몰려오는 틈을 이용하여 양례는 그곳을 벗어난다. 양례는 다시 한 곳에 자리를 비집고 앉아 떡을 판다. 머릿속은 온통 앞으로 팔 품목에 대한 생각뿐이다. 아무리 머리를 굴려도 숙이네가 말한 대로 생선이 나을 것 같다. 생선이야 제사상에도 올라가야 되고, 반찬으로도 꼭 필요한 것이니 심심할 때 사먹는 군것질거리와는 차원부터가 다를 것이다.

28 | 민복은 재봉틀에 앉아 있으면서도 머릿속은 온통 근심으로 가득 차 있었다. 엄마가 동호 아재와 옥신각신하는 장면을 볼 땐 너무나 가슴이 아팠다. 엄마가 얼마나 답답했으면 그렇게까지 화풀이를 하려 들었을까.

가만히 생각해보면 자신의 책임도 아버지의 죽음을 피해갈 수 없을 것 같다. 평화롭게 농사를 짓던 부모님께 부산으로 이사를 오도록 적극 권유한 사람도 자신이었다. 그때 이사만 오지 않았더라도 이런 일이 일어나지 않았을 것이라는 생각을 하니 가슴이 터질 것만 같았다.

자신의 이러한 마음을 어디다 하소연도 못하고 속으로만 끙끙 앓고 있자니 화병이 생길 것만 같은, 그런 어수선한 기분에 빠져 있을 때 누군가가 구조조정이 있을 거라는 소문을 퍼뜨리자 마음은 더 무거워졌다. 그 소문의 진원지야 어떻든 수출국인 미국에 몇 년 만에 최악의 불경기가 몰아닥쳐 수출주문이 대폭 줄었다는 소식은 이미 들어서 알고 있었다. 구조조정이 있다면 다른 누구보다 자신이 불리한 입장이란 걸 알고 있다. 좋지 않은 일은 한꺼번에 닥친다는 말이 있듯 자신에게 불똥이나 튀지 않을까 노심초사 했다.

지금은 어떤 일이 있더라도 그 일만은 피해야 한다. 뜻하지 않았던 아버지의 죽음이 주는 충격이 채 가시기도 전에 자신도 회사에서 원하지 않은 퇴직을 종용받는다면 죽고 싶다는 생각밖에 들지 않을 듯싶다. 그러나 스스로의 운명을 개척해나가는 자신을 스스로 믿고 싶었다.

말자의 격려를 뒤로하고 학교로 가기 위해 회사 밖으로 나서는 민복의 발걸음이 그 어느 때보다 무거웠다. 회사 안에서 그래도 끝까지 믿어주는 동지는 말자밖에 없었다.

한편 저녁 무렵에 양례는 국숫집으로 갔다. 아직 팔다 남은 떡이 많았지만 마음이 어수선하여 더 이상 장사를 하고 싶지 않았다. 무엇보다 행상을 끝내고 확실한 생활비를 보장해줄 좌판자리 확보가 급선무였다. 국숫집여자가 설거지를 하다말고 양례를 반긴다.

"동생 어서 온나."

국숫집여인이 살갑게 양례에게 자리에 앉힌 뒤 뜨끈한 물을 한잔 따라주고는 자신도 의자에 걸터앉아 따뜻한 눈길로 양례를 바라보다 말한다.

"그렇지 않아도 내 저녁에 다시 보자고 한 건 마침 좋은 데 자리가 나왔다는 소문을 들었기 때문이데이. 내 오늘 동상한테서 그런 사정 몬 들었으면 어디 다른 데 소개해 줄라 캤다. 이왕 동상한테 소개해 줄라꼬 맘 묵은 김에 빨리 시마이하고 같이 가볼라꼬 설거지 하고 있었다."

국숫집 여자가 설거지를 마저 끝내고 일찍 문을 닫은 뒤 가게를 나섰다. 양례는 여자를 따라 걸어갔다. 전깃불이 막 들어오기 시작한 시장통으로 사람들이 시장바구니를 들고 몰려다니고 있었다. 백사장에서 수영을 막 마치고 나왔는지 모래가 묻은 튜브를 들고 다니는 사람들의 모습도 눈에 띄었다. 시장통 입구에 3층 건물이 있었고 여자는 건물 안으로 양례를 이끌었다. 2층까지 점포가 들어차 있는 건물이었다.

"언니 계십니꺼?"

3층 입구에 있는 출입문을 두드리고 조금 있자니 여자가 나타났다.

"누구래? 동생인가. 빨랑빨랑 들어오라우."

문을 따주며 여자가 국숫집 여자와 함께 나타난 양례를 훑어본다.

"뉘기매?"

"아는 동생입니더. 전에 건물 앞에 있는 자리 세 줄 사람 찾아봐라 안 캤습니꺼?"

그러자 여자가 양례를 더 자세히 살피며 말한다.

"이보라우. 그 자릿세가 만만치 않을 낀데 말이야."

"언니 신랑도 없이 장사해서 애 둘이나 공부시키는 악착같은 사람입니더. 믿고 자리를 내줘도 될 낍니더."

"이보라우 글쎄 내사 보기엔 아직 장사 갱험이 많아 보이지는 않은 것 같은데 말이야."

"언니 이 동생을 믿고 자리 한번 맡겨 보이소. 내 책임지겠습니더."

"이보라우 동생. 동생도 내 성질 알갔지만 자릿세를 하루라도 미루면 못 참는 내 성질 알간 모르간."

"언니 와 모리겠습니꺼? 그래서 내 책임 진다 안캅니꺼?"

"지금 장사하는 사람이 이달 말까지 하기로 했으니 내달 초부터 하면 되가꾸먼. 내 동생 얼굴 보고 맡길 테니 그 전에 보증금 2백도 챙겨갖고 오고 말이야. 그러면 되었어 그만 가보라우."

"그러면 언니만 믿고 가겠습니더. 보증금은 말일이 되기 전에 챙겨오겠습니더.”

국숫집 여자가 건물을 벗어나자 휴우 안도의 한숨을 내쉰다.

“이북에서 넘어온 정말 지독한 여편네지. 시장통에 가진 건물만 해도 2개나 되지. 자리 안 준다 카면 우짜노 걱정했는데 그래도 준다 카니 다행이다 호호. 이왕 하기로 했으니 동생 자리나 미리 보고 가자.”

“언니 고맙습니더. 덕분에 좋은 자리에서 장사하게 되었습니더.”

“괜찮테이. 아무리 세상살이가 팍팍하고 어렵다캐도 동상 같은 사람은 내가 아니라 캐도 누가 도와줘도 도와줄끼다. 근데 독한 여편네가 그 코딱지만한 장소에 보증금 2백을 요구하는데, 돈은 준비가 되어 있나 모르겠네.”

“네 언니. 아 아부지가 사고로 죽고 보상금으로 받아둔 돈이 있습니더. 아무래도 이럴 때 쓰라고 그 양반이 보태준 것 같습니더.”

양례는 자신도 모르게 흘러내린 눈물을 소매로 쓱 문질렀다.

“그래 힘 내거라. 이왕 이래된 거 열심히 살아보는 기다. 그리고 앞으로 동생이 장사할 장소는 내가 골목 쪽이고 동생은 그 건물 앞쪽으로 바로 코 앞이니 장사하다 어려운 일 있으면 서로 도와가면서 하자.”

“네, 언니. 이 은혜를 우째 갚아야 될지.”

“또 쓸데 없는 소리 한다.”

양례는 마치 큰 구원병이라도 얻은 기분이다. 세상에 독불장군이 없다는 말이 새삼 실감되는 하루였다.

29 | 민석은 오늘도 종두와 함께 오락실로 직행했다.
어머니는 장사하러 나가면서 밥을 꼬박꼬박 잘 챙겨 먹으라며 걱정까지 해주고 갔다.

그런 걱정과 염려도 아랑곳하지 않고 종두가 집에 놀러오자 마침 그가 반납하는 길에 들고 온 만화책을 같이 보다가 오락실로 동행했던 것이다. 종두는 산동네 바로 아래편에 있는 만화방에다 책을 반납한 뒤 얼른 민석과 합류했다. 그는 신이 났다. 용돈이 부족하여 오락실에도 마음대로 들락거릴 형편이 못되는데도 민석이 돈이 어디서 났는지 자신의 오락비까지 대어주고 있었다. 종두는 처음엔 민석이 어디 신문배달이라도 해서 용돈을 벌고 있나 의심도 들었지만 그건 아닌 것 같았다.

거기다가 민석은 오락에 빠져도 단단히 빠진 것 같아 보였다. 맨 처음에 자신이 오락에 빠질 때 전염병처럼 허우적댔던 경험을 겪은 종두는 민석도 그렇게만 만든다면 오락은 실컷 할 수 있을 것 같다. 이 방면에 고수인 자신의 도움이 아직 민석에게 필요할 거라고 악착같이 믿고 있었다. 자신은 요즘 갤러그는 시시해서 픽맨을 주로 하는데 민석은 아직도 목을 매고 있는 것이 그걸 반증해주고 있었다. 그가 갤러그에 익숙해질 때면 픽맨에 대해 관심을 가져 올 거라는 것은 의심의 여지가 없다.

"야 니 실력이 많이 늘었는데."

종두가 민석을 바라보며 슬쩍 추켜 세워준다. 뭐든지 막 배우려는 사람에게 칭찬이 보약이란 것쯤 알고 있는 종두다. 아니긴 해도 민석이 하루하루가 다르게 실력이 늘고 있는 것도 눈에 보일 정도여서 고수인 종두는 흐뭇했다.

'그러면 그렇지. 아직 따라 올려면.'

종두는 자신이 1게임도 끝내기 전에 민석이 벌써 세 번째 동전을 집어넣는 모습을 곁눈질 하면서 의미 있는 미소를 날렸다. 자신이 민석의 자리에 앉았다면 아직 1게임도 끝내지 않을 자신이 있다.

민석은 새로 동전을 집어넣으면서도 신들린 사람처럼 들떠있다. 여기에 몰두하는 일이 세상만사 괴로움을 날려버릴 수 있을 것 같다. 물론 아버지에 대한 그리움까지.

　양례는 며칠 전부터 새로 자리 잡은 좌판에서 생선을 팔고 있었다. 그
동안 메뚜기처럼 눈치를 보면서 요리조리 피해 다녀야 했던 지긋지긋한
행상에서 벗어나 너무 좋았다. 무엇보다 며칠 동안 해보아도 고정적으
로 들어오는 수입이 짭짤했다. 떡 행상과는 비교가 되지 않았다. 생선장
사를 막 시작할 때의 부자연스러움도 숙이네에 며칠 달라붙어 보조역할
을 하며 배웠던 것이 확실히 도움이 되었다.

　"양례야 너도 오늘 옆에서 지켜봐서 알겠지만 물개기 장사는 재고만
남기지 않으면 다른 어떤 장사보다도 이문이 높데이. 얼른 너도 돈 벌어
나중에 민석이 대학까정 보내야 할 꺼 아이가. 가가 공부는 꽤 잘한다는
소문이 있던데."

　"아이구 내 형편에 아들 대학이나 보낼 수 있을 란가 모르겠데이. 그
저 형편이 풀리면 민복이도 직장이다 야간학교다 해서 힘들어하는데 얼
른 직장 관두게 하고 지 좋아하는 공부만 실컷 하도록 했으면 하는데,
그런 시절이 우리에게도 잘 올란가 모르겠다. 아 아부지만 살아 있었어
도……."

　양례는 며칠 전 일을 떠올리며 코를 팽 풀었다. 갑자기 남편 생각이
간절히 나면서 코끝이 찡해왔기 때문이다. 남편과 시골에서 늙도록 오
순도순 농사만 지으며 살기를 원했던 시절이 있었다. 아이들은 지가
좋아하는 일을 찾아 도시에 가든 무엇을 하든 맡겨두고 영감 할멈 단
둘이 사랑방에 군불을 뜨끈뜨끈하게 때고 누워있으면 만사 걱정거리
가 없을 것 같았다. 경제적으로 크게 여유는 없어도 한없이 평화롭던
시골생활이었다. 남들보다 성실하고 아내인 자신을 한없이 아껴주던
동출이었다. 그런 평화로운 마을에까지도 갑자기 불어 닥친 산업화의

바람은 드셌다. 이전까지는 재산도 있어봤자 도토리 키 재기로 다 엇비슷했는데 소리 소문 없이 하나둘 도시로 떠나가고 농촌 공동화현상이 생겨났다.

그 후 들려오는 소문은 무성했다. 누구는 장사를 해서 떼돈을 벌었고, 누구는 자가용까지 타고 다니는 사장이 되고, 누구 아들은 호텔 보이로 취직을 해서 팁으로만 보통 월급쟁이의 3배는 번다는 둥 소문도 가지가지였다. 민복이 도시로 이사 가자고 종용했을 때 선뜻 따라 나선 것도 이런 소문들도 한 몫 했을 것이다.

그런데 불과 2년도 채 안되어 검은머리 파뿌리 될 때까지 함께하기로 한 신랑마저 저 세상으로 먼저 보내고. 양례는 팽하고 물코를 다시 풀었다. 마침 손님들이 몰려들어와 그런 상념에 잠길 여유가 없었다. 좌판은 금세 활기를 찾아 갔다.

민복은 부지런히 재봉틀을 박고 있었다. 미국 쪽에서의 주문량 감소가 불경기보다는 소비자들의 다양한 욕구변화에 의한 원인에 있음으로 잘못 전달되었음이 밝혀졌기 때문이다. 회사에서는 급기야 고급원단을 들여오고 소비자의 기호 변화에 대처하기 위해 디자인 부서도 늘이고 해 이문을 줄이는 한이 있더라도 오히려 인원을 늘여야할 형편이었다.

미국에서 3개월 정도 주문을 받아본 뒤 주문량을 늘여갈 것인가를 결정하겠다고 나선 만큼 상부에서는 신경을 바짝 서서 제품을 만들라는 오더를 내리고 있었다.

민복은 휴우 하고 한숨을 돌렸다. 인원을 감축한다느니 하는 소문이 회사 내에 공공연히 나돌 때만 해도 걱정이 태산 같았던 민복이다. 학교 문제로 일찍 회사를 마쳐야 하는 자신이 누구보다 불리한 입장에 있었다는 건 자명했다.

인원감축문제가 그렇게 일단락되자 다른 일은 신경 쓰지 않고 회사일과 학교일을 병행할 수 있는 형편이 되었다. 학교성적은 비교적 상위의 성적을 유지해오고 있었다. 맨 처음 입학 후 분위기를 보니 대부분의 학생들이 낮에는 직장에 다니는 학생이었다. 간혹 공부에 취미가 없고 성적이 좋지 않아 야간으로 들어온 사람도 더러 있었지만.

민복은 시골에서 중학교를 다닐 때도 성적은 우수한 편이었다. 형편이 안 되어 고등학교에 늦게 왔다는 보상심리로 수업시간에 남들보다 열중했으며 시간이 날 때마다 공부에 더 큰 계획을 차곡차곡 쌓아가고 있었다. 고등학교를 졸업한 후 진로는 무엇으로 선택하든지 자신이 사회경험을 좀 더 해본 뒤 선택할 생각이었다.

아버지가 급작스럽게 사고사를 당했을 당시에는 엄마나 자신은 무엇보다 법에 대해 잘 몰랐고, 죽은 사람을 다시 살릴 수도 없는 지라 쉽게 합의를 해주었다. 이런 노동관련 현장에도 관련 법규가 있을 것이고 사고 시 처리법안도 있을 것이었다. 자신이 다니고 있는 회사에서도 100여 명의 근로자들이 근무하고 있었지만 누가 부당하게 해고 되더라도 쉬쉬하고 지나치는 경우가 많았다. 자신이 부당하게 해고 되더라도 이런 지경이 되지 않을까를 생각해 보면서, 아버지의 죽음 후 처음으로 민복은 그런 문제에 대해 많은 생각을 해오고 있었다.

자신이 흔들린다면 집안 꼴이 어떻게 흘러갈지도 누구보다 잘 알고 있었다. 지아비를 잃은 슬픔 속에서도 자식들을 위해 흔들림 없이 꿋꿋하게 살아가시는 어머니에게 실망을 보여드려서는 안 되겠다고 거듭 다짐한 민복은 몇 번이나 흔들렸던 마음을 추스르기 위한 다짐들을 종이에 빽빽이 적어갔다. 거기다가 이루고 싶은 자잘한 소망들을 적기 시작하면서, 앞으로 이런 꿈과 소망들은 약간이라도 자신이 흔들릴 때마다 자신을 다잡아 주는 중심추의 역할을 할 것이라는 다짐을 했다.

민복은 마치 그 메모지가 수대 째 내려오는 가훈이라도 되는 양 자신의 앉은뱅이 책상머리 위에다 붙이고 신뢰가 담긴 눈빛으로 바라보았다.

30 | 양례는 아침 일찍 집을 나서는 민복에게 지나가는 투로 말했다.

"민복이 너 일요일에 다른 약속 없제?"

"엄마 특별한 일은 없을 것 같은데 와 예? 뭔 일 있습니꺼?"

"뭔 일은 뭐? 아무튼 점심 먹으면서 할 이야기 있으니까 그 날은 시장도 마침 노는 날이라."

"알았어예 엄마. 꼭 맞추도록 해볼게요."

민복이 집을 나가면서 엄마에게 손을 흔들었다. 양례도 그런 민복에게 화답으로 손을 흔들어줬다. 민복은 활기차게 보일려고 애쓰고 있었지만, 아이의 어깨엔 어쩐지 힘이 빠져 있는 것을 양례는 느낌으로 알았다. 양례는 열심히 달려온 생활에 잠시 마침표를 찍는 휴식기도 필요하다고, 그래서 살아왔던 생활을 돌이키며 생각해보는 것도 좋을 것 같다는 생각을 해봤다.

요즘음 민석이가 조금 풀어져 있는 것도 진작에 알고 있었지만 애써 모르는 척 해줬다. 늪에 빠져본 사람만이 진정으로 그 느낌이 어떤지 알 수 있는 것이다. 지켜보는 사람에겐 단지 영화를 볼 때의 느낌처럼 가슴으로만 와 닿겠지만, 몸서리가 처질 정도로 온 몸에 진드기가 달라붙는 체험은 늪에 직접 빠져봐야만 알 수 있고 헤쳐 나갈 길도 알 수 있으리라. 다만 너무 깊이 빠져버려 도저히 빠져 나올 수 없을 지경에 이르기 전에 다잡아야겠지만.

"민석아 이번 일요일 점심 때 가족회의가 있을 테니 다른 약속은 하지 말거래이."

민복이 나가고 20분 쯤 뒤에 민석이 집을 나설 때 양례는 확답을 받아 두려는 듯 직설적으로 못을 박았다.

"가족회의라꼬예?"

"가족회의라 캐서 뭐 거창한 기 아니다. 그냥 점심이나 먹고 그동안 하고 싶던 이야기를 나누면서 바라는 일을 건의하는 그런 식사자리라고 보면 될끼다."

"알겠습니더. 그럼 학교 댕겨오겠습니더."

민석은 어머니에게 인사를 하고 집을 나서면서도 찜찜한 뭔가가 달라붙는 기분이다. 아버지가 돌아가신 후 거의 내키는대로 살았다. 공부할 의욕은 벌써 잃었고 그에 따라 성적도 곤두박질쳤다. 거의 매일이다시피 오락에 빠져 살았지만 어느 누구 하나도 관심을 가져주지 않았다. 모두들 제 살기에 바빴다. 뜬금없이 가족회의를 한다는 소리를 듣자 제일 먼저 그런 생각부터 드는 민석이다. 가족회의에서 너는 아버지도 안 계시고 사내라고 너밖에 없는 형편에 아직도 정신을 못 차리고 못된 짓만 일삼느냐고 꾸지람을 들을 것 같아서, 어느 때보다도 어깨가 축 늘어져 학교로 향했다.

며칠 전부터 어떤 식으로 가족회의를 이끌어야 모두들 반발 없이 수긍할 수 있을까만을 생각해온 양례다. 회의라곤 초등학교 시절에 학급 회의를 지켜본 경험과 동네에서 긴요하게 처리할 일이 있다고 몇 번 모였을 때 의견을 제안해본 경험밖에 없다. 그래도 그런 경험들이 비록 약식으로 진행하는 가족회의지만 많은 도움이 되어 줄 것 같았고, 음식도 평소보다 가짓수를 늘려 생일날처럼 풍성했다. 모두들 맛있게 먹었다.

"가족회의라 캐서 뭐 긴장할 것까지는 없다. 그동안 비록 경제적으로 큰 도움 여부를 떠나서 우리 집안의 지주 역할을 해 오셨던 아부지를 잃고 너거들도 많이 힘들었을 끼다. 진작에 이런 자리를 만들고 싶어도 갑작스럽게 바뀐 환경에 스스로 적응해보는 기간도 필요할 것 같아서 많이 참고 기다려 왔데이."

양례는 그 대목에서 물 한 모금으로 목을 축였다. 아닌 게 아니라 자신이 편안하게 분위기를 이끌고 싶어도 거의 처음이다시피한 가족회의라 저절로 경직되었던 것이다.

"세월이 빠르다카더만 너거 아부지가 저 세상으로 간지 버씨로(벌써) 3개월째로 접어 들었데이. 민석이 너부터 하고 싶은 이야기 있으면 해 보거라."

"제가 뭐 할 이야기가…."

"아니다. 내가 생각건대 아부지 돌아가시고 난 뒤로 우리 집안에서 가장 어린 니가 충격이 제일 컸을 꾸로. 그러이까네 분명히 이야기해 보거라. 가족들에게 불만이 있다면 그것도 이번 참에 말해보고. 이번 기회에 그동안 쌓였던 앙금일랑 털어버리자 이말이데이. 정 앞서 얘기하기 거북하모 민복아 그럼 너부터 말해 보거라."

민석이 무슨 말을 할까 들으려 하고 있다가 자기 이름이 불려진 민복은 조금 당황했다. 그러나 착 가라 앉은 분위기를 전환하기 위해서라도 그동안 하고 싶었던 이야기를 해야만 할 것 같다.

"그럼 제부터 말씀 드리겠습니더. 그동안 우리들에게 너무나 자상했던 아부지를 여의고 중심추 잃은 시계처럼 이리저리 흔들린 기 사실입니더. 설상가상으로 회사에서는 구조조정이 있을 거라는 소문이 자자해서 저로선 제가 살아온 날들 중 가장 힘든 나날의 연속이었습니다."

"회사에서 그런 일이 있었다고?"

"예. 엄마."

"정말 힘들었겠데이. 내도 너거 아부지 잃고 정신을 다른 데 돌릴 여력이 없던 때라."

"그때 저마저 흔들린다면 집안 꼴이 어떻게 될까 싶어, 정신을 바짝 차리겠다는 생각을 했습니더. 특히 아부지를 저 세상에 보낸 슬픔 속에서도 흔들림 없이 살아가는 엄마를 지켜보면서 다짐을 하곤 했습니더. 절대 이런 엄마한테 실망스러운 나 자신을 보여줄 수 없다고예."

"민복아!"

두 사람의 대화를 듣고 있던 민석은 자신이 그동안 가장 한심스럽게 살아왔다는 각성이 일었다. 집안에 불행한 일이 닥친 후로 모두들 풀이 죽은 모습들이 보기 싫어 밖으로만 나돌면서, 반은 포기하는 심정으로 오락실을 전전했었다.

"저도 앞으로 똑바로 살겠습니더."

한참 만에 불쑥 내뱉은 이 한마디 속에 민석이 하고 싶은 이야기는 다 녹아 있었다. 양례도 민복도 이 한마디 속에 담긴 진정성을 느낄 수 있었다.

양례는 가족회의에서 자신이 원했던 성과를 얻었다는 사실을 깨닫고는 흐뭇했다. 비록 남편은 죽었지만 이번 일을 계기로 남은 가족들이 더욱 열심히 살아갈 수 있는 계기가 된다면 더 이상 바랄 것이 무엇이겠는가.

"옛날부터 내려오는 말 중에 이런 말이 있데이. 하늘이 무너져도 솟아날 구멍이 있다. 이 말이 무엇을 뜻하겠노. 아무리 어려운 일이 닥치더라도 희망을 가지고 헤쳐 나가면 못할 끼 없다는 말이데이. 내는 우리 딸과 아들을 믿는데이. 너거들은 어디에 갖다놔도 여보란 듯 디디고 일어설 거데이. 고맙다 민복아 그라고 민석아."

양례는 두 자녀를 가까이 오게 하여 손을 꼭 그러쥐고는, 서로에게 따뜻한 체온을 음미하려는 듯 한참을 쥐고 있었다.

31 | 민석은 아침 일찍 집을 나섰다. 요즘 들어 부쩍 아침 자율학습이 강조되고 있었다. 민석이 다니는 혜성고는 신설학교가 되다보니 대학진학률에 목을 메고 있었다. 매주 월요일마다 주초고사를 치루고 자율학습이란 명목으로 학생들을 밤늦도록 붙잡아 두었다. 민석은 몇 년 전 아버지가 돌아가셨을 때 잠시 흔들렸던 때가 있었지만 다시 마음을 다잡은 후부터는 열심히 공부에 매진했다. 그 나이 때면 으레 겪게 되는 사춘기도 먼 나라 사람의 일같이 느낄 만큼 목표를 세우고 치열하게 살아온 나날이었다.

교문으로 막 들어가려는 데 바로 옆으로 검은 세단이 먼지를 일으키며 끽 섰다. 차에서 내린 사람은 병철이었다. 민석은 병철을 발견하고 나서도 터벅터벅 학교 정문을 지나 걸어갔다.

"야! 김민석, 형을 보면 인사해야 할 꺼 아이가?"

어느 새 병철이 재빠른 걸음으로 쫓아와 민석의 어깨를 툭 쳤다.

"형은 무슨?"

"왜 내 말이 말 같지 않나?"

병철은 가슴을 쓱 내밀며 거들먹거렸다. 민석은 손을 들어 가볍게 한 번 흔든 뒤 교실을 향해 잰걸음으로 걸어갔다. 아침부터 시비를 걸어도 말려들지 않는 민석을 바라보며 병철도 씩씩거리며 교실을 향해 걸어갔다.

고등학교에 입학한 지 얼마 되지 않았을 때였다. 한번은 병철이 민석에게 자신의 일탈(逸脫)장소에 가자고 꼬드긴 적이 있었다. 하지만 민석은 핑계를 대며 응해주지 않았었다. 둘은 병철의 할머니 칠순잔치 때 대면 후 고등학교에 입학해서야 보게 되었다. 병철은 부잣집 아들답게 친구들 사이에 씀씀이가 좋았고 걸핏하면 새로운 흥밋거리를 찾아 혈안이 되곤 했다. 그의 행실을 겪어보고 자신과는 맞지 않아 민석은 거리를 두게 되었다.

특히 어머니는 민석이 병철을 만나고 다닌다는 사실을 알고선 야단이었다. 어머니는 병철의 집안 얘기만 나와도 이를 뿌드득 갈았다. 민석도 처음엔 아버지가 돌아가신 일 때문에 그랬다 하더라도 차츰 시간이 지나면 나아질 줄 알았는데 동호 백부에 대한 원망은 수그러들 줄 몰랐다. 어느 새 자신도 동호 백부에 대한 감정이 좋지 않아지고 생기곤 했다.

어머니 말에 의하면 아버지를 취직시켜주지 않은 일은 옛날 일로 인한 오해 때문일 거라고 했다. 하지만 자신이 생각하고 추측해보기로는 아무래도 아주머니 때문이라는 판단이 섰다. 친척 어른들의 말에 의하면 사업투자를 위해 전답을 많이 팔기도 했지만 실질적 자금은 아주머니 집안에서 나오다시피 했다고 했다. 그 일로 아주머니가 사업장에서 여러 권한을 행사하고 있다고 한다. 그렇다면 동호 백부가 친척의 취직을 시켜주려면 아주머니의 눈치를 볼 수밖에 없을 것이다. 그렇더라도 사무실에서의 업무도 아니고 현장에서의 단순 노무자 자리도 시켜주지 않은 대목에선 분명 지나친 데가 있다. 결국 아버지는 취업이 되지 않았고 생활고에 쫓기다 언제나 사고의 위협이 도사리고 있는 공사장잡부로 뛰어들 수밖에 없었을 것이다.

민석은 아무리 동호 백부가 밉다고 하더라도 자신에게는 현실과 괴리가 클 수밖에 없었다. 마치 보름날 달 속에 비쳐진 토끼그림자처럼 실체가 있는 듯 보여도 다가가기엔 현실적으로 불가능한 것처럼 말이다. 그래서 자신은 아직 학생이니 어른들 일에 관여치 말고 최선을 다해 공부를 열심히 해야겠다는 생각만을 가졌다.

얼마 전 가족회의 이후로 정신을 차리고 공부를 해온 결과 성적은 중상위권을 유지했다. 고무적인 일은 아직도 성적이 계속 상승일로에 있다는 점이었다.

양례는 냉동창고에 보관해둔 생선을 좌판대 쪽으로 끌어내오고 있었다. 생선 장사를 한 지 어언 3년, 이젠 장사와 관련 웬만한 일은 이골이 났다. 남편을 그렇게 불의의 사고로 떠나보낸 후 양례에겐 희망이라곤 민복과 민석을 남부럽지 않을 정도로 훌륭한 사람으로 키워내는 일이었다. 다행히 아이들은 공부를 잘했고 민석도 한때 조금 엇나가는 것 같았지만 빠르게 도시생활과 학교에 적응해가고 있었다. 자신도 이제는 장사로 인한 이문도 제법 챙길 줄 알았다. 재고처리도 걱정했는데 차츰 요령이 생겨 거의 남기지 않게 되었고 고정단골도 여러 명 확보했다.

"어이 동상, 벌써 나왔네."

국숫집 여자인 영순언니가 가게로 들어가려다 양례를 발견하곤 말한다.

"언니도 일찍 나오셨네요. 이제 자제들도 다 취직하고 아무 걱정 없을 낀데 쉬어가면서 천천히 하이소."

"동상, 안 그래도 요즘은 대충대충 건성으로 지내고 있다. 호호호."

얼마 전 그녀가 아직 확실치 않지만 자식들이 취직하여 살고 있는 서울로 갈지도 모른다고 말한 적이 있었다. 그때 양례는 시장통에서 제일 친하고 후원자가 되어주는 그녀가 가게 되면 우짜냐며 제발 몇 년이라도 더 같이 장사를 하며 우애 있게 지내자고 졸라대었다. 하지만 그녀는 자식들이 시장통에서 장사를 하는 어머니가 안쓰러워 서울로 올라오라며 성화라고 했다.

물건이 대충 정리되자 양례는 약간 떨어진 곳에서 장사를 하고 있는 숙이네 쪽으로 시선을 돌렸다. 숙이네도 벌써 시장통에서 물건을 정리하느라 분주한 모습이었다. 숙이네는 동종업종이라 경쟁이 될 수 있는 형편인데도 한 번도 싫은 내색을 하지 않고 더 좋은 물건 구입 경로, 재고관리, 장삿돈을 곗돈으로 넣었다 학비 낼 때 요긴하게 타 쓰는 방법 등을 자신의 경험을 토대로 알려주었다. 양례는 장사한 돈 한 푼 두 푼을 매일 숙이네도 넣고 있는 일수돈 계주에게 맡겼다. 양례 입장에서는 민석은 아직 대학에 가려면 여유가 있지만 민복은 벌써 3학년이라 2학기 땐 직장 일을 잠깐 쉬게 하고 공부만 전념하는 상황이 되길 은근히 꿈꿔왔다.

민복이 말은 하지 않아도 분명 대학입학에 뜻을 두고 있는 듯이 보였다. 이전 같으면 여자가 대학에 가면 괜히 헛바람 들어 팔자가 사나워질 거라는 생각을 했겠지만 도시로 와 생활해보니 여자들도 능력이 되면 대학에 가는 것이 훨씬 나아보였다. 여자도 똑똑하면 교사가 되어 학생들을 가르치기도 하고 전문 직업을 가지고 세상에서 충분히 자기 몫을 해내고 있는 모습들이 부러워보였다.

"엄마 난 법을 전공해서 공장에서 일하는 노동자들이 부당한 대우를 받는 것을 개선하고 변호해 주는 노무사가 되고 싶어요."

어느 날 민복과 진로에 관해 얘기를 나누다 그렇게 의견을 피력한 적이 있었다. 정말 그렇게만 될 수 있다면 양례가 보기에도 근사한 직업처럼 여겨졌다. 양례는 그런 의미에서 두 명의 아들들이 서울에 있는 대학을 졸업한 후 대기업에 다니고 있는 영순언니가 부러웠고, 자신의 표준 모델로 삼고 싶었다. 정말 다행인 것은 민석의 성적이 점점 좋아지고 있다는 점이었다. 민석이가 공부를 잘해 준다면 서울에 있는 대학이라도 보내고 싶었다. 그래서 돈이 좀 있다고 거들먹거리는 동호의 코를 납작하게 해주고도 싶었다. 동호의 아들인 병철이 민석과 같은 학교에 다니고 있다는 사실을 알고는 같이 어울리지 말라고 주의를 주기도 했다.

언젠가 병철이 보기에도 건들거리는 친구 몇 명과 어울려 시장통으로 지나간 적이 있었다. 마침 양례가 그의 얼굴을 알아보고 아는 체했지만 창피했던지 병철이 아예 아는 체하지 않고 고개를 뻣뻣이 들고 지나갔다. 양례는 병철이 가고 나서도 한참 동안이나 맥없이 바라보았다. 정말 어이가 없고 병철의 괘씸한 행실에 하루 종일 기분이 나빴다.

양례는 병철로부터 한번 그런 일을 겪고는 동호에 대한 반감과 어우러져 더욱더 그 집안에 관한 일이라면 이를 갈았다.

32 | 진초록 빛 생명이 꿈틀거리며 눈을 즐겁게 해주는 오월이었다. 민복이 작업장에서 잠시 일손을 멈추고 바라본 바깥세상은 온통 생동감이 꿈틀대고 있었다. 공장 내에 정원수인 구상나무 잎이 너무 파래 민복은 다가가 손으로 만져보고 싶을 정도였다. 공장지대 뒤편 백양산에는 온 천지가 진초록 빛이었다.

민복은 벌써부터 일 년 후면 펼쳐질 대학생활에 대한 꿈에 부풀어 있었다. 그때도 직장생활과 병행하면서 대학에 힘들게 다니게 될지는 모르지만 진학에 대한 꿈은 이미 확고하게 섰다. 자신이 공부하고 싶은 법공부는 부산에서는 D대학이 야간학부로 인정을 받고 있었다. 그래서 그곳에 입학하기만 하면 직장과 대학생활을 충분히 병행할 수 있을 것 같았다. 다만 아직 성적이 약간 못 미쳤다. 자신이 다니고 있는 야간고등학교에서는 단연 톱이었지만 대부분 직장인으로 구성되어 있는 학생들의 특성상 자신의 실력이 일반학교에서도 통할지가 의문이었다. 그래서 입시에 전념하기 위해 2학기 동안 직장은 휴직을 생각 중이었다.

그동안 학교와 직장을 병행하면서 학비와 용돈문제로 한 번도 집에다 손을 내민 적은 없었다. 물론 그동안 아버지도 돌아가시고 시장통에서 고생하시는 엄마를 보면 그럴 상황도 아니었지만. 그래도 고무적인 일은 요즘 엄마의 장사가 제법 잘 되고 있었다. 며칠 전에 엄마도 슬쩍 그런 말을 내비치기도 하셨다. 물론 그때는 학교에 다닐 때까지는 최선을 다해 혼자 힘으로 하겠다고 하긴 했지만 은근히 기대가 되기도 했다. 고3을 대상으로 학년 초에 치른 모의고사에 자신도 응해 보았지만 결과는 신통찮았다. 2학기 때 휴직을 생각한 것도 바로 그 때문이었다.

"학교는 잘 다니고 있나?"

순영이 민복 옆을 지나가다 어깨를 툭 쳤다. 민복은 고개를 들어 그녀를 바라보았다.

"들리는 소문에 의하면 대학 진학도 할 거라는 말이 나돌던데?"

"예 반장님."

"그래? 하이구야 나도 상고를 나왔지만 대학 가기가 쉽지 않을 낀데. 3학년 때 우리 반에서 대학 간 애를 세어보라면 한 손으로도 꼽아도 남을 정도였는데 호호."

민복이 순영의 말을 듣고 풀이 죽어 작업을 멈추고 고개를 푹 숙였다. 바로 옆에서 재봉틀을 무심히 밟고 있던 말자가 그런 분위기를 더 이상 참지 못하고 끼어들었다.

"민복은 전체 톱이라니 잘해 낼 끼다."

"톱? 야간 학교에서 톱이 잘도 대학에 가겠다 호호호."

그 말에 순영이 비꼬듯 말했다. 순영은 민복이 야간상고에 다니는 것까지는 봐주려 했다 대학까지 간다고 하니 여간 아니꼬운 게 아니었다. 기집애가 자기 주제도 모르고 말이야. 겉으로 내세운 명분이야 현실을 받아들이라는 투의 충고의 말로 비치듯 말했지만 속으론 질투가 부글부

글 끓어올랐다. 사실 정말 저러다 대학에 턱하니 붙고 나면 이건 자존심이 뭉개질 내로 뭉개실 것은 불을 보듯 뻔했다. 이전에 민복이 고등학교에 간다고 했을 때는 초등학교를 나온 말자와의 반장선출 건으로 인한 반발심이었거니 하고 여겨왔었다. 그런데 거기서 멈추지 않고 대학이라니 정말 민복은 자기 수준도 모르고 설쳐 되는 거 아닌가 말이야. 순영은 그런 미묘한 기분으로 작업장 내 다른 곳으로 옮겨갔다.

순영이 가고나자 민복은 다시 재봉틀을 밟기 시작했다. 자신이 대학에 간다는 사실에 아니꼬운 듯 행동하는 순영이 얄밉기도 하지만 크게 신경 쓰지 않기로 했다. 분명한 것은 정말 말만 앞세운 사람이 되지 않기 위해서라도 꼭 합격해서 결국 해내고 만다는 모습을 보여주고 싶은 민복은 공부에 더욱 전념하기로 의지를 불태웠다.

바로 옆에서 말자가 입술을 꾹 다물고 열심히 일하고 있는 민복을 바라보았다. 언젠가 민복이 고등학교에 입학하기 전 자신에게 검정고시를 치도록 권유한 적이 있었다. 하지만 민복이 그 후 고등학교에 들어가고 대학까지 넘보고 있는 상황이 될 때까지 자신은 학업에 관해 어떤 것도 이뤄낸 것이 없었다. 자신은 그런 민복이 부럽기도 하지만 대단한 존재로 여겨졌다. 공장 내에 일하고 있는 사람을 통틀어 민복처럼 대학을 꿈꾸는 사람은 자신이 알기엔 아무도 없었다. 모두들 직장에 다니는 것만도 겨우겨우 해내고 있었다. 하지만 민복은 아버지를 여읜 슬픔을 겪고도 직장과 학교생활을 잘 병행하고 있었다. 특히 배울만한 일은 그런 환경들이 어려울 만도 한데 한번도 힘든 내색을 하지 않는 점이었다.

그날 퇴근 시간이 다 되어갈 무렵이었다. 공장장이 작업장을 한 바퀴 둘러보다 작업반원들을 불러 모았다.

"잠깐 주목해 주세요. 내일부터 완성반 파트가 둘로 나뉘게 되었습니다. 우리의 주 거래처이자 수출지역인 미국에서 제품의 품질에 대해 점점 요구 사항이 높아지고 있습니다. 따라서 완성1반은 수출용 제품을 맡고 완성2반은 내수 쪽 제품에 전념하도록 세분화 시킬 예정입니다."

"저기 공장장님. 그렇다면 작업장도 분리되는 겁니까?"

순영이 당장 달라지는 작업장 환경에 관심을 갖고 물었다.

"물론 그래야겠지. 하지만 주문 물량이 쏟아지고 있는 마당에 당장에 작업장 전체를 손 볼 입장이 아니고 해서 야간작업 후 작업장 내 칸막이를 치기로 했다. 그래서 말인데 어제 간부회의 결과 완성2반은 기존의 순영반장이 맡고 완성1반은 그동안 회사에 기여해온 공헌도와 완성반과 재단반 등 경험을 두루 거친 허말자 양을 새로운 반장으로 임명하기로 결정하였으니 동요 없기를. 그리고 반장 두 사람은 오늘 저녁에 사무실에 남아 자기가 관리할 작업반원 선별 작업을 마치고 퇴근하길 이상."

"공장장님 정말 감사합니다."

허말자가 절을 꾸벅하며 양손을 치켜들었다. 평소 말자에게 호의적이었던 반원들이 박수를 치며 말자의 반장 선출을 축하했다.

"언니 정말 잘 되었네요. 아니지 반장님으로 불러야지 참. 정말 축하해요"

"얘는 쑥스럽게."

말자는 그러면서도 기분이 좋은지 손을 내밀어 민복과 악수를 나눴다. 말자는 연신 싱글벙글이다. 한쪽 옆에서 넋이 나간 듯 서있던 순영이 입이 반 자나 튀어나와 씩씩거리며 다른 곳으로 가버렸다.

33 | 은은한 불빛의 전등 아래 한복을 곱게 차린 여자가 가야금을 뜯고 있고, 그 옆에서 또 한 명의 여자가 단아한 자태를 뽐내며 덩실덩실 춤을 추고 있다.

건배!

바로 앞에 앉은 사내와 벌써 몇 번째 잔을 부딪치며 동호는 두 여자를 게슴츠레한 눈으로 바라본다.

"어이! 김 사장 거 대충대충 보소. 정말 그러다 쟤들에게 푹 빠지겠소 그려. 하하하."

"아이! 서장님도 참. 내 눈에는 그저 하늘에서 내려온 선녀같이 보이는데 어쩌겠습니까? 요즘 마누라가 잠자리에서 몸이라도 슬쩍 부딪히기라도 하면 기겁을 해쌓는 통에 한 달이나 참고 지내오다 조런 나긋나긋 애들을 보니 그만 회가 동해서리, 하하하."

동호가 마시던 술잔을 내려놓고 사내에게 다가가 춤추고 있는 여자 쪽으로 이끌어낸다.

이제는 세 사람이 어울려 덩실덩실 춤을 춘다. 그리 좁지 않은 요정의 밀실이 금방 꽉 차버린 느낌이다. 동호는 춤을 추면서도 사내의 표정을 슬쩍슬쩍 훔쳐본다. 사내는 공장을 관할하는 경찰서 서장이었다. 지역에서 사업을 무난하게 펼쳐나가기 위해선 지역 유지들과의 끈적끈적한 유대관계는 필수적이다. 그동안 동호는 기회가 닿을 때마다 구청장, 소방서장, 세무서장, 동장과도 긴밀한 관계를 유지해 오고 있었다. 사업은 나날이 발전에 발전을 거듭해오고 있었다.

때는 80년대 초반으로 전임 대통령이 추진해온 경제개발5개년계획의 성공적인 완수로 국민들의 생활수준이 나날이 향상되어 가전제품 등 내수 소비량이 엄청 늘어났기 때문이었다. 이제는 각 가정마다 TV가 없는 집이 없고 향후 5년 내에는 세탁기도 다 보급될 것 같다며 가전제품 관련 회사들이 즐거운 비명을 질러대고 있었다.

2년 전에 자신의 부하로부터 피격을 당한 박대통령만 살아 있더라도 더 잘살 수 있었을 거라며 사람들은 너도나도 모였다하면 그런 소리를 내뱉고 있었다.

동호는 사내와 함께 추던 춤을 멈추고 각자 자리를 돌아갔다.

"어이 연실도 가야금 이제 그만 뜯고 일로 와 합석하지."

동호가 얼마 전부터 단골이 되어버린 연실을 불렀다. 춤을 추던 여자
는 얼른 서장 옆으로 가 찰싹 달라붙어 벌써 아양을 떨고 있었다.

동호는 옆에 앉은 연실에게 술을 따라주며 한 손은 슬쩍 아랫도리를
쓰다듬고 있었다.

"호호호 김 사장님. 제 잔도 한 잔 받으셔야죠?"

서장 옆에 앉아 있던 월심이가 동호 쪽으로 다가와 술을 따른다. 그녀
와는 이미 다른 술좌석에서 동석해 구면이다.

동호는 술잔을 받다가 옆에 있던 연실에게 서장에게 한 잔 따르도록
눈치를 준다. 동호는 술 한 잔을 마시며 서장 옆에 앉아 있는 월심을 뚫
어져라 쳐다본다. 연실과는 이미 몸을 몇 번이나 섞은 동호는 이제 슬슬
싫증이 나고 벌써 다른 여자를 넘보는 호색한 본래의 욕심이 서서히 되
살아나고 있었다.

'같이 합석한 손님이 서장만 아니었다면 저걸 그냥 팍. 허허'

동호는 금방 떠오른 생각으로 아랫도리가 뻐근해오자 음흉한 미소를
지으며 몇 번 헛웃음을 허허허 하고 웃었다.

"왜요? 허허 김 사장 오늘 좋은 일 있는 것 같수다."

서장이 동호를 바라보며 웃는다. 물론 그도 진작 동호가 하는 행동으
로 눈치를 챘지만 시치미를 떼고 그렇게 말한다. 물론 사회적 지위로 따
진다면 자신이 나을 수도 있겠지만 오늘은 어디까지나 스폰서로 나선
김 사장의 눈치를 봐야하지 않겠는가. 하지만 화류계에는 오랫동안 내
려오는 불문율은, 누구도 어쩌지 못하는 사정이 아니고선 술자리에선
절대 파트너 교체는 금지되어 있다는 것이었다. 심지어 상사와 같이 참

석하는 술자리에서도 그렇다. 상사가 부하 옆에 앉은 여자가 맘에 들어도 넘본다면 그건 매너가 없는 것으로 치부되는 일은 고사하고 술에 취한 부하에게 봉변을 당할 수도 있다. 술이 깨고 난 뒤 상관이 아무리 부하를 나무란다고 하더라도 술에 취해 그랬다면 할 말이 없고 근본적으로 부하의 파트너를 넘본 자신의 매너 없음을 인정하는 꼴이 되고 마니 참고 지나갈 수밖에 없었다.

어느 때보다도 질펀한 술자리는 밤 11시가 넘어서야 겨우 끝이 났다. 작부들이 자신의 방으로 돌아가 외출 준비를 서두르는 사이 둘은 입가심으로 차 한 잔을 나누고 있었다.

"김 사장 수출과 내수호조로 전자제품 매출이 엄청 늘었다던데 앞으로 자주 불러 주소 하하하."

"여부가 있겠습니까? 서장님, 앞으로 기회 닿는 대로 종종 연락드리겠습니다. 앞으로 기관장 모임에 참석하시거든 우리 영진실업도 좀 많이 홍보해 주십시오."

"왜요? 제가 뭐 도와 드릴 일이라도."

"저야 아직 부품 납품 정도의 규모지만 형편이 나아지면 차츰 완제품 생산도 생각 중입니다. 그렇게 된다면 앞으로 부탁할 일이 많을 겁니다."

"김 사장 하는 일이야 내가 어디에 있든 언제든 환영이니 앞으로 부탁할 일이 있으면 서슴지 말고 해 주세요."

두 사람이 한참 대화를 하는 동안 마담이 준비가 다 되었음을 알려왔다. 동호는 서장과 악수하고 헤어져 미리 시동을 켜놓고 대기하고 있는 차에 몸을 싣고서 차창 밖으로 서장이 타고 가는 차를 바라보았다. 바로 그때 연실이 동호의 어깨로 머리를 기대왔다.

34 | 중간고사 성적표가 나왔다. 민석은 성적표를 조용히 펼쳐보았다. 60명이나 되는 반에서 5등, 전교 석차는 48등이었다. 생각보단 약간 잘 나왔지만 아직도 100% 만족은 되지 않았다. 민석은 2학년이 되기 전에 반에서 3등 이내로 끌어올릴 결심을 해본다. 점심 도시락을 먹고 학교 운동장을 한 바퀴 돌면서 생각에 잠겨 있었는데 마침 옆에서 어슬렁거리던 병철이 다가왔다.

"어이! 민석."

"그래 병철이네."

두 사람은 햇빛을 피해 나무 그늘지대에 설치되어 있는 의자로 가 앉았다.

"니는 성적 잘 나왔나?"

병철이 자리에 앉자마자 그것부터 물어온다. 성적표가 1교시 수업하기 전에 일제히 공개되었던 터라 병철도 결과가 궁금했던 모양이다.

"뭐 별로. 니는 괜찮게 나왔나?"

민석도 바로 답하지 않고 돌려서 물었다.

"내야 중간 정도. 오늘 집에 들어가서 또 무릎 꿇을 일 생각하면 벌써부터 걱정이다. 과외선생도 성적이 어떻게 나올까 궁금해 하던데 또 교체한다는 말이 나오지나 않을지 모르겠다."

"너 과외 하냐?"

"말도 마라. 집에 들어가면 아예 꼼짝 못할 지경이다. 일주일 중 영어와 수학을 이틀씩 받고 있는데 이번 성적결과가 신통찮으면 주말에도 시킬 눈치던데 벌써부터 걱정이다. 주말에는 롤러스케이트도 타러가야 하고 할 일이 많은데. 참내."

민석은 그런 병철의 상황이 부럽기도 하지만 안쓰럽기도 하다. 자신은 돈이 없어 과외는 고사하고 학원에도 못 다닐 형편이지만 집에 들어

가서도 편하게 쉬지 못하는 병철이 딱하기도 하다.

"도대체 몇 등쯤 되는네 그러냐?"

"말해도 될라냐? 허허 반에서 28등 정도. 참 니도 말 안했잖아."

"5등."

"뭐? 야 니 대단한데. 내가 그 정도이면 우리 부모님이 아예 업어준다 하겠다 하하하."

병철도 막상 민석의 성적 결과를 알고는 놀라는 눈치였다. 부산에 올라 온지 얼마 안 된 그와 할머니 칠순 잔치 때 맞닥뜨렸을 때만 해도 아직도 촌놈의 때를 벗지 못했었고, 묘사 때 고향에 다녀갈 때도 추레한 몰골로 다니는 그를 늘 자신보다 측은한 존재로 생각해왔던 게 사실이었다. 그런데 그와 같은 고등학교에서 만나게 될 줄 생각이라도 해 봤는가? 하지만 고등학교 입학하고 며칠 지나 교정에서 그를 우연히 만났을 때 정말 기막힌 인연에 화들짝 놀랐었다. 그날 저녁 집에 들어가서는 어머니에게 그 얘기를 했었다.

"뭐? 걔와 같은 학교라고? 야! 이놈아 너 신경 바짝 쓰야겠다. 다른 건 몰라도 그 촌닭 같은 애보다 니가 성적이 더 떨어지기라도 해봐? 그 일이 얼마나 우사겠냐? 아직도 고향에 가면 사람들이 날보고 사장님 사모님 하면서 우러러 보는데. 앞으로 이런 상황이면 고향에도 니와 걔 성적이 알려지고 그러면 둘 사이가 비교 될끼 뻔한데. 만일에 그때 니 성적이 못하다면 사람들이 얼마나 나를 우습게 보겠노?"

어머니는 말을 꺼내기가 무섭게 그 말부터 꺼냈다.

"호호호! 없는 주제에 공고나 보내 기술자로 취업이나 시킬 생각은 않고 인문계에 보내 공부를 시키겠다. 양렌지 뭔지 하는 그 여편네도 지 주제도 모르고 깐죽대다 나중에 큰 코나 안 다칠지 모르겠다."

"엄마, 그 말은 무슨 말인데요?"

"아니다. 내가 니 앞에서 괜한 소릴 지껄인 것 같다. 아무튼 무슨 일이 있어도 니가 민석인지 뭔지 하는 그 촌닭보다 성적이 못하다는 말이 나오면 단단히 혼날 줄 각오해야 할거야."

병철은 혼자서 그런 생각을 하며 고민에 잠기고, 옆에서 그런 병철의 모습을 바라보며 민석은 고개를 갸우뚱했다. 민석은 병철이 생각보다 공부를 못한다는 사실에 안도했고, 병철의 집안에 관한 일이라면 극도로 신경질적인 반응을 보이는 엄마가 이 사실을 알면 모르긴 해도 몇 번이나 등을 토닥여 줄 것만 같았다.

하지만 자신은 그런 일에는 관심이 없었다. 1학년 때는 적어도 반에서 3등 이내로 성적을 올리고, 2학년 땐 1, 2등까지, 3학년 때는 1등을 하고 싶다. 언젠가 엄마가 다른 건 몰라도 대학만큼은 서울이든 어디든 꼭 시켜주겠으니 열심히 하라고 한 적이 있었다. 그때 민석은 아버지가 돌아가신 후 부쩍 자신과 민복이 누나의 공부나 진로에 관심을 갖는 어머니의 마음을 알 수 있을 것도 같았다. 그리고 그런 어머니의 마음을 이해하려 애썼다. 어머니에게 있어 자신들은 미래의 희망이자 의지처였다. 그런 어머니의 희망을 꺾어 버린다면 어머님은 기둥이 무너진 건물처럼 스르르 무너질 것이 뻔했다.

민석은 앞으로의 목표와 계획들을 종이에 적어 책상 옆에 붙여 놓았다가 틈이 나면 읽어보며 다짐을 하곤 했다. 마음이 괜히 뒤숭숭하고 우울해 질 때면 그런 목표들을 바라보면 절로 용기가 생겨났다. 그런 행동들은 주로 민복누나의 영향이 컸다.

어느 날 민복의 책상머리에 갔다가 그런 문구들이 빼곡히 적혀있는 풍경을 발견하곤 자극 받아 자신도 앞으로의 목표나 계획을 적는 버릇이 생겼다.

민복이 누나는 회사와 직장 일을 병행하면서도 야무지게 자신의 꿈을 실행해오고 있었다. 학교성적도 거의 1등을 도맡다시피 했다. 그러한 꿈과 계획들이 그녀의 삶의 모토였으며 성공의 열쇠가 될 것 같아 민석에겐 신선한 충격이었다.

"주말에 롤라스케이트 타는데 같이 안 갈래?"

병철이 제안하자, 민석은 한참 망설인다. 다른 건 몰라도 운동으로선 괜찮아 보였었다.

"요금 때문이라면 걱정 안 해도 된다. 내가 일체 다 대 줄게."

병철이 민석이 돈 때문에 갈등하는 줄 지레 짐작하고 그렇게 말했다. 병철도 어른들로부터 동출 숙부가 돌아가시고 양례숙모가 시장통에서 생선을 팔아 공부를 시킨다는 민석의 가정형편을 대충 들어서 알고 있었다. 언젠가 친구들과 함께 시장통을 지나가다 민석의 엄마와 맞닥뜨린 적이 있었다. 그때 병철은 친구들 보기가 창피스러워 모른 체 했었다. 한동안 그 일로 약간은 죄책감이 들기도 했지만 완전 부잣집의 귀공자로 통하는 자신의 친척이 시장통에서 겨우 생선이나 팔고 있다면 무슨 창피일까 생각했다.

"니 시간 되나 어쩌나?"

민석이 미적대자 병철이 재차 묻는다. 민석은 아직 가야 할지 말아야 할지 혼란스럽다. 무엇보다 롤러스케이트를 한번도 타본 적이 없다.

"그 날 옆집에 사는 은순이한테 친구 데리고 오라 할 테이니 까니 외모에도 신경 좀 쓰고. 아무튼 오전 10시에 해운대 백사장 입구에 있는 시계탑에서 보자."

병철이 민석의 어깨를 툭 치고선 더 이상 대답을 들을 필요도 없다는 듯 가버렸다.

35 | "민복이, 학교 가야지."

"말자언니, 고마워."

민복은 반장이 된 말자가 세세히 챙겨주는 마음 씀씀이에 감격했다. 가끔 칸막이 너머 완성2반에선 순영의 신경질적인 목소리가 들려오기도 했지만 완성1반은 너무 조용하고 분위기가 좋았다. 순영은 15명이나 되는 알토란같은 인원을 1반으로 뺏긴 뒤 의기소침해 있었다. 아무리 회사 방침이라지만 하루아침에 수족과도 같은 사람을 뺏기고 나니 너무 기분이 나빴다. 이래저래 기분이 좋지 않은 순영은 작업장에서도 걸핏하면 짜증을 내곤 했다.

민복이 작업장에서 빠져나와 교복으로 갈아입고 가방을 챙기고 나가는 모습을 말자가 배웅해주었다. 말자는 민복이 일도 깔끔하게 처리하는 편이고 개인적으로도 친해서 오랫동안 같이 근무하고 싶었다.

민복은 순영이 반장으로 있을 때만 해도 퇴근을 할 때 소가 닭 보듯 했는데 말자가 반장이 되고 부턴 대우가 완전 달라진 모습에 감동받아 직장에 애착이 갔다. 할 수 있다면 최대한 해야겠지만 여름방학이 되면 본격적으로 대학입시를 준비해야 하기 때문에 마음속으론 그때까지만 다니고 휴직할 계획을 세워놓았다.

먼 여행 같은 인생행로에 6개월 정도의 기간은 그리 긴 시간 같지 않았고, 대학에 들어갈 수 있다면 다른 어떤 난관도 극복해 낼 수 있을 것 같았다. 민복은 학교로 가는 버스 안에서 자리를 잡자마자 요약노트를 꺼냈다. 평소 공부를 하면서 틈틈이 적어둔 기록장이었다. 자신에게는 땀과 열정이 고스란히 녹아있는 바이블과도 같은 소중한 지침서이기도 했다.

김민복 넌 할 수 있다. 어려움을 딛고 반드시 성공한다!

라고 시작되는 이 노트의 맨 첫 장에는 자신의 계획과 목표를 적어 놓았다. 민복은 울적할 때나 뭔가 일이 풀리지 않을 때면 노트를 꺼내들고 읽으면서, 마음을 다잡곤 했다.

차창 너머로 벌써 수업을 마친 여고생들이 활기찬 모습으로 무더기로 학원이나 집을 향해 가고 있었다. 이전에는 항상 부러움의 대상이었지만 이제는 자신도 어엿한 학생이라 전혀 기죽지 않았다. 가슴 한복판에선 도리어 자부심이 되살아나고 있었다. 학업과 직장을 병행하는 자신의 삶도 보람으로 느껴졌다. 일 년 후, 한 손엔 두꺼운 법전을 낀 생기발랄한 대학생이 된 자신의 모습을 상상해 보는 느낌만으로도 너무나 가슴이 벅찼다.

노트에 집중해 있었는데 어느 새 학교 앞이었다. 가방을 챙겨들고 학교쪽으로 가는데 교문 앞에 서 있던 급우 미영이 민복을 반겨주었다.미영은 일일공부배달원 사무소에서 경리 일을 보고 있었다.

언젠가 개인적인 용무로 조퇴를 하는 길에 미영의 사무실을 방문한 적이 있었다. 미영은 배달원들이 수금해온 돈 관리와 월급지출 등 경리 일이 주 업무였지만 배달원들이 수거해온 학생들의 시험지 채점을 매기는 일도 하루의 중요한 일과였다. 미영도 집안 형편 때문에 중학교 졸업 후 2년이 지나서 들어왔기 때문에 민복과 동갑이었다. 대부분의 학생들이 그녀들에 비해 두 살 차이가 났고 학교 졸업 후 바로 입학하지 못한 일이 동병상련으로 이래저래 미영과 친하게 지내오고 있었다.

그 날 마침 배달을 마치고 온 사람 중에 서글서글한 미남형의 배달원이 민복에게 음료수를 갖다 주며 환심을 사기 위해 노력했다. 나중에 미영으로부터 그가 야간대학에 다니고 있으며 이름은 서영석이라는 얘기를 들었다.

"월례고사 시험 준비는 잘 되어가나?"

민복이 미영의 등을 토닥거리며 묻는다.

"뭐 별로. 월요일이 시험이니 이번 주 일요일 날 벼락치기해야 할 것 같애. 민복인 이미 다 해놨지? 하긴 전교 1등이 어련히 알아서 해놨을 끼가?"

"근데 월례고사도 그렇지만 대학 학력고사가 걱정 아니겠나? 미영이 니는 대학에 안 갈끼가?"

"나야 뭐 그 정도까지. 나중에 졸업했다 좋은 직장이나 알아보고 직장에 취직되면 그때 형편에 따라 대학에 갈지 판단하고. 벌써 대학까지 생각하는 민복인 역시 대단하고 부럽네 호호. 역시 니는 잘 해낼 끼다."

양례는 장사를 마치고 영순언니와 약속한 갈비집으로 갔다. 언니가 그냥 고생이 많다며 몸보신이나 하자며 고기를 먹자고 했지만 가면서도 괜히 엉뚱한 기분이 든다.

식당으로 들어서니 먼저 도착해 있던 그녀가 손을 들어 반겨준다.

"언니 제가 약간 늦었지예."

"아니다. 어서 오이라. 약속 시간에 맞춰 장사 시마이한다꼬 욕 봤겠다. 호호."

종업원이 물 잔을 따라주며 주문을 받는다.

"마 갈비로 해서 4인분으로 넉넉하게 가져 오소."

"4인분씩이나."

"언니가 인심 쓸 때 얻어먹어도 마 괘안테이. 4인분 해봤자 막상 먹기 시작하모 금방 바닥난데이."

그녀가 소주도 한 병 시켰다. 양례는 웬 대접이냐며 좌불안석이 되어 언니를 바라보았다.

"민복이 엄마도 가끔 술 한 잔씩 하제?"

"예, 언니. 하도 오랜만에 마셔 취하지나 않을지 모르겠네요."

입에 살살 녹는 갈비에다 소주를 두 잔씩이나 마시고 나니 영순언니도 양례도 불콰해졌다. 음식을 먹으면서도 양례는 그녀가 전처럼 서울로 떠나느니 하며 엉뚱한 소리나 하지 않을까 걱정이었다.

"민복동생 음식솜씨는 괜찮은 편이제?"

"와 그러십니꺼? 먹는 음식이야 그냥 그럭저럭 남만큼은 하는 편이지만서두."

"그러면 되었다. 그런데 동생 식당일 해볼 생각 없나?"

양례는 그 말에 결국은 올 것이 왔구나 하며 덜컥 걱정이 앞섰다.

"와예? 언니 결국 서울로 가기로 작정한 모양입니더."

"양례동생 자식 이기는 부모 없다고 결국 가게 안 되겠나? 마 그래도 아직 결정된 것은 아니지만서두. 내가 가고 나면 내가 하던 가게를 동생한테 꼭 넘겨주고 싶어서."

"언니가 정말 어쩔 수 없이 꼭 가야 될 형편이라면 어쩔 수 없겠지만 그렇더라도 이 동생 완전히 자리 잡거든 그때서야 가더라도 가시이소."

식탁 위로 손을 뻗어 양례가 영순언니의 손을 잡았다.

"동생 니 또 눈물 흘리려고 그러제?"

"아입니더."

막상 그렇게 말했지만 어느 새 양례의 눈가가 촉촉이 젖어들었다. 가랑비에 옷 젖는 줄 모른다고 알게 모르게 그동안 영순으로부터 신세를 져온 양례다. 양례는 민복이 아버지가 돌아가고 얼이 빠져 있던 시절 비록 난전이지만 고정된 자리를 잡아주게 한 그녀의 은혜를 한번도 잊어본 적이 없다. 그때 물론 민복인 제 앞가림을 스스로 하는 아이였지만 고정된 장소를 확보한 뒤로 단골도 많이 모으고 수입도 제법 올려 두 아이의 공부를 그럭저럭 시키고 저축도 제법 해 놓았다. 이제 여름이 되고 방학이 되면 민복에겐 직장은 잠시 쉬게 하고 대학입시 준비에 전념하도록 할 참이었다.

　"이제서야 말이지만 나도 동생 때문에 선뜻 결정하기가 힘들었다. 서울에 있는 두 아들이 내게는 보배 같은 디 무슨 돈을 억만금이나 벌라꼬 이렇게 떨어져 살아야 되겠노? 그래도 식당은 칸막이가 되어 있어 비가 와도 끄떡없고 겨울에도 난로를 피우면 따뜻하다. 그라고 그동안 단골을 많이 확보해 놓아 음식만 좀 할 줄 알면 돈 버는 일은 걱정 안해도 된다. 그래서 남한테 주기는 싫고 내가 아무리 머리를 굴러도 동생 말고는 넘기기가 싫은 기라. 호호."

　"언니 결국은 그렇게 되는 구만요. 언니가 그렇게 적극 권하시고 저도 아직 시간이 좀 남았으니 많이 생각해 보겠습니다."

　"그래 동생. 천천히 생각하고 결정해도 된다."

　두 사람은 꼬들꼬들 잘 익혀진 갈비를 안주 삼아 남은 소주잔을 마저 비웠다. 벌써 이별을 걱정하는 생각만 빼놓으면 어느 때보다도 화기애애한 저녁이었다. 양례도 모처럼만에 술 한 잔과 포식을 한 포만감에 기분이 썩 좋았다. 하지만 사람의 일이란 억지를 부려서 되는 것은 아님을 잘 알기에 양례는 모든 일이 결국은 순리대로 진행될 것임을 깨닫게 된 저녁이었다.

36 | 구름이 잔뜩 낀 하늘이 꾸르륵대더니 한차례 번개를 친 후 소나기를 퍼부었다. 민복은 써놓았던 휴직원을 몇 번이나 호주머니에서 꺼내 들여다보았다. 말자를 비롯한 많은 동료들이 민복의 부재를 벌써부터 걱정하며 휴직을 한사코 말렸다. 하지만 민복은 휴직에 관해선 오래전부터 자신의 입장이 확실히 서 있었다. 직장은 언제든 다닐 수 있는 곳이지만 학교는 시기를 놓쳐버리면

점점 힘들어질 수 있다는 것도 잘 알았다.

오후 3시가 되자 날씨는 언제 그랬냐는 듯이 햇빛이 쨍쨍 다시 내리비치고 화창해졌다. 민복은 호주머니에서 꺼내든 휴직원을 접어 손에 쥐고서 사무실로 갔다. 사무실 의자에 기대어 잠시 졸고 있던 공장장이 인기척에 놀라 일어났다.

"어이! 민복이구나. 어서 와."

민복은 머리만 조금 숙이며 들고 간 휴직원을 내밀었다. 공장장이 이상한 낌새로 눈을 동그랗게 뜨고 민복이 내민 서류를 바라보았다.

"아니 이건 뭐지? 가만 있자. 휴직서?"

"예. 공장장님. 휴직서 맞습니다."

"아니 왜? 민복양이 성실하게 일을 잘하고 있어 학교까지 다니도록 배려해 주고 있는데 군이 휴직까지 해야 할 정돈가?"

"회사의 배려는 저도 고맙고 정말 감사하게 생각하고 있습니다. 하지만 입시가 바로 육 개월 뒤 코밑으로 다가와서."

"입시라면 대학?"

"예."

"역시 민복양이야. 내 일을 하도 성실히 잘해서 안 그래도 눈여겨보고 있었는데, 그새 대학까지 생각하고 있었구만. 그래 나도 자식을 키우고 있지만 민복이 같이 끈기가 있으면 얼마나 좋을까? 내 휴직처리가 잘 매듭 되도록 애써보지. 그리고 시험 끝나면 바로 복귀한다는 전제가 있어야겠는데 그래줄 수 있겠는가? 우리 공장 같은 데도 자네같이 똑똑하고 열정적인 친구가 있어 동료들에게도 할 수 있다는 동기부여도 이끌어 낼 수 있다면 좋겠는데 말이야. 물론 모두들 학교에 간다면 곤란하고 제품생산에 관한 것에 한정하고 싶지만 허허."

공장장은 손을 내밀어 민복과 악수했다. 민복은 사무실을 빠져 나오자마자 반장인 말자를 밖으로 불러내었다.

"민복아 왜? 무슨 고민거리라도 생겼나? 일하다 말곤 불러내고."

"고민거리는 무슨? 참 언니 나 실은 방금 공장장님께 회사는 이번 달까지만 다니기로 하고 다음 달부터 몇 개월간 휴직하기로 하고 휴직원을 내고 왔어."

"뭐? 휴직. 민복아! 그럼 이 언니는 어쩌라고?"

"언니, 언닌 이제 어엿한 반장님으로 벌써 자리를 잡았는데, 뭐가 걱정이 되어서."

"그래도 민복아 난 사실 아직도 니가 없으면 어떻게 그 자릴 잘 해냈을까 생각할 때가 많아. 반원들이 동요하면 그럴 때마다 사실 민복이 니가 앞장서서 분위기 수습을 잘 해줬잖아. 나는 아직도 그 일이 너무 고마워."

사실 말자가 반장이 되고 처음 며칠간은 약간의 동요도 있긴 있었다. 그럴 때마다 민복이 적극 나서 잘 수습되도록 앞장을 서준 덕분에 잘 마무리 되곤 했다. 민복은 동료들 사이에서도 인정을 받고 있었다. 일도 잘하고 매사에 똑똑하고 확실한 보증수표 같은 존재라고나 할까.

그런 민복이 휴직을 하려하자 말자는 벌써부터 걱정이 앞섰다. 하지만 자신의 욕심만으로 다른 사람의 앞길을 막을 수는 없었다. 말자는 민복이 무엇 때문에 휴직을 낼 건지는 몇 번이나 들은 터라 이미 짐작은 하고 있었다. 결국은 민복에게 남은 기간 열심히 매진하여 내년에는 꼭 대학에 들어가라는 말밖에 할 수 없을 걸 잘 알지만 그런 말이 잘 나오지 않았다. 이번 달까지만 다닌다면 앞으로 일주일 정도 남아있지만, 반원들과 조촐한 이별자리를 한번 마련해서 아무래도 그 자리에서 그 말을 하는 게 나을 것 같았다.

"민복아, 그래 알았어. 며칠 있다 니가 수업이 없는 주말쯤 저녁식사

자리를 한번 마련해볼게."

"반장언니 고마워."

"얘, 단둘이 있을 땐 반장이란 말은 쓰지 말라고 했잖아."

"그래도."

민복은 작업장으로 돌아가면서 한시름 놓은 듯 마음이 편했다. 벌써부터 휴직 후 공부에만 매진할 수 있다는 기대감으로 마음이 설렌다. 사실 철이 든 후 마음 편하게 제대로 공부해본 적이 한 번도 없었다. 여건이 따라주지 않았다는 표현이 더 합당할 것이다.

매달매달 어머니에게 생활비를 보태주고 정기적으로 들어가는 적금 외에 공납금, 용돈 등을 벌려면 부지런히 회사에서 재봉틀을 밟아야 했기 때문에 한 번도 편한 시절이 없었다. 그나마 고등학교에 들어간 후 어려운 여건에서도 톱을 유지하는 비결은 늦게나마 나름대로 공부하는 방법을 터득한 덕분이었다. 민복이 시골에서 중학교에 다니던 시절엔 공부를 제법 잘했지만 노력한 것에 비해 성과는 별로였다. 그땐 학교에서 쉬는 시간이나 방과 후엔 오로지 공부에만 매달렸어도 결과는 신통 찮았다. 그래서 어떨 땐 머리가 나쁘지는 않나 스스로 열등감에 젖기도 했다.

하지만 고등학교에 입학 후 직장을 병행하면서 하는 공부는 그때와 사정이 많이 달라졌다. 약간의 자투리 시간을 이용해 하는 공부는 우선 집중력을 필요로 했다. 그리고 너무 꼼꼼하게 들여다 볼 여유가 없어 전체 위주로 훑어 나가는 방식을 이용했다. 그랬다가 시간이 나면 다시 훑어보는 반복적인 학습방법을 택했다. 그런데도 시험성적은 좋게 나왔다. 사실 중학교 땐 시간은 많아 꼼꼼히 공부하기는 했는데, 쓸데없는 것에 많은 시간을 소비했다. 어떨 땐 책 한 권을 보는데, 물론 다른 공부와 병행하였지만 일 년이 걸린 경우도 있었다. 그런데 이제는 시간이 없어 별 수 없이 건성으로 보는 듯 훑어보는 방식을 택했는데도 성적은 오히려 좋게 나왔다. 민복은 혜안이 열리는 기분이었다. 공부 방식을 터득하자 그동안 감겨있던 눈이 다시 열리는 듯 희열이 찾아왔다.

민복은 공부 방식을 나름대로 아래와 같이 정리하여 철저하게 그 방식대로 밀고 나갔다.

1. 처음 책을 읽을 때는 부담 없이 읽을 내용 전체를 훑어본다.
2. 시간이 나면 다시 처음부터 끝까지 읽어 본다.
3. 몇 번을 반복해서 읽다보면 처음에 이해되지 않았던 부분도 이해가 되기도 한다.
4. 암기는 억지로 외워선 잘 안 되니 편안한 마음으로 자주 보다보면 저절로 외워져 자신의 것이 된다.

위의 방식대로 공부를 하면 좋은 점이 여러 가지였다. 우선 억지로 하지 않고 하고 싶은 공부를 즐기며 할 수 있으니 능률이 올라, 결과가 좋아지고 있었고, 편안한 마음으로 책을 보니, 그전에 비해 독서의 효과가 훨씬 나아지고 있다는 것이었다.

37 | 복도에서 지나가던 병철이 민석을 발견하곤 다가온다.

"야 은순이가 너 한번 더 보고 싶다던데, 하하하. 가시나가 니가 마음에 들었던 기가? 설마 롤러 타는 솜씨에 반했을 리는 없을 거고."

그 말에 민석의 얼굴이 확 달아올랐다. 사실 그 날 호기심에 병철을 따라가 롤러스케이트를 처음 타봤다. 병철은 벌써 여러 번 타본 경험을 살려 제법 쌩쌩 달리며 개폼을 잡기도 했다. 민석은 몇 번이나 쿠당탕 콘크리트 바닥에 넘어져 무릎에 멍이 생겼다. 그렇게 30여 분이 지나자 조금씩 요령이 생겨 난간을 잡고 겨우 몇 발짝을 옮길 수 있었지만, 3시간 동안 걸음마를 배우듯 조심조심 탔던 기억밖에 없었다. 롤러스케이트를 탄 뒤 근처 분식집에 따라 갔을 때도 민석은 무안하고 창피해 꿀먹은 벙어리처럼 앉아 있기만 했다.

자신들의 앞에 앉아 있던 여학생들과 계속 조잘조잘 대며 분위기를 이끌어 내던 병철의 입담이 신기하여 계속 쳐다보았을 뿐 여학생들의 얼굴은 별로 기억이 없었는데, 그 여학생이 자신에게 관심을 보인다니 민석은 이해가 잘 되지 않았다.

"농담하나? 난 여학생들에게 별 관심 없는데."

"야! 민석아. 그러지 말고 이번 일요일에 한 번 더 타러 안 갈래?"

"나 진짜 생각 없다. 생각해줘 고맙긴 하다만."

민석은 그렇게 말하고 돌아서서 가버리자, 뒤에서 병철이 씩씩대며 고함을 쳤다.

"짜식! 앞으로 같이 놀아주나 봐라."

민석은 안 가겠다고 했지만 한편으로는 아쉬웠다. 롤러스케이트를 처음 타는 것이라 넘어져서 무릎에 멍이 생기고 고생을 하였지만 재미는 있었다. 헌데 여학생들 앞에서 창피하게 쿠당탕 넘어지는 볼썽사나운 짓을 두 번 다시 하기 싫었다.

하지만 주말쯤에 혼자서 연습해서 정말 자신감이 생길 때쯤 슬쩍 병철과 같이 타보러 갈까? 물론 그때도 여학생들과 같이 어울리긴 싫었다. 롤러스케이트는 운동이라 좋지만 여학생들과 데이트 장소로 이용하긴 싫었다. 이성에 아주 관심이 없는 건 아니지만 여학생을 사귄다면 왠지 시간만 허비하고 잡념만 생길 것 같았기 때문이었다.

방학을 일주일 남겨둔 주말이었다. 백사장 옆을 지나다보니 바닷가에 많은 사람들이 몰려 있었다. 파라솔 아래 누워 있는 사람, 물속으로 뛰어들며 헤엄치는 사람, 이도 저도 아니면 눈요기 삼아 백사장을 기웃거리는 사람까지 합쳐 백사장은 입추의 여지가 없었다. 민석은 사람을 찾는 양(사실은 호기심이 작용 하였지만) 백사장을 훑어보며 지나갔다. 비키니 차림의 누나들이 너무 섹시해보여 오금이 저리는 기분이었다. 하지만 사람을 찾는 시늉을 하며 계속 걸어서 롤러스케이트장까지 갔다.

오늘은 어떤 일이 있어도 저번에 배운 기초를 토대로 제대로 한번 배워서 나중에 병철 앞에서, 나도 이쯤은 탈 수 있다며 뽐낼 날이 오기를 고대했다.

백사장에만 사람들이 붐비는 줄 알았는데 롤러스게이트장도 벌써부터 많은 사람들이 쌩쌩 달리며 즐기고 있었다. 민석은 신발을 빌려 스케이트 장 옆 모서리 부분에 초보자들을 위해 만들어 놓은 공간으로 가서 워밍업을 시작했다. 물론 오늘은 두 번째라 첫날보다는 조금 자신은 있었지만, 첫날 넘어졌던 아찔한 순간은 오늘 만큼은 피하고 싶어 한결 조심을 했다.

지난번 병철이 롤러스케이트를 탈 때, 다치지 않기 위해선 마지막 착지가 가장 중요한 포인트라 하며 가르쳐준 착지 모션과 요령 있게 넘어지는 방법도 터득했다. 그렇게 30여 분을 조금씩 움직여가며 요령을 익히다 보니 차츰 용기가 생기고 속도까지 약간 내면서 달릴 수 있었다.

한 시간을 큰 동작 없이 일정한 방향으로 달리다 보니 자신이 생각하기에도 제법 실력이 느는 느낌이었다. 민석은 잠시 쉬도록 만들어 놓은 의자 쪽으로 다가갔다. 그곳에는 이미 몇 명의 사람들이 앉아 쉬고 있었다. 민석이 종아리를 주무르며 앉아 있는데 누군가 어깨를 툭 쳤다. 민석이 깜짝 놀라 바라보니 초등학교 동창생 이송희였다.

"야! 너 송희. 니가 여기는 웬 일이고? 백사장에 놀러온 기가?"

"민석아! 야 반갑다. 아까 스케이트장에서 어설프게 타는 사람이 낯이 익다 했는데 바로 너였구나 호호호. 그래 나 사실 해운대 입구에 있는 여자 실고에 다니는데."

"그래? 진작 알려주지 그랬나?"

민석은 그렇게 말하며 송희를 바라보았다. 초등학교시절 같은 반에 다닐 때 1,2위를 다투며 공부에선 호각지세(互角之勢)를 이룰 만큼 경쟁 상대였다. 하지만 송희에 대한 민석의 감정은 언제나 봄날 아지랑이 속에서 막 잎을 쏙 내미는 쑥과도 같이 풋풋함으로 자리 잡고 있었다. 송희는 누구나 한번쯤은 관심을 가져볼 만큼 다소곳하면서도 이지적으로 생겼다. 그래서 민석이 부산으로 전학을 와서도 송희에게 가장 먼저 편지를 보내기도 했다. 가만히 생각해보면 민석에게 송희는 동창이라는 감정을 넘어 이성의 그리움을 처음으로 불러일으킨 존재였다.

펜팔과도 같았던 서로의 편지 주고받음은 서로가 중 3에 올라가고 얼마 되지 않아 어떤 이유에선지 슬그머니 중단되고 말았다.

"혼자 왔냐?"

민석이 송희의 주변을 둘러보며 물었다.

"그래. 실은 나도 친구랑 몇 번 와봤는데 아직 자신이 없어 오늘 혼자서 연습해보려고. 그런데 시작하자마자 한번 된통 넘어지는 바람에 이렇게 이곳에서 죽치고 있다. 호호호."

"하하하 그래? 잘 되었네. 내가 자신은 없지만 손을 잡아 줄 테니까 일어나 봐. 어서."

"아서라. 민석아 그러다 너도 다칠라. 호호호."

송희는 그러면서도 슬그머니 일어나 아기가 아장아장 걸음을 걷듯 민석을 따라 조금씩 움직이기 시작한다.

민석은 어설프게 송희에게 다가가 손을 잡고, 5분여를 그렇게 천천히 움직여 갔다. 잠시 송희의 몸이 민석 쪽으로 반쯤이나 기운다 싶었는데 아닌 게 아니라 어느 순간 두 사람은 콘크리트 바닥으로 나둥그러졌다. 다행이 민석은 요령 있게 넘어지는 방법을 터득한 덕분에 넘어지는 순간 송희를 부축해줬다. 송희도 민석이 덕택에 아프지 않을 만큼 엉덩방아를 찧었다. 둘은 한 쪽으로 옮겨 갔다. 자신 때문에 넘어진 것을 아는 송희가 미안한 표정으로 크게 웃음을 터뜨렸다.

"호호호 미안해 민석아. 오늘은 그만 타고 모처럼 만났는데 백사장이나 한 바퀴 둘러볼래?"

민석도 송희의 말에 수긍하고 송희와 함께 장비를 벗어서 대여점에 반납했다. 둘은 롤러스케이트장을 빠져나와 백사장으로 걸어갔다.

백사장은 오후가 되었어도 여전히 사람들이 많아, 바다 구경이라기보다는 차라리 사람 구경이 가까웠다. 둘은 백사장을 벗어나 조선비치호텔 뒤쪽으로 나 있는 소로를 따라 최치원동상이 있는 곳까지 올라갔다. 햇빛이 너무 강렬해 일부러 나무 그늘 지대를 골라서 걸었다.

그러다 둘은 벤치에 앉았다. 잠시 후 송희가 근처에 있는 자판기에서 음료수를 뽑아왔다.

"목이 제법 마르네. 자 ."

민석은 캔을 받으면서 진작부터 알고 싶었던 궁금한 사항을 묻는다.

"어떻게 부산까지 왔니? 지역교류가 안 되는 걸로 아는데 경남에서도 지원이 가능하나?"

"응. 사실 내가 다니는 학교는 전국 모집이야. 입학 전 모집요강을 알아보니 마침 이곳이 가능하다고 해서 지원했지."

"그렇구나. 나도 중3 이후로 네 소식을 들을 길이 없어 많이 궁금했는데 …."

"궁금했다고? 궁금한 사람이 여태 소식도 없이…."

"응. 그럴만한 사정이 좀 있어서."

"사정? 뭔 사정? 나에게도 말 못할 그런 비밀스런 사정인가?"

"좀 그래."

민석은 아버지의 죽음을 떠올리곤 가슴이 먹먹해졌다. 오락실을 전전하며 방황하던 시절이었다. 여자 문제에 대해선 일고의 가치를 느끼지 못했던 때였다. 이성교제는 여유 있고 시간이 남아도는 사람들만이 가지는 도락으로 사치와도 같이 여겨지던 때였다.

아버지를 생각하며 슬픈 표정으로 있자 송희가 괜히 미안한 표정을 지으며 안절부절 못했다. 순간 민석은 그 얘기를 할까 말까 고민하다 결국은 다물기로 했다. 송희는 민석의 표정에서 말 못할 사정이 있구나 하는 생각을 하면서도 끝까지 밝히지 못하는 마음을 읽을 수 있었다. 사실 고향 친구이기는 해도 애틋함을 느끼는 사이는 아니었기 때문에 많이 섭섭하지는 않았다. 단지 한때 펜팔을 했고 계속 이어가고 싶었지만 어느 날부터 답장을 주지 않은 그에게 자존심을 구겨가면서까지 친구로 남고 싶지 않았을 뿐이었다.

"참 니 혜성고에 다닌다고 했제?"

"응."

"다음에 친구와 같이 나올테니 니도 친구 한 명 데리고 나오지 않을래?"

"글쎄."

민석은 그러면서도 같은 학교에 다니는 친구들의 얼굴을 떠올려보았다. 마땅히 데리고 가고 싶은 친구의 얼굴도 없었지만, 여자라면 무작정 설쳐대는 병철은 더더구나 싫었다. 그러다 공고에 다니고 있는 종두의 얼굴을 떠올렸다. 중학교 때까지 친하게 지냈던 종두는 고등학교에 입학한 후 보충수업으로 자주 만나지 못하긴 했어도 같은 산동네에 살아 주말이면 잠시 얼굴을 맞대고 자잘한 고민을 서로 토로하는, 믿음이 가는 친구이기도 했다.

"그렇게 마땅한 친구가 없나?"

송희가 재차 묻는다.

"언제 만날래?"

"야 있구나 호호. 우리 학교도 담주 주말부터 방학에 들어가는데 , 담주 일요일이 어떨까?"

송희가 반색을 하며 제안한다.

"좋아 그러지 뭐."

38 | "내일이면 잠시 이곳을 떠나야 하는 민복이 앞
날의 발전을 위해서 건배!"

"건배!"

동료들이 모두들 잔을 치켜들어 올렸다.

"반장 언니 고맙습니다. 그리고 동료 여러분! 오늘 이렇게 환송의 자리를 마련해준 여러분들의 은혜 깊이 간직하고 살아가겠습니다."

민복은 일어서서 동료들에게 깍듯이 인사를 했다.

"정말 일 잘하고 착실한 민복이를 보내주기 싫었습니다. 하지만 아무리 생각해봐도 그건 제 욕심인 것 같습니다. 민복에겐 직장도 직장이지만 또 앞날을 위해 더 무궁무진한 학업의 세계로 나가겠다는데 우리가 도와주지는 못할망정 방해를 해서야 되겠습니까? 아직 민복에게 그 부

분에 대해서 제 개인적으로도 한 마디도 못했습니다. 오늘 공개적인 자리에서 말합니다. 민복아 꼭 대학에 합격해서 우리들의 영원한 호프가 되어주길 바란 데이.”

말자는 그렇게 말한 뒤 박수를 쳤다.

“와! 반장님 오늘 보니 말씀 너무 잘 하시네. 다시 봐야겠는데요.”

회식자리에 참석한 모든 동료들이 박수로 응대했다. 민복은 너무나 따뜻하게 환송식을 가져주는 동료들이 고맙다. 중학교 졸업 후 5년 동안이나 다닌 회사라 누구보다도 정이 들었던 직장이다.

그동안 직장에 다닌 시절을 돌이켜보면 남들과 달리 목표를 세우고 고등학교에 다닌 일이 무엇보다 가장 큰 보람으로 다가온다. 동료들 중 대부분이 중졸이고 개중에 말자언니처럼 국졸도 더러 있었다. 하지만 대부분의 동료들이 여러 핑계로 직장만 겨우 다닌 것에 비해 자신은 어떻게 보면 무리할 정도로 학업에 대한 욕심을 부렸다.

그 결과 직장동료들 중 유일하게 직장과 야간 학교를 병행하는 생활이 가능했고 지금에 와서는 대학진학에 대한 꿈도 가져볼 만큼 괄목할 성과를 이루었다.

***

“이번 학기만 마치고 파리로 유학을 가겠다고? 학교 졸업은 어떻게 하고?”

“아빠 제가 여러 루트를 통해 알아보니 그 쪽에 루브르 대학이라고 마침 편입이 가능한 학교가 있다고 하네요.”

“근데 하필 3학년 1학기냐? 그냥 졸업하고 가면 좋을 걸. 사실 니가 다니는 H대는 미술에서는 최고 아니냐? 내가 생각하기엔 그곳 정도의 졸업경력만 있어도 앞으로 니가 국내에서 활동하는 데는 전혀 불편을 못 느낄 텐데 말야."

"민경이 아빠! 그 분야에는 아무래도 민경이가 나을 테니 믿고 보내는 게 어떨까요?"

동호는 아무래도 딸의 말이 신뢰가 가지 않는다. 사실 고등학교까진 무던히 애를 태웠던 아이였고, 게다가 하필 졸업도 하지 않고 번갯불에 콩 구워 먹는 것도 아니고 사전에 상의 한번 없이 유학이 뭐냐 말이야.

하지만 딸과 이 문제를 놓고 몇 번이나 전화통화를 했던 연숙은 딸을 믿기로 했다. 고등학교 다닐 때는 있는 대로 말썽을 피워 부부에게는 고민거리였던 딸이었다. 그런 딸이 고3에 올라가 그나마 미대로 진로를 결정짓고 착실히 실기실력을 쌓아 미술계통에선 국내에서 최고인 대학에 간 일은 거의 기적에 가까웠다. 물론 딸을 입학시키기 위해 대외적인 활동은 민경이 아빠가 신경을 제법 쓰기도 했었다.

민경은 선뜻 허락해 주지 않는 아버지 때문에 가슴을 졸였다. 졸업을 하기도 전에 유학을 서둔 이유는 대학 2년 선배 조상혁 때문이었다. 누구에게도 알리지 않은 채 올 초부터 동거생활을 해왔던 두 사람이었다. 조상혁이 졸업 후 생각대로 진로가 결정되지 않자 유학으로 선회했고 민경에게도 끊임없이 같이 가자고 종용해오고 있었다.

민경은 대학 입학 때부터 비록 가난하긴 해도 미남에다 주변 사람에게서 인기가 좋았던 상혁을 따랐다. 항상 마음 졸이며 상혁의 사랑을 차지하기 위해 노력했지만 생각대로 잘되지 않았다. 원체 인기가 많았던 상혁에겐 항상 여자가 따랐고 그때마다 민경은 쓰라린 가슴으로 담 기회를 다짐하며 무거운 발길을 돌려야만 했다.

그랬던 상혁이 어느 날, 2학년 학기말 고사를 치루고 부모님이 있는 부산 집에서 몇 개월간 쉬기 위해 보따리를 싸고 있던 민경이 앞에 술에 잔뜩 취해 자취방을 찾아왔다.

민경은 지난 시절 실연은 아니었다 해도 그의 여성 편력 앞에 아팠고 쓰라렸던 일들은 어느 새 잊어버리고 상혁이 자신을 찾아준 것만으로도 감격했다. 둘은 이후 급격하게 가까워졌던 것이다.

"아직 두 달 정도 여유가 있다니 아무튼 좀 더 생각해 보자꾸나. 니 방에 가서 좀 쉬어라. 오늘은 좀 피곤하구나."

동호는 그렇게 말하며 앉아있던 소파에 머리를 기댔다. 머리를 기대자마자 스르르 잠이 들었다. 동호가 잠이 들자 연숙이 딸을 주방 쪽으로 데리고 갔다.

"애 민경아. 나와 한 잔 하면서 얘기 좀 하자."

민경이 주방의 테이블 의자에 앉자 연숙이 양주를 꺼내와 그라스에 붓고 얼음으로 희석시킨다. 민경이 그런 어머니를 무심한 표정으로 바라본다. 잠시 후 둘은 아무 말 없이 술을 마시기 시작한다. 불과 얼마 되지 않아 금세 취기가 오른다. 무거운 침묵을 깨고 연숙이 말했다.

"나도 이제 별 수 없을 것 같아 동의를 하긴 했지만 졸업도 하기 전에 뜬금없이 웬 유학 타령이냐?"

"엄마 나 사실 이번 유학에 꼭 같이 가야 할 사람이 생겼어요."

"같이 가야할 사람? 그럼 남자가 있단 말이가? 니가 결혼이나 약혼도 하지 않고 그래도 되는 기가? 니가 도대체 제 정신이가?"

연숙이 생각하기에도 억장이 무너지는 소리였다. 아무리 자유연애가 만연하고 있는 시대라지만 그건 용납하지 못할 일로 받아 들여졌다.

"엄마 나 사실 그 선배를 사랑하고 있어요. 이젠 그 선배 없인 하루도 살기 힘들어요."

"뭐? 선배? 그럼 그 사람도 니처럼 그림 그리는 사람이란 말이가?"

"예."

"애 집어 치워라. 한 집에 예술 하는 사람이 하나로 모자라 둘씩이나

154

하겠다고. 집안 꼴이 잘도 굴러가겠다."

"엄마 말이라도 제발 그렇게 하지 마세요. 그래도 엄마는 이해해 줄줄 알았는데. 정 그러시다면 억지로라도 그 사람을 따라갈 수밖에 없어요."

"뭐라꼬? 그래 니 말 한 번 잘했다. 니가 그 정도 능력되면 어디 뜻대로 한번 해봐."

두 사람이 티격태격 하는 소란 속에 잠을 부스스 깬 동호가 다가왔다.

"조용하게 좀 쉬려고 했는데, 채신머리 없이 웬 소란들이고?"

딸에게 막 오금을 박으며 말하려던 연숙이 동호의 등장에 주춤하고 입을 다물어 버린다.

"당신 더 쉬지 않고 일어났어요? 모녀끼리 모처럼 속을 터놓고 이야기 좀 할라 카는데. 당신도 한 잔 하려우?"

"밖에서 마시는 것도 이젠 지긋지긋해 죽겠는데 집에서까지 마셔? 민경이도 멀리서 차 타고 내려와 피곤할 텐데 당신도 얼른 끝내고 쉬도록 하소. 난 피곤해서 그만 방에 자러 가."

동호가 안방으로 사라지자 연숙이 금세 표독한 눈으로 딸 민경을 바라본다.

"엄마 정말 너무 하시네요 흐윽. 엄마는 예술세계를 그나마 이해해 주신다고 생각했는데 그렇게 심한 말을."

"민경아 나는 말이다. 니가 그림 공부 열심히 하고 반듯하게 살아가면 그런 니를 이쁘게 봐주고 데려갈 능력 있는 사람한테 보란 듯이 시집보내 편안하게 살기를 바랬다. 그게 딸 가진 엄마로서 욕심이가?"

"엄마 예술 하는 사람끼리 서로 의지해가며 창작에 조언자가 되어주고 더욱더 멋진 작품을 만드는 게 그렇게 시시해 보여요? 전 순탄한 자리에 고작 시집이나 가기 위해 학교 들어가고 그림 그리지 않았어요. 그래서 아까 엄마가 하신 말씀이 너무 충격이에요."

"민경아 니가 그렇게 받아들였다면 엄마가 미안하다. 하지만 머나먼 이국 낯선 곳에 약혼도 하지 않고 같이 유학을 다녀왔네 하고 소문이라도 나봐. 물론 두 사람이 잘 된다면야 상관없겠지만 한치 앞도 볼 수 없는 것이 사람 일이라."

"그래서 아빠한테는 비밀로 하기로 했어요. 엄마도 그 부분엔 비밀로 해 주세요."

"민경아 꼭 그래야만 되겠나? 니가 뭐가 아쉬워서. 그라고 그 사람과 갈려면 차라리 가기 전 약혼식이라도 하고 가지 그러나?"

"엄마 그건 그 사람이나 저도 바라지 않아요. 특히 그 사람은 자존심이 세서 자신이 원하는 지위에 오르기 전에는 절대 결혼 같은 건 생각도 하지 않는 사람이에요. 저도 그걸 알기 때문에 부담을 주지 않기 위해 최대한 노력했고요."

"정 그렇다면 어쩔 수 없고. 니 아버지 말마따나 앞으로 두 달 여유가 있으니 내가 부지런히 니 아버지 설득 해볼게. 그래도 유학 가려면 일단 자금이 제법 들 거 아니가? 근데 돈은 얼마나 필요한기고?"

"맨 처음 입학금 및 초기정착금으로 천만 원 보태주시고, 그 다음 부턴 생활비로 매달 오십에서 칠십만 원 정도 선이래요."

"천만 원씩이나. 그라고 매달 보통 월급쟁이의 두 달치 봉급을 꼬박꼬박 보내게 생겼구나. 매달 보태주는 생활비 정도야 니 아버지 요즘 사업이 잘된다니 그럭저럭 어떻게 해보겠다만 입학금 포함 초기 정착금으로 들어가는 천만 원은 목돈으로 서민들 집 두 채 값이니 아버지도 금방 결론 내리기 꺼리겠구나."

"그러니까 엄마 제발 말씀 좀 잘해 주세요. 유학 갔다 오면 그 사람이나 저나 대학교수 자리 하나 쯤은 나오지 않겠어요?"

"대학교수? 하이구야. 우리 집안에도 그 정도쯤의 인물도 있어야 안

되겠나? 호호호. 그럼 그만 쉬고 이 일은 담에 이야기 해보자꾸나.”

민경은 자리에서 일어나 자신의 방으로 들어갔다. 부산으로 내려오기 전 상혁은 이 일이 잘 성사되도록 몇 번이나 신신당부를 했었다. 상혁과의 꿈결 같은 사랑을 가꿔가는 민경이 물불을 가리지 않고 매달린 이유도 그 때문이었다.

맨처음 상혁이 자신에게 다가왔을 때 민경은 꿈인지 생시인지 구분이 되지 않을 만큼 흥분했었다. 입학하자마자 2년 동안이나 얼마나 줄기차게 그와의 사랑을 꿈꾸며 살아왔던 나날이었던가?

하지만 타고난 매력남인 그에게는 언제나 여자로 인한 불씨가 남아 있었다. 민경은 그게 항상 불안했다. 아침에 잠에서 깨어나면 어디론가 흔적도 없이 불쑥 떠나버리지나 않을까, 한밤중에 그가 늦게라도 들어오거나 하는 날이면 혹시나 떠나 버린 것은 아닐까 노심초사하며 지내온 날이 한두 번이었던가? 모르긴 해도 아직도 상혁의 언저리를 맴돌며 호시탐탐 사랑을 노리는 여자들이 한둘이 아닌 걸로 알고 있다.

하지만 두 사람만의 보금자리가 있는 불란서로 유학을 떠나면 모든 상황은 한꺼번에 해결될 수가 있을 것이다. 민경은 오로지 상혁과의 오붓한 사랑만 가능한 곳이라면 어떤 일도 서슴지 않을 것만 같았다.

39 | “아침부터 보자고 한 이유가 뭐꼬? 민석아.”

종두는 일요일 아침 모처럼 늦잠이나 자면서 편히 쉬려고 했다. 사실 민석이 며칠 전부터 어디 가자고 해 귓등으로 넘기고 까맣게 잊고 있다 아침부터 나타나니 웬일일까 궁금했다.

“참 종두야 니 롤러스케이트 좀 탈 줄 알제?”

“롤러스케이트?”

"그래."

"나야 원래 운동신경이 좋은 편 아이가? 학교 친구들 히고 서너 번 타 봤는데 이젠 제법 나름대로 묘기도 부릴 만큼 되지 뭐. 짜식 그리고 보니 내한테 한 수 배우려고? 마! 좋다. 일요일 날 좀 쉬러 했다만 그 정도쯤이야 친구를 위해 얼마든지 희생할 용의가 있다. 대신 요금은 니가 내야 된다 히히."

종두는 민석이 이끄는 대로 따라 나섰다. 백사장을 향해 조금 걸어가다 민석이 종두의 어깨를 툭 치며 말한다.

"종두 너 여자 사귀어 봤냐?"

"짜식 아침부터 싱겁게. 그건 무슨 소리고?"

"그냥. 이번 참에 한번 사귀어 보지 그러나?"

"너 혹시?"

"그래 사실 오늘 고향 여자 동창 만나러 가거든. 근데 같은 학교 친구와 나온다고 하면서 친구 한 명 데리고 나오라 안 카나? 내야 뭐 친구도 더러 있지만 그래도 바로 니를 떠올렸다."

"뭐! 야 민석아 나를 생각해주는 일은 눈물 나도록 고맙다만 진작에 언질을 주었다면 외모에도 신경 좀 쓰고 나왔을 거 아니가? 하긴 타고난 미남얼굴이 어디 가겠냐만 하하. 그런데 우짜지? 난 여자라면 엄마하고 우리 할매밖에 모르는데 히히."

여자를 만난다는 사실이 종두도 싫지는 않았지만 자신이 없었다.

민석이 송희와 약속한 장소로 옮겨 가면서 종두를 바라보니 계속해서 짧은 머리를 손으로 가르마를 타대며 외모에 부쩍 신경을 쓰는 눈치다. 약속한 장소에 도착하자 송희는 아직 나와 있지 않았다. 종두는 약속장소에 가자마자 인근 화장실로 달려갔다. 여자를 만난다니 계속 긴장되는 모양이었다.

민석은 백사장 위로 설치된 콘크리트 계단에 앉아 무심히 바다 쪽을 바라보았다. 백사장은 오전의 이른 시간인데도 많은 사람들이 이미 자리를 잡고 있었다. 좌석에 이끌린 쇠붙이가 한 방향으로 쏠리듯 많은 사람들이 더위를 피해 백사장을 향해 모여들고 있었다. 종두가 화장실을 다녀오고 나서 십 분이 더 지나서야 송희가 여학생을 한 명 데리고 나타났다.

제법 귀엽게 생기긴 했어도 원체 예쁜 송희 옆에 선 탓인지 민석이 바라보기엔 평범한 얼굴로 밖에 보이지 않았다. 벌써부터 얼굴이 새빨개진 종두는 진짜 여학생이라곤 한 번도 사귀지 못했다는 말이 맞는지 안절부절 못하고 있었다.

"미리 와 있었네. 호호. 오래 기다리진 않았지?"

"뭐 별로."

"여기 이렇게 있을 게 아니라 스케이트 장 구내매점에 가서 음료수나 한 잔 하면서 각자 소개라도 먼저하고 롤러를 타든지 뭐든지 하는 게 어떻겠어?"

송희가 이쁘고 야무진 성격에 걸맞게 먼저 제안했다. 여자 앞에서 숫기가 별로 없어 보이는 종두도 , 먼저 나서기 싫어하는 민석도 송희의 말에 따랐다.

"그럼 나부터 소개할게. 난 이송희 민석과는 초등학교 동창이고 지금은 한일여실고 1학년, 옆엔 학교 친구 박남희."

"나는 김민석, 혜성고 1학년, 옆 친구는 나와 중학교 동창이며 지금은 부산공고에 다니고 있는 김종두."

"그래 앞으로 잘 지내보자. 사실 우리 둘은 시골에서 중학교를 졸업하고 고등학교 입학으로 이곳에 오다보니 친구가 별로 없거든. 그래서 민석이를 만나니 너무 반가운 거 있지? 호호."

송희는 예쁘고 밝은 성격으로 대번에 좌중의 분위기를 이끌어 갔다. 음료수 한 잔과 각자의 간단한 소개가 끝나사 자연스레 스케이트 데어 하는 곳으로 갔다.

민석은 이 일에 대비해 사실 오늘 모임이 있기 이틀 전 한 번 더 이곳을 다녀갔다. 그 날은 제법 실력이 느는 것 같아 스스로도 흐뭇했었다. 소개하는 자리에선 꿀 먹은 벙어리처럼 어쩔 줄 모르던 종두도 막상 스케이트장에서는 물 만난 고기처럼 씽씽 날았다.

종두는 민석이 예상했던 것보다 더 잘 탔다. 넘어질 정도는 아니지만 아직 서툴기만 한 민석과 거의 비슷한 수준인 남희, 잡아주지 않으면 넘어지기 십상인 송희를 이끌며 종두는 코치를 자청했다. 종두는 옆에서 달리다가 송희가 넘어질 것 같으면 바로 달려가 부축을 해줬다. 그리고 송희를 한 쪽 옆으로 데려가 타는 요령 시범을 보였다. 옆에서 지켜보는 민석도 그런 종두를 보자 든든했다.

남희가 계속 민석 옆에 붙어 다니며 관심을 보였다. 애초에 송희에게 관심과 애틋한 감정이 많은 민석은 그런 그녀가 부담스러웠다.

"얘 인문계는 공부도 빡세게 시킨다며?"

"그래 매주 초마다 주초고사에다 월말에는 월례고사다 해서 약간 힘들어."

"어때 학교 생활은 재미있어?"

"그냥."

"그래도 넌 중학교 때 이곳으로 전학 왔다니 이미 적응했겠다. 호호."

두 사람이 천천히 스케이트장을 돌며 대화를 나누고 있는데 어느 새 종두가 송희를 데리고 나타났다.

"호호 분위기 좋네."

송희는 민석을 바라보며 말한다. 그 말에 민석은 괜히 억울한 기분이

들며 얼굴이 빨개졌다.

이제는 종두의 주도 아래 네 명이 한 조가 되어 트랙을 천천히 돌았다. 여자라고 몸을 사리지 않고 더 적극적이며 활달한 송희 덕분에 분위기는 더욱 좋았다.

분식집이었다.

스케이트장에서 두 시간을 보내고 나니 어느 새 점심시간이 되어, 그들은 분식집으로 가서 김밥과 라면을 주문하고 마주보며 앉았다.

"아까 종두라고 했지? 롤러를 제법 잘 타던데 앞으로 자주 불러서 코치를 받아야겠는데. 호호."

송희가 그렇게 추켜세우며 말하자 여자라면 정말 자신이 없다던 종두도 기분이 좋아 입이 함지박처럼 벌어졌다.

"어때 민석아 니도 자주 나올 시간이 있제?"

너무 종두만 추켜세운 것만 같아 미안함에 이제는 민석을 바라보며 송희가 묻는다.

"글쎄 방학하고 1주일간만 쉬고 다음 주부턴 바로 보충수업에 들어간다니 시간이 잘 날지 모르겠다. 참 방학인데 고향에는 안 내려 갈 끼가?"

"가야지, 호호. 우리도 딱 1주일만 있다 갈 거야. 말 나온 김에 내려 가기 전에 한 번 더 만날까?"

송희의 생각지 않았던 제안으로 이틀 뒤 화요일에 한 번 더 롤러를 타기로 했다. 거기다 시간도 넉넉하니 한참 인기리에 상영중인 영화 한 편을 보기로 했다. 그래서 넷은 분식집에서 빠져나와 극장이 있는 서면으로 버스를 타고 갔다.

일요일 오후의 서면 거리는 젊은 연인들로 북적대었다. 마침 대한극

장에서 록키로 알려진 배우가 주인공으로 나오는 감동적인 영화 〈챔프〉
가 상영 중이었다.

매표소에 도착하니 상영을 20여 분 앞두고 있었다. 표를 사들고 넷은
극장으로 들어가 과자와 군것질거리를 사서 휴게실에 나란히 앉았다.
앞 타임의 영화가 막 끝나 나오는 사람과 대기하는 사람이 뒤죽박죽이
되어 휴게실과 극장 통로는 매우 혼잡했다.

민석은 휴게실에 있는 일행을 벗어나 화장실로 갔다. 막 볼일을 끝내
고 나오는 입구에서 병철과 마주쳤다.

"야 너 다시 봐야겠던데? 이게 아주 예쁘던데?"

병철이 언제 같이 있던 모습을 봤던지 새끼손가락을 펴 보이며 그렇
게 물어왔다.

"혼자 왔냐?"

"아니, 은순이와 함께 왔지. 우리가 앞 타임 때 보고 나오다 복도에서
니하고 앉아있던 예쁜 여학생이 눈에 팍 들어와 호기심이 발동해 은순
이는 밖에 기다리게 하고 빠트린 물건이 있다고 하고 다시 돌아왔지. 허
허. 그랬다 니가 화장실에 가는 것을 보고 바로 쫓아왔다. 민석아 이 야
생마의 본능이 어디 가겠나? 하하하."

"짜식! 야생마가 아니라 카사노바의 본능이란 말이 더 어울리겠다."

"니가 뭐 어떻게 생각하든 나는 신경 쓸 거 없고 오늘 재미나게 놀다
와라. 형님한테 목격되었으니 담에 이 형님한테 결과 보고 하는 거 잊지
말고 자 그럼."

병철이 손을 흔들며 뒤돌아섰다. "형님은 무슨?"

병철이 재빠르게 극장 밖으로 빠져나가고 민석은 일행이 있는 곳으로
돌아왔다. 막 시작 벨이 울리고 복도의 점멸등이 깜빡깜빡하고 있었다.
일행들은 얼른 상영하는 곳으로 들어갔다.

40 | 민경은 홍대 입구에 있는 레스토랑으로 상혁을 만나러 가고 있었다. 마침 뜸을 들여오던 유학문제가 잘 타결되어 오늘 집에서 부쳐준 유학비용을 찾아 상혁에게 주기로 했다.

상혁도 돈을 받은 뒤 자신에게 유학을 주선한 중간 알선책을 만나 중개 수수료도 건네야 하고 유학을 가면 살게 될 숙소 등을 상의할 거라 했다.

레스토랑에 들어서자마자 상혁이 먼저 발견하고 손을 번쩍 들었다. 민경은 만면에 웃음을 머금고 달려가다시피 상혁에게 다가갔다.

"경아, 잘 해결되었구나. 하하하 내 그럴 줄 알았어."

"오빠, 어떻게 알았어요?"

"야! 야! 니 얼굴에 그렇게 쓰였는데 뭐. 배고프지? 우리 일도 잘 해결되었는데 식사나 할까?"

"식사는 아까 오늘 만나기로 한 이 선생인가 뭔가 하는 그 분과 하기로 한다고 하지 않았어요?"

"그런데 널 보니 기분이 좋아 식사를 먼저 하고 그 사람과는 나중에 차나 한 잔 하지 뭐."

상혁은 식사와 위스키를 시켰다.

"이렇게 기분 좋은 날 아무리 낮이래두 술 한 잔 없이 그냥 지나칠 수 있겠냐?"

기분 좋은 민경도 고개를 끄덕이며 상혁을 바라보았다. 아버지로부터 승낙이 떨어질 때까지 정말 얼마나 마음을 졸였던가? 무엇보다 졸업이 얼마 남지 않았는데 졸업은 하고 가라는 아버지의 주장이 하도 그럴듯해 설득하기가 정말 어려웠다.

그 점에 대해선 자신마저도 아직 납득하지 못한 부분이 있었다. 정말 사랑하는 상혁의 제안이 아니라면 억지를 부려서라도 졸업까지는 끌고 가고 싶었다. 하지만 그놈의 끝 간 데 없는 상혁의 인기를 감안할 때 빨리 방법을 써야지 싶었다. 머나먼 이국땅의 불구덩이 같은 세계에 기름을 뒤집어쓰고 가는 꼴인 그를 도저히 혼자 보낼 수 없었다.

"자 건배! 불란서에서 펼쳐질 무지갯빛 찬란한 우리의 미래를 위하여!"

"위하여!"

상혁이 내민 잔에 민경이 잔을 부딪쳤다.

식사는 어느 때보다도 맛있고 위스키는 달콤했다. 민경은 자신을 자꾸만 지긋이 바라보는 상혁의 시선이 너무 뜨거워 가끔 눈을 찔끔 감곤 했다.

상혁은 그 와중에서도 머릿속이 혼란스럽다. 정말 안 된 이야기지만 오늘이 지나면 민경을 언제 다시 볼 수 있을까. 그런 생각을 하며 민경을 자주 바라보았다. 사실 나중에 만나기로 한 이 선생은 몇 년 전부터 사귀어왔던 여자 친구였다.

대학을 졸업하기만 하면 고등학교 교사 자리쯤은 주기로 했던 먼 친척이 잘 알던 어느 고등학교 이사장이 육영사업과는 무관하게 자신이 벌여온 사업의 비리문제가 불거져 사퇴를 해버리자 취직자리는 아예 요원해져 버렸다.

그 문제만 잘 해결되었다면 이수진과 이미 신혼의 달콤한 보금자리를 만들었을지도 몰랐다. 하지만 자신이나 수진은 정말 가난했다. 더구나 학교에 취직하기 위해 아르바이트까지 해가며 열심히 모아 교사 채용조건으로 이사장에게 바친 돈을 그런 일련의 일로 되돌려 받기도 어렵게 돼 버리자 두 사람은 고민에 고민을 거듭했다. 그래서 빠져나갈 수단으로 선택한 여자가 민경이었다. 평소 상혁에 대해 매우 호감을 가진 여자

중 부모님의 경제력을 감안해 민경을 골랐던 것이다. 그리고 1년여 동안 상혁은 수진과 민경을 오가며 인간으로 해서는 안 될 애정의 행각을 벌여왔던 것이다. 물론 훗날을 위해 수진은 이 사실을 알면서도 눈을 감아주기로 했다.

드디어 오늘은 그동안 노심초사했던 일이 어떻든 열매를 맺는 날이었다. 돈을 받아들고 나면 상혁은 자신을 기다리고 있는 수진과 함께 그녀의 고향 쪽에 마련해둔 보금자리로 떠날 것이었다. 물론 민경과는 전혀 연고가 없는 제주도의 한적한 곳이었다. 수진은 그곳의 중학교에 2학기부터 미술교사 자리를 이미 확보해 두었고 상혁은 화실을 운영하면서 미대 진학을 꿈꾸는 학생들을 과외지도 하면서 재기를 노려볼 계획을 세워 놓았다. 물론 처음부터 여자의 돈을 우려내면서까지 자신이 살집 전세보증금과 화실 운영자금을 비겁하게 뜯어낼 생각까지는 없었다. 하지만 자신이 피땀으로 모은 돈이 한 육영사업가의 어긋난 비리로 떼이고 나자 죄책감에 앞서 자신의 살 도리가 더 중요하게 다가왔다.

"자 여기 있어요."

"고마워. 이렇게 모든 부담을 민경에게 지워도 될지 모르겠어?"

"괜찮아요, 오빠. 대신 나중에 잘되고 나면 오늘 이 일 절대 잊으면 안 돼요. 알았죠?"

"그럼. 내 평생 잊지 못할 거야."

상혁은 민경이 내민 돈을 받아 챙겼다. 그리고 다시 잔을 들어 아직도 약간 남아있던 위스키 잔을 들이켰다.

"그럼 나 그만 가볼게. 그 사람이 기다리고 있어 말이야. 참, 민경아 정말 고맙다. 내 다음에 잘되면 너한테 빚진 돈 꼭 갚을게."

"아이! 오빠두 싱겁긴. 아까 했던 말을 또 하긴."

"하도 고마워서 그러지. 자 그럼."

상혁은 손을 내밀어 민경에게 악수를 청했다. 민경은 평소와는 다른 상혁의 어색한 모습이 의아스러우면서도 마냥 행복한 꿈에 부풀어 있었다. 자신도 모르게 콧노래를 부르며 위스키가 남아있던 잔을 단숨에 들이켰다. 민경은 즐거운 마음으로 집으로 갔다. 이제 상혁 때문에 처음으로 알았던 남녀 간의 달콤한 사랑은 혼자만의 것이 될 것이고 마음 졸였던 모든 부담감은 오늘부터 종을 치게 될 것이었다.

　하지만 집에 도착한 민경은 신발장부터 달라진 풍경에 가슴이 덜컥 내려 앉았다. 여기저기 오랫동안 쌓여있던 먼지들이 폴폴 날아다니고 누군가 급히 다녀간 흔적이 곳곳에 보였다. 혹시 도둑이라도 다녀갔나 하면서 방문을 열다 민경은 이상한 예감에 조금 전 봤던 신발장을 다시 쳐다보았다. 그러고 보니 자신의 신발은 그대로이고 상혁의 신발이 하나도 남김없이 없어졌던 것이다. 그때서야 뭔가 잘못 되었다는 생각이 든 민경은 방문을 확 열어 제쳤다. 장농문이 바람에 덜컹거리며 열린 상태로 있고 상혁의 옷과 소지품들은 흔적도 없이 사라지고 없었고, 화장대 위에는 급하게 써놓은 상혁의 편지가 놓여 있었다.

　　민경아 정말 미안하다. 언젠가 우리 다시 만나면 그 때
　　내 무릎 꿇고 용서를 빌게. 나도 가슴이 많이 아프고
　　지금은 밝힐 수 없는 사정은 언젠가 너도 알게 될 것이고
　　모든 원망일랑 나에게만 퍼부어 다오. 내 달게 받을 게.
　　앞으론 나 같은 사람 만나지 말고 정말 좋은 사람 만나
　　행복하게 살길. 안녕.

　민경은 정신없이 집을 뛰쳐나가 택시를 잡아타고 무작정 홍대 입구를 향해 달려갔다.

41 | 드디어 민복은 정들었던 회사를 그만 두고, 본격적인 공부를 시작했다. 저녁에 수업이 있기 전까지 아침 일찍 해운대시립도서관으로 달려가 공부에만 전념했다. 전 가족이 그런 민복의 일에 협조하여 엄마는 아침 일찍부터 신경을 써 민복에게 맛있는 도시락을 싸줬다. 민석도 나름대로 학교에서 고3에게만 진학용으로 제공하는 참고자료를 선배한테서 구해 누나에게 갖다 주기도 했다.

민복에겐 정말 철들어서 처음으로 맞는 풍성한 시간이었다. 앞으로 남은 수험계획을 짜보던 민복은 생각보다 수험기간이 길지 않게 여겨졌다. 고작 5개월도 채 남지 않은 기간이었다. 하지만 그동안 직장과 야간학교를 병행하면서 어렵게 터득한 자신의 공부 노하우가 분명 성공을 가져다 줄 것임을 굳게 믿었다. 길지 않지만 살아오면서 자신이 터득한 인생관이 있다면 긍정적인 사고가 굉장히 중요하다는 것이었다. 부정적인 생각을 가지면 꼭 안 좋은 일이 일어났고 자신이 하는 일이 괜히 주눅 들기도 했던 것 같다. 하지만 뭔가 잘 될 것이란 생각을 하며 긍정적으로 세상을 살다보면 살아가는 과정도 즐겁고 원했던 일도 잘 풀리는 경향이 있었다. 자신이 직장에 다니며 어려운 환경에서도 야간고등학교에 다니고 대학까지 꿈꿀 수 있는 일은 그런 긍정적인 사고와 결코 무관하지 않았다.

민복은 또한 공부를 하면서 닥쳐오는 스트레스와 흐트러진 마음가짐을 추스르기 위한 노트를 만들어 힘들 때마다 적어갔다. 노트제목도 '나와의 싸움'이라고 붙였다. 그리고 그곳엔 잠시의 여유시간도 허용하지 않을 만큼 자잘한 계획들을 빼곡히 적어갔다. 거의 하루 일과 일정을 빈틈없이 채워가기 위한 자신과의 처절한 다짐의 실행장(實行帳)이었다. 공부하는 방식들은 그동안 적용하면서 나름대로 성공을 거두었던 탓에 거의 확신에 가까웠고 결코 망설임 없이 실행해 갔다.

언제가 될지 모르지만 꼭 성공하여 지금 살고 있는 산동네를 벗어나 번듯한 집으로 가족을 데려가고 싶었고, 자신이 못한다 해도 장래가 촉망되는 민석이 그 꿈을 실행해 줄 것이었다. 자신이 알고 있기에 민석도 나름대로 꿈을 갖고 요즘은 굉장히 공부를 열심히 하여 인문계 고에서도 좋은 성적을 올리고 있었다. 언젠가 자신의 공부방에 빼곡히 적혀있는 다짐들을 보고 민석이도 그 방식이 좋을 것 같다며 자신의 다락방에도 원하는 꿈을 적어 붙여 놓겠다고 했다. 엄마가 방 청소를 하다 다락방 책상 앞에 빼곡히 적혀있는 다짐과 목표들을 자신에게 일러주며 두 남매가 어찌 하는 행동이 비슷하다며 흐뭇해 하기도 했다. 성공을 다짐하는 맹세를 적어 놓은 글들은 볼 때마다 꿈과 희망이 솟구치곤 했다. 아무리 다짐을 하고 실행을 한다 하더라도 살다보면 지치고 힘들 때가 많았지만, 그럴 때마다 그것들을 읽다보면 새로운 용기가 솟고 다시금 의욕이 새록새록 생겨나곤 했다.

민복도 그래서 공부하는 순간순간마다 새로운 다짐들이 흔들리지 않게 노트에다 꿈을 채워가고 있었다. 말자언니도 환송식 때 자신의 영원한 희망이 되어 달라고 했다. 휴학까지 감행하면서 공부를 했다 실패를 한다면 그건 도저히 있을 수 없는 일로 여겨졌다. 꼭 성공하리라. 꼭 성공해서 자신을 아는 주변의 모든 사람의 좋은 본보기가 되리라. 민복은 다시 한번 다짐했다.

42 | 오전 보충 수업을 마치고 복도를 나서던 민석을 발견한 병철이 얼른 쫓아온다.

"야 민석아! 같이 가."

민석이 병철을 바라보며 잠시 기다린다. 어느 새 병철이 민석에게 다가왔다.

"야! 오후에 은순이와 만나기로 했는데 같이 안 갈래?"

"어디 갈 데가 있어 힘들겠는데."

"야 니? 오늘 또 이거 만나기로 했제?"

병철이 새끼손가락을 펴 보이며 말한다.

"이거 아닌데?"

민석이 병철의 말을 알아듣고는 불쾌한 듯 말한다. 민석은 병철이 새끼손가락을 펼쳐 보일 때마다 알 수 없는 불쾌감이 생기곤 했다.

"짜식 이게 아니면 뭔데? 너 보기보다 재주 좋더라. 아니 내숭이 세다고 해야 하나? 하하하. 그 날 극장에서 영화 보고 또 어디 갔다 왔더노? 내가 분명히 이 형님한테 보고하라고 했을 낀데 하하."

"자꾸 형님 형님 하는데, 니 생일이 도대체 언제고?"

민석이 짜증을 내며 묻는다.

"1월 3일이다. 니는 언제고?"

병철이 능글맞은 표정을 지으며 실제보다 훨씬 앞당겨 말하곤 게슴츠레한 눈동자로 민석을 바라본다.

"짜슥 형님도 아니구마. 나는 1월 2일이다."

"뭐!"

사실 민석은 생일이 1월 2일이 맞지만 음력이어서 양력으로 따지자면 병철이 앞설지는 몰라도, 항상 설이 오고 떡국을 먹을 때마다 바로 다음 날이 생일이어서 한 번도 제대로 생일음식을 얻어먹은 적은 없는 것 같았다. 하도 형님 형님 하는 그를 곯려주고 싶을 뿐이었다.

병철도 날짜를 속였던 터라 더 따져봤자 얻을 게 없다는 듯 재빠르게 다른 화제로 돌렸다.

"전에 걔가 이기 아니면 그라면 뭐꼬?"

병철이 이미 버릇으로 굳혀진 듯 다시 새끼손가락을 펼쳐 보이며 말했다.

"친구."

"뭐! 친구. 하하 여자 친구나 요거나 다 거기 거기지 임마. 짜슥 맞구마."

"걘 진짜 어릴 적부터 친구다."

정말 집요한 녀석 같으니라구. 민석은 욕이 나오는 것을 억지로 참으며 그 말을 해놓고도 괜히 말려든 것 같은 기분이었다.

"그래? 그럼 동창이구나. 진작 말해주지 하하. 근데 걔는 부산에 어떻게 왔지? 그날 놀러온 기가 아니면 니처럼 이쪽으로 이사 온 기가?"

"아니. 고등학교 입학으로 이쪽으로."

"그래?"

"그럼 물어본 말에 대해 답을 다 해준 것 같은데 나는 갈 데가 있어 그만 가 볼란다."

민석은 더 이상 답을 해줬다간 온갖 세세한 이야기까지 다 해야 할 것 같고 안 그래도 여자에 대한 건수를 찾아 코를 킁킁거리며 다니는 그에게 좋은 정보를 제공할 뿐이라는 생각에 얼른 그곳을 벗어났다.

병철이 쫓아가려다 일부터 천천히 걷기 시작했다. 그 정도만 해도 그에겐 좋은 정보였다. 진짜 어디 급한 곳에 가려는 그를 붙잡아 봤자 아무 것도 얻을 게 없다는 심산이었다.

아쉬운 대로 은순이와 만나기로 되어 있지 않은가. 기집애가 인물은 크게 이쁘지 않아도 털털한 성격에 부담 없이 같이 지내긴 그만이었다.

민석이와 다니는 걔는 학교 때문에 와 있다면 벌써 자기가 쳐 놓은 그물 쪽으로 성큼성큼 다가오고 있는 물고기나 진배없다. 친척집에 있든

170

자취를 하든 부모님과 떨어져 있는 애를 꼬시기는 식은 죽 먹기다. 병철은 콧노래를 흥얼거리며 은순이가 있는 쪽으로 걸어갔다.

"언제 왔더노?"

민석은 도서관에서 지정된 좌석에 가방을 갖다놓자 마자 민복을 찾았다. 민복이 공부를 하고 있다 민석의 등장에 속삭이듯 말한다. 주변에 앉아 있는 사람들이 모두 공부에 열중하는 중이라 조심스럽다.

"방금."

민석이 그렇게 말하며 밖으로 나오라는 손짓을 했다. 둘은 도서관 실외 휴게실로 가 자리를 잡았다. 여름의 더운 날씨에도 불구하고 벤치 위로 등나무 넝쿨이 얼기설기 얽혀 하늘을 향해 자라고 있었다. 우리의 꿈도 저 넝쿨처럼 쭉쭉 뻗어 갔으면 얼마나 좋을까 생각하는 민복의 마음도 부푼다.

불과 일 년 전에만 해도 이런 환경은 상상도 못해 봤다. 하루 종일 재봉틀을 밟다 수업시간이 임박하면 허겁지겁 회사를 나와 학교를 향해 가던 자신의 축 늘어진 어깨는 누가 봤더라도 힘이 빠졌을 것이었다. 하지만 아무리 힘들어도 희망의 끈을 놓지 않고 살다보니 이런 시절도 오지 않았는가.

아버지가 불의의 사고로 돌아가실 때만 해도 학교는커녕 세 식구가 밥이나 제대로 먹을 수 있을까 걱정했던 민복이었다. 아무리 부인하려 해도 자신에게는 장녀라는 책임의식이 자리 잡고 있었기 때문에, 사실 그런 사고가 일어났을 때 그냥 학교를 휴학하려 했던 민복이었다. 하지만 그렇게 하면 어머니가 더욱 희망을 잃어버릴 것 같아 이를 앙다물고 버텨 왔었다.

"누나, 공부는 잘 되어가?"

민석이 잠시의 침묵을 깨고 묻는다.

"그럼. 얼마나 오랫동안 기다려 왔는데. 요즘 같은 시간의 풍성함 속에 공부를 계속해 나간다면 서울대도 갈 수 있을 것 같다 애. 호호."

"그래? 누나 그거 대단하고 반가운 소릴세 하하. 참 누나. 이런 소릴 하면 어떻게 생각할지 모르지만 고향 친구가 근처 학교에 다니는데 자주 생각나고 공부에 방해가 돼."

"고향친구 누구? 남자?"

"……."

"너 여자친구구나? 짜식, 벌써 여자 때문에 속을 다 썩이고 야 너 아주 조숙하구나 호호."

민복의 그 말에 민석이 괜히 얼굴이 붉어졌다. 자신이 알고 있기에 한 번도 누나가 남자 얘기를 꺼낸 적이 없었던 것 같았다. 그래서 누나는 아예 그런 부분에 초연한 줄 알고 있었지만, 누나는 2년을 늦게 들어가서 아직 고등학생이지만 벌써 스물한 살이었다. 정상적인 형편이라면 한창 사랑을 가꾸고 할 나이라는 생각이 들자 민석은 미안해졌다.

"누나 괜히 내가 엉뚱한 소릴 한 것 같애. 그건 그렇고 우리 학교 선배 말에 의하면 9월부터 모의고사를 보고 한다던데, 누나도 방학 동안 열심히 해서 한번 도전해 보는 게 어떨까 해서?"

"그렇지 않아도 사실 그 부분이 많이 부담돼. 사실 말이야 바른 말이지만 우리 학교는 대학진학과 별로 상관없는 곳이잖니? 그저 졸업만 목표로 다니는 학생들이 대부분이니 수업분위기도 엉망이야. 그래도 내가 대학입시 때문에 방학하기 얼마 전 직장을 휴직하고 공부를 한다는 사실이 알려지면서부터 선생님들도 신경을 많이 써주는 편이지. 이제 방학이 되었으니 정말 열심히 해서 9월에 나도 당당히 모의고사를 쳐볼 생각이야. 민석아 니도 많이 도와줘. 우리의 형편이 보통만 되어도 니도 여자 친구도 사귀고 할 땐데, 누나가 도움이 못돼줘 미안해. 하지만 분명한 건 이성교제는 앞으로 기회도 많을 거고 좀 더 자신이 좋은 형편이 되었을 때 더 좋은 사람을 만날 수 있다는 생각인데 좀 이기적인가 흠. 하지만 너에게까지 강요할 생각은 없고 학업에 크게 방해만 없다면 요령껏 잘 사귀어봐. 지금 문제를 풀다 나왔으니 나중에 또 얘기하자."

민복이 벤치에서 일어나 공부를 하던 열람실로 다시 향하고 민석도 괜한 소리를 했다고 멋적어하며 머리를 긁적였다.

43 | 무더운 여름이 채 끝나지도 않았는데 벌써 개학이었다. 그동안 보충수업과 개인적인 목표에 따라 진행해온 공부를 하느라 더위와 싸워온 민석이었다. 학교와 도서관을 오가며 민복누나의 수험정보원 역할까지 훌륭히 소화해온 방학이었다.

민석은 개학을 하자 그동안 보고 싶어도 여러 형편상 만나지 못했던 송희를 떠올렸다. 방학이 되고 집에 내려가기 전 잠시 자취방 입구에서 얼굴을 한번 본 뒤로 한 번도 보지 못했었다. 이제 걔도 부산에 올라와 있을까. 나중에 수업을 마치고 자취방 앞으로 가볼까. 자취방에 전화라도 있었으면 좋겠다는 생각이 들었다. 주인집 전화번호는 비상 시를 대비해 알아두었지만 여간 급한 일이 아니고선 연락하지 말라고 송희가 전화번호를 가르쳐주며 신신당부 했었다.

마침 개학 첫 날이라 보충수업이 없어 일찍 끝난 틈을 이용해 송희를 만나러 갔다. 하지만 송희의 자취방에는 아직 불이 켜 있지 않아 민석은 멈칫하고 섰다. 피곤해서 일찍 자는 것일까. 아니면 볼일을 보고 아직 돌아오지 않은 것일까. 민석은 송희의 자취방 주변을 서성이면서 온갖 생각을 다하고 있었다. 사실 송희가 있었다면 얼굴을 맞대고 잠시 몇 마디만 하고 돌아서더라도 마음이 편해지고 한동안 그런 기분이 유지되었다. 송희에 대한 이런 애틋한 감정은 이성에 대해 감정이 조금씩 생겨나던 초등학교 고학년 시절부터였던 것 같다. 민석에게 있어 송희는 언제나 신기루 너머의 잘 닿지 않은 실체처럼 항상 그리움과 신비한 존재처럼 여겨졌다.

병철은 요즘 들어 죽이 잘 맞는 친구 태민이와 함께 바닷가에 가고 있었다. 부모님이 경제력을 바탕으로 온갖 과외와 학원수강을 강요하며 공부에 극성이었지만 정작 자신은 그럴수록 벗어나지 못해 안달이었다. 마침 오늘은 개학 첫 날이라 보충수업도 없고 해서 은순이에게 친구 한 명을 데려오라고 해놓고 만나러 가고 있었다. 태민의 부모님은 당구장을 운영하는 탓에 밤늦도록 집에 잘 들어오지 못했다. 이런저런 이유로 가끔은 태민의 집이 일탈의 장소로 쓰이곤 했다. 오늘도 가방을 태민의 집에 갖다놓고 교복을 벗어버리고 다른 옷으로 갈아입고 나섰다. 병철은 이런 때를 대비해 언제부턴가 자신의 옷을 태민의 방에다 준비해 두었다. 오늘은 잘되면 고고장에나 가야지 하면서 신나게 흔들어대는 상상을 하면서 기분 좋게 갔다.

"애 좀 빨리 오지 않고."

은순이 어슬렁거리며 걸어오는 병철의 모습을 눈을 흘기며 바라본다.

"응 미안 은순아. 꼰대가 수업을 마쳤는데도 빨리 놓아 주지 않는 바람에 좀 늦었네 하하하. 그런 의미에서 이 오빠가 맛있는 거 사 줄게. 참 인사해라. 태민이와는 초면이지."

"어머! 그래 반갑다. 나는 이은순, 그리고 이쪽은 장미진."

병철은 은순이가 소개하는 여학생을 그때서야 처음으로 바라보다 눈에서 스파크가 일었다. 미진의 얼굴은 그렇게 예쁘진 않지만 몸매나 생김새가 여간 섹시해보이지 않았기 때문이다.

"나 손태민이다."

"어머! 같은 학교 친구니?"

은순이 태민을 소개받자마자 호들갑이다. 사실 은순이와는 벌써 식상할 만큼 오랫동안 알고 지내온 병철이라, 해운대 백사장을 돌면서 자연히 짝은 병철과 미진, 태민과 은순으로 나뉘어졌다. 병철은 백사장 한바퀴를 돌자마자 인근 식당으로 일행을 이끌었다.

"아까 말 한대로 밥은 내가 살게. 참 은순아 우리 고고장 가려고 하는데 너거들은 어떻노?"

"가고 싶다만 아서라 얘. 머리가 짧아서 되겠나?"

"야. 괜찮아. 그래서 옷을 바꿔 입고 안 나왔나? 나중에 신분증 검사하면 집에 두고 왔다고 말하고 방위 복무중이라고 하면 되겠지 뭐. 나나 태민이나 나이가 들어 보여 괜찮다만 사실은 교복을 입은 너거 들이 문제다."

"그건 괜찮아. 신경 꺼도 되셔."

"무슨 말인데?"

"기집애 너도 고고장 가고 싶지? 얘네 집이 요 근처인데. 집에 가서 갈아입고 나오면 되지 뭐."

"그래? 그거 잘 되었네."

의기투합된 그들은 식사를 마친 후 서둘러 고고장에 가기로 했다. 병철은 은순이와 미진이 옷을 갈아입고 나오기 위해 자리를 비운 사이 소주를 시켰다.

"태민아 니도 소주 좋아하제?"

"그럼."

태민이도 중3 때부터 담배를 피워왔고 병철과 몇 번 어른들 몰래 술까지 마셨던 친구다. 그땐 그렇게 가깝진 않았는데 같은 고등학교에서 만나 최근에 들어와서 서로의 필요에 의해 부척 친해졌다. 용돈이 항상 풍부한 병철과 일탈 장소를 제공할 수 있는 태민은 개미와 진딧물처럼 끈적끈적한 공생관계를 유지해 왔다. 병철이 태민이 담배를 꺼내자 라이터를 들이대고 바로 불을 붙여 주었다.

"태민아 해운대 지역은 가급적 빨리 벗어나는 게 좋을 거 같다. 괜히 이곳에서 어정대다 가끔 순찰을 도는 꼰대들한테 들키기라도 하는 날에 바로 이거다."

병철이 손으로 목을 긋는 시늉을 하며 얼굴을 찌푸렸다. 아닌 게 아니라 태민도 그 대목에선 자유로울 순 없었다. 시장통에서 어슬렁거리다 재수 없게 부모님이라도 만나면 며칠 동안 잔소리에 시달리거나 심하면 아버지에게 매를 맞을 수도 있었다. 그렇지 않아도 밤늦게 장사를 하는 통에 자식공부는 뒷전이라며 걸핏하면 아버지가 호통을 치는 탓에 엄마는 항상 마음을 졸이며 지내셨다. 부모님들은 그나마 그 와중에도 태민이 인문계 고등학교를 들어간 것을 자부심으로 여기며 살고 계셨지만 그것도 잠시였다. 공부를 제법 하는 사람들이 모여있는 인문계에선 태민의 성적은 항상 밑바닥을 돌았고 기가 꺾여 점점 공부와는 멀어져만 갔다. 태민이에게 젊은 시절 한때 건달까지 했다는 아버지는 아직도 두려운 존재다. 얼마 전까지만 해도 매를 들 때면 매우 사나운 데가 있는 아버지였다.

"어! 잠시만 쟤들."

병철이 피우던 담배를 재떨이에 비벼 끄고 밖으로 뛰쳐나가서는 잠시 동안 두 명의 여학생의 뒤를 쫓아갔다. 가까이 다가갈수록 확실한 느낌이 왔다. 더구나 처음 보자마자 푹 빠져버렸던 여학생 말고도 바로 옆에서 걸어가고 있는 여학생도 그 날 극장에서 어렴풋이 본 기억이 있었다.

그런 생각이 들자 재빨리 그녀들을 추월해서 역으로 맞은편에서 가까이 다가가 교복과 명찰까지 세세히 살펴보았다. 별 생각 없이 길을 걷던 송희가 가까이 다가온 남학생이 가슴께를 자꾸 쳐다보자 놀라서 몸을 홱 뺐다. 그러자 병철이 손을 들어 안녕! 하며 지나간다. 송희와 남희는 별 이상한 놈 다 보네 하는 표정을 지으며 몇 번이나 병철을 돌아보았다. 병철도 뒤질세라 나 얼굴 잘 봐둬 하는 듯 몇 번이나 히죽히죽 웃으며 얼굴을 내밀었다.

'1-4 한일여실 이송희'

병철의 뇌리 속에 오직 9개 글자가 뚜렷이 새겨졌다.

병철이 다시 식당으로 돌아오자 태민이 들이키던 소줏잔을 내려놓으며 호기심이 잔뜩 낀 눈으로 쳐다본다.

"왜? 어디 아는 사람이라도 지나가더나?"

"응."

"누구?"

"그냥 얼굴 정도만 아는데 보이길래."

"짜식 싱겁긴. 그 정도로 쫓아가나? 그나저나 애들 올 때 된 거 아니가?"

"금방 오겠지 뭐. 자 소주 한 잔 따르거라."

태민이 병철에게 술을 따르주며 자꾸만 가게 출입구에 시선을 보낸다.

어느 새 은순이와 미진이 다른 옷으로 갈아입고 화장까지 한 얼굴로 나타났다.

"야들 봐. 입술이 그게 다 뭐고? 새빨간 기 금방 피를 빨다 나온 영화 속의 흡혈귀 같아 하하하."

병철은 그러면서도 화장을 한 미진이 더욱 섹시해보여 게슴츠레한 눈으로 바라보았다.

"얘 이왕 하는 거 확실히 해야 안 들킬 거 아냐? 나중에 학생인 거 들 통나봐. 얼마나 쪽 팔리겠냐? 근데 화장하고 나니 이제는 너거들이 젖 비린내 나는 동생처럼 보이는 거 있제? 우짜노? 호호호."

은순이 호들갑을 떨면서 옆에 있던 소주잔을 쑥 내밀었다.

병철이 그런 은순에게 의미 있는 웃음을 지으며 술을 따라주었다. 둘 은 이미 다른 곳에서 전작한 경험이 있었다. 그때 잔뜩 마신 술로 비틀 거리며 정신을 못 차리는 그녀를 어두운 골목길로 데려가 입술을 덮쳤 었다. 그런데 오늘은 은순이보다 자꾸만 미진에게 눈길이 간다. 병철이 눈짓으로 미진을 가르키자 은순이 얼른 눈치 채고 술잔을 미진 앞에 탁 소리를 내며 내려놓았다.

"자 니도 한 잔 해야제?"

은순이와 미진이도 언젠가 술을 마셔본 적이 있었다. 그땐 시장통 입 구에서 선술집을 운영하는 미진이 엄마가 집에다 담가둔 포도주를 은순 이 미진이 집에 놀러갔다 마셨다. 처음에 마실 땐 순해서 그럭저럭 마셨 는데 먹고는 취해 한참동안 둘이서 미진의 방에서 뻗어 몇 시간이나 잠 들어 있다 나중에 장사를 가기 전 미진이 엄마가 집에 들렀다 들키는 바 람에 혼이 나기도 했었다.

병철이 따라주는 술을 미진이가 단번에 마셔버리자, 병철이 놀란 눈 으로 바라보았다. 고고장에서든 어디든 술이 약간 들어가야 분위기도 살고 기분도 좋아졌다. 술을 마셔본 경험이 많은 병철은 그런 분위기를 누구보다 잘 알고 있었다.

"자 일단 단체로 건배하고 일어나는 게 어때?"

병철이 잔에다 일일이 술을 따랐고, 병철의 행동에 맞춰 일제히 잔을 치켜들었다. 주방에서 아주머니가 그 장면을 보고 머리를 절레절레 흔들며 혀를 찼다. '여학생들이 분명히 교복을 입고 있었던 것 같은데 그 새 야시 같이 해서 나타나기는 원' 주방아주머니의 입에서 그 말은 금방 이라도 내뱉을 듯 맴돌았다. 식사 값을 치루고 나오자마자 병철은 택시 를 잡기 시작했다.

"어머 얘 나만 와 본줄 알았는데 니도 와 봤구나."

고고장에서 일행을 따라가던 은순이 미진의 귀에 대고 속삭인다. 미 진도 이미 고고장은 한번 다녀와 본 적이 있어 오늘이 두 번째였다. 입 구부터 조명들이 번쩍번쩍 하고 음악소리가 요란스럽다. 넷은 무작정 일단의 사람이 춤을 추는 곳에서 뒤섞여 춤을 추기 시작했다.

"벌써 11시가 되어가네. 집에 가야지."

미진이 은순에게 자꾸 재촉했고 은순도 속으로 걱정되긴 마찬가지였 다. 하지만 그 시간에도 아무 걱정 없이 흔들어 대는 병철과 태민을 바 라보았다. 식당에서 마신 술과 고고장에서 제공된 맥주를 마신 탓에 취 기는 더욱 올라 춤을 추더라도 아직도 알딸딸했다.

"가만히 있어 봐. 내가 나가서 데려올게."

은순이 정신없이 흔들어 대고 있는 두 사람에게 다가갔다. 처음엔 정 신없이 흔들던 병철도 나중엔 은순의 말이 성가신지 조금 후에 셋이서 미진 쪽으로 다가왔다.

"우리 다른 곳에 가 한잔 더 하고 갈까?"

병철이 또 다른 제안을 했다.

"아서라 얘. 통행금지도 다되어 가는데 우리한테 술 팔 곳이 어디 있 다고?"

은순이 걱정이 되어 말했다.

"그럴 줄 알고 좋은 장소 미리 알아 두었지. 하하하."

병철이 앞서고 셋이서 따라갔다. 병철은 술기운에 모든 일이 거리낌이 없이 막무가내였다.

"너거 집 오늘 괜찮겠제?"

고고장 밖으로 나오자마자 병철이 태민을 한 쪽으로 불러 말했다.

"요즘 가끔 엄마가 불쑥불쑥 집으로 단속을 오는 통에 힘들 낀데. 통행금지도 다 되어가고."

"그래? 일단 해운대로 가면서 생각해보자."

밤늦은 시간대라 도로는 비교적 한산해서인지 금방 해운대였다. 아직 30여 분이나 시간적 여유가 있어, 병철이 택시에서 내리자마자 슈퍼로 가 맥주를 사왔다. 병철은 셋을 구석진 곳으로 데려갔는데, 여관과 여인숙이 총총히 자리 잡은 곳이었다. 병철이 태민을 한 곳으로 불러 돈을 슬쩍 찔러주며 먼저 가서 방을 잡으라고 부탁했다.

"우리가 같이 들어가면 혼숙이라고 분명히 방을 안 줄 거야. 그러니 니가 가서 먼저 방을 잡고 있으면 좀 있다 내가 쟤들 데리고 갈게."

태민이 여관으로 들어가자 병철이 한 쪽 옆으로 일행을 이끈다.

"아무래도 한잔 더하며 좀 더 놀고 싶은데 통행금지가 다 되어서 다른 곳에선 좀 어렵겠네. 그래서 내가 태민이한테 먼저 방을 잡아 놓으라고 했거든. 좀 있다 태민이가 키를 갖고 나오면 요령껏 들어가는 거야. 넷이 있는데 뭐 별일 있겠어? 술 먹으며 놀다 나중에 통행금지 해제되면 집에 가지 뭐."

"야 나야 뭐 그렇다만 미진이도 되겠나?"

은순이 걱정스러운 듯이 미진을 바라보았다.

"그렇게 걱정되면 은순아 요 앞 전화박스 있던데 집에다 친구 집에서 같이 자고 간다고 전화하고 오지 그라냐? 잘 안 믿어 줄 것 같으면 친구 둬서 뭐하노 바로 바꿔 확인해 주면 될 끼고. 하하하"

"너너 아무튼 잔 대가리 돌리는 데는 뭐가 있다니깐. 호호호."

은순이 미진을 데리고 전화박스 있는 곳으로 갔다. 잠시 후 태민이 키를 들고 나왔다 병철에게 호실을 알려준 뒤 다시 여관으로 들어갔다. 병철은 기다려도 오지 않는 은순이 걱정되어 전화박스가 있던 곳으로 걸어가 보니, 전화는 한 것 같은데 결과가 신통찮았는지 여관에 따라오길 꺼려하고 있었다.

"은순아 왜? 집에서 뭐라더나?"

"나야 그럭저럭 둘러대었다만 미진이 엄마가 막 화를 내고 뭐라신다네."

"얘들아 아무래도 나는 들어가 봐야겠다. 다음에 기회가 되면 만나자 안녕."

미진이 그렇게 말하고 총총걸음으로 사라졌다. 병철이 무슨 말을 할 사이도 없었다. 병철이 시계를 보니 벌써 11시 50분이었다. 이제 한 십 분만 있으면 통행금지에 들어간다. 별 수 없이 은순이도 이 시간에 집까지 가기는 무리일 거고.

은순이도 그걸 아는지 미적미적대면서도 병철을 따라갔다. 은순이를 데려가는 병철은 괜한 엉뚱한 상상을 했다.

남자 둘에 여자 하나. 뭐 어때? 재미있겠다.

44 | "아이구 사모님. 너무 잘 어울리네요. 어쩜 사모님은 이렇게 옷이 날개처럼 잘 어울릴까 호호호."

"정말 그래요? 임자 괜히 추켜세우려 하는 소리 아니지."

"어머머! 사모님 제가 이래 보여도 물건 맞추고 물건의 임자한테 어떤 옷이 어울릴지 알아보는 안목 하나는 알아준다니깐요. 사모님 빈말이 아니라 정말 어울려요."

거울 앞에 선 연숙은 최대한 우아한 제스처로 요리조리 살펴보면서 은은한 미소를 지었다. 연숙은 입고 간 옷은 양잠점에서 내준 종이상자에 넣어버리고 핸드백에서 선글라스를 꺼내어 썼다. 누가 보더라도 돈 많은 유한마담을 연상할 정도로 우아하고도 화려해 보였다.

양잠점 여자의 환송을 받으며 연숙은 보무도 당당히 시내를 활보했다. 그러자 세상 사람들이 모두들 자신을 우러러 보는 듯한 묘하고도 도도한 기분에 사로잡혔다. 연숙은 눈에 익은 키피숍이 올려다 보이는 2층 건물로 올라갔다. 구면인 종업원이 물 컵을 들고 와 연숙을 반겼다.

"사모님 어디 쇼핑 다녀오시나 봐요. 너무 멋져요."

"정말 그래? 빈말 아니지? 난 남들이 그렇게 말하면 진짜로 받아들인다니까 호호."

"정말이에요 사모님."

연숙은 기분이 좋아 연신 싱글벙글이었다. 종업원이 가져온 오렌지주스를 마시다 문득 며칠 전 민경으로부터 걸려온 전화내용을 상기하곤 기분이 언짢아졌다. 민경의 유학문제 건이 난관에 봉착되었다는 것이었다. 민경이가 아버지에게는 끝까지 함구해 달라고 신신당부를 한 일로 볼 때 문제는 그리 단순해 보이지 않았다. 유학이야 졸업도 하지 않고 간다기에 처음부터 탐탁지 않게 여겼지만 문제는 돈이었다.

초기유학비용으로 보내달라던 거금 천만 원이 딸에게 이미 송금된 상태였다. 그 정도면 해운대 달동네 서민 아파트 두 채를 살 만큼 거금이었다. 연숙의 인상이 대번 구겨졌다. 하지만 그 일을 지금 꺼냈다간 괜히 집안이 시끄러워질 테고 일단 기다려보기로 했다. 남편의 사업이 그나마 번창일로에 있어 그만한 자금은 얼마든지 융통할 정도의 형편이어서 다행이었다. 게다가 연숙은 그동안 남편 몰래 몇 군데 땅을 사 놓았고 그 땅들이 눈에 띄게 오르는 맛에 살맛이 났다.

'에라 어떻게 되겠지. 괜히 골치 아픈 일은 생각하면 머리만 아프고 다음에 해결되겠지 뭐.'

연숙은 그러면서 창밖을 내다보았다. 많은 차들이 쌩쌩 달려가고 있었다. 경기가 많이 나아지고 살기가 좋아진 탓인지 요즘엔 자가용이 부쩍 늘고 있었다. 불과 수 년 전만 해도 감히 상상할 수 없는 일이었다. 가끔 텔레비전에 명사가 나와 우리나라도 앞으로 20년 안에 마이 카 시대가 도래할 거라 주장해도 실감나지 않았는데 어쩌면 현실이 될 지도 모를 일이었다.

언젠가 남편에게 자신도 차 한 대쯤 있었으면 좋겠다고 말했다가 잔소리를 듣긴 했지만 끈질긴 설득 끝에 당분간 더 여유를 두었다 구입하기로 결정을 했다. 연숙은 그 기간을 향후 1년 안으로 내다보고 있었다. 어쩌면 빨리 운전면허 학원에 다녀야겠다고 생각한 것도 그 때문이었다. 차는 남편이 사주지 않는다면 굳이 매달리지 않아도 될 판이었다. 자신이 투자해둔 토지 중 일부만 처분해도 차 한 대쯤이야 사고도 남을 형편이었다. 사실 연숙에게 있어 승용차는 요즘 들어 즐기는 수영이나 헬스 등 운동을 갈 때도 필요하지만 어디 좋은 길목에 땅이 났다는 정보를 들을 때 더 필요했다.

투자라는 것이 그랬다. 우선은 종자돈이 있어야 하고, 남들보다 먼저 발 빠르게 사전 답사를 통해 길목이 좋은 곳에 있는지 여부와 앞으로의 투자가치 전망을 파악해 민첩하게 구입하지 않으면 이미 오를 대로 올라버린 물건은 그 만큼 투자가치가 떨어져 버리는 것이었다.

이런 저런 생각에 빠져있던 연숙은 그러다 양례를 떠올렸다. 아직도 양례를 생각하면 뒷골이 쑤셔올 만큼 감정이 좋지 않았다. 양례와 자신은 친정이 같은 마을에서 자라 서로의 내막을 속속들이 알고 있었던 만큼 악연의 끈은 오래되고도 질길 수밖에 없었다.

연숙의 아버지는 왜정 때부터 읍내에서 도축장을 겸한 식육점을 운영했고 양례의 아버지는 평상시는 농사를 짓다가 농한기에는 동네 훈장을 자처하여 청년들을 위해 서당을 열었다.

물론 경제적 여건은 연숙의 아버지가 훨씬 좋은 편이었지만 세상 사람들은 천한 직업에서 얻은 돈이라며 잘 인정하려 들지 않았다. 물론 그런 사람들의 입에 당시엔 한학자로 비교적 지식인이었던 양례의 아버지의 입김이 작용했던 일은 자명했다. 연숙과 양례의 언니인 양순은 자연스레 그런 분위기를 피부로 느끼며 성장했다.

사실 연숙과 동출, 양순은 같은 초등학교 동기동창생이었다. 동출은 십오 리나 되는 농촌마을에서 읍내로 통학을 했다. 양순은 성실한 동출을 아주 좋게 보고 있었다. 하지만 중학교엔 경제적 형편이 좋았던 연숙과 가난해도 학구열이 있었던 시골청년 동출만이 진학했다. 물론 양순은 가난과 당시의 상황이 그러했듯 여자로 태어난 운명 탓에 진학은 포기해야만 했다. 양순은 대신 이불과 침구류를 취급하는 침구사에 취직하여 일했다. 침구사는 하필 중학교로 통하는 도로 입구에 있어 본인의 의도와 상관없이 친구들을 지켜보는 난처한 상황이었다.

오후의 나른한 시간이 지나고 땅거미가 내리기 일보 직전이면 수업을 마친 많은 학생들이 한꺼번에 거리로 쏟아져 나와 도로를 가득 채우고 지나갈 때마다 양순은 속이 쓰라릴 수밖에 없었다. 물론 그들 속에는 한때 같이 어울려 놀던 친구가 있었고 고민을 털어 놓던 친구도 있었다. 가끔 아는 친구들이 책가방을 들고 지나갈 때면 괜히 위축이 되기도 했다.

그러다 운명의 장난은 시작되었다. 차분한 성격에 주어진 운명을 숙명처럼 받아들이는 편인 양순과 어릴 때부터 온갖 사람들의 질시 속에 악착같이 돈을 모으면서도 자식들에겐 기죽지 말라며 충분한 용돈을 주던 부모 밑에서 자유분방하게 자란 연숙은 물과 기름같이 어울릴 수 없는 존재였다. 게다가 곱상한 외모로 숱한 남자들과 자유연애를 즐기는 연숙의 치부까지 알아버린 양순의 시선이 고울 리 없었다.

결국 사단은 오랜 세월이 지난 뒤 동출과 연숙의 연애장면을 목격한 양순에게서 비롯되었다.

"넌 그래 자존심도 없는 기가? 내는 한때 그래도 시골마을에서 이 곳까지 통학을 다니며 열심히 살아온 니가 존경스러웠다. 헌데 오죽 여자가 궁해도 그렇지 연숙이가 뭐고?"

"와? 연숙이가 어때서?"

동출은 아무리 동기 동창생의 충고라 할지라도 기분이 언짢았다. 자신의 눈에는 이쁘기만 한 연숙이었다. 비록 아버지가 천한 직업으로 부자가 되긴 했어도 이제는 직업의 귀천이 좌우하는 시대는 아니었다. 하지만 양순은 꼭 그런 이유만으로 연숙을 평가절하하지 않았기 때문에 입을 꾹 다물었다. 그렇다고 치명적인 독이 될지도 모를 연숙의 자유연애 문제를 꺼낼 수 없어 답답할 뿐이었다.

어느 날 양순이 동출에게 연숙이 얘기를 하는 것을, 우연히 연숙이 고스란히 듣고 말았다. 물론 이런 대화를 할 정도로 그들이 청년으로 성장한 후의 일이었지만 연숙은 양순의 대화의 말미에 들어 있는 가시 같은 의미가 폐부를 찌르는 듯이 아팠다.

연숙이 결혼만을 전제로 동출과 교제한 것은 아니었다. 하지만 그런 일을 계기로 둘의 사이는 이상할 정도로 꼬여가기 시작했고 둘은 똑같이 그 날 그 사건을 이유로 여겼다. 연숙은 그렇지 않아도 별로 친하지 않았던 양순을 그 후 원수같이 생각했다. 물론 동출과 친척간이라 약간 찜찜했지만 결과론적으로는 넉넉한 형편은 되지 못해도 당시에 도시까지 유학을 간 지식인이었던 동호와 결혼한 그녀는 손해볼 것도 없고 잘된 일로 받아들였다.

하지만 약간의 시간이 흐른 뒤 동출이 양순의 동생 양례와 결혼하고 나자 양순이 지난 시절 동출과 자신의 사랑에 끼어들어 방해했다는 감정을 가지고 그녀의 집안일이라면 사사건건 반대하기 시작했다. 결혼 전 비교적 자유연애를 구가했던 연숙이 양순의 방해가 없었다고 동출과 결혼을 했으리란 보장은 없었다. 하지만 자신을 부모님의 직업까지 관련시켜 수준 이하로 떨어뜨렸다는 심한 분개가 골수까지 사무쳤던 것이다.

연숙은 손거울로 화장을 고치기 시작했다. 커피숍을 빠져나온 뒤 서서히 해운대 시장통을 향해 걸어가기 시작했다. 그동안 양례가 시장통에서 생선을 팔고 있다는 소문은 자신도 들어서 알고 있었다. 그러자 이전에 자신을 꼭 무슨 백정의 딸인양 취급했던 양순에 대해 앙갚음을 하는 듯 쾌재를 부르고 싶었다. 결국 세상 사람들은 한 치 앞도 보지 못하는 어리석은 존재로 여겨져 아니꼬운 생각도 들었다. 양순도 자신의 동생이 시장통에서 그런 천한 장사를 할 거라 생각이나 해봤겠는가. 그동안 양순과 양례를 싸잡아 기분 나빴던 일들이 되살아나며 십년 된 체증이 내려가는 기분이었다.

하지만 이전의 그런 일들로 쉬쉬하며 모른 척했던 동출이 작업장에서 사고로 떨어져 죽었다는 소식을 접했을 땐 충격이 컸다.

더군다나 한때 남편의 공장에 취직하려 수차례나 찾아왔다고 하지 않았던가. 그때는 이렇게 허망한 죽음까지야 맞을 줄 알았는가. 자신은 이전의 자잘한 구원들로 취직자리를 거절 했을 뿐인데 일이 덜컥 그런 식으로 벌어진 것이다. 아무리 나쁜 감정도, 미움도 죽음 앞에선 맥을 추지 못했다. 더구나 동출과 자신은 근본적인 미움이 있을 수 없었는데, 그 사고가 있고 자신은 문상도 가지 못했었다.

연숙은 터벅터벅 시장통 입구로 들어섰다. 다시 한번 옷매무새를 정리하고 선글라스도 제대로 꼈는지 점검했다. 양례가 자신을 알아볼까, 전에 문상을 갔을 때 당한 남편처럼 혹 시장통에서 많은 사람들 앞에서 창피나 주지 않을까 온갖 상념이 다 생겼다.

시장통에서 이십여 분을 이러 저리 왔다가며 세세히 살펴보니 양례가 시야에 들어왔다. 양례는 꾸부정한 자세로 앞에서 기다리는 손님이 주문한 생선을 손질하느라 정신이 없었다.

안경 너머로 자세히 살펴보니 그동안 고생을 많이 했던 탓인지 나이도 자신보다 더 들어 보이고 얼굴도 까칠해 보였다. 손질한 생선을 손님이 가져가고 이제는 연숙이만 남았다. 잠시 연숙을 일별한 양례가 말한다.

"손님, 어떤 생선으로 드려 볼까예?"

연숙은 대답을 하지 않고 생선 쪽으로 시선을 고정해 훑어보는 척했다.

"생선은 다 싱싱하고 좋습니다. 고등어도 좋고, 동태는 알까지 꽉 차 있는 것으로 골라왔으니 좋을 끼고, 아니면 갈치도 괜찮을 거구만요. 자 갈치 시장에서 가장 좋은 물건으로 골라 왔습니다."

"고등어, 동태, 갈치 다 섞어 적당히 알아서 주세요."

그 말에 양례는 시선을 천천히 들어 연숙을 바라보았다.

"양은 어떻게?"

"그냥 가져갈 수 있을 만큼 적당히 손질해서."

두 번째 대답을 전해 듣자 양례는 확신이 섰다. 역시 긴가민가했는데

아무리 선글라스로 위장했다 하더라도 연숙이었다. 양례는 머리가 주뼛
서려고 했다. 한껏 멋을 낸 것으로 볼 때 자신을 뽐내면서 상대방을 무
시해 보려는 수작일 수도 있었다.

어떻게 해야 할까? 고기를 팔 수 없다고 할까. 그렇게 되면 물건을 두
고 손님에게 팔기를 거부한 장사꾼이라고 사람들 앞에서 소리치면 고스
란히 창피를 당할지도 몰랐다. 연숙은 어디까지나 손님으로 자신 앞에
서 있는 것이다.

"왜 그러죠? 세 종류로 적당히 장만해 달라니까."

한참동안 머뭇거리고 있는 양례를 바라보며 연숙이 말했다. 그때서야
양례는 정신을 차리고 허겁지겁 생선을 손질하기 시작했다. 그래 그냥
단순하게 손님으로만 생각하자. 그 이상도 이하도 아니다.

연숙은 생선을 손질하고 있는 양례를 내려다보았다. 그동안 이골이
났는지 아주 귀신같은 솜씨였다. 이전에 아버지도 돼지나 닭들을 도축
하여 내장처리 등을 해내는 솜씨는 인근 사방 십리에서는 최고라며 사
람들이 추켜 세웠던 적이 있었다. 연숙은 그 소문들이 그저 아버지를 자
랑하기 위해 한 말이기보다는 그 이면에 있는 가시를 창피하게 여겼었
다.

"생선 다루는 솜씨가 제법이네."

"······."

양례도 어느새 반말로 바뀌어버린 연숙의 말을 듣고도 묵묵히 생선만
손질했다.

"얼마지?"

"6천 원입니다. 손님."

양례가 생선을 담은 봉지를 내밀며 말했다. 연숙은 지갑에서 빳빳한
만원권 5장을 내밀었다.

"잔돈은 필요 없어. 애들 잘 키워."

"손님, 이러면 곤란한데예."

양례가 그렇게 말하여 몸을 일으켰을 때 연숙은 이미 시장통에서 시장을 보러 온 사람들 속에 섞여 가고 있었다. 양례는 하릴없이 연숙의 뒷모습만 바라보며 한참동안 한숨만 내쉬었다. 시간적 여유가 있었다면 이런 값싼 동정 따윈 필요 없다며 단호히 거절했겠지만 그러기엔 너무 순식간에 일어난 일이었다. 언젠가 또 오겠지 그때에. 양례는 이마에 송글송글 맺힌 땀방울을 훔쳤다.

시장통 외곽으로 벗어나고서야 연숙은 휴우 하고 한숨을 내쉬었다. 그때서야 묵직한 생선의 무게가 느껴졌다. 연숙은 지나가는 택시를 집어타고 집으로 향했다. 사실 일시적, 충동적으로 저지른 일이었지만 마음은 어느 때보다도 편안했다. 비록 큰 돈은 아니지만 이제야 약간의 짐은 덜었다는 느낌이 왔다.

45 | 아침저녁으로 피부에 와 닿는 기온이 제법 쌀쌀했다. 시월 초에 치룬 모의고사는 비교적 성공적이어서 민복은 한숨을 돌렸다. 앞으로 입시는 겨우 한 달 하고도 며칠이 남아 있었다. 그런 만큼 기대와 부담을 많이 가지고 치룬 시험이었다. 진학반을 운영하지 않은 학교에서는 출석체크를 한 뒤 민복이 자습실에서 공부할 수 있도록 배려해 주었다. 민복은 매일 학교에서 진학을 준비하고 있는 십여 명과 함께 오로지 수험공부에 매달렸다. 비록 소수의 사람들이었지만 모두들 눈에 불을 키고 공부에 전념했다. 고무적인 일은 고등학교 졸업 후 직장에 취업했다 대학은 천천히 알아보겠다던 미영이 막차로 진학반에 합세해 민복에게 다소 힘을 실어 주었다. 비록 공부에

는 크게 도움이 되지 않더라도 친한 친구가 옆에 있는 것만으로도 민복은 정서적 안정을 얻곤 했다.

미영은 공부한 기간이 짧아 이번에는 진학보다는 입시에 대한 경험을 쌓기 위해 진학반으로 들어왔다고 민복과 단둘이 있을 때 실토하기도 했다.

"민복아 난 아무래도 이번에 진학보다는 시험만 한번 쳐본다 생각할 거야."

"그래도 혹시 아니? 전문대 정도는 약간 노력만 하면 웬만하면 갈 수 있을 텐데."

"민복아 줄만 서더라도 웬만하면 갈 수 있는 전문대 정도는 가기 싫어. 사실 난 문학에 관심과 취미가 있거든. 이왕이면 문학 관련 분야를 전공하고 싶어."

"그래? 아무튼 우리 한 달 정도 열심히 한번 해보자. 결과가 어떻게 나오든 최선을 다했다면 후회는 없을 테고. 니도 시험 삼아 하더라도 어쨌든 다음 입시 땐 도움이 될 테고."

민복은 하루 종일 공부만 하는 데도 항상 시간이 모자라는 기분이 들었다. 그리고 보면 그동안 오직 입시와 공부에 전념해왔던 다른 사람들에 비하면 얼마나 열악한 환경 속에서 준비해 왔던가 각성의 계기도 되었다.

하지만 오직 하나, 아무리 힘든 곳에 처해있다 할지라도 해낼 수만 있다면 그것보다 더 영광스럽고 자랑스러울 수 없겠다는 값진 교훈을 얻은 일이었다. 살다보면 좋은 시절도 힘든 시절도 있을 것이다. 후일 그 힘든 시기를 돌이켜볼 때 시간이 해결해 준 적도 있었지만 그보단 주어진 삶에 만족하기보단 스스로 호전시키기 위해 열심히 노력한 삶으로 기억되었으면 했다. 민복은 매번 책상머리 앞에 써 놓은 다짐들과 경구

들을 업그레이드 시켜 나갔다. 결국 그런 다짐들은 성과가 되어 앞으로
의 삶에 메아리처럼 돌아올 것이었다.

2학기에 들어와 민석의 성적은 조금 더 나아졌다. 당연한 일이지만
성적 향상에 대한 민석의 의지와 열망은 미래진행형이었다. 가끔 송희
가 생각나고 잡념도 생기곤 했지만 그럴 때마다 더 나은 미래를 꿈꾸며
자신을 더욱 채찍질 하곤 했다.

송희와는 2주일에 한번 일요일 오후 시간에 잠시 틈을 내 만나 그간
의 일들을 얘기하며 적당한 관계를 유지해왔다. 송희도 민석의 공부에
대한 집념과 열정, 꿈을 알고 있기에 아무런 불만 없이 격려해 주려 애
썼다.

그러던 어느 날이었다. 병철이 자습을 하고 있던 민석을 불러내었다.

"왜 또?"

며칠 전부터 민석에게 송희의 자취방을 알려달라며 들볶던 병철에게
가르쳐 줄 수 없다며 끝까지 버틴 일이 있었는데 민석은 그 일을 상기하
며 쏘아 붙였다.

"민석아 이번 주 일요일에 어째 시간 안 되겠나?"

"왜?"

"니 요즘 공부 열심히 하는 건 알고 있는데 스트레스도 풀 겸 한번 시
간 내달라고. 대신 영화비, 식사비 외 알파로 추가 비용은 모두 내가 부
담할게. 니는 귀하신 몸인 만큼 당연히 몸만 참석하면 되고. 하하하."

"병철아 조건은 없는 거제? 나 혼자 가도 마찬가지냐고? 하긴 우리끼
리 영화 보러 가면 무슨 재미있겠노? 아무래도 너 무슨 다른 꿍꿍이 가
있는 것 같단 말이야."

"민석아. 니도 방금 말했잖아. 사실 우리끼리 가서 무슨 재미가 있겠
나? 그래 내 솔직히 남자답게 밝힐게. 해서 말인데 니가 주선 좀 해보면

안 되겠나? 전에 걔랑 친구도 있더마 하하. 넷이라 딱 좋구마. 어떻게 생
각하노?"

"내 그럴 줄 알았다. 니 속셈이 뻔하지 뭐. 말 안 해도 보이는 걸 괜히
뭔가 기대했던 게 잘못이지. 내 안 들을 걸로 한다. 그럼 먼저 들어간
다."

"야! 김민석. 너 자꾸만 정말 비싸게 굴라고 그러는데, 우리끼리 자꾸
그러면 재미 없제? 니 친구 한일여실 1-4반 이송희, 정 니가 그렇게 나
오면 다른 방법을 쓸지도 몰라."

민석이 그 말에 가던 길에 놀라 돌아본다.

"너! 정말?"

"그래 나 무식하고 막 가는 놈이다. 니가 협조 안하면 어떤 식으로든
나도 다 걔랑 만날 방법이 있다고. 그러니까 아직 시간이 많으니 한번
주선해보라고. 연락 기다리고 있을게."

민석이 머리를 절레절레 흔들며 들어가 버리자 병철은 자습실로 들어
가지 않고 학교 운동장으로 어슬렁거리며 걸어가다 생각에 잠겼다. 은
순이와는 전에 있었던 불미스런 일로 한참은 멀어져 버렸지만 이미 오
래 전부터 정리를 생각하고 있었던 일이라 크게 신경 쓰지 않았다. 하지
만 그 후로 송희에 대한 열병을 앓았다. 자다가도 몇 번씩, 수업 중에도
걸핏하면 떠오르는 그녀의 환영에 정말 돌아버릴 지경이었다. 급기야
야간 자율 학습을 빼먹고 그녀가 다니는 학교 앞으로 달려가 하교 길의
학생들 속에서 그녀를 찾았다.

찾아간 지 두 번째 만에 운좋게 친구와 함께 학교를 나서던 그녀를 만
났다. 병철은 어쨌든 자취방만 알아두면 다음에 언제고 기회가 오리라
믿고 있었다. 그런데 친구와 헤어져 자취방으로 돌아 갈 거라 미행을 했
는데 그때 하필 자신들의 미행을 눈치챈 그녀들이 시내 쪽으로 가는 바

람에 송희와 단둘이 맞부딪칠 기회를 놓치고 말았다.

그리고 세 번째 찾아 갔을 땐 마침 송희가 단짝인 남희와 함께 해운대 바닷가로 가는 바람에 병철은 용기를 내어 접근할 수 있었다. 마침 백사장에 나란히 앉아 있는 둘 옆으로 병철은 용기 있게 다가갔다.

"안녕! 나 구면이제?"

병철은 지난번 길거리에서 부딪쳤을 때처럼 손은 한번 번쩍 치켜 든 뒤 슬그머니 앉아 버렸다.

송희는 벌써 몇 번이나 참새나 작은 새를 노리는 매처럼 주변을 맴 돌았던 그를 본 기억이 있어 이번 참에 따끔한 충고라도 한 마디 해야겠다고 생각했다.

"얘 구면이라고 했는데, 우리가 언제 인사라도 나눈 적 있었니?"

"그건 아니지만, 사실 몇 번 부딪쳤잖아. 전에도…."

"사람마다 다 개성이 있고 성격이 다른데 혹시 우연히 지나가다 마주친 일도 기억해 달라는 말과 똑같이 들리는데, 그건 너무 지나친 요구 사항이 아닐까? 그리고 난 이렇게 격식도 없이 일방적으로 불쑥불쑥 끼어드는 사람이 최고로 싫거든. 이제 내 할 말은 다 한 것 같은데 그만 일어나 주는 게 어떻겠노?"

병철은 이성적이고 논리 정연한 그녀에게 말문이 막혀 안절부절 못한다. 잠시 생각을 더듬던 병철이 얼른 수습하듯이 한마디 했다.

"너거들도 사실 남자라도 만날 목적으로 이렇게 바닷가에 나온 거 아이가?"

"아니거든. 정말 정중히 부탁하는데 우리끼리 대활 좀 할라 카는데 방해가 되니 제발 좀 기줄 수 없을까?"

병철은 송희의 뜨끔한 그 말에 뜨악한 표정으로 머리를 긁적이며 물러섰다. 이때 태민이라도 같이 있었으면 억지로 버텨보겠는데 혼자선

불감당이었다.

어설픈 동작으로 백사장을 걷던 병철은 송희의 말대로 정식으로 인사를 나눌 방법이 뭘까 골똘히 생각했다. 그러다 떠오른 사람이 민석이었다. 오직 그 방법만이 지금으로선 유일한 방법이었다.

46 | 금요일 저녁 수업을 마치고 밤늦은 시간에 민석은 송희를 찾아 나섰다. 아무리 신경을 꺼두려고 했지만 병철이 했던 말이 자꾸만 신경을 거슬렸다. 저러다 송희한테 정말 무슨 일이라도 저질러 버릴 것 같아 걱정이 되었다.

마침 송희의 자취방에 불이 켜져 있어 민석은 안도했다. 민석은 자취방의 창 옆으로 다가가 몇 번 헛기침을 했다. 잠시 후 그림자가 창문에 어른거리더니 송희가 창문을 열어젖혔다. 이미 전에도 몇 번 똑같은 상황이 있었기에 송희도 얼른 눈치를 채고 창문으로 다가 선 것이다.

"민석이가?"

"그래 송희야."

"근데 오늘은 웬일이고? 늦은 시간인데."

"송희야 잠시만 나와 줄래? 할 이야기가 있어서."

송희는 평소에 잘하지 않던 행동을 하는 민석을 궁금해 하며 밖으로 나왔다. 둘은 평소에 만나면 늘 가던 대로 마을의 소공원 벤치로 가서 앉았다.

"송희야 혹시 해서 물어보는데 최근에 들어와 주변에서 얼쩡거리던 남학생이 없었나?"

"글쎄. 그건 왜 물어 보노?"

송희가 뜬금없이 묻는 민석을 의아하게 바라보며 되물었다.

"그냥 그럴 일이 좀 있어서."

"민석아. 도대체 왜 그러는데? 그런 말 하니 괜히 궁금해지잖아."

송희는 그렇게 말하면서도 생각해보면 찜찜한 일이 있긴 있었다. 불과 며칠 전에도 백사장까지 따라온 남학생이 있지 않았던가. 설마 걔 이야기를 하는 건 아니겠지.

"송희야 사실 내가 좀 아는 애가 있는데, 걔가 자꾸만 같이 한번 만나자고 해서."

"누구? 나랑. 도대체 누군데 그래?"

"같은 학교 친구인데, 좀 껄렁껄렁한구석이 있는 친구거든."

"그런데 왜 하필 나고?"

"어떻게 알았는지 모르지만 니 이름과 학교에다 반까지 알고 있더라. 남희하고 네 명이서 같이 한번 만나자고 하는데, 안 응해주면 괜히 해코지라도 하면 우짜노 해서. 사실 난 별로 내키지 않거든."

"혹시나 했는데 역시 걔였구나. 안 그래도 몇 번이나 미행을 해서 기분 나빴는데, 너와 같은 학교였구나. 사실 며칠 전에 남희랑 백사장에 갔는데 걔가 그곳까지 따라 온 거 있지?"

"뭐! 그래서 어떻게 되었는데?"

"남희랑 막 백사장에서 앉아있는데 옆에 슬그머니 앉지 않겠어? 그래서 잘 알지도 모르는 사람이 예의도 없이 불쑥 남들 대화 자리에 끼려 하지 말라고 쏘아 붙여 줬지."

"곱게 물러 나더나?"

"처음엔 미적거리더만 결국 가버리데. 지 혼자서 두 사람을 어떻게 당해 낼끼고? 호호. 그런데 걘 도대체 어떤 애야. 나를 어디서 보고 그렇게 찰거머리 같이 쫓아다닌데. 생긴 것은 멀쩡해 보이더마."

"전에 종두랑 넷이서 영화 보러 간 일 있잖아. 그때 걔도 마침 영화 보고 나오다 우연히 우리를 본 모양이야. 근데 난 같이 만나긴 싫은데, 걔가 니 이름과 학교에다 반까지 알고 있는 걸로 봐 괜히 어떤 돌출행동을 할까 걱정이 되어서 말야.”

“민석아. 니가 대수롭지 않은 일로 걱정이 많네. 공부만 해도 신경 쓸 일이 모자랄 낀데. 까짓것 한번 만나보자. 그때 확실히 따끔하게 앞으로 이따위 짓 못하게 내가 잘 얘기 할 테니 넌 신경을 꺼두라고.”

“괜찮겠어?”

“걱정 마. 내가 누구야. 남희한테는 내가 적당히 얘기해 볼게. 정 안되면 우리 셋이서 만나지 뭐. 미팅하는 것도 아닌데 꼭 넷이서 만날 필요까지는 없잖아.”

민석은 그 일을 놓고 걱정이 태산 같았는데 송희는 시원시원한 성격에 걸맞게 호쾌한 대처방안을 내놓아 민석을 안심시켰다.

마침 남희도 호기심을 갖고 응해주는 바람에 일요일 오후 해운대의 한 제과점에 넷이 모였다. 남희도 전날 백사장에서 한번 맞닥뜨려 안면이 있는 병철을 오늘은 관찰자 입장으로 여유 있게 쳐다보았다.

“이렇게 나와줘서 반갑다. 난 민석이와 같은 학교에 다니고 있는 김병철이라고 해.”

병철이 이전에 격식이 없네 운운하며 송희에게 톡톡히 당했던 터라 이제는 먼저 선수를 쳤다.

“그래. 난 이송희, 옆 친군 박남희, 같은 학교 친구야.”

“전엔 많이 당황했제? 어쨌든 같이 알고 지내고 싶어 그랬던 것이니 좀 봐줘라.”

송희에게 무척이나 관심이 많은 병철은 어떤 방법으로든 환심을 사려 애썼다.

"그래 일단 이제야 서로들 정식으로 소개했으니 이제 서로 최소한의 예의를 지키며 살자구. 너도 그게 뭐냐? 사람 뒤꽁무니나 쫓아다니고."

송희의 그 말에 병철은 얼굴이 후끈 달아올랐다. 사실 미행이나 하는 일은 자신의 체질에 맞지도 않을 뿐만 아니라 자존심 상한 일이기도 했다. 뭔가 말을 해야겠는데 상대방이 어떻게 나올지 몰라 꾹꾹 참았다. 병철은 그러면서도 만회하기 위해 뭐라도 해야 할 것 같은데 묘안이 떠오르지 않자 빵을 잔뜩 시켰다. 덕분에 넷은 모처럼 빵으로 포식을 하였다. 한참 만에 병철이 용기를 내고 말했다.

"참 요즘 좋은 영화 나온 거 같던데 같이 안 가볼래?"

"저런! 우짜지? 얘랑 어디 가볼 데가 있어서. 그리고 병철이라고 했지? 얘 좀 느긋하게 대해줄 순 없니? 처음 만나 밥먹구, 영화 보고, 다 해 버리면 다음에 할 일이 없어지잖아. 그리고 사람마다 생각이 다 있는데 중요한 건 인사를 했지만 정작 마음속에 어떤 생각을 가지고 있을지도 모르잖아. 그리고 오늘은 그러고 싶지 않거든. 앞으로 어떻게 될지 모르지만. 혹시 다음에 전할 말이 있으면 민석이 편으로 해줘. 그럼 오늘 잘 먹었다. 얘 남희야 가야지."

송희가 남희와 함께 일어나 버리자 병철은 당황해 어쩔 줄 몰라 하며 민석을 바라보았지만, 민석도 곧바로 따라 일어나 버렸다.

"병철아 나도 먼저 가볼게. 내일 주초고사 시험도 봐야 하고. 나 사실 니 부탁 아니었으면 안 나왔을 거다. 고마워, 빵 잘 먹었어."

병철은 툴툴거리며 계산을 하고 나왔다. 빵집을 나오니 이미 셋은 시야에서 한참 먼 곳으로 사라져 가고 있었다. 신경질이 오를 대로 오른 병철이 길가에 굴러가는 음료수 캔을 뼁하고 소리가 나도록 차서 날려 버렸다.

한편 병철을 떼버리고 돌아 나온 그들은 미리 기다리고 있던 종두에게 갔다. 눈이 빠지게 기다리고 있던 종두가 그들이 나타나자 안도의 한숨을 내쉬며 손을 흔든다. 사실 그들은 병철과 약속한 장소에 가기 전에 미리 만나서 병철과 만나 잘 해결한 뒤 다시 합류하기로 했었다. 하지만 종두는 그들이 나타날 때까지는 어떻게 될지 몰라 걱정하고 있었다. 병철과 만난 그들이 사정이 여의치 않아 올 입장이 못되면 돌아가기로 돼 있었기 때문이었다.

"반갑다 얘들아 난 안 올 줄 알았네."

"어머! 얘 좀 봐. 혹시 니 눈물까지 찔금 흘린 거 아니가 호호호."

송희가 웃으며 종두의 어깨를 툭 친다. 아닌 게 아니라 종두는 감격하여 눈물을 찔끔 흘릴 뻔했다. 종두는 지난 번 롤러스케이를 같이 탄 뒤 관심이 있어도 용기가 없어 만나지도 못하고 속앓이만 했었다. 거의 두 달 만에 만난 터라 무척 마음이 설레였는데 혹시 민석의 친구인 병철이라는 애를 만나 일이 꼬이면 그냥 돌아갈 뻔했기 때문이다.

"참 우린 빵으로 실컷 배를 채웠는데 종두 넌 좀 있다 영화관에서 군 것질로 때워야겠다 야."

민석이 그렇게 말하자 종두는 와 준 것만도 고마워선지 불만이 없는 표정이었다.

쟤들이 분명 어디 같이 가는 것 같은데 라고 병철은 생각하면서 씩씩거리며 세 명이 가는 방향으로 열심히 쫓아갔다. 금방 송희로부터 사람 뒤꽁무니나 쫓아다닌다는 핀잔은 그 순간에 생각도 나지 않았다.

과연 오래지 않아 네 명이 서 있는 모습이 멀리서도 보였다. 같이 있는 남자 애도 분명 전날 극장에서 얼핏 본 사람이었다. 오늘 저런 줄도 모르고 자신만 바보 같은 짓을 했다는 참담한 기분으로 태민의 집을 향해 힘없이 걸어갔다. 이보 전진을 위해 일보 후퇴라는 말도 있다지 않은가. 에라! 오늘 일은 이미 공쳐버렸고 태민이와 당구나 치면서 잊어버리자.

어느 주말엔가 태민의 부모님이 운영하는 당구장에 손님이 없는 빈 다이에서 당구를 몇 번 쳐본 병철은 그후 재미를 들이고부터 자주 치러 다니곤 했다. 그러다 태민 부모가 별로 탐탁지 않게 여겨 이후론 다른 장소로 옮겨 둘이서 자주 치러 다니곤 했다.

"병철이 왔구나."

태민이 방에 덩그러니 누워있다 벌떡 일어나며 반겼다.

"주말인데, 방콕이 뭐쇼? 같이 딩구니 치러가자."

"그거 좋지."

당구를 꽤 좋아하는 태민은 얼른 따라나섰다. 중학교 때부터 부모님 가게에서 어깨 너머로 배우고 아버지에게 기초를 다진 태민의 당구 실력이 250이나 되었다. 허나 시간이 날 때마다 다녔어도 아직 120 정도의 실력인 병철은 기를 쓰고 태민이와 붙었지만 하루아침에 따라붙기 어렵다는 걸 절실히 느끼곤 했다. 게임에선 고수가 항상 유리하다는 당구의 철칙처럼 당구비를 내야 하는 상황에서 대개가 병철이 내곤 했다. 따라 가려면 역시 시간과 돈이 필요하다고 절실히 느꼈다. 둘은 털레털레 인근의 당구장으로 갔다.

당구장은 곳곳에서 피워대는 담배로 뽀얀 연기가 천장 가득 떠다니고 있었다. 목이 간질간질거리며 흡연의 욕구가 간절했다. 병철이 더 이상 욕구를 참지 못하고 담배를 꺼내물자 옆에서 지켜보던 태민이 불안해 어쩔 줄 몰라했다.

"병철아 차라리 화장실에서 피우다 오지? 혹시 꼰대가 순찰을 돌 때 들키거나 선배하고 부딪칠까 걱정이다."

"아서라 야. 안 그래도 오늘 어떤 가시나 때문에 기분 잡쳤는데, 얼마든지 시비를 걸어보라지. 나도 당하고만 있지 않을 끼다."

병철은 거리낌 없이 담배를 피워댔다. 바로 옆에서 대학생처럼 보이는 사람들이 눈살을 찌푸리고 그들을 바라보았다.

"가시나 때문이라니?"

큐대로 막 친 공이 굴러가는 방향을 지켜보면서 태민이 궁금해 하며 물었다.

"참 태민아 맘에 드는 여자가 있는데 언제 같이 한번 꼬셔보지 않을래?"

"와? 니 맘에 드는 사람을 꼬시는데 내를 끼워 넣을라 카노?"

"그냥 좀 그럴 일이 있다. 걔가 둘이서 항상 붙어 다니니. 나도 니하고 같이 다닐 수밖에. 아무튼 기회를 엿보다 지원요청을 하면 같이 행동해 줄 수 있제?"

"암 여부가 있겠나? 누구 부탁이라고 내가 무시하겠노? 언제든 부탁만 하거라. 불구덩이라도 언제든 같이 뛰어들 준비가 되어 있으니."

그 말을 듣자 병철은 든든했다. 그동안 태민과 같이 있는 장소에서는 항상 자신이 돈을 쓴 보람과 효과가 서서히 드러나는 듯했기 때문이었다.

병철은 잔뜩 인상을 찌푸리며 공을 노려보았다. 쓰리쿠션으로 빠져나가는 길목에 여지없이 태민의 흰공이 버티고 있었다. 병철은 바킹을 피하기 위해 힘 조절을 하며 공을 탁 쳤다. 공이 정확하게 삼 면의 벽을 타고 빨간 공을 칠 때까지는 좋았다. 하지만 힘 조절이 약간 덜 되는 바람에 굴러 나오는 공이 마지막으로 흰공과 부딪쳐버리자 아쉬운 탄성이 절로 쏟아져 나왔다. 둘은 열심히 집중해 치고 있었다. 병철은 당구가 생각대로 잘 되지 않을 때면 줄 담배를 피워댔다.

"야 너희들 혜성고지? 당구를 치다보니 아까부터 고등학생으로 보이는 녀석들이 담배를 피운다 해서 계속 지켜봤는데. 요놈들 봐라 아무데서나 여봐란 듯 담배까지 뻐끔뻐끔 피우질 않나."

어떤 새끼야! 속으로 나오는 욕을 가까스로 참으려 고개를 치켜 든 병철은 버티고 선 사람과 눈이 마주치자 깜짝 놀랐다. 생물을 가르치는 민병선 선생이 아니꼬운 표정으로 턱 버티고 서 있었기 때문이었다.

"야 너! 아직 1학년 밖에 안 된 새끼가 어디 겁대가리 없이 아무 데서나 담배를 뻐끔 피우며 당구를 치질 않나. 그렇게 빨리 어른이 되고 싶어 졸업 때까지 어떻게 버틸래? 정말 앞날이 훤하다 훤해. 김병철, 손태민 맞지? 내일 1교시 마치고 교무실로 와."

민 선생은 잔뜩 화가 난 모습으로 둘을 노려보았다. 이름까지 정확하게 기억하고 있는 대목에서 병철은 절망했다. 그의 머릿속에 이제 희망이란 단어가 더 이상 떠오르지 않았다. 다른 건 괜찮겠는데 이 일로 부모님이 학교에 출석하고 한동안 잔소리에 시달리거나 용돈이 줄어들 것을 생각하니 아찔했다. 둘은 그만 의기가 꺾여 꽁지를 내리고선 큐대를 집어던지고 계산을 하고 밖으로 나왔다.

"야! 좀 잘하지. 아까 그렇게 담배를 피우지 말라고 주의를 줬건만."

"야야 이미 쏟아져버린 물 이제 와서 우짜겠노? 오늘 재수 참 더럽게도 없네. 기분도 꿀꿀한데 은순이와 미진이 불러내어 같이 놀까?"

병철은 투덜대다 그렇게 제안했다.

"야 은순이와 전에 그 일 있고 걔가 널 아주 피해 버린다며? 나도 걔 볼려니 좀 창피하기도 하고."

"괜찮아. 은순이 걔 그딴 일로 그리 오래 꿍하는 성격이 아니거든. 모르긴 해도 지난 일 벌써 잊고 있을지도 모를 끼다. 미진이 편으로 연락하면 금방 쫄쫄 따라올 걸."

"정말 그럴까?"

"그럼."

"근데 니 미진이 집을 알기는 아나?"

"모르는데. 참 태민이 너도 그렇제?"

"응."

잠시 머리를 굴리던 병철은 마침 지나가던 어떤 여학생에게 사정사정하여 전화 부탁을 했다. 여학생도 별로 빼지 않고 전화를 걸어주는데 도움을 주었다.

"여보세요 거기 은순이 집이지예? 은순이 부탁 합니다."

여학생이 병철이 시키는 각본대로 전화를 걸었다. 잠시 후 마침 집에 있었던지 은순이가 전화를 넘겨받자,

"잠시만예. 전화 바꿔드리겠습니다." 하고는 병철에게 바로 수화기를 내밀었다.

"은순아 나 병철이다."

"어머나! 깜짝 놀랐잖아. 거기 어디고?"

"지금 태민이와 함께 있는데 미진이와 같이 한 시간 뒤쯤 역전 삼거리에 있는 제과점에서 만나자."

"못 나가겠다면?"

"하하 은순이 답지 않게 와 그라노? 저번 일 사과할 일도 있고 한데 한번 만나자. 맛있는 거 사줄테니. 니 안나오면 나올 때까지 끝까지 기다리고 있을 끼다."

전화를 딸깍 끊으면서 은순은 끝까지 기다리고 있을 거라는 병철의 말을 상기하곤 피식 웃었다. 불상사라고 밖에는 달리 생각되지 않는 전날의 일이 있고나선 두 사람은 서로 부딪치지 않으려 애썼다. 하지만 시간이 지나면서 덧난 상처도 아물듯 몇 개월이 지나가면서 그 일은 기억

에서 차츰 잊혀져가고 있었다.

47 | 오전부터 잔뜩 주눅이 든 표정으로 병철과 태민
은 민병선 선생 앞에 앉아 있었다.

"야들이 담배까지 피워가며 당구를 치다 샘한테 들켰다고요? 요놈들
봐라."

담임선생인 이민호가 옆에서 어딘가 작의적인 느낌이 들 정도로 방방
소리를 질러댔다. 그러다가도 민병선에게 다가가서는 살짝 말했다.

"선생님, 반성문 쓰는 것으로 마무리 짓고 징계여부를 공론화시키는
것은 좀 유보해 주는 게 어떻겠습니까?"

"뭐라고요! 택도 없는 소리마세요. 요 녀석들 좀 보세요. 반성의 기미
라고는 손톱만큼도 없어 보이는 애들의 장래를 위해서라도 교장선생님
께 보고하겠습니다."

"제발 어떻게 좀 안되겠습니까? 일단 내일 학부모를 호출해 경고성
주의를 주고 지켜본 뒤 재발 시는 최소 근신이나 정학을 시키든가 하고
이번만큼은 한 번 더 지켜보시는 게."

성질이 제법 급하고 다혈질인 민병선이 그때서야 치켜 뜬 눈을 정상
으로 돌려놓은 뒤 말한다.

"일단 점심시간까지 반성문 3장을 써오고 내일 부모님을 학교에 나오
시도록 해. 내 너희 담임 선생님 입장을 생각해서 이번만큼은 특별히 한
번 봐 주니 다음에 또 걸렸다간 얄짤 없을 줄 알아 요 녀석들아."

민병선이 병철과 태민에게 각각 꿀밤을 한 대씩 먹였다. 담배를 피우
진 않았던 태민도 당구장에 같이 있었고 당구를 쳤다는 이유로 꿀밤을
한 대 먹고는 억울해선지 온갖 인상을 찌푸렸다. 아버지가 이 일을 알면

분명 가만히 있지 않을 건데. 태민은 그런 생각만 해도 머리가 하얘지는 기분이었다.

병철은 집으로 돌아가서 어떻게 엄마에게 설득할지 벌써부터 머리가 지끈지끈 아파온다. 다른 일은 그럭저럭 너그러우면서도 학교에 강압적으로 호출되는 일은 극도로 싫어하는 어머니였다. 하지만 초등학교 시절엔 자진해서 자주 들락거렸다면 중학교에 들어와선 자신이 조금씩 말썽을 피우기 시작하면서 강압적으로 호출되는 일이 자주 발생했다. 고등학교에 들어와서도 이번이 세 번째였다. 한번은 소지품 검사에서 담배가 나와 걸렸고 또 한 번은 친구 몇 명과 식당에서 어울려 술을 마시다 걸렸다. 하지만 그때마다 어떤 흑막이 있는지는 모르지만 어머니 특유의 처세로 잘 해결해 주곤 했다.

병철은 하지만 담배 피우는 일도, 당구치는 일도 뭐 대수랴 생각했다. 사실 자신이 알고 있기로도 담배 피우는 애들이 반에서 30% 이상은 되는 걸로 알고 있다. 당구도 마찬가지다. 재수가 나빠서지 크게 잘못을 저지르진 않았다며 병철은 마음 편하게 생각하기로 했다.

"뭐! 또냐? 아이구 요 녀석아. 아무튼 웬수가 따로 없다니까."

그러면서도 연숙은 누가 들을까 조용조용 말했다. 자신이 해결할 수 있는 일은 남편까지 확대시킬 필요가 없다는 것이 평소의 소신이었다. 내용을 들어보니 자신이 생각하기에도 큰 문제는 아니었다. 학생이 당구장에서 담배를 공개적으로 피운 일이 약간은 꺼림칙하지만 당구는 고만고만한 애들이면 치는 걸로 알고 있었다. 그리고 사내라면 모름지기 노름이나 도둑질 빼놓고는 다 해봐야 한다는 옛말도 있듯 무슨 일이든 남들만큼은 웬만큼 할 수 있는 게 오히려 좋을 듯 해보였다. 자신도 학창시절에 아버지가 용돈을 팍팍 주면서 남들에게 꿀리지 말고 살라는 소리를 귀에 딱지가 앉도록 들어왔다.

　연숙은 그러면서 방으로 들어가 봉투에다 돈을 담았다. 자신이 세상을 살아오면서 가장 짧은 시간에 가장 큰 효력을 발휘하는 매개체로 돈만큼 빠르고도 확실한 게 없다는 것을 여러 차례 자잘한 경험을 통해 터득했다. 이번에도 결국 봉투를 내미는 방법이 가장 빠르고도 확실한 효과로 나타날 것이었다.

　병철이 공부라도 좀 잘한다면 언제든 자발적으로 학교를 방문할 용의가 있었다. 초등학교 시절엔 학부모회 회장을 맡은 적도 있었다. 하지만 중학교 상급생이 된 후부터 공부에 취미를 잃고 살아가는 아이를 보면서 생각을 바꾸게 되었다. 세상을 살아가는 방식이 여러 가지가 있겠지만 꼭 공부가 전부가 아니라는 것이었다. 사실 돈 없고 빽 없는 사람에겐 가난을 극복하고 신분의 차이를 뛰어넘을 수 있는 유일한 방법이 공부일 것이다. 열심히 공부해 고시를 패스하든지 하다못해 직종에 따라 다소 차이가 있겠지만 말단 공무원이 되더라도 어깨에 힘을 줄 수 있는 부서가 도처에 있었다. 하지만 병철의 경우는 탄탄한 제조업을 운영하는 아버지가 있어 경제력에선 전혀 꿀릴 일이 없으니, 하다하다 안되면 나중에 회사를 물려받으면 그만이었다.

　연숙은 자신의 환경을 돌아보자 만족함 때문에 유쾌해지는 상상에 빠지곤 했다. 그러나 집에만 일찍 들어오면 뭐가 그리 피곤한지 코를 드렁드렁 골면서 잠만 자는 남편을 바라보니 한심한 생각이 밀려왔다. 일주일 중 3일은 술이 고주망태가 되어 들어오고 그나마 일찍 들어오는 날은 늘 저런 식이었다.

　어쨌든 내일은 학교에 들렀다 오는 길에 운전학원에 등록해야겠다는 생각을 해본다. 필기시험은 이미 따 놓았고 이제 기능 시험만 치루면 된다.

운전면허를 따기만 하면 사기로 했던 차 구입은 기를 써서리도 앞당겨볼 요량이었다. 수영과 헬스만 가지고 스트레스가 다 풀리는 일은 아니었다. 좀 더 젊음의 활기를 채워줄 수 있는 자극적인 일도 찾으면 찾을 수 있겠지만 그렇게까지는 아직 자신은 없었다.

사회에서 만나 친구가 된 똘이 엄마는 1년 전 춤바람이 나 결국 남편에게 쫓겨난 소박데기가 되지 않았던가. 남의 눈에 잘 띄지 않고 잘 드러나지 않게 즐거움을 줄 일로 자극적인 것을 찾고 있었지만 쉽지 않았다.

48 | 아침 일찍 목도리를 칭칭 감고 엄마와 민석의 따뜻한 배웅을 받으며 민복은 집을 나섰다. 그동안 힘들게 버텨온 수험생들의 고달픈 여정은 시험당일인 마지막 순간까지도 힘들게 했다. 약간의 방심도 결코 허용하지 않을 듯 꼭 시험 때만 되면 이상스레 날씨는 몹시도 매서웠다. 어쩌다가 바람 한 점 없이 포근했다가도 꼭 시험 때만 되면 날씨는 갑자기 추워지고 바람도 매서웠다. 수험생들의 한이 너무도 많아 날씨가 추워진다고 과장되게 믿고 있는 사람도 있었다.

민복은 머릿속으로 그동안 공부한 과정들을 정리하고 있었다. 돌이켜보면 정말 힘든 순간이었지만 보람은 배가 되었던 한 해였다. 그리고 지난 번 마지막으로 본 모의고사에서 자신이 원하는 대학은 충분히 갈 수 있겠다는 확신이 섰다.

언 손을 비비며 살짝 모은 민복은 조용히 눈을 감고서 시험지 배부를 기다리고 있었다. 시험지는 배부되었고 민복은 마음을 차분히 하고 문제를 풀어갔다.

오후 4시가 지나서야 시험은 끝이 났다. 수험장을 빠져나가는 민복의 발걸음은 한결 가벼웠다. 모의고사를 치를 때와 별로 크게 차이가 나지 않을 정도의 시험을 치렀고 느낌은 담담했다. 수험장을 벗어나 정말 편하게 오랜만에 미영과 만나 가볍게 식사하기로 되어 있어 약속장소로 가고 있었다. 약속장소에 가니 미영이 기다리고 있었다.

"민복아 니는 시험 잘 봤제?"

미영은 민복이 자리에 앉자마자 그 말부터 꺼낸다. 민복은 담담하게 미소만 지으며 미영의 속을 태우게 했다.

"그냥 그래. 뭐 평소에 쳐본 모의고사와 별 차이가 없을 것 같애."

"그래? 그러면 된 거네. 전날 치른 모의고사에서 그 정도의 성적이면 니가 원하는 D대학 정도는 충분하겠네 . 아무튼 기집애 미리 축하한데이."

"기집애는. 그래도 알 수 있냐? 시험은 항상 변수가 있기 마련인데. 참 미영이 니는 어떻노?"

"나 나는 아주 엉망으로 쳐 버렸어. 하긴 크게 기대도 하지 않았지만 그 정도일 줄은 몰랐어. 하지만 오기가 생기더라. 내년에 회사에 취직하면 나 꾸준히 공부할 거야. 민복아 그때 니가 조언 좀 많이 해 주라."

민복은 대답은 없이 고개만 끄덕끄덕 했다. 둘은 주문한 음식이 나오자 열심히 먹었다. 그동안 수험공부를 하느라 마음고생이 심했었는데 치루고 나니 정말 홀가분했다.

"참 니 서영석 씨 알지?"

"누구?"

"서영석 씨 말야."

"글쎄. 잘 모르겠는데."

"어머! 기집애 시치미 떼기는. 그 사람이 너에게 상당히 호감을 가지고 있는 눈치던데."

"어머! 얘 이름도 모르는 사람이 무슨?"

"정말 몰라? 하긴 그 날 사무실에서 얼핏 봤으니 이름은 그렇다치고 니도 그 후에 한번인가 물은 적 있었잖아?"

"아! 그러고 보니, 생각나네. 그 사람이 서영석 씨였구나. 근데 나에게 호감을 가지고 있다는 말은 또 뭔 소리래?"

"전날 니가 사무실에 한번 다녀가고 가끔 니 안부를 묻곤 했어. 그러다 저번부터 휴학하고 본격적으로 공부를 하고 있다고 했더니 중간 중간에 자주 묻곤 했어."

민복이 무슨 소리냐는 듯 바라보자 미영이 상세히 설명한다.

"뻔하지 뭐. 공부는 어느 정도, 모의고사는 쳐 봤는지, 대학은 어느 정도 예상하고 있는지, 등등."

민복은 인연이란 참 이상하다는 생각이 든다. 아무 준비가 안 된 무방비상태에서 아주 우연히 맞닥뜨린 사람에게서도 가끔 그리움을 느낄 수 있다는 사실이 신기하게 다가왔다. 자신도 그랬다. 그 날 미영의 사무실에 들렀다 그냥 호의를 가지고 대해주는 그를 언뜻 바라본 기억밖에 없었다. 그런데도 문득문득 그의 얼굴이 떠오르곤 했던 것이다.

"참 그 사람은 어떻게 지낸대?"

"응 군대는 1학년을 마치고 1년짜리 방위로 갔다 왔다니 해결된 거고 지금은 2학년이니 내년부터 아르바이트를 관두고 공부만 할 거라고 하던데. 고향이 시골인데 집안 형편이 그리 넉넉한 편이 아니라 그마저도 확신이 없나 봐."

"그랬구나?"

"넌 크게 관심 없나봐. 참 서영석씨도 D대학 경영학과에 다니고 있으니 나중에 니가 입학하면 만날 수 있을지도 모르잖아."

"애, 이제 그 얘기 그만하자. 사람 일이란 모르는 것이니, 아직 학교에 들어가지도 않았는데 뭐. 참 너는 직장을 옮길 거지?"

"여부가 있겠니? 그곳은 사실 아르바이트 같은 직장이었잖아. 이제 제대로 된 직장을 찾아봐야지."

식사를 마친 둘은 광안리 바닷가로 가서 바람도 쐬고 좀 더 대화를 나누기로 했다.

광안리 바닷가는 막 시험을 치루고 나온 것으로 보이는 학생들과 연인들로 넘쳐났다. 어떤 곳에서는 수험생같이 보이는 사람들이 술을 먹었는지 고래고래 고함을 질러대는 사람도 있고 훌쩍거리는 여학생을 친구가 옆에서 토닥거려주는 장면도 눈에 띄었다. 고독을 씹는 사람들처럼 겨울바다에서 제법 호젓한 분위기를 기대했던 둘은 실망이 컸다.

한참동안 말없이 둘은 걸었다. 민복은 내일은 전에 다녔던 회사로 찾아가 복직을 신청할 생각이었다. 그동안 보고 싶었던 말자언니와 그 밖의 회사동료들의 모습이 하나 둘 떠올랐다.

말자언니는 지금쯤 반장 노릇을 잘하고 있겠지. 자신이 회사를 휴직한다고 했을 때 가장 크게 민복의 빈자리를 걱정했던 그녀였다. 그러다 민복은 아주 순간적으로 서영석을 떠올렸다. 민복은 스물한 살이나 된 지금까지 한 번도 남자를 사귀어 본 적이 없었다. 사실 너무 살기에 바빠 그런 일은 아예 생각조차 하지 않았었다.

그런데 요즘은 가끔 남자가 그리움의 대상으로 다가올 때도 있었다. 아까 미영이 맨 처음 물었을 때 부러 모른 체했지만 특히 서영석이 그랬다. 민복이 서영석을 좋게 생각했던 이유는 어렵게 아르바이트를 하며 학교를 다니고 있으면서도 조금도 그런 티를 내지 않았다는 점이었다. 가끔 사회에서 만나는 친구들을 보면, 괜히 짜증을 부리고 열등의식에

사로잡혀 있는 친구들도 있었다. 민복이 생각하기엔 그런 사람들의 대부분이 자신이 처한 환경 때문인 경우가 많았다. 하지만 민복의 생각은 달랐다. 부산으로 와 비록 산동네에서 살고 있기는 하지만 언젠가는 잘된 모습으로 그곳을 떠나야겠다는 꿈과 희망을 한번도 잊어 본 적이 없었다. 산동네에 살고 있기에 그런 꿈도 가져 보게 되고 희망을 가질 수 있다고 오히려 좋게 생각하기도 했다.

사실 민복이 오랫동안 살아온 산동네에는 ―대부분의 정보는 엄마로부터 듣고 알고 있는 내용이지만― 온갖 부류의 사람들이 살고 있었다. 막노동에 종사하거나 시장통에서 리어카 행상을 하거나 때론 공장에 일 나가는 사람들이었다. 하지만 그런 사람들 속에서도 명암이 엇갈렸다. 힘든 가운데서도 어렵게 자식을 공부시키며 희망을 꿈꾸는 엄마와 같은 사람도 있는가 하면, 힘든 삶을 포기하고 싶어도 처자식 때문에 어쩔 수 없이 울분을 매일 술로 달래며 하루하루를 연명해 가는 이도 적지 않았다. 게다가 어떤 가정들은 걸핏하면 부부싸움을 일으켜 가끔은 고성이 오가고 그릇이 깨지는 소리가 들려오기도 했다. 하지만 분명한 것은 산동네에 사는 사람 대부분이 빨리 돈을 벌어 지긋지긋한 산동네에서 벗어나고 싶어 한다는 것이었다.

꿈이 있는 사람과 세월만 보내는 사람은 분명이 다르다. 지금은 비슷해 보일지 몰라도 어떤 생각을 하느냐에 따라 십년 쯤 세월이 지나면 사람들의 사는 모습은 분명히 차이가 있을 것이란 생각이 들었다.

49 | "아니 이게 누구야? 민복아 정말 오랜만이네."

"말자 언니 잘 지냈지? 보고 싶었어요."

작업장에서 일하던 모든 사람들의 시선이 일제히 두 사람에게 쏠렸다. 그 중에 몇 사람은 아예 재봉틀을 잠시 멈추고 민복에게 다가와 손을 잡고 흔들었다.

"그래 민복아 시험은 잘 쳤구? 내 그동안 사는 게 바빠 위로 차 한번 찾아가지 못해 정말 미안타."

"괜찮아요 언니. 덕분에 열심히 공부했는데 뭘. 참 나 내일부터 이곳에서 일하라던데. 방금 공장장님께 복직신청을 냈어."

"어머! 그래? 정말 잘 되었네 민복아."

말자는 민복을 와락 끌어안고 어깨를 토닥여 주었다. 두 사람이 그러는 사이 순영이 다가왔다.

"이제 곧 대학생이 될 사람이 이런 곳에서 일할 수 있겠어? 아무튼 민복이 너 대단하다."

순영은 다분히 질투심이 섞인 말을 내뱉으며 둘의 모습을 아니꼬운 듯 바라본다. 민복은 그 말에도 전혀 기죽을 사람이 아니다. 자신이 대학생이 되더라도 당장 달라질 게 별로 없다는 것이 민복의 생각이다. 자신은 계속 이곳에서 일을 해야 하고 그래야만 학비도 조달할 수 있고, 가능하다면 언제까지라도 할 생각을 가지고 있었다.

다음 날부터 출근하기로 하고 민복은 입시학원이 총총히 모여 있는 서면의 학원가로 갔다. 마침 여러 곳에서 학력고사 문제풀이 공개강의를 한다는 소문을 들었기 때문이다.

시험문제 풀이를 해가던 민복은 자신이 예상했던 점수가 나올 것 같은 안도감에 편안한 마음으로 집으로 돌아갔다.

양례는 영순언니로부터 호출을 받자 가슴이 덜컥 내려앉았다. 좀 더 친하게 지내고 싶었는데 결국은 떠나갈 것 같은 불안감이 엄습해 왔기 때문이다. 며칠 전 영순언니가 잘하면 조만간에 서울에 올라가야 할지 모르겠다는 말을 지나가는 말처럼 흘린 적이 있었다. 그땐 대수롭지 않게 여겼는데 막상 호출을 받으니 그 생각이 가장 먼저 떠오르고 친한 사람과의 아쉬운 이별이 줄 충격이 두려움으로 다가왔기 때문이다.

"동생 어서 와."

양례가 들어서자 언니가 반긴다. 난로에서는 보리차가 보글보글 끓고 제법 훈기가 돌았다. 자신이 장사를 하는 곳이 온천의 노천탕 같은 곳이라면 이곳은 김이 솔솔 피어오르는 뜨끈뜨끈한 온탕 같은 곳이었다. 민복은 따뜻한 온기를 느끼며 언니가 앉아있는 난로가로 가서 앉았다.

"날씨가 많이 춥제? 그래도 이곳은 난로도 있고 바람막이가 있어 겨울이라도 끄떡 없데이. 참 민복이 시험은 우째 됐노?"

"예 언니. 그럭저럭 예상한 대로 점수가 나올 것 같다고 합디더."

"고라면 되었다. 내가 보기에 그 정도면·대학에 들어가기는 문제없을 끼다. 나도 아들을 두 명이나 대학에 보냈지만 걔들도 시험을 치고 와 꼭 한 말이 엄마 그냥 평상시 모의고사 보던 대로 쳤습니더라고 말하는 게 고작이었다. 그러면 영락없이 합격을 했고 호호. 참 커피 한 잔 할래?"

양례는 대답은 하지 않고 고개를 끄덕인다. 영순이 일어나 주전자에서 보리차로 커피를 탄다. 양례는 그녀가 건네주는 커피를 마신다. 보리차향이 어우러진 커피는 한결 구수한 맛이 났다. 양례는 오늘은 언니가 무슨 말을 꺼낼 때까지 가만히 있을 참이다. 하지만 떠나야 할 거라는 말은 제발 듣지 않았으면 하는 간절한 소망을 속으로 되새긴다.

"참 동생 지난번에도 아들이 내려와 다녀가면서 엄마가 장사 때문에 고생한다고 난리다. 그래서 나도 이번 한 달만 더 하고 아무래도 서울로 올라가야겠다. 동생도 아다시피 내가 신랑이 있나? 피붙이라고 있는 아들 두 명 다 서울 쪽으로 취직했고 큰 놈이 얼마 전에 손주까지 턱 낳았는데 며느리도 공무원이라 3개월 휴직하고 나면 애를 맡길 데도 없다 카네. 그래서 그러는지는 몰라도 자꾸 올라오라고 졸라대는데 나도 인자 고마 고집을 꺾을라꼬."

"언니 결국 이렇게 되고 마네요."

양례가 눈물을 글썽이며 영순의 손을 잡았다.

"참 양례야 전에도 얘기 했다만 이 가게를 맡아 볼 생각은 없나? 물론 니가 하고 있는 생선 장사도 괜찮은 걸로 알고 있지만 그래도 이 곳은 난전 보다는 안 낫겠나? 그동안 단골도 많이 확보되어 있고. 그렇더라도 손맛이 없다면 주인 바뀌고 나면 당장에 표가 나고 손님이 발길을 끊는 곳이 식당이기도 하다만."

"언니가 꼭 그렇게 가야 할 입장이라면 제가 생각해 보겠습니더. 저도 사실 옛날부터 남들한테 음식 솜씨 있다는 소리를 많이 들었어예. "

"그래? 그러면 내 이자 뽓네. 오늘 돌아가서 한 번 더 생각해보고 꼭 하겠다는 판단이 서거들랑 다음 주부터 내하고 같이 서서히 준비하는 기 좋을 끼다. 손님들한테 미리미리 얼굴도 내밀고 반찬도 그동안 해왔던 대로 만들어야 단골들도 금방 발길을 끊고 하는 일은 없을 끼다."

양례는 며칠 동안 재고를 부지런히 팔아치웠다. 그리고 자신의 자릿세를 관리하는 건물 주인에게도 국숫집을 맡기로 하는 바람에 이제 난전장사를 관두기로 했다는 사실을 통보했다.

드디어 양례는 국숫집 인수 목적으로 영순과 함께 일하기 시작했다. 손님들의 취향에 맞게 육수를 우려내고 면발과 육수량 조절, 비빔국수에 들어가는 양념의 적당한 간 조절 등 나름대로의 비법을 전수받았다. 반찬은 김치와 깍두기, 단무지 등으로 가짓수가 많지 않아 전수 받는 데는 아무런 애로점이 없었다.

"동생 음식 솜씨가 있다더만 빈말이 아니었네. 앞으로 음식 맛이 오히

려 이전보다 더 좋아졌다고 소문이 나면 금방 손님들이 북적대고 노가
날 끼다. 민복이 민석이 대학 공부는 문제없고 저축도 제법 할 날이 올
것 같아 내 벌써부터 마음이 든든하데이."

언니와 3일째 같이 하던 날 이런 칭찬까지 받기도 했다. 양례는 정말
그런 식으로 모든 일들이 술술 풀려간다면 얼마나 좋을까 부푼 꿈에 젖
어 보기도 했다. 이곳이 특히 좋은 점은 난전에서 고기를 팔 때와 달리
비가 오나 눈이 오나 끄떡없다는 점이었다. 양례는 언니와 같이 장사를
하는 중에도 시간이 날 때마다 더 좋은 면발을 유지하는 방법, 시원하면
서도 감칠맛 나는 육수를 우려내는 방법이 없을까 연구와 연습을 하면
서 육수의 맛을 보기도 하고 간 조절을 하면서 알찬 시간을 보냈다. 정
말 언니가 얘기한 대로 오히려 이전보다 더 나아졌다는 말을 들을 수만
있다면 얼마나 좋을까.

50 | 영순언니가 서울로 떠난 며칠 후 민복으로부터
대학에 합격했다는 낭보를 전해 들었다. 양례는 친하
게 지내왔던 사람의 부재로 시무룩해 있었다가 그 소식을 듣자 마치 시
든 나무가 물을 흠뻑 빨아들인 듯 생기가 되살아났다.

"민복아 나는 니가 정말 자랑스럽데이. 그동안 고생도 많았고."

양례와 민복이 민석과 함께 부둥켜안았다. 양례는 시골에서 부산으로
이사를 와 처음 맛보는 가장 큰 기쁜 소식에 춤이라도 덩실덩실 추고 싶
었다.

"그동안 저를 믿고 기다려 준 엄마를 비롯한 가족들 덕분이에요. 제가
이사를 오라고 그렇게 조르지만 않았더라도 시골에서 엄마와 아버지가
편안한 여생을 보내실 수도 있었을 텐데 괜히… 흐윽, 그동안 항상 죄인

이 된 기분이었어요.”

민복의 눈에서 기쁨과 회한(悔恨)이 어린 눈물이 주르륵 흘러 내렸다.

“민복아 이렇게 기쁜 날 다 지나간 슬픈 얘기를 꺼내는 기 아니다. 이제야 말한다만 너거 아부지는 꼭 그 사고가 아니더라도 돌아가실 운명이었다. 그래서 옛날부터 팔자는 타고 난다는 말이 안 있었나? 그라고 니가 도시로 오자고 졸라대지 않았더라도 이사를 와야 할 형편이었고. 그러니 앞으로 그 일에 그렇게 죄책감 가지면 안 된다 알겠제, 민복아.”

“그래도 엄마 난 항상 그 일만 생각하면 너무 가슴이 아파요.”

“민복아 너거 아부지도 하늘에서 우리 민복이가 대학생이 다 되었구나 하고 기뻐하실 거다.”

“엄마.”

모처럼 일찍 장사를 마치고 온 가족이 갈빗집에 모여서 고기를 뜯으며 즐거운 하루를 보냈다. 민복은 그동안 소망해왔던 대학생의 꿈이 이제야 현실로 다가오는 느낌이었다.

그 날 밤 민복은 아버지 꿈을 꾸었다.

아주 어두운 분위기의 호숫가 옆으로 벤치가 놓여 있었다. 벤치에 앉아있던 아버지는 민복을 바라보며 아주 서글픈 미소를 짓고 있었다. 민복이 가까이 다가서려 했지만 이상하게 몸은 서 있는 곳에서 한발자국도 움직여지지 않고, 자꾸만 허방을 딛는 느낌이었다.

“아버지.”

민복은 애타게 불렀다.

“민복아 그래 우리 민복이.”

꿈속에서마저 아버지는 더 이상 가까이 다가갈 수도 만져지지도 않을 실체처럼 보여 민복은 순간 울컥 울음이 솟구쳤다.

“아버지.”

하지만 아버지는 손만 흔들며 서서히 멀어져 갔다. 민복이 아무리 쫓아가려 해도 몸은 움직여지지 않았다.

아버지! 아버지 잠깐만요!

민복은 눈물을 흘리며 소리쳤다. 하지만 아버지는 특유의 서글픈 미소만 지은 채 멀어져 가기만 했다.

아버지! 아버지!

민복은 몇 번 소리를 치다 잠에서 깨어났다. 잠에서 깨어나도 슬픈 느낌이 절박하게 느껴질 정도로 정말 실제로 눈물을 주르륵 흘린 명료한 꿈이었다.

민복은 잠에서 깨어나 한참동안 가만히 앉아 있었다. 마치 어릴 적 잠을 자다 일어나보면 주변에 아무도 없어 마구 울어대며 엄마를 찾았던 때처럼 너무나 절박하고도 슬픈 기분이었다.

창문이 덜컹대었다. 밖에선 제법 매서운 바람이 몰아치고 있었다. 민복이 순간 창문을 바라보았다. 그때였다. 한줄기 빛이 순간적으로 창가로 쏟아졌다가 다시 어둠 속으로 사라졌다. 민복이 창가로 다가갔다. 어른 손 한 뼘 정도밖에 되지 않은 조그만 창문으로 멀리 도시의 불빛이 새벽이 오고 있는 그때까지도 번쩍번쩍하고 있었다.

유성이었나?

민복이 고개를 갸우뚱하며 다시 자리에 누웠지만 잠은 잘 오지 않았다.

“우리 민복이 직장까지 다니며 고등학교까지 나오고 이제는 대학까지. 내는 니가 정말 자랑스럽데이.”

어디선가 아버지의 목소리가 들려오는 듯 했다.

51 | 불과 며칠 전까지만 해도 목도리까지 칭칭 감고 다닐 정도의 날씨였는데 아침저녁으로 기온이 많이 누그러졌다. 어떤 꽃보다도 봄을 가장 먼저 알려주며 봄의 전령사로도 불리는 개나리가 학교로 올라가는 길 양편으로 활짝 피어 있었다.

주변을 둘러보는 민석의 시야에 갓 들어온 신입생들의 모습이 보였다. 자신도 저런 때가 있었지 하며 민석은 흐뭇한 미소를 지었다. 2학년으로 올라온 민석은 이제 누가 보더라도 멋지고 의젓해보였다.

모든 게 좋아졌지만 한 가지 유감스러운 일은 병철과 하필 한 반이 된 일이었다. 병철을 생각하면 시도 때도 없이 귀찮게 굴 것만 같아 벌써부터 머리가 지끈지끈 아파왔다. 전에 있었던 송희와 관련된 일 이후로 두 사람은 한참동안 서먹서먹해졌다. 민석은 항상 일정한 관계 이상은 생각해보지 않았기에 오히려 그게 편했다.

가끔 송희와 만나면 아직까지도 병철이 주변을 서성거리고 있다는 사실을 알려 주었다. 민석은 그럴 때마다 병철을 항상 경계해야 한다는 말만 해줄 뿐 자신이 나서 해줄 일은 없어 보였다. 언젠가 병철이 은순이를 비롯한 여자들에 관한 연애 경험담을 마치 무용담을 들려주는 것처럼 내뱉은 적이 있었다. 민석은 그런 말을 아무렇지 않게 하는 병철에게 많이 놀랐고, 병철을 다시 보게 되었다.

생각해보니 병철이 자신과 송희는 그저 고향친구에다 동창 이상의 관계로밖에는 여기고 있지 않은 듯 보였다. 그렇지 않다면 그렇게까지 끈질기게 송희에 대한 미련을 떨쳐 버리지 않을 리 없기 때문이다. 뭐 그렇다고 송희와 자신은 애인 사이도 아니었다. 송희에 대한 애틋한 감정은 어쩌면 민석 혼자만의 것인지도 몰랐다.

하지만 민석은 비록 송희와 자신이 사랑하는 관계가 되지 않더라도 병철과 그녀가 가까워지는 일은 없었으면 했다. 병철은 자신이 생각하기에 부모님이 경제적으로 윤택하여 친구 사이에 돈을 펑펑 쓰는 일만 제외하면 별로 내세울 만한 일이라곤 거의 없을 것처럼 보였기 때문이다. 또한 병철은 친구 사이에 돈을 좀 쓰는 일로 자신이 굉장히 화통하고도 남자다운 사람으로 인식되어지길 바라는 눈치였다.

민석이 생각하기에 그런 병철의 생각에 가장 동조하면서 똘마니로 자처하는 것처럼 행동하는 친구가 태민이었다. 공부에서나 친구 사이에서도 별로 두드러지지 못한 태민은 항상 바늘과 실처럼 병철과 함께 행동했다.

언젠가 셋이 함께 있을 때 태민은 은근히 병철을 추켜세우며 민석에게 동조해주길 바라는 듯 했지만, 민석은 학창시절에 돈이 좀 있고 적음은 그리 중요하지 않다고 생각하고 있었다. 친구세계에서 남들보다 돈을 잘 쓰는 일이 남자답고 화통한 일이라면 부모님이 가난한 사람은 모두 다 사내답지 못하고 쫀쫀하다는 소리를 들어야 하니 말도 안 되는 논리라 생각했다. 물론 병철이 돈을 좀 잘 쓰는 일은 인정해 줄 만하지만 그 일로 병철이 친구들 세계에서 어깨를 펴려하고 대접받으려 하는 사실을 못마땅하게 생각했다. 평생 부모의 보살핌 속에서 사는 것은 좋지 않게 여겼다. 언제가 될지 모르지만 독립하여 자신의 세계를 구축해 나갈 때 진정 그 사람의 진면목을 볼 수 있을 것이다.

병철에 대한 또 한 가지 좋지 않게 여겼던 점은 신뢰가 잘 가지 않는 점이었다. 병철은 여자에 대해 유달리 관심이 많고 끼가 넘치는 반면에 다른 부분에 대한 에너지와 열정은 전무하다시피 했다. 학창시절에 가장 중요한 학업에 대해선 거의 수동적으로 따라 가는 편이었으며 스스로 해 보고자 하는 의욕은 눈곱만큼도 없어 보였다. 병철과 대화를 해보면 관심사는 오로지 즐겁게 노는 일이나 여자와 건수를 만드는 일이 전부였다. 당연히 고민이나 조언을 구할 만큼 진득한 면모는 그의 어느 구석에서도 눈을 씻고 봐도 찾지 못할 것 같았다.

"민석아. 이번 주말엔 어떻노? 전에 만났던 송희랑, 남희, 그리고 우리 둘이 같이 한번 만나는 거."

다른 반으로 떨어져 있을 땐 피해버리고 서로 냉각기를 가져 오히려 편했었는데 개 눈에 똥밖에 보이지 않는다더니 눈에 보이자 어느새 민석에게 다가와 그 말부터 꺼낸다.

민석은 병철을 쳐다보면서 좋게 타이른다.

"병철아 이제 2학년에 올라왔는데 니도 공부에 관심 좀 가져야 하는 거 아니가?"

"야! 야! 내일은 다 알아서 할 테니 댁은 신경 꺼두시고, 제발 부탁하니 한번 주선해 주라. 나 사실 송희에게 관심 많거든. 전에 너거들 동창생 이상 관계가 아니라며? 너 그리고 보니 혹시 송희에 대해 관심 있는 거 아니가?"

"관심은 무슨?"

말은 그렇게 했지만 송희에 대해 생각만 해도 항상 설렘이 유지되고 있는 민석이다. 설사 송희와 자신이 아무관계가 없다 하더라도 벌써 여러 명의 여자를 울린 바람기 많은 병철과 송희를 연관지어 생각하는 자체만으로 불쾌했다.

"그렇다면 와 그리 시간을 못 내어 주겠다는 거고? 응, 니가 공부 땜에 시간이 없다면 니는 잠시 얼굴만 보여주고 빨리 들어가면 되잖아."

"송희가 너한테 관심 없다더라. 그러니 제발 포기해라."

"니 내 말 잘 들어라. 나 병철이를 니가 몰라도 한참 모르는 것 같은데, 나는 한번 한다면 한다는 성격이다. 결국엔 송희를 내 여자로 만들고 말 테니 나중에 한번 꼭 지켜보라구."

병철은 그러면서 앉아 있던 벤치에서 일어나 교실로 들어가 버린다. 혼자 남은 민석은 잠시 생각에 잠겨있다 그를 따라 교실로 들어갔다. 병철이 하는 말이 가소롭긴 하지만 또 어떤 짓을 저지를지 몰라 불안해진다.

52 | 대학에 입학하고도 며칠이 지났다. 대개가 중졸인 사람들이 다니고 있는 봉제공장 성창방직에서 민복은 이제 독보적인 존재가 되어 있었다. 그녀의 대학 합격은 공장 근무자들 사이에 부러움의 대상이었고 대단한 사실로 받아들여졌다. 민복을 눈엣가시처럼 여기며 질투의 화신처럼 굴었던 순영반장은 민복의 대학 합격에 부러움과 경탄의 시선을 보냈다. 지역의 이름 없는 야간학교에서 직장까지 다니며 어렵게 공부했던 민복의 대학 합격 소식은 성창방직에 근무하는 여공들에겐 특히 경탄을 자아내고도 남았다. 민복은 누구나 공부를 하고 꿈을 가지고 산다면 그녀처럼 대학생이 될 수 있다는 희망의 메시지를 던진 셈이었다.

민복은 직장 일을 얼른 마무리 짓고 학교로 향했다. 직장에서도 민복이 학교에 갈 수 있게끔 신경을 써줬다. 민복은 학교도 학교지만 자기가 맡은 일은 척척 해내어 직장에서도 인정을 받았다. 특히 반장인 말자의 세심한 배려가 힘이 되었다.

"저기 잠깐만. 혹시 김민복 씨 아닙니까?"

민복이 막 학교 교문으로 들어서는데 뒤에서 한 사람이 좇아오며 말을 걸었다. 민복은 시선을 그 쪽으로 향했다가 깜짝 놀랐다. 서영석이 만면에 웃음을 머금고 바라보고 있었기 때문이다.

"역시 맞았네요. 이곳에서 만나게 되어 정말 반갑습니다. 그렇지 않아도 미영 씨로부터 민복 씨 소식을 듣고 있었는데 결국 합격하셨군요. 입학 축하해요, 민복 씨."

영석이 머리를 꾸벅하며 진심어린 축하를 해준다. 사실 영석은 이미 미영으로부터 민복의 합격소식을 전해 듣고 며칠 전부터 만날 기회를 엿보고 있었다.

"네, 감사합니다. 안녕하세요?"

민복은 지난 시절에 얼핏 보았던 영석의 얼굴을 오랜만에 대하며 새삼 저렇게 생겼던가 생각한다. 보면 볼수록 정이 갈 것 같은 얼굴이다.

"참 민복 씨 오늘 수업 몇 시에 마치죠? 나중에 시간이 되면 한번 만날까요?"

붙임성이 좋은 영석은 단 두 번 째 만남에서 데이트 신청을 한다. 하지만 정작 자신은 꽤 오랫동안 이 순간을 고대해 왔다.

"늦은 시간엔 좀 곤란하겠는데요. 내일 아침에 출근도 해야 하고."

"그래요. 그럼 주말에 한번 시간 내주세요. 저기 남포동 부일극장 옆에 샤넬이라는 레스토랑이 있거든요. 그곳에서 이번 일요일 12시에 기다리고 있겠습니다. 꼭 나와 주셔야 해요. 전 나올 때까지 무조건 기다리고 있겠습니다."

민복은 수업시간이 너무 임박해 제대로 답변도 하지 못한 채 영석만 바라보았다. 영석은 그런 민복이 수긍해 준 걸로 받아들였는지 손을 흔들며 상대 건물 쪽으로 사라져갔다. 민복은 법정대 쪽 건물로 들어서며 생각을 정리한다. 영석을 과연 만나도 될까. 일요일 12시라면 회사도 쉬고 뭐 특별한 약속 같은 것도 현재로선 없다. 하지만 이전에 겨우 한번 얼굴을 대면한 적이 있는 사람의 제안을 거리낌 없이 단박에 받아들이는 것도 좋지 않을 것 같다. 너무 가벼운 여자로 여기진 않을까. 민복은 좀 더 생각해 보기로 했다. 좀 생각해봤다 괜찮다는 판단이 서면 그때 응해줘도 늦지 않으리라.

강의실로 들어서니 수업이 막 시작되고 있었다. 직장생활을 하는 사람의 가장 큰 고충이 수업시간에 제때 맞추기 어렵다는 것이다. 야간 강의를 맡은 교수들도 이런 애로점을 알곤 지각생을 너그럽게 봐 주는 편이었다. 직장과 학업을 병행하는 사실만으로도 이미 배움의 자세가 되어있고 훌륭한 일이 아닐까. 하지만 개중에는 권위의식을 내세우는 사람도 없진 않았다.

민복은 강의실을 쭉 한번 훑어보다가 빈자리에 가서 앉았다. 며칠 전 신입생 환영회 때 각자 소개를 했고 대화를 나눴던 친구들이라 이제는 웬만하면 안면이 있었다.

자신이 자리에 앉고 얼마 있지 않아 공무원을 하고 있는 수경이 뛰어 왔는지 이마의 땀을 훔치며 옆자리에 앉았다. 민복은 그녀 쪽으로 고개를 향하며 가볍게 미소지었다. 수경도 민복을 바라보며 고개를 살짝 숙였다.

전날 신입생 환영식에서 각자 소개를 할 때 들어보니 수경과 자신은 나이가 동갑이었다. 시내의 모 세무서에 근무한다는 수경은 직장에서 풍기는 선입견과는 다르게 온순해 보였고 예의도 있어 친한 친구로 지내고 싶었다.

휴식 없이 진행된 1교시 수업이 끝났을 땐 저녁 7시 30분경이었다. 민복은 수경과 함께 강의실을 나서 벤치에 앉아 캔 음료수를 한 잔 마시며 겨우 15분만 주는 꿀맛 같은 휴식을 즐겼다.

"직장일이 많이 바쁘나 봐요? 수경 씨."

"참 전에 우리 말 놓기로 하지 않았던가…요. 응?"

수경이 약간은 장난기 어린 얼굴로 대답한다.

"아참! 그랬지. 내 정신 좀 봐."

민복은 같은 또래로 같은 학교에 다니며 직장생활을 병행하는 생활도 똑같은 수경을 바라보며 동료애를 넘어 동병상련의 감정까지 느껴지려 했다.

지난 번 신입생환영식 자리에서 각자 소개를 할 때 보니 3분의 2가량이 직장생활을 병행하고 있었다. 직업도 공무원, 은행원, 회사원 등 가지각색이었지만 자신처럼 공장 노무자는 없어 보였다. 하지만 민복은 비로소 그들과 어깨를 나란히 할 정도가 된 것 같고, 같은 학교와 같은 전공이라는 이유만으로 한 배를 탔다는 기분에 동료애를 느꼈었다. 그것은 또한 자부심이기도 했다. 어려운 과정을 뚫고 대학생이 되었다는 사실만으로 충분히 느낄 수 있는 뿌듯함이었다.

"민복 씨 벌써 휴식시간이 끝나가네. 강의 시작되기 전에 들어가야지."

수경은 서로 말을 놓기로 했으면서도 아직도 부자연스럽다.

"응, 그래."

민복은 수경과 나란히 강의실로 들어갔다.

53 | 이제는 완연한 봄이었다. 한낮에 거리를 걷다보면 정수리로 내려 쪼이는 햇빛이 강렬했다. 아침저녁의 기온도 푸근했다. 늘 그랬었지만 봄은 의욕을 샘솟게 했다. 하지만 아직 찬 기온이 도는 3월의 봄과 4월의 봄은 내용면에서는 많이 달랐다. 3월은 새로운 계획을 수립하고 뭔가 달라져야겠다고 의욕을 불태운 달이었다면 4월은 작심한 계획이 흔들리고 꺾여버려 다른 충동적인 의욕에다 시선을 돌리는 달이었다.

병철에겐 이번 4월이 꼭 그랬다. 송희에 대한 열병을 유난스레 앓고 있었다. 간혹 민석을 통해 송희와의 접촉을 시도했지만 민석은 꿈쩍도 않을 태세였다. 너무 지나칠 정도라 차츰 병철도 송희에 대한 민석의 마음을 의식하기 시작했다. 하지만 뭐 어때? 병철은 민석의 감정이 어떨지에 대한 생각을 철저히 무시하기로 했다. 자신이 있고서야 남도 있다. 그리고 남의 떡을 훔쳐 먹는 재미는 더 쏠쏠하다. 병철은 그렇게 생각했다.

민석은 2학년이 되고나서 성적이 이전보다 약간 올랐다. 반에서 고등학교 입학 후 처음으로 3등을 했다. 하지만 민석의 학업성취에 대한 의욕에 비해 그 정도의 성적은 아직도 미흡했다. 이제 약간만 더 올라서면 고지도 눈앞으로 다가올 것 같다. 2학년이 되었으니 해가 가기 전 2위권 내로 진입하고 싶다.

민석은 항상 자신만의 목표를 적어 둔 노트를 슬쩍슬쩍 보며 마음을 다잡았다. 힘들 때나 의기소침하여 기가 꺾일 때 그 목표와 꿈을 바라보면 절로 힘이 났다. 가끔 공부를 하다 병철을 슬쩍 슬쩍 바라보기도 했는데 병철의 행동은 언젠가 시골에서 본 적이 있는 병든 병아리를 연상시켰다. 병아리가 병이 들면 며칠 동안 행동이 굼뜨고 다른 동료들이 모이를 쪼고 있을 때 양지 녘에서 꾸벅꾸벅 졸았다. 그랬다가 며칠이 지나면 결국 자리에서 일어나지 못하고 죽곤 했다.

병철도 밤사이 무슨 일을 하고 지내는지 쉬는 시간이 되고 틈만 나면 꾸벅꾸벅 졸곤 했다.

민석은 병철이 자신과는 8촌쯤 되는 친척으로 들었다. 어른들 말에 의하면 8촌이면 한 부엌에서 난 가까운 친척이라고들 했다. 하지만 병철은 어떤 생각에선지 몰라도 한 번도 민석과는 친척이라는 표시를 낸

적 없었고 친척인 사실이 알려지기를 꺼려하는 눈치였다. 처음엔 민석도 평범한 학생으로 돌아오길 바라면서 의식적으로 병철에게 다가서려 했지만 병철이 아예 기겁하는 바람에 구태여 내색하지 않으려 했다. 그래서 같은 학교에 다니는 친구들 중 모범생 민석과 문제아인 병철이 부모님이 가까운 친척뻘로 같은 고향인 줄 아는 사람은 아무도 없었다.

민복은 영석의 첫 데이트 신청에 응하지 못하고 약속시간에 임박해서야 전화를 걸어 사정을 얘기하는 선으로 최소한의 예의를 지켰다. 하지만 민복에 대한 호감과 관심을 가지고 있는 성격 좋은 영석은 다음엔 꼭 기회를 달라며 애걸하다시피 했다.

민복은 정말 해보고 싶었던 법 공부에 푹 빠져 있었다. 하지만 직장과 학업을 병행해야 하는 입장이라 학교강의 시간과 주말에 집중하는 방식으로 공부를 해 나갔다.

하지만 요즘에 들어와선 그마저도 쉽지 않았다. 엄마가 운영하는 국숫집에 손님이 너무 많아 일요일엔 엄마의 가게를 도와야 하는 일이 자주 생겼다. 엄마가 국숫집을 맡고나서 기존 고정 단골에다 새 고객들이 늘어났다. 엄마의 음식솜씨는 이전부터 알아 줬지만 손님들이 그렇게 늘어날 줄은 몰랐다.

민복이 생각하기에 요즘은 집안 일 모든 것이 만사형통이었다. 어떨 땐 너무 상승곡선을 그려가는 듯해 슬며시 불안감이 생길 때도 있었다.

54 | 유월이 되자 빌써 여름이 된 듯 한낮의 기온이 30도 가까이 오르내리곤 했다. 작업장에서는 한낮엔 벌써 선풍기를 가동시켜야 할 정도였다. 회사로 출근한 민복은 몇 사람

만 모여도 삼삼오오 무슨 모의라도 하는 듯 쑥덕쑥덕 대는 모습에 이상한 기분이 들곤 했다.

재봉틀을 벗어나 화장실을 다녀오다 건물 외벽 그늘에서 잠시 쉬고 있자니 반장인 말자가 다가왔다.

"응, 언니."

"그래 민복아 여기 있었구나."

"언니 참 요즘 회사 분위기가 왜 그래? 사람들이 마치 역적모의라도 하듯 모이기만 해도 쑥덕쑥덕."

"민복아. 얼마 전 미국에서 바이어 2명이 공장시찰 차 왔다 갔잖니?"

"그런데 왜 언니?"

"그때 그 사람들이 공장 작업장 시찰을 하고 며칠 머물렀는데 사장이 저녁에 우리 회사 여직원 3명을 불러 술 접대를 시켰나 봐."

"뭐! 그런 일이 있었다고? 접대라면 술집아가씨들을 시키지 왜 그랬대요?"

"글쎄. 바이언지 뭔지 하는 사람들이 취향이 독특해 아가씨를 지목했다는 말도 있고 사장이 매출 신장을 위해 일부러 그랬단 말도 있어. 아무튼 자세한 내막은 잘 모르겠고… 그런데 술 접대만 있었던 게 아니었나 보네. 심지어 잠자리 시중까지 요구했다 카네. 그런데 그 중 한 명이 임신을 덜컥 하는 바람에 사장과 합의하네 어쩌네 하면서 좀 시끄럽대."

"언니? 내가 보기엔 이건 단순한 문제가 아닌 것 같은데. 고용주의 직위와 권리를 이용해 고용인의 인권을 침탈한 중대한 행위로 보여 지는데…"

"글쎄. 법적인 문제는 내 잘 모르겠고. 사장이 중절 수술비에다 약간의 돈으로 사건을 덮으려 하자 그 날 같이 동석했던 아가씨들이 같이 한꺼번에 합세하여 위자료와 사과 및 재발방지 대책을 요구하고 있는 중인데 아직 사장이 꿈쩍도 하지 않는다 카네."

"그래 언니? 그런 일이 다 있었구나."

민복은 다시 제자리에 돌아와 일을 시작했지만 흥분된 마음은 좀처럼 가라앉지 않았다. 지난 번 강의시간에 이와 비슷한 사례에 관한 내용을 들은 것 같은데 정확한 법적 용어는 떠오르지 않았지만 자신이 생각하기에도 매우 심각한 문제는 분명했다.

민복은 일을 하면서도 계속해서 머리를 굴려갔다. 이와 같은 중대한 사건을 쉬쉬하고 덮어 둔다면 재발되지 않으리라는 보장이 없고 중절 수술비와 약간의 돈만으로 사건을 은폐 축소하려 한 사장의 심보에 괘씸한 생각이 들었다. 들리는 소문에 의하면 사장은 물려받은 재산이 많고 사업은 친인척인 부장에게 거의 일임하다시피 하고 부동산 투기나 음주가무에만 관심이 많다고 들었다.

날씨가 더워지자 국숫집 손님은 엄청 늘어났다. 어떤 땐 손님이 미어터져 대기하는 사태까지 벌어졌다. 양례는 행복한 비명을 지르면서도 혼자선 도저히 감당할 수가 없어, 아줌마 한 명을 고용하기 위해 식당입구에 구인광고문을 써 붙였다.

그걸 보고 찾아온 사람은 세 살배기 동이라는 아이를 업고 키우는 여자였다.

"남편이 막일을 나가는데 벌이가 시원찮아서. 노가다 판에도 기술이 없다 카면 일거리도 계속 없고 힘드네요."

양례는 동이엄마를 보자 이전에 공사장에서 불의의 사고로 저 세상으로 간 남편이 떠오르고 동병상련의 감정이 일었다.

"이런 일 해 봤어요?"

"아니예. 그래도 음식하고 설거지 하는 일이라면 자신 있어예. 믿고 한번 써줘 보이소"

점심시간이 되자 손님들은 더욱 불어났다. 양례는 일손이 딸려 혼자 힘으로 부칠 것 같아 계속할지는 며칠 써 본 뒤 결정하기로 하고 일당을 주기로 하고 바로 일을 맡겼다.

동이엄마는 잠시라도 가만 있지 못하는 부지런한 사람이었다. 손님이 밀어 닥칠 때 양례가 국수를 삶거나 다시 물을 우려내느라 바쁘자 국수를 부지런히 손님들에게 나르고 그새 남는 시간엔 깍두기용 무를 열심히 다듬었다. 양례는 동이엄마의 부지런한 모습을 흐뭇한 표정으로 바라보았다.

양례는 점심시간에 다녀간 손님이 어림짐작으로 얼추 오십 명이 넘은 걸 알자 입이 귀에 걸릴 정도로 기분이 좋았다. 하지만 점심때 건물주인 아주머니가 젊은 여자를 대동하여 국수를 먹고 간 일이 자꾸만 꺼림칙했다. 하필 가장 바쁜 시간대를 골라 남들보다 거의 두 배의 시간이 지나도록 꾸역꾸역 국수를 먹고 가면서 한다는 말이 "민복엄마 이렇게 손님이 계속해서 많으면 잘하면 빌딩 올리겠다"라는 의미심장한 말을 남기고 갔다.

양례는 오후 4시가 지나면 시장통의 장사치나 일반 사람들이 간식으로 국수를 많이 찾으므로 얼른 오후 식사준비를 서둘렀다.

'민복은 대학생이 되었고 민석은 성적이 3등까지 올라갔고 장사수익은 보통 월급쟁이의 5배나 되고' 자신도 모르게 양례의 입에서 그런 행복한 중얼거림이 흘러 나왔다. 돈은 불과 몇 개월 사이에도 제법 저축이 되었고 여유가 생기자 TV와 전화까지 들여놓아 문화생활까지 누리게 되었다.

이제는 종업원까지 둔 양례는 마치 자신이 사장이라도 된 듯한 기분으로 이 세상 누구도 부럽지 않을 것 같았다.

55 | 동호는 퇴근길에 성창방직을 운영하는 고교동
창생 창식과 만나기로 했다. 동호는 요즘 사업이 나
날이 번창해 즐거운 비명을 지르고 있었다. 고등학교 동창회에 참석하
면 찬조금도 제일 많이 내고 수출의 역군으로 정부의 포상자 명단 물망
에 오르고 있다고 창식으로부터 전화를 받은 건 그저께였다.

사업 확장으로 인한 설비자금을 대출받기 위해 부지런히 은행을 돌다
가 막 사무실에 들어왔을 때였다.

"김사장 나 창식. 자네 조만간 나와 소주 한 잔 하세. 상의할 일도 좀
있고."

"어이구! 이사장. 이렇게 전화까지 다 주고. 그래 시간은 니가 정해라.
천하의 창식이 나오라는데 내가 무슨 통배로 배짱을 부리겠노?"

동호는 약속한 장소 부근에 기사가 차를 대자 오늘은 한 잔 마시고 택
시를 타고 갈 거라며 기사는 그냥 돌려보냈다. 가끔 술자리 뒤에 아가씨
를 차에 태우거나 인사할 손님에게 뭔가를 건네려 뒷좌석에 동석할 때
등 뒤가 켕기는 일에는 아무래도 기사의 눈치가 보였다. 아무리 월급을
주고 일을 맡기고 있다 하더라도 정당하지 못한 일로 약점을 잡히긴 싫
었다. 더구나 오늘은 돈 많은 친구와 화끈한 술자리로 이어질지도 몰라
상상만 해도 즐거웠다.

약속한 일식집 '명가'에 막 도착하여 예약된 방의 좌석에 앉고 채 5분
도 되지 않아 창식이 헐레벌떡 문을 열고 들어섰다.

"친구야 오래 기다리진 않았제?"

창식은 특유의 제스처로 손을 번쩍 들어 올리며 미안한 표정을 지
었다.

"빨리 와라 친구야. 술이 고프다."

동호는 침을 꼴깍 삼키며 창식이 내민 손을 잡았다. 주문한 음식이 계

속 들어 오고 주거니 받거니 술잔 수도 늘어났다. 별 시답잖은 얘기만 하며 술을 마시던 창식이 갑자기 잔을 탁 놓으며 우울한 표정을 짓는다.

"친구야 내가 내 발등을 찍었지… 우짜면 좋겠노?"

"어! 이 친구 창식. 천하의 창식이 고민거리가 다 있고 하하 세상은 아무튼 오래 살고 볼일이네."

그렇게 말하면서도 동호도 술잔을 내려놓고 진지하게 대화를 경청할 준비를 한다. 창식은 그간에 일어난 일들을 부담 없는 동창, 동호에게 세세하게 털어놓는다.

"그래 친구야 그건 좀 심했네. 아무리 바이언지 양킨지 하는 그 작자들의 취향이 독특해도 그렇지 회사 여직원을 술자리에 동참시킨 건 너무했다 야."

"나는 다 잘 지나갈 줄 알았지. 접대 당일엔 아가씨들에게 한 달 월급에 해당되는 팁도 각자 챙겨줬고 말이야."

"그런데 뭐가 문제거린데 친구야."

"사장인 나보고 전체 직원들이 모인 장소에서 공개사과와 재발방지 대책을 내어 놓아라 안 카나? 까짓 거 임신한 아가씨와 같이 동석했던 아가씨 두 명에겐 따로 위자료를 주는 건 고려해 보겠다고 했다만."

"공개사과야 그냥 형식으로 하면 되지. 뭐 어렵다고?"

"친구야 그게 단순한 문제가 아니라니깐. 안 그래도 이 일로 인권침해니 어쩌니 하는 말이 나와 쉬쉬 덮어 두려고 하는데, 직원들을 상대로 내가 한 일을 다 까발리는 꼴인데 그게 보통 일이가? 혹시 기자라도 이 사실을 알아봐라. 정말 소름이 끼친다."

"생각해보니 그것도 좀 그렇네."

"처음엔 이 문제가 위자료만 가지고 쉽게 넘어갈 뻔했어."

"헌데?"

"헌데 법대에 다니는 여직공이 합세하면서 문제가 좀 더 커졌어."

"야! 야! 너희 공장 수준 있다. 사무원도 아닌 여직공이 법대에 다 다니고 말이야."

"친구, 그런 말마라. 나 지금 농담할 기분이 아니라니까. 내가 이번 일로 그 여직공에 대해 자세히 알아봤는데 처음엔 대학생이 아니었지. 중졸로 공장에 들어왔다 야간 고등학교를 졸업하고 결국 D대학 법대까지 진학했어."

"이거 이거 완전 입지전적인 인물이 났어. 하하."

"친구 글쎄 농담할 기분이 아니라니까 그러네. 걔가 고용주가 지위와 권리를 이용하여 고용인의 권리를 부당하게 침탈했네 어쨌네 하며 동료들을 꼬드겨 법적인 문제까지 들이대며 거액의 합의금을 주지 않으면 고발까지 하네 하는데 소름이 쫙 끼치더라니까. 공식적인 사과와 재발 방지도 지금 생각해보니 그 여직공 입에서 비화된 것 같다니까."

"정말 골치 아프겠구나 친구."

"공장장 말을 들어보면 야간고등학교도 회사에서 배려해줘 겨우겨우 다녔다는데 회사에서 호랑이새끼 한 마리 키운 꼴이 됐지 뭐."

"참 친구 자네 고향이 경남 창녕이라 했지?"

"맞긴 한데. 그건 와?"

"그 아가씨 이력서를 보니 마침 고향이 그곳이라 혹시 아는 사람이라도 있으면 줄을 대어 해결 좀 부탁해 보려고?"

"아버지 이름이 어떻게 되는고?"

"혹시 해서 여기 적어 왔는데 , 어디 보자 김 동 출, 그런데 공장장 말로는 아버지가 공사장에서 사고로 죽었다는데, 전에 직장 대표로 문상까지 갔다 왔다던데….”

"!!!.”

동호는 순간 너무 놀라 심장이 멎는 듯 했다. 걔가 대학생이 되었다고?

오래 전 민복이 직장을 구해 나갔을 때 회사이름까진 알아두진 못했다. 아무리 의식하지 않으려 해도 스멀스멀 생겨나는 죄책감에 가급적이면 그 아이와 관련된 일은 일부러라도 귀담아 들으려 하지 않았고 되도록이면 무관심해지려고 했었다. 오래 전 동출이 죽어 문상을 갔을 때도 민복이 아는 체도 제대로 하지 않아 오히려 맘이 편했었는데. 이제는 한번도 생각해 보지 않았던 친구의 일로 거론되고 다시 떠올려지니 괴로웠다. 하지만 벌써 5년도 더 지난 일이야, 뭔 일이 있을라고.

"친구야, 무슨 생각을 그리 골똘히 하노?"

창식이 의아한 표정으로 동출을 바라보며 묻는다.

"어! 미안 잠시 딴 생각 좀 했네 허허."

"사람하곤. 남은 고민 되어 지푸라기라도 잡는 심정으로 부탁하고 있건만."

"미안타 친구야. 요즘 개인적으로 복잡한 일이 있어 잠시 딴 생각했네."

"그건 그렇고 어떻게 아는 사람인가? 어떤가?"

"글쎄. 이름은 들어본 것 같기는 하다만. 지금은 망자이니 안다 해도 도움이 안 될끼고. 나도 고향 쪽으로 해서 한번 알아보고 연락주면 안될까?"

"제발 그래 좀 해주라 친구야. 이번 일로 수출역군 훈장 수상에도 영향을 미칠까 걱정이다. 상 쪼가리 하나 받는 일에도 기업이미지도 많이 반영한다니 참 내. 이 창식이가 약해져도 많이 약해졌다. 사실 내 마음 같아선 나도 강경하게 대처하고 싶다만 혹시 만에 하나 일이 어긋나게 돌아갈까 봐 그렇지 참 내."

"강경하게 한다면 어떤 식으로?"

"야야 가진 게 돈밖에 없는 이 인간 창식이가 마음먹고 하려고 하면 못할 일이 뭐가 있겠노? 이번 일에 관련된 그 여직원들에겐 억지로라도 합의금을 떠맡기고 자신의 일도 아닌 동료의 일에 끼어든 김민복인지 뭔지 하는 그 여직원을 해고해 버리는 일이지. 지도 회사 덕분에 대학까지 다니고 있다면 회사에 대해 고마운 생각은 못할망정 이번 일처럼 적대적으로만 나오면 곤란하지 않겠어?"

"그래도 강제로 해고하면 더 시끄러워질지도 모를 텐데?"

"그래서 이렇게 불러 부탁한다 아이가 친구야. 자 잔 받아라, 아무튼 너 알아봐 주기다 친구야."

"그래."

동호는 창식이 내민 잔에 자신의 잔을 부딪치면서도 어떻게 접근해갈지 고민하기 시작했다.

56 | 병철은 태민과 함께 밤늦은 시간에 당구장에 있었다. 여름방학을 2주일 앞두고 있었다. 병철은 방학이 되기 전에 꼭 서두르고 싶은 일이 있었다. 방학이 되고 나면 송희가 시골집에 내려가 버릴지도 모른다.

걔가 내려가기 전에 이젠 확실히 해둘 필요가 있었다. 전에 민석에게도 송희를 자신의 여자로 만들고 말 거라고 큰소리치며 장담까지 했지만 빈말이 결코 아니었다는 것을 보여주고 말 것이다.

"태민아 내일 시간 있제?"

"시간은 있다만 와?"

"내가 재미있는 일 벌여 놨으니 니는 같이 가주기만 하면 돼."

병철은 그러면서 웃음을 짓는다. 병철은 수주 전부터 은밀히 진행해 온 일이 있었다. 처음엔 쉽지 않았다. 하지만 결국은 자신이 원하는 대로 되었다. 동쪽을 소란케 하고는 실지론 서쪽을 치는 방법으로 병법에서는 성동격서로 불릴만한 기찬 방식이었다.

내용인즉 이러했다. 송희에 대한 관심이 사무치도록 컸지만 아예 흔들리지 않자 친구인 남희에게 우회로 접근하는 방식을 택했다. 남희에게 관심을 보여 환심을 산 뒤 송희를 불러내는 것으로 자신이 생각하기에도 쌈빡한 방법이었다.

물론 처음부터 남희가 관심을 보였던 건 아니었다. 송희를 쫓아다니는 모습을 남희에게 들켜버렸고 보란 듯이 차였던 모습에 차츰 동정심을 갖게 된 사실을 느낌으로 알고부터였다.

그러던 어느 날 기회는 아주 자연스럽게 왔다. 마침 남희와 우연히 마주친 것이었다. 지푸라기라도 잡는 심정으로 병철은 남희에게 매달렸다.

"그냥 넷이서 한번 만나면 안 될까? 사실 내 친구 태민이라고 걔도 멋있는 녀석이거든."

병철의 절박한 사정에 동정심을 느꼈는지 아니면 멋있는 친구가 있다는 말에 혹했는지 모르지만 남희는 선심 쓰듯 자리를 주선해 보겠다고 했고 오랫동안 소원해왔던 날이 바로 이튿날로 다가왔다.

금요일 저녁이었다. 송희는 자꾸만 바람을 쐬고 싶다는 남희를 따라 나섰다. 썩 내키는 일은 아니었지만 남희가 자꾸만 성가시게 하자 선심 쓰듯 따라 나섰다.

해운대 백사장 입구로 막 들어서며 느낌이 좋지 않았던 송희는 몸을 도사리며 주변을 살펴보았다. 자신이 자꾸만 남희의 의도대로 움직이는 꼭두각시라도 된 듯한 기분이었다. 아나나 다를까 바로 그때 백사장 안쪽에서 미리 서 있던 시커먼 물체가 재빨리 자신들이 서 있는 쪽으로 다가왔다.

"야! 너 남희 내 이럴 줄 알았어. 기집애 미리 조금이라도 귀띔 해주지 그랬어?"

송희는 그 시커먼 실체가 병철인 줄 알자 바로 몸을 내빼며 달아나기 시작했다. 하지만 어느 새 다가온 병철과 태민이 합세하여 송희의 팔짱을 끼고 끌고 가다시피 백사장 안쪽으로 이끌었다. 남희는 상황이 그렇게 진전되자 당황해 어쩔 줄 모르고 발만 동동 구른다. 백사장에 띄엄띄엄 서 있던 사람들이 무슨 큰 재미있는 일이라도 벌어진 듯 이쪽을 힐끗거린다.

바로 그때였다. 백사장 한 쪽에 앉아 있던 한 사람이 끌려가다시피 하는 송희 쪽으로 달려간다. 마침 친구와 함께 백사장에 놀러갔다 우연히 이 장면을 목격한 종두였다. 종두는 아무 생각 없이 이 장면을 지켜보다 그 대상이 송희인 줄 알고는 물불을 가릴 새 없이 뛰어들었다. 같이 왔던 친구는 쟤가 왜 나서지 하며 어안이 벙벙한 모습으로 앉아있던 자리에서 지켜보고만 있었다.

백사장에서는 가끔 친구들끼리 놀러 와서는 바닷물이 밀려오는 곳으로 억지로 끌고 가다시피 해 물에 빠뜨리는 장난을 치는 경우가 많기 때문에 그런 줄 알고 대수롭지 않게 여기고 있던 터였다.

"어머! 병철아 야 이 손 좀 놔. 도대체 왜 그래?"

"야! 송희야 니가 도망가니까 그러지. 그러지 말고 이왕 나왔으니 좀 앉았다 같이 얘기 나누다 장소를 옮겨 맛있는 것도 먹고 놀다 가."

"일단 알았으니까. 이 손은 제발 좀 놓고 얘기하자."

그런 실랑이를 하는 사이 종두가 쫓아왔다.

"야! 너희들 뭐하는 짓이고?"

사태파악이 안된 종두는 마치 영화 속의 의혈남아라도 되는 듯 끼어들었다.

병철과 태민이 그 소리에 놀라 돌아보았다. 이미 종두는 순간적으로 병철이 놓아버린 송희의 손을 잡고 그곳을 벗어나려 했지만 무슨일인지 송희가 적극적으로 따라주지 않았다. 그 사이 병철이 눈을 꿈뻑꿈뻑하며 태민에게 도움의 제스처를 보냈다.

"너 누구야! 어떤 새끼고?"

병철이 웬놈이 다 되어가는 밥에 재를 뿌리느냐고 따지듯 소리치자 옆에 서 있던 덩치가 큰 태민이 종두를 뒤에서 안아버렸다. 그 사이 손아귀에서 벗어난 송희가 남희 쪽으로 피했고, 바로 그 순간 병철이 달려들며 종두의 얼굴을 머리로 받아 버렸다.

"아악!"

입가로 피를 흘리며 종두는 무릎을 꿇었다. 태민이 가세하여 넘어진 종두를 짓밟았다.

정말 순식간에 일어난 일이었다. 멀리서 지켜보던 사람들도 상황이 그렇게 진전되자 혀를 끌끌 차면서도 달려와 도와주는 사람은 없었다. 종두와 같이 왔던 겁 많은 친구는 싸움에 직접 끼어들지 못하고 재빠르게 백사장 주변을 돌던 순찰경찰관에게 달려갔다. 호루라기 소리를 내며 경찰관 둘이 근처에 올 때까지 종두는 쓰러져 있었다. 경찰관이 들이닥치자 놀란 태민이 도망을 치려하자 종두와 같이 왔던 친구가 필사적으로 태민의 팔을 잡고 늘어졌고, 잔뜩 인상을 쓰고서 얼쩡대던 병철은 현장에서 태민과 함께 연행되었다.

"병철이 어머니 어쩌죠? 경찰들 말로는 합의가 안 되면 입건될 거라던데.”

태민이 엄마가 잔뜩 근심어린 표정으로 연숙을 바라보며 말한다.

“글쎄 말입니다. 하필 이빨이 부러질게 뭡니까? 그런 일만 없었어도 합의하기가 한층 쉬웠을 텐데. 어쨌든 부모님을 만나 학생들끼리 우발적으로 일어난 일이니 만큼 선처를 부탁하며 한번 빌어 봅시다.”

두 사람은 경찰서를 빠져나와 종두가 입원해 있다는 병원으로 갔다. 무더위가 기승을 부리던 토요일 오후였다. 두 사람은 땀을 뻘뻘 흘리며 병원 입원실로 찾아갔다. 마침 송희로부터 사건의 전말을 전화로 전해 들은 민석이 병문안을 와 종두가 누워있는 병실에 앉아 있었다. 병 수발을 받을 만큼 중상은 아니었지만 할머니와 함께 살고 있는 종두에게 병문안을 와 줄 사람은 없었다. 다만 사건 당일에 경찰의 연락을 받은 할머니가 한번 다녀간 일이 고작이었다.

“안녕하세요?”

병실에 앉아 있던 민석이 연숙을 발견하고 벌떡 일어나 인사를 한다. 어 누구였더라? 연숙이 민석을 뚫어지게 쳐다보다 잠시 후에 겨우 알아채곤 어색한 미소를 지었다. 시어머니 칠순잔치 땐가 잠시 본 적이 있었지만 그땐 건성으로 봐서인지 몰라도 오늘 가까이 보니 그동안 덩치도 많이 커지고 늠름하고 잘 생긴 모습에 놀랐다. 그 얼굴에 한때 자신이 좋아했던 동출의 얼굴이 겹쳐졌다.

“근데 니가 웬일로?”

“중학교 때 친구입니다.”

“오! 그래?”

연숙은 그 말이 반가왔다. 연숙이 들고 갔던 음료수를 병상 밑에다 놓고 종두에게 다가갔다.

“얘 고생했다. 많이 아프고 속상했을 것 같아 내 맘도 아프다 얘.”

"그래 학생 백 마디 말이 무슨 소용이 있겠노? 우리가 다 잘못했고 치료비는 다 대어 줄 테니 우선 이빨부터 치료하고 부모님께 잘 말씀 드려 줘. 알다시피 걔들도 학생이 미워서 때렸던 건 아니었잖니? 우발적인 사고였잖니? 그렇다고 우리가 애들 역성들려고 그런 건 아니니 오해 말고."

태민이 엄마도 옆에서 거들었다. 모든 일들이 갑자기 벌어진 탓에 종두는 아직도 정신은 없었지만, 빨리 치료를 끝내고 병원을 벗어나고픈 생각 밖에 없었다. 병원에서는 월요일쯤 퇴원을 하고 이빨 때문에 며칠 통원 치료를 권유했다. 하지만 경찰아저씨들 얘기로는 이왕 다친 김에 확실히 치료를 보장받으려면 너무 쉽게 합의를 해줘선 안 된다고 했다. 종두는 피를 흘리며 무릎까지 꿇은 자신을 짓밟던 병철과 태민을 떠올리곤 그렇게까지 해야 했나 하며 울분이 치솟고 숨어있던 적대감이 다시 살아나자 다 귀찮다는 듯 돌아누워 버렸다.

종두의 심기를 눈치 챈 연숙과 태민이 엄마는 걱정스레 눈빛을 교환하며 병실 안을 왔다갔다 하며 서성거렸다. 그러다 연숙은 민석을 병실 밖으로 불러내었다.

"얘 너 이름이 민석이라고 했던가? 이제 보니 아주 훤칠하게 잘도 자랐네. 우리 병철이와는 같은 학교에 다닌다며?"

"예."

"오늘 니가 다친 애와 친구라니 우린 마치 구세주라도 만난 기분이다 얘. 호호. 서로 친구 사이라니 집도 잘 알겠구나. 약도 좀 그려 줄래?"

"집은 왜요?"

"우리가 보호자와 합의를 봐야 하거든. 죄는 밉지만 사람을 미워하지 말라는 말도 있잖니? 나도 이번 기회에 그냥 죽이 되든 밥이 되든 아예 내버려 둬 병철이 녀석 버르장머리도 단단히 고치고 싶다만, 아직 학생이고 걔도 졸업은 해야 안 되겠나?"

"…."

"그러니 니도 친구한테 합의가 잘 되도록 말 좀 잘 해줘."

"그래 학생. 나도 옆에서 지켜보니 믿음직스럽게 보이네. 학생이 잘 얘기 해 줘."

민석은 이래저래 어떻게 해야 할지 잘 몰라 잠자코 있었다. 비록 친척 간이긴 해도 집안 어른끼리 별로 좋아하지 않는 사이라는 걸 알고 있다.

57 | 동호는 며칠 동안 고민했다. 친구를 생각하자니 체면을 무릅쓰고라도 민복을 만나야 하고 민복을 만나자니 어쩔 수 없이 생각하고도 싶지 않은 부끄러운 치부를 고스란히 회상해야 하는 상황이었다.

그 일을 생각하면 치부(恥部)라고밖에 생각되지 않았다.

물론 50을 막 넘은 자신은 아직도 건재했다. 하지만 일이 있었던 당시는 40대 후반으로 한창 나이였다. 주체할 수 없을 정도로 정력이 남달랐다 해도 일시적 충동에 의해 저질러진 그 일탈의 대상이 하필 가까운 친척의 질녀 뻘밖에 되지 않은 앳된 학생이었다는데 문제가 있었다.

모처럼 친구가 부탁한 일인데 그냥 무시하기도 뭣했다. 그러다 생각해낸 일이 그녀에게 경제적인 도움을 주는 일이었다. 까짓 거 합의금을 약간 떼어내어 민복에게 주지 뭐. 걔도 직장에 다니며 어렵게 학교를 다니고 있는 판에 설마 돈이 생기는데 거절하지는 않겠지.

해서 동호는 민복을 만나기로 했다. 수업이 없는 토요일 오후에 민복의 회사로 찾아가 구내매점에서 민복을 불러내었다. 사장실에서 부를 수도 있었지만 처음부터 서로 아는 사이로 판명되면 오해를 사거나 일을 그르칠 수 있으므로 나름대로 동호가 신경을 썼다.

어떤 사람이 자신을 찾는다기에 매점까지 나왔던 민복은 동호인 줄 알고는 깜짝 놀랐다.

주춤거리는 민복을 바라보며 동호는 얼른 다가섰다. 동호는 더욱 성숙하고도 예쁜 모습으로 변해있는 민복의 모습에 내심 감탄했다. 대학생이 된 때문인지 이제는 그녀의 모습에 지적인 이미지도 역력해 보였다. 쟤가 그때 그 아이가 맞나라고 생각될 정도로 동호는 새삼 눈을 비비고 바라보았다.

"이렇게 불쑥 찾아와 놀랐제?"

"예. 그런데 이곳은 어떻게 알고."

"그냥 우연히 알게 되었다. 니가 집안 형편만 좋았다면 학교만 다녀도 될 텐데 두 가지 일을 해내느라 고생이 많겠구나."

민복은 그 말에 새삼 동호를 바라보았다. 집안일에 진작 조금만 관심을 가져 주었더라도 반감은 덜했을 것이다. 엄마의 말처럼 아버지의 취업문제도 약간의 관심만 가졌다면 성사 되었을 테고 아버지가 그렇게 사고로 허망하게 돌아가시지 않았을 거라는 말은 세월이 지나도 잊을 수 없었던 민복이었다.

"이제 와서 새삼 왜 그러시죠?"

갑작스레 민복이 냉담하게 나오는 모습에 동호는 놀랐다. 하지만 산전수전 다 겪은 노회한 동호는 이미 각오한 일이었으므로 전혀 미동도 하지 않았다.

"얘야 내일 일요일에 시간이 어떻게 되는공? 내 긴히 만나 부탁할 일이 있어서 그러는데."

"부탁? 글쎄 제게 부탁할 일이 뭐 있다고요? 그리고 내일은 엄마가게가 바빠 도와줘야 될 것 같은데요."

"그래? 그럼 이렇게 하면 어떨까? 회사에서 부탁을 해볼 테니 잠시 외출이라도 달고 나랑 차 한 잔 하면서 얘기를 나누는 게."

"그렇게 말씀하시니 더욱 궁금해지는 데요. 도대체 왜 그러시죠? 그 냥 이곳에서 말씀하시면 안 되나요? 요즘 수출물량이 쇄도해 토요일에 도 저녁까지 잔업을 해야 할 상황인데."

"남의 이목도 있고 해서 내가 좀 그랬는데. 정 그렇다면 그냥 얘기하 지. 지금 니가 법대에 다니고 있고 직장까지 다니며 고생하는 거 잘 알 고 있다. 그리고 전에 맨 처음 니가 부산에 왔을 때 그때 하도 바쁜 탓에 직장을 제대로 알아봐주지 못한 데 대해서도 항상 미안한 마음을 가지 고 있었다."

"다 지나간 일인데요 뭐."

민복은 막상 그렇게 대답을 하면서도 지난 시절을 왜 이제 와서 꺼내 는지 새삼 궁금해졌다. 이제는 지나간 일은 이미 기억 속에도 가물가물 할 정도로 열심히 살고 있지만 아직도 생각하면 소름 끼치는 악몽과도 같은 일을 동호 백부는 알고 있기는 하는 걸까. 정말 생각하고 싶지도 않은 쓰라린 느낌. 그 후로 동호 백부와 집안 사이가 틀어지자 오히려 잘 되었다며 안도할 정도였다. 그런데 왜 이제 와서.

"니가 이렇게 고군분투하여 훌륭하게 성장해줘 나도 너무 기쁘다. 바 쁜 것 같으니 다 생략하고 본론만 말할게. 요즘 너희 회사에 복잡한 일 이 있다며?"

"복잡한 일이라면?"

"여직원과 관련된 문제로 사장에게 공개사과와 재발방지 운운하면서 시끄럽다며?"

민복은 동호가 그렇게 직설적으로 나오고 나서야 자신을 찾아온 이유 가 뭔지 확실히 이해가 된다. 오호! 결국 그 얘기. 하지만 그 얘기라면

제 3자인 자신이 결정권을 가진 것이라곤 눈곱만큼도 없지 않은가. 동호 백부가 사장을 어떻게 알고 이렇게 나서는 걸까.

"글쎄 백부님이 이 일에 무슨 관련이 있어 부탁하게 되었는지 저는 잘 모르겠는데요."

"우연히 알게 되었다. 니가 그 일에 그만 손 떼고 사건이 원만히 해결되도록 해주면 좀 안 될까?"

"글쎄요. 저도 어디까지나 제 3자인 걸요. 당사자끼리 합의할 문제인 것 같은데, 그 얘기라면 저는 할 말이 없습니다."

"얘야 니가 그 일에 많이 관여하고 조종하는 걸로 들었다. 이왕 그렇게 벌어진 일 이제 와서 엎질러진 물을 담을 수야 없지 않겠냐? 차라리 잘 마무리하고 그 일을 조용히 덮어주면 내 섭섭지 않을 만큼 너에게도 경제적인 도움이 되도록 해 볼낀데."

"백부님이 왜 이 일에 나서는지 모르겠지만 글쎄 저는 제 3자 입장입니다."

"자꾸만 제3자 제3자 하는데 나는 니가 이 일에 깊숙이 관여해 있는 걸로 들었다. 솔직히 그래서 너에게 부탁하러 온 것이고."

"아까 백부님이 경제적 도움을 얘기하셨는데, 그게 무슨 말이죠?"

동호는 민복과 대화를 하면 할수록 당당하고 똑 부러진 모습에 점점 자신감을 잃어가고 있었다. 정말 친구인 창식이 말한 대로 호랑이새끼를 키웠다는 말에 자신도 수긍할 수밖에 없을 것 같은 허탈감이 점점 현실로 다가서고 있었다. 하지만 여기서 무너져서는 안 된다.

"내 이번 일만 잘 마무리되면, 너도 어렵게 회사를 다니며 공부하는데 다음 학기와 그 다음 학기 정도의 두 번의 등록금 정도는 너희 사장한테서 합의에 대한 사례금으로 내어 놓도록 해볼게."

"결국 그 얘기였군요. 이왕이면 졸업 때까지 등록금을 다 대어 주도록 해보시면 안 될까요? 호호."

"오 그래? 내 잘 얘기해볼게. 돈밖에 가진 게 없는 친군데, 그것도 괜찮은 방법일 것 같은데."

동호는 의외로 쉽게 해결될 것 같은 느낌이 들었는지 만면에 희색을 띠고 민복을 바라보았다. 하지만 바로 그 순간 민복의 눈빛은 서늘하고 차갑게 변했다. 동호는 그런 민복을 보면서 괜한 말을 꺼냈나 하며 시선을 거두었다.

"백부님 , 백부님이 이번 일을 얼마나 정확히 알고 계시는지 모르지만 사건의 본질은 덮어두고 모든 일을 오로지 돈으로만 해결하려는 사람을 저는 이 세상에서 가장 경멸합니다."

"글쎄. 그렇게 생각한다면 할 말이 없다만, 냉정히 생각해보면 그 아가씨들도 이왕 저질러진 일, 경제적으로 도움이 되는 것도 과히 나쁜 일만은 아닐 텐데."

"혹시 이창식 사장님이 최근까지도 한 아가씨를 상습적으로 성노리개로 삼아왔다던 얘기도 하던가요?"

"……."

동호는 그 말에 깜짝 놀랐다. 금시초문이었다. 그런 일도 있었던가. 하지만 자세한 내용을 모를 때면 상대방의 말을 충분히 듣고 판단하는 것이 가장 좋은 방법일 것이다.

"두 분 사이가 어느 정도인지는 제가 정확히 판단할 수 없지만 진실을 바로 알고 나면 우리 여직원들이 요구하는 상황이 과히 지나치다는 생각이 싹 가실 거예요."

"……."

"처음엔 저도 아가씨 임신사실만 놓고서 상황을 파악하려 했어요. 하지만 당시 야유회에 가는 줄만 알고 불려갔던 아가씨들이 술시중인 줄 알고는 그곳을 벗어나려 했는데, 돈으로 매수된 폭력배가 가세하여 아가씨들을 가지 못하게 막았고 어쩔 수 없이 그런 사태에 이를 수밖에 없었다는 사실을 알고 나면 백부님도 쉽게 합의를 해주라고 나설 상황이 아니란 걸 알게 될 겁니다."

"……."

동호는 대화가 진행되면 될수록 새로 드러나는 사실에 놀랐다. 그런 지경이었다면 자신이 해결하려고 처음부터 나서지 않았을 것이다. 하지만 모든 상황은 일단 다 들어보고 판단하리라. 동호는 입술을 꾹 다물고 귀를 쫑긋했다.

"최근까지 사장에게 성폭력으로 시달려온 아가씨는 자살까지 생각할 정도로 우울증에 괴로워하고 있습니다. 하지만 이창식 사장은 자신이 고용주로 있으면서 상대적으로 취약한 입장에 놓여있는 고용인의 인권을 심각하게 유린했으면서도 근본적으로 사건의 본질을 해결할 생각은 하지 않고 단순히 돈으로만 해결하려 했어요. 아무리 세상이 물질만능으로 흐르고 있다지만 이건 아니다 싶어 저도 나선 것이고요."

민복은 이 말을 하고 나니 몹시 목이 말랐다. 마침 매점에서 기다리며 동호가 사놓았던 음료수를 벌컥벌컥 마시고 나서야 흥분이 조금 가라앉는 기분이었다.

민복은 거의 확정적인 할 말까지 다한 느낌이었다. 이 말을 듣고도 동호 백부가 합의 운운하면 그건 사장과 똑같은 사람이거나 더 이상 대화의 진척을 기대할 수 없는 사람이거나 둘 중 하나에 해당할 것이다.

"얘야 설사 그렇더라도 니가 낄 일이 아니잖나? 당사자들끼리 합의금만 가지고도 해결될 부분을 인권침해니 어쩌니 하면서 다른 부분까지 꼭 들추어내야 옳다고 보나?"

"백부님 저희 회사는 전체 직원 중 공장장님, 부장님과 수위아저씨를 제외하곤 여직원들입니다. 이 일을 그냥 덮어두고 지나가면 또 다시 그와 비슷한 일이 일어나지 말라는 보장이 없습니다."

"그건 나중 문제고 내 생각엔 지금 확실하지도 않은 미래 일까지 긁어 부스럼을 만들 필요까지는 없다고 보건만."

"글쎄. 백부님이 그렇게 생각하신다면 저는 더 이상 할 말이 없습니다."

"아까 제3자 제3자 했는데, 니는 차라리 이 일에서 빠지는 게 어떻겠노? 어쨌든 간에 조용하게 해결만 된다면 아까 말한 대로 사례비로 등록금은 꼭 챙겨주도록 하마."

"백부님 저하고는 정말 대화가 통하지 않을 것 같네요. 그럼 저는 못들은 걸로 하고 이만 가보겠습니다."

민복이 벌떡 일어서서는 냉정히 돌아서서 갔다. 동호도 난감한 표정을 지으며 얼른 따라 일어나 민복을 쫓아갔다.

"애야!"

민복이 가다 잠시 발을 멈추었다.

"직장을 관두고서도 이 일에 관여할 셈이냐?"

"……"

"회사에서 너를 해고해도 이 일에 계속 매달릴 거냐고 물었다."

오! 그래요? 말을 안 들으면 절 해고라도 시킬 거라고 협박하던가요? 하지만 이미 주사위는 던져졌어요. 내가 물러난다 해도 사건을 쉬쉬 덮으려 해도 진실만은 덮을 수 없어요 백부.

민복은 잠시 고개를 돌려 동호를 바라보며 속으로 생각했다. 잔뜩 인상을 쓰고 있는 동호의 모습이 조금은 측은해지려 하자 마음이 약해지기 전에 민복은 얼른 고개를 돌리고 작업장이 있는 곳으로 달려가다시피 갔다.

58 | "어이구 해운대에도 이런 산동네가 다 있었네."

연숙은 흘러내리는 땀방울을 연신 손수건으로 훔쳐내느라 바쁘다.

"병철 어머님은 이 동네엔 처음 와보는 모양이지예?"

연숙은 대답 없이 고개만 끄덕였다. 양산까지 쓴 연숙이 한 손으로 들고 있던 음료수가 오르막길에서 자꾸만 흔들거리자 위태롭게 느껴졌던지 태민이 엄마가 받아든다.

"약도를 보면 이 오르막길로 한참 올라가면 짱구네슈퍼가 나오고 슈퍼에서 왼쪽으로 꺾어진 골목으로 들어가서 다섯 번째 집으로 되어 있는데, 글쎄 슈퍼가 도대체 나와야 말이죠."

두 사람은 산동네 중턱에 서서 한참 동안을 헤매고 있었다. 연숙은 닭장처럼 다닥다닥 붙은 집들이 대문은커녕 숫제 미닫이로 겨우 출입하도록 되어 있는 풍경이 신기한지 자꾸만 두리번거리며 쳐다본다. 어느 집에선가 갑자기 와장창 질그릇 깨지는 소리가 나더니 한 여자가 뛰어나온다. 그 뒤로 소주병을 든 남자가 런닝 바람으로 쫓아온다. 연숙과 태민이 엄마는 깜짝 놀라서 옆으로 비켜선다. 여자를 쫓던 남자가 제풀에 지쳤는지 다시 집으로 돌아오며 충혈된 눈으로 둘을 쳐다본다.

"뭘 봐 시팔! 싸움하는 거 처음 봐 으잉. 근데 아줌마들은 여기 와 남집 앞에 서 있는데."

"아닙니다. 어디 집을 찾아 왔는데 아직 못 찾아서."

두 사람은 혹시나 행패라도 당할까 오들오들 떨었다. 그런 모습을 사내가 비웃듯 바라본다.

"구경 값 내어 놓으소."

"예!?"

"싸움 구경 했으면 구경 값 내어 놓아야 될 것 아닌교?"

"이보세요 아저씨. 그게 무슨 말도 안 되는 황당한 소리에요?"

태민이 엄마가 분위기를 반전시키려 나섰으나 사내의 험악한 모습에 금방 질려 움츠러든다.

"태민이 엄마 그러지 마! 괜히 행패라도 부리면 어떻게 하려고."

연숙은 지갑에서 얼른 꺼내든 5천 원을 사내에게 내밀었다. 돈을 뺏다시피 한 사내가 재빠르게 앞쪽으로 나무로 된 입간판이 있는 집으로 달려갔다. 잠시 후 소주병을 나발 불면서 나타난 사내는 아직도 놀라서 꼼짝 않고 있는 둘을 한번 힐끗 하곤 자신의 집 미닫이문을 열고 사라졌다.

그때서야 둘은 휴우 한숨을 내쉬었다. 연숙은 도시에서도 아직도 이런 곳이 다 있다니 신기해하면서 혀를 끌끌 찬다. 그곳은 이전에 고향에서 살 때 보았던 거지마을을 떠올리게 했다. 그곳에 사는 사람들은 아침 일찍부터 인근 마을을 돌며 동냥을 해서 생계를 유지했다. 고향마을 산 언덕배기에 거적으로 덮은 움막이 여러 채 있었다. 사람들은 그곳을 경원시했고 연숙은 그곳을 지나갈 때면 어디서 불쑥 문둥이라도 나타날 것 같아 겁을 냈던 기억이 난다.

"참 병철 어머님! 저 곳이 약도에 있는 짱구네 슈퍼가 아닐까예?"

"무슨? 그냥 집 같은데. 저게 무슨 가게라고?"

"아닙니더. 아까 그 아저씨도 소주까지 사 가지고 나온 거 보면 맞을지도 모릅니더. 따라와 보이소."

태민이 엄마가 앞서고 연숙이 쫓는다. 집 가까이 다가간 연숙이 입간판에 쓰여진 글이 보이자 비웃듯 피식 웃음을 짓는다. 나무로 된 입간판에는 누군가 휘날리는 글씨체로 짱구네슈퍼라고 써 놓았기 때문이다.

"이거 보이소. 분명히 짱구네 슈퍼라고 적혀 있지예."

태민 엄마가 기뻐서 소리쳤다. 연숙은 말이 슈퍼지 자신이 살던 동네의 구멍가게도 되지 않은 가게를 한심스럽다는 듯 쳐다본다. 가게에 쌓아놓은 물건들에는 먼지가 쌓여있다. 꼭 자신이 어디 이방의 나라에라도 온 기분이다. 중진국의 중턱에 서 있는 대한민국, 때는 바야흐로 80년도 초반인데, 이곳은 세월을 거꾸로 돌아가고 있었다.

"계세요?"

연숙과 태민이 엄마가 다 찌그러져가는 미닫이문을 두드리며 안쪽에 대고 소리쳤다. 잠시 후 안쪽에서 칠십이 다 되어 보이는 할머니가 나타났다.

"누구신교?"

"어이구! 안녕하세요? 할머니 일단 안으로 들어가서 말씀 드리면 안 되겠습니까?"

"교회에서 왔는교? 그렇다면 난 관심 없으니 고마 가 보이소."

종두의 할머니가 연숙과 태민이 엄마를 한번 훑어보고 짐작으로 말한다.

"교회에서 안 나왔습니더 종두 할머님. 사실은 이번에 종두가 병원에 입원한 일 때문에 왔습니더."

태민이 엄마가 종두할머니에게 음료수를 들이밀며 말한다. 그때서야 종두할머니는 집안으로 둘을 불러들인다.

"집이 누추한데 안으로 들어오소."

연숙은 미닫이문으로 들어서자 바로 부엌이 있는 마루턱을 지나 먼저 들어선 둘을 따라 방으로 들어선다. 매캐한 냄새가 코를 찌르고 조그만 방에는 시골에서나 볼 수 있는 헌 농이 문짝이라도 고장이 났는지 비스듬히 열려 있다. 연숙은 천장에 파리가 잔뜩 달라붙은 끈적이를 인상을 쓰며 바라본다.

합의문제는 경제적으로 더 낫고 말발이 센 연숙이 협의하기로 둘 사이에 사전에 약속되어 있었기 때문에 태민이 엄마는 눈치만 보고 앉아 있었다. 연숙은 아직도 도시의 복판에서 거지와도 별반 다름없이 살아가는 모습에 신기해하면서도 합의가 의외로 쉬울 것 같은 예감이 들었다.

"종두 할머니. 종두 학생이 병원에 입원해서 걱정이 많죠?"

"아이구! 죽이 되든 밥이 되든 남 일에 끼어들지 말라고 평소에도 그렇게 입이 닳도록 말해왔는데 지가 뭐할라꼬 끼어들기는 끼어드노 말이다 으이."

종두 할머니가 병원에서 사건의 전말을 전해 들었는지 역정을 내며 말한다. 연숙과 태민이 엄마는 그 말에 안도의 눈빛을 교환한다.

"맞습니다 종두 할머니. 그때 걔들이 여학생과 같이 바닷가에 놀러갔다 장난을 치며 놀려고 그랬다가 괜히 종두학생이 끼어드는 바람에 엉겁결에 벌어진 일이 아닙니꺼?"

"그래도 사람을 그리 개 패듯이 패면 쓰나? 이빨이 부러지고 얼굴에 피를 흘리며 쓰러져 있는데도 아이고야 갸들이 지근지근 밟았다네. 다른 건 그렇다 하더라도 그기 사람이 할 짓이가?"

이야기가 원하는 대로 흘러갈 것 같다 이상할 방향으로 선회하자 둘은 금방 난처한 눈빛을 교환했다.

"종두할머니 사건의 경위야 어찌되었든 저희들이 애들 교육을 잘못시켜 그런 것이니 다 너그럽게 용서해주세요. 죄는 밉지만 사람을 미워하지 말라는 말도 있지 않습니까? 걔들도 아직 학생인데 학교는 다녀야 안 되겠습니까?"

"하모요. 학상들이 핵교는 가야지예. 나도 종두가 얼른 털고 일어나 핵교로 가야 되는데 그러고 있으니 걱정 아닌교?"

"종두할머니 병원비는 저희들이 병원과 협의해 종두가 다 치료할 때까지 충분히 해드릴 테니 걱정 마세요. 그리고 이건 삼십만 원인데 이번에 일 치른다고 마음 쓰셨는데 위로비로 드리니 어쨌든 이번 일이 잘 마무리 되도록 부탁드려요 할머니."

그 말에 옆에 있던 태민이 엄마가 놀란 눈으로 쳐다본다. 분명 이곳에 오기 전에 합의금을 오십만 원을 주기로 했던 것 같은데 눈 하나 꿈쩍 안 하고 뚝딱 반값 정도로 깎아버린 연숙의 모습에 놀랐다. 만에 하나 돈이 적다고 할머니가 합의를 해주지는 않을까 안절부절 한다.

"아이구 이런 것까지… 우쨌든 간에 고맙구료."

보호자들 사이의 합의는 그렇게 순식간에 일단락되다시피 했다. 월요일에 병원에서 같이 만나 병원비 문제를 매듭짓고 경찰서에 들러 합의서를 제출하기로 했다.

연숙이 내민 돈을 받아든 종두할머니는 미닫이문 옆에 서서 연신 손을 흔들며 두 사람이 시야에 사라질 때까지 서 있었다.

"합의금으로 오십만 원을 주기로 하지 않았습니꺼 병철 어머님."

"그러니까 태민어머님은 순진하시다니까 호호. 그 쥐뿔도 없는 할망구한테 우리가 무슨 큰 죄를 지었다고 무릎 꿇고 사정한 것만 해도 오감치. 아들 녀석 땜에 자존심을 팍팍 구겨가며 살자니 이거야 참 내 원."

연숙의 뒤편에서 가던 태민이 엄마가 그 말에 새로운 면모라도 발견한 듯 머리를 절레절레 흔든다.

"어이구! 사모님 애 많이 쓰셨어요."

그러다 태민이 엄마가 다분히 비꼬는 마음을 쏙 감추고 공치사로 말한다.

"뭘요, 고까짓 일 가지고. 태민이 엄마도 참."

연숙은 같은 학부모로부터 사모님 소리를 듣자 입이 함지박처럼 벌어지며 좋아한다. 자신은 살아오면서 중졸 학력을 항상 콤플렉스로 여겼

다. 그래서 가급적 교양 있는 척했고 약점을 숨기기 위해 사투리도 가급
적 자제하며 살아왔다. 어떨 땐 자신도 모르게 천박한 면모가 드러나기
도 해 난감할 때도 있지만 말이다.

"병원비, 합의금은 일단 내가 70%를 부담할 테니 태민의 엄마는 그렇
게 알고 있어."

나중엔 그냥 반말조로 바뀐다. 하지만 태민이 엄마는 역겨움을 감춘
채 사모님 소리를 한 효과가 발휘되는듯 하여 연숙이 모르게 살짝 웃는
다.

59 | 아침저녁으로 제법 선득선득한 기운이 느껴졌
다. 몸에 열기가 많아 짧은 소매를 잘 입고 다니던 동
호도 9월이 막바지에 들어서자 긴소매로 바꿔 입었다. 이번 여름은 정
말 생각하고 싶지 않은 일이 주변에 많이 일어났다. 여름 방학에 즈음하
여 사고를 친 아들 녀석의 합의와 징계문제로 집사람이 경찰서와 학교
를 들락거렸고 자신도 뇌물공여 관련으로 검찰에 불려가 조사를 받기도
했다.

하필 자신과 친했던 관할의 경찰서장이 관내의 여러 업체로부터 뇌물
을 받은 사실이 알려져 조사를 받던 중 자신과 관련된 일이 불거졌다.
결과는 불구속 입건으로 마무리 되었지만 사건 해결 차 뒷돈이 제법 들
어간 성가신 사건이었다.

아들 녀석은 정학까지 갈 뻔했던 일을 근신으로 겨우 낮췄다. 정학은
일정기간 학교 수업까지 받지 못하는, 학생으로선 중징계에 해당되는
일이었다. 제법 성가신 사건으로 확대될 뻔 했는데 마누라가 어떻게 손
을 잘 썼는지 한 달간 근신하는 선으로 낮췄다.

하지만 이런 일련의 일을 치루면서 가장 기분이 나빴던 일은 마누라가 학교에 다녀오고 나서 새로운 사실을 알려주고 나서부터였다.

마누라는 이 일로 며칠 동안 바가지를 긁고 집안을 시끄럽게 해 자신의 속을 한 번 더 뒤집어 놓았었다.

"여보 당신 애 교육은 그래도 시간이 많고 집에 붙어 있는 당신이 신경을 썼어야지 사업으로 정신없는 나에게 이런 부분까지 꼭 신경 쓰이게 해서 혈압 올리게 할 거요?"

보다 못한 동호가 톡 쏘아 붙였지만 연숙은 분이 좀처럼 사그라지지 않은 기색이 역력했다.

마누라가 밝힌 내용은 자신이 듣기에도 기가 막혔다. 6촌 동생 동출의 아들과 병철이 같은 학년에다 하필 같은 반이고 병철의 성적이 중간 언저리에 맴도는 것에 반해 민석은 우등생이라는 것이었다. 게다가 민석은 가정 형편이 어려운 가운데서도 가장 모범적인 학생으로 선생들에게 인정받고 있다고 했다.

마누라가 병철의 문제로 학교에 찾아갔다 교무실에서 마침 담임선생의 잔일을 도와주던 민석과 맞닥뜨렸다. 그 일이 있기 전 합의문제로 병원에서 민석과 마주친 적이 있어 그녀는 깜짝 놀라 약간 떨어져 있는 민석을 지목하여 어떤 학생이냐고 슬쩍 물어봤다는 것이다.

"아 쟤 참 영특한 친구에요. 아버지는 돌아가시고 어머니는 시장통에서 장사를 하는 어려운 가정형편인데도 성격이 매우 밝습니다. 게다가 공부를 잘해 반에서 3등 이내에 드는 우등생이기까지 해요. 아직도 성적은 계속해서 오르는 중이니 결국은 1등까지 할 아이에요. 아마 좋은 부모를 만나 진작 좋은 환경에서 체계적으로 공부를 했다면 전교에서 벌써 수석을 하고도 남았을 겁니다. 심성이 무던하고 착해 가끔 믿고 자잘한 학습 과제 보조까지 맡길 정도예요. 근데 왜 물어보시죠?"

그 말에 연숙은 그냥 아는 아이라는 말은 했지만 한 방 먹은 기분으로 어질어질 했다는 것이다. 그러자 담임선생은 연숙이 감동이라도 먹어 그러는 줄 알고 하나도 보탬 없이 표정 하나 바꾸지 않고 꼬박꼬박 세세한 부분까지 일러줬다는 것이다. 그 말이 꼭 자신에게는 집안형편이 좋으면서도 말썽장이 아들 때문에 학교를 들락거리는 자신을 욕하는 것만 같아 고개를 끄덕이며 수긍을 하면서도 창피해 죽을 것만 같았다는 것이다.

"그렇다고 너무 실망은 하지 마소. 옛날부터 학교 우등생이 사회에서도 우등생이 된다는 보장이 없고 학교 낙제생이 사회생활을 오히려 더 잘한다는 말도 있지 않소."

나중엔 궁색한 논리까지 전개하며 위로하려 했지만 그런 말을 하고 난 자신도 한동안 속이 쓰라렸다.

그런 형편에 놓여 있을 즈음 친구인 창식으로부터 전화가 왔다.

"친구 부탁한 일은 어떻게 좀 알아봤나?"

"친구야 그렇지 않아도 내가 그 일로 한번 만나보긴 했는데, 생각보다 쉽지 않아서. 실은 그보다 자네 나에게 숨긴 일은 없나?"

"무슨?"

"전에 바이어 접대 때 임신했다는 그 아가씨 말고도 너와 문제가 된 다른 아가씨 건은 없냐고?"

"야 니 어디서 이상한 소릴 들었는지 모르겠는데 부탁한 일은 처리 할 생각은 안하고 엉뚱한 소릴 하냐. 그건 그렇고 한 가지만 물어보자. 김민복의 뒷배경이나 가정환경에 대해서 좀 물어보자."

"그건 와?"

"뻔하잖아. 더 이상 해결될 기미가 보이지 않으니 전에 얘기했던 대로 강경책을 쓸 수밖에. 다른 건 모르겠고 개 회사에서 자르면 성가시게 할 백그라운드라도 있나 싶어서."

그 말을 듣자 동호는 잠시 망설였다. 결국 친구나 나나 똑같은 속물이구나 하면서도 결국 자신이 살기 위해 그렇게 할 수밖에 없는 현실에 헛헛하고 자조적인 웃음이 나오려 했다. 민복이라면 주변에서 그래도 가장 영향력 있는 친척이라면 지금 전화를 받고 있는 자신일 것이다. 동출이나 자신은 사실 어릴 땐 경제력에서나 지위 면에서 누구 하나 거들 떠보지 않을 만큼 아무런 배경이 없는 사람이었다.

그마나 자신은 그런 환경을 벗어나고자 집안내력은 좀 좋지 않아도 경제력이 있는 마누라를 선택해 지금은 사업까지 번창해 경제력은 어느 정도 지위가 확보된 편이었다. 자신이 이전에 경찰서장을 비롯한 관내 기관장들과의 유착도 다 유대관계를 통해 사회적 지위를 격상시켜 보고자하는 그런 의도에서 시도되었던 일이었다.

헌데 친구와 친척 사이에 이 일을 놓고 저울질할 땐 어떻게 해야 옳을까?

"어! 친구야 와 말이 없노? 다른 건 몰라도 고향사람이니 그 정도 정보는 알거 아니가?"

그렇게 묻는 걸로 봐서 창식이 아직 자신과 민복이 어떤 사인지 모르고 있는 게 확실했다. 동호는 머리를 굴려가며 이해관계를 따져본다. 사실 동출의 집안과는 동출이 죽고 난 뒤로 거의 원수같이 되어 버렸다. 게다가 민복이와 그런 불미스런 일로 다시는 만나고 싶지 않은 사이가 되어 있다. 앞으론 사실 남보다도 못한 사이가 될 게 뻔했다. 그렇다면 자신은 혈육보다는 친구가 우선일 수밖에 없었다. 하지만 자신의 말 한마디로 민복의 장래가 결정될 수 있다는 사실이 조금은 고민거리로 다가왔다.

60 | "저기요 담배 한 대 피우고 하면 안 될까요?"

그 소리에 그림을 그리던 화가들이 화구를 내려놓고 호기심이 가득 찬 눈으로 민경을 바라보았다.

이번 누드화 스케치에 참가한 화가들은 각양각색이었다. 졸업을 앞두고 졸업 작품을 준비하는 사람, 누드화를 전문적으로 그리는 사람, 괜찮은 모델이 있다는 소식에 누드화는 뒷전이고 그냥 구경삼아 그림에 참가한 사람 등 여러 부류로 나뉘어져 있었다.

민경이 맨 처음 누드화의 모델을 자처했을 때 가장 충격으로 받아들인 사람들은 누구보다도 그녀를 이전부터 알고 있던 대학 동문들이었다. 특히 민경이 막 신입생으로 입학할 때 3학년 선배로 학교에 다니다 군대를 다녀온 복학생들의 충격은 남달랐다.

그들은 민경이 신입생환영회 때 여느 신입생답지 않은 아주 우아한 드레스와 눈에 확 띄는 헤어스타일로 한껏 뽐냈던 그녀를 기억했다. 그녀는 입학 당시 지방의 중견기업체를 운영하는 사장의 딸로 소문이 파다하게 퍼졌었다. 그런데 왜 하필 그녀가 이런 식으로 타락일 수도 있는 모습으로 변해 버렸을까 의문을 가지는 사람도 많았다.

민경은 많은 화가들이 지켜보는 가운데 맛있게 담배연기를 빨아들였다. 비싼 경비를 내고 모델을 초청해 스케치에 참가한 많은 화가들은 모델의 잠시 동안의 휴식을 인정하긴 했으나 대신 그 자리에서 피우도록 하는 아량만 베풀었다.

알몸으로 담배를 피우고 있는 민경의 자태 중에서도 기다란 손가락이 단연 돋보였다. 특히나 담배를 물고 쪼그리고 앉아 있는 모습은 고혹 그 자체였다.

이번 누드회 스케치에 참가한 박달수는 누드학로 장래가 촉망되는 화가였다. 그는 벌써 여러 누드화로 이름을 날렸다. 달수는 어떤 예감이 있었는지 당초 그리던 스케치북을 옆으로 치우고 새 종이에다 담배를 피우는 모습의 모델을 담기 시작했다.

자신이 누드화 스케치에 여러 번 참석해 봤지만 모델료를 받고 참가한 이전의 대부분의 모델들은 그저 돈 때문에 참가해 거의 수동적으로 화가들의 제스처 변화 요구를 수용해주곤 했다. 그리고 아쉬웠던 점은 눈빛이 죽어 있다는 것이었다. 하지만 이번 모델은 뭔가 달랐다. 우선 뭔가 반항하는 듯이 반짝반짝 눈빛이 살아 있었다. 달수는 그녀가 꼭 돈 때문만으로 모델로 참가한 것이 아니라는 느낌을 누구보다 강하게 받았다.

시간이 없다. 담배를 피우는 순간은 아주 잠깐이지 않는가. 달수는 자신도 모르게 중얼거렸다. 다행히 모델은 오랜 참음 뒤의 갈증 해소와 휴식을 만끽하려는 듯 아주 천천히 연기를 들이마셨고 달수는 대부분의 모습을 그 짧은 순간에 그려냈다. 대신에 표정을 충분히 잡아내어야하고 세밀한 묘사로 시간이 많이 들어가는 얼굴 모습은 당초 누드화를 스케치해 그려놓은 부분을 끌어다 쓰기로 했다.

모델이 담배를 피울 때 담배를 피우는 대부분의 화가들이 가세했기 때문에 이번 기획전을 위해 빌린 그 너른 화실도 금세 담배연기로 뿌옇게 가득 찼다.

"자, 자. 실내공기가 너무 탁하네요. 담배연기를 좀 걷어내고 하는 게 어떻겠습니까?"

누군가가 그렇게 소리쳤고 화실관계자가 창문을 열어 환기를 시켰다.

길고도 길었던 누드화 스케치가 끝이 나자 민경은 온 몸으로 닭살이

돋는 기분이었다. 얼른 탈의실로 달려가 옷을 걸쳤지만 한동안 참담하고도 서글픈 기분이 이어졌다.

자신이 누드화의 모델로 참가한 일이 벌써 열 번을 넘어섰다. 졸업반으로 올라와서 곧바로 휴학계를 냈다. 처음엔 한 학기만 휴학을 하려고 했는데 어쩌다보니 1년을 쉬게 되었다. 그리고 언제부터인가 그동안 살아온 자신을 참회라도 하는 듯 남 앞에 벗은 모습으로 서기 시작했다. 맨 처음 남들 앞에 알몸을 드러냈을 땐 정말 자신이 왜 그랬을까 미치도록 후회되기도 했다. 하지만 한번 손대기 시작하면 끊기 어려운 흡연의 유혹처럼 모델에 대한 유혹은 끊임없이 솟아났고 여태껏 이어져 오고 있었다.

집안에서 자신의 휴학사실을 유일하게 아는 사람은 어머니 연숙뿐이었다. 애초 유학문제가 물거품이 된 이후– 사실은 상혁과의 사랑의 종말이 더 큰 아픔이었지만– 삶에 대한 열정과 의욕은 이미 물 건너 가 버렸다.

상혁이 자신을 버리고 떠났다는 사실이 처음엔 잘 실감나지 않았다. 하지만 그 후 상혁의 편지를 받았고 민경은 그때 상혁의 진심을 읽었고 더 이상 상혁에게 집착을 버리고 단념하기로 했다. 물론 가져간 돈은 언젠가 갚겠다고 했지만 그마저도 흥미를 잃었다.

상혁이 자신을 만났다면 처갓집의 탄탄한 재력으로 쉽게 미래를 펼쳐 갈 수 있는 형편인데도 불구하고 고학생이다시피 한, 자신보다 하나도 나은 구석이라고 없는 동문 수진과 가난을 축복삼아 새로운 삶을 펼쳐 나가겠다는 포부를 밝혀 온 것이다. 민경은 아직도 과 1년 선배였던 수진이 아르바이트와 생활고에 허덕이며 학교를 다닌 사실을 기억하고 있었다.

언제가 상혁과 수진이 친하다고 누군가 말했을 때 민경은 코웃음을 쳤다. 자신과 수진이 비교되고 있다는 사실만으로도 불쾌했다. 하지만 이렇게 가볍게 역전패할 수가. 민경은 허탈감에 빠져 허우적댔고 심지어는 자살 충동에 사로잡혔다. 그러다 어느 순간 자신을 버려야 산다는 생각을 했고, 누드화의 모델 출연은 그 일환이었다.

하지만 요즘에 와선 이 일에도 차츰 흥미를 잃어가고 있었다. 한동안 절절했던 상혁에 대한 연모의 감정도 세월이 지나면서 옅어졌고 다시금 새로운 삶에 대한 도전의식이 솔솔 도발적으로 솟아났기 때문이었다.

연숙은 남편의 사업이 갈수록 번창해 그 어느 때보다 경제적인 호사를 누리고 있었다. 남편이 주는 생활비와 보너스 형태로 주는 돈은 꼭 들어가는 비용을 제외하곤 받는 족족 부동산에 투자했다.

자신이 생각하기에 부동산만큼 안전하고도 고소득을 창출해줄 투자처가 없어 보였다.

가끔 회사 내부에 관해서 정보원 역할을 해주는 동생은 사업이 이대로만 진행되면 조만간 종업원이 오백 명에 이를 거라는 반가운 소식을 전해 주었다. 그동안 몇 번의 공장신축과 확장으로 사업체는 이제 대기업이 부럽지 않을 만큼 탄탄하게 성장해 있었다.

동생이 전해주는 정보 속에 더러 남편을 단속해야 할 거라는 말도 있었지만 주로 여자에 관한 일로 크게 신경 쓰지 않기로 했다. 사업을 확장시키는 과정에 술 접대는 기본이고 그 과정에 파생되는 여자문제는 이미 초월하기로 마음먹은 지 오래였다. 그러면서도 호락호락 못 본 체하지만은 않겠다는 의도를 남편에게 넌지시 암시하며 그 부분에 너그러운 대신 자신의 취미활동, 쇼핑에 필요한 용돈과 생활비만큼은 충분히 받기로 보장받는 것도 잊지 않았다. 남편도 그런 점을 고맙게 여겼는지 수시로 그녀에게 인심 쓰듯 용돈을 팍팍 주었다.

하지만 연숙은 요즘 새로운 고민에 빠져 있었다. 돈이면 세상에 안 될 일이 없다고 철칙처럼 믿고 살아온 그녀에게 자식 농사만큼은 돈만으론 절대 되지 않는다는 사실이었다. 남들에게 늘 기죽지 않을 만큼 충분한 용돈을 주고 수시로 학교에 드나들며 선생을 구워삶아도 정작 본인의 의지가 없으면 목사 앞에 독경 읽기요 중 앞에 찬송가 부르는 꼴과 매한 가지였다.

병철이 꼭 그 짝이었다. 자신만 정신을 똑바로 차리고 있으면 세상에 부러울 대상이 아무것도 없을 아이였다. 아무 걸림돌 없이 쭉쭉 성장해 가는 남편의 사업체를 자신은 무혈 입성하는 점령군처럼 고스란히 넘겨 받기만 하면 되었다. 그래서 병철이 남보다 공부를 못해도 크게 신경 쓰지 않았다. 그저 남만큼 따라가 주고 보통만 되어도 하나도 아섭지 않을 아이였다. 하지만 지난 번 당구장 사건을 비롯한 자잘한 사고와 구타로 입건되어 근신이라는 징계처분까지 받은 문제아의 표본에다 성적은 아예 밑바닥으로 곤두박질치자 어느 새부터 심각한 걱정거리로 자리 잡았다. 저러다 앞으로는 어떤 큰 사건을 저지를지도 몰라 연숙은 두렵기만 했다.

딸도 마찬가지였다. 고등학교 저학년까지 온갖 말썽을 일으키던 민경이 나중에 마음잡고 서울에 있는 대학에 들어갔을 때 집안은 한마디로 축제 분위기였다. 미대에서는 전국에서 최고로 알아주는 대학이었다. 하지만 요즘에 와선 개마저 새로운 문제에 봉착해 있었다. 물 건너 가버린 유학문제 건은 처음에 쉬쉬하다 결국 사기꾼인 브로커로 인해 무산되었다고 남편을 상대로 설득시켰다. 돈보다는 자식의 장래가 더 소중했기 때문이었다. 연숙도 그 일로 딸이 받았을 상처를 생각했고 경제적인 부분은 일체 함구했다. 아니 아예 신경 쓰지 말라고 못을 박았다. 다만 빨리 마음을 추스르고 얼른 학교를 졸업해 어디 좋은 혼처에 시집이나 갔으면 하는 간절한 소망이었다.

하지만 여러 복합적인 문제가 얽힌 유학 무산이 딸에게 준 충격은 큰 듯 보였다. 처음에 1학기 휴학을 얘기했을 때 수긍했다. 하지만 딸은 2학기마저 휴학을 내고 방황에서 벗어나지 못하고 있는 듯 했다.

연숙은 아직도 그때 일을 생생히 기억하고 있다. 유학 건이 무산되고 휴학을 하고 있던 민경이 빨리 추스르고 일어나도록 격려차 상경했던 자리였다.

"민경아 그까짓 거 돈 때문이라면 너무 신경 쓰지 마라. 돈이야 없어지면 또 모으면 되고."

"엄마 그 돈, 돈, 돈, 정말 어릴 때부터 지겹도록 들어왔어요. 근데 돈이면 다 된다는 엄마의 말에 딸로서 따르려고 노력했고요. 그래서 어릴 때부터 친구들에게 돈을 뿌려가며 인기도 제일 좋았구요. 저는 그 인기가 사실인 줄 알고 여태껏 살아왔어요."

"어머! 민경아 얘가 도대체 왜 이럴까?"

연숙은 도둑이 몽둥이 든다고 별로 잘한 일이 없는 민경이 그렇게 불퉁거리며 나오자 못마땅했다.

"하지만 그 인기는 결국 거품이었고 제가 좋아서라기보다는 필요에 의해 친구들이 따랐다는 것을 알게 되었어요. 결국 세월이 지나 아쉬움이 없는 친구들은 아무런 미련 없이 제 곁을 떠나버렸어요. 엄마는 사랑에도 경제적인 요소가 제일 중요하다고 했지만 그마저도 돈이란 존재는 있으면 편하겠지만 없으면 불편할 아쉬움 정도에 불과하다는 것을 왜 이제야 깨달았는지 후회가 돼요."

민경은 결국 유학무산에 따른 방황이 아니라 사랑의 배신에 따른 아픈 홍역을 치루고 있었던 것이다.

61 | 가게는 여전히 바빴다. 오전부터 손님이 꽉 들어차자 남 따라 장에 간다는 말이 있듯 평소에 국수를 즐기지 않던 사람까지 뭐 땜에 저렇게 사람이 많지 하며 호기심으로 찾아와 나날이 손님들이 늘어났다. 군중심리라는 것이 꼭 이를 두고 이르는 말일 것 같다. 양례는 손님이 많아 기분이 좋으면서도 마치 시합을 며칠 앞둔 선수가 압박감을 느끼듯 자신도 서서히 가게를 비워줘야 할지도 모른다는 걱정에 시달렸다.

어디 운동이라도 다녀오는 복장을 한 주인집 영감이 고개를 쭉 내밀고 가게를 훑어보다 양례와 눈이 마주쳤다. 양례는 끼고 있던 장갑을 벗을 틈도 없이 영감에게 쫓아갔다.

"김 사장님."

영감이 화들짝 놀라 양례를 바라보았다.

"조만간에 시간 한번 내 주시지예. 제가 술 한 잔 대접하겠습니더."

지난날엔 그렇게 사정을 해도 꿈쩍도 않던 양례가 그렇게 먼저 제안해오자 솔깃해진 영감의 두 눈이 금세 놀랍고도 기쁨에 찬 눈빛으로 변한다.

"그러면 오늘은 일이 있고 내일 장사 마치거든 요 앞 시장통 입구에 있는 부산은행을 지나면 나오는 생맥주집으로 오시오. 내 마칠 때쯤 저녁 8시에 거기 먼저 가 있을 테이니 까니."

"예. 그럼 저는 이만 바빠."

양례는 좁은 가게에 앉을 자리가 없어 일부 손님이 가게 밖까지 죽 늘어서 기다리고 있는 가게 안으로 다시 들어갔다. 동이엄마도 부지런히 움직이고 있었다.

음식의 맛을 결정하다시피 하는 멸치와 다시마로 육수를 우려내고 조절하는 일과 밑반찬으로 필수적인 깍두기나 겉절이용 양념은 꼭 자신이 했다. 그래서 동이엄마는 손님에게 음식을 나르는 일이 주이고 손님이 없을 땐 국수를 삶는 일이나 깍두기용 무를 다듬는 일이 고작이었다.

손님들의 입맛이 이런 아주 미세한 부분에 영향을 받고 있다는 것을 육 개월 이상 식당을 운영해오면서 터득해온 양례였다. 이전보다 국수의 국물이 시원하고 밑반찬이 깔끔하고 맛있어졌다는 말을 오래된 단골들이 식당을 나서면서 인사할 때 양례에게 들려준 적이 있었다. 그런 부분이 그 짧은 시간 안에 많은 손님들로 넘쳐나게 한 원동력이었다는 것을 양례는 누구보다 잘 알고 있었다.

"사장님도 식사 하셔야지예?"

동이엄마가 손님이 약간 줄어든 틈에 식사를 하며 양례를 보며 말한다.

"얼른 먹어 동이엄마, 난 좀 있다 교대로."

손님이 많아 두 사람이 같이 식사를 해본 적이 거의 없었다. 교대 교대로 짧은 틈을 이용해 식사를 해왔다.

점심피크시간대가 막 지나 잠시 손님이 뜸해져 여유가 생기자 양례는 다음 날 주인 영감을 만나 어떻게 할지 궁리를 시작했다. 이번에 영감을 어떻게 구워삶아서라도 자신은 꼭 장사를 계속할 수 있도록 부탁을 해볼 참이었다.

"이리와요 창녕댁."

가게 문을 닫고 한참을 걸어 맥주집에 들어서니 먼저 와있던 주인영감이 양례를 반긴다. 아주 자그만 가게에 손님들이 앉은 자리마다 칸막이가 되어 있어 이런 곳에는 거의 처음이다시피 한 양례는 영감의 앞자리에 앉으면서도 왠지 음침한 느낌을 받았다.

"오래 기다리진 않았지예?"

"그럼. 동생 어서 와."

주인영감의 양례에 대한 호칭은 양례의 고향을 딴 창녕댁이거나 동생이었다. 영감의 그때 그때 기분에 따라 호칭은 달라졌다. 주변에 눈치를 보는 사람이 있을 땐 영락없이 창녕댁이었다가 단둘이 있을 땐 어느 새 동생으로 바뀌곤 했다. 말씨도 호칭에 따라 경어를 쓰다 느닷없이 반말을 지껄였다.

자신이 국숫집을 맡은 지 얼마 후부터 영감은 심심하면 가게로 놀러 오곤 했다. 더구나 남편이 없다는 사실을 알고부턴 단둘이 있을 땐 은근하면서도 노골적으로 추파를 던져 오기도 했었다.

"오라버니 자 한 잔 받아요."

"어! 그래, 동생."

양례가 평소 잘 부르지 않는 오라버니라는 호칭에 영감의 입이 함지박처럼 벌어지며 좋아한다.

둘은 가득 찬 맥주잔을 부딪쳤다. 벌써 몇 번째 잔을 부딪쳤다. 생각보다 술이 약한 양례는 어질어질해지며 취해갔다. 도대체 주인 여자가 뭐 땜에 가게를 탐내는지 술에 취한 김에 용기를 내어 알아내리라. 그렇게 다짐하며 억지로 몇 잔을 거침없이 마셔버렸는데 좀 과했던지 그만 정신없이 취해버리고 만 것이다. 어느 순간 앉은 의자에 기대 깜빡 졸았다.

그런데 갑자기 앞쪽에 앉아 있던 영감이 슬그머니 자신 옆으로 와 앉았다. 뭔가 이상한 낌새를 느낀 양례가 눈을 떠 영감이 옆에 있다는 사실에 화들짝 놀랐다.

"어머나! 와 이럽니꺼?"

영감이 별안간 양례의 어깨를 두르고 가슴을 더듬었기 때문이었다. 양례는 안간힘으로 영감을 떨쳐내려 애써 보았지만 당장엔 힘이 부쳤다.

"동생 가만히 있어. 자네 외로운 거 나 다 알고 있다니까. 허허."

"이 손 그만 치우지예? 자꾸 이러시면 화 냅니더."

양례가 있는 힘을 다해 영감의 품에서 겨우 벗어났다. 무안해진 영감이 머리를 긁적이며 자신의 자리로 돌아갔고, 그때서야 양례도 정신을 가다듬는다.

"언니가 가게를 비워달라고 하던데 도대체 어떻게 된 일입니꺼?"

잠시 침묵 끝에 양례가 분위기를 깨고 묻자, 영감의 표정이 금세 난처한 눈빛으로 변했다.

"내사 뭐 아는 기 있다고?"

괜히 능청을 떨며 자신은 전혀 모르는 일이라는 듯 시치미를 떼려 한다. 그런 영감에게 양례가 집요하게 물고 늘어졌다.

"오라버니 괜히 그러지 마시고요. 한 집에 살면서 그런 일을 상의도 하지 않고 단독으로 처리하진 않을 거 아닙니꺼? 누구한테는 생사가 달린 일인데 좀 있으면 다 알아질 일을 그렇게 얼렁뚱땅 덮는다고 넘어갈 가벼운 문제가 아니란 말입니더."

그래도 영감은 꿈쩍 않을 태세다. 양례는 가벼운 실망을 느꼈다.

"오라버니 정말 이러실 겁니꺼? 앞으로 두 번 다시 안보고 살 것처럼 그렇게 나오시면 곤란하지예?"

그 말에 영감이 움찔한다. 그리고 자신과는 전혀 무관한 일이라는 듯 느릿느릿 천천히 말한다.

"동생 마누라가 동생네 가게가 장사가 잘 되고부터 탐을 내기 시작하는 것 같더만."

"와예? 장사가 잘되니 언니가 배가 아파 못 보겠다 이겁니꺼? 이전에 영순이 언니 때는 아무렇지 않게 잘 지내왔다 와 이제 와서."

"그때야 장사가 지금처럼 오데 잘 되었나?"

양례는 그 말에 서글픔과 분노가 도발적으로 활활 피어올랐다. 소위 있는 사람들은 없는 사람이 돈이라도 벌면 배가 아프고 못 봐 주겠다는 말과 똑같은 경우였다. 그렇다고 가게를 빼라고. 무심코 던진 돌멩이로 우물에서 살고 있는 개구리가 맞아죽듯, 있는 사람에겐 심심풀이 정도가 없는 사람에겐 생존권이 걸린 심각한 사안이 될 수도 있었다.

"그래서 우리를 내쫓고 직접 장사를 하겠다 이 말입니꺼? 그란데 그 연세에 빌딩까지 가진 할머니가 장사를 한다 카면 주변 사람들의 시선이 곱지만 하지 않을 낀데요."

"빌딩은 무슨? 코딱지만 한 건물을 두고. 사실 마누라도 처음엔 동생과 똑같은 생각이었제."

주인영감은 한번 털어놓기 시작하자 세세한 부분까지 다 까발린다. 정작 그럴 것이지. 양례는 집요하게 물고 늘어졌다.

"그런데예?"

"마누라 친정 쪽 질녀가 동생네 가게에 손님이 많고부터는 같이 한번 동업을 해보자고 마누라에게 들러붙어 몇 날 며칠을 꼬셔쌌더만 결국엔."

양례는 일이 어떻게 돌아가고 있는지 이제는 확실히 알 수 있을 것 같다. 결국 그 얘기였구나. 그렇다면 이건 답이 없을 게 뻔하다. 그렇다고 주저앉을 수만 없다. 지푸라기라도 잡는 심정으로 아주 작은 희망의 불씨가 있는 곳이라면 손을 뻗어봐야 하지 않겠는가. 주인여자는 그렇다 치고 질녀라는 사람은 어떤 여자일까.

"질녀라는 사람은 어떤 사람입니꺼?"

"신랑이 모 은행 지점에서 과장이라니 경제적으로는 뭐 크게 어려움이 없는 사람이지. 두 사람이 전에 건물 위층 올릴 때 대출 때문에 자주 만나 친하게 지내더만."

1년 전쯤 2층 건물 위쪽으로 주거용 집으로 한 층 더 올려 세를 준 일은 양례도 대충 알고 있는 얘기다.

주인영감으로부터 가게를 왜 빼려는지 꿍꿍이를 다 알아버린 양례는 한숨을 푹 내쉰다. 경제적으로 다 살만한 사람들이 합작하다시피 하여 이제 고생 끝에 겨우 돈을 조금 모으는 꼴을 배가 아파 못 보겠으니 쫓아내고 자신들이 차지하겠다는 꼴이었다. 그동안 식당을 운영하면서 확보된 단골도 고스란히 뺏겨야 할 판이었다. 그렇다고 주인여편네의 행보로 봐선 언감생심 권리금을 받기도 글렀다.

양례는 이러지도 저러지도 못하고 진퇴양난에 빠진 기분에 힘없이 의자에 푹 기댄다. 그새 영감이 양례의 옆자리로 다시 옮겨왔다. 영감은 양례의 기분은 생각지 않고 위로해주는 척 어깨를 토닥이며 다시 수작을 건다.

갑자기 양례가 자리를 박차고 나가 재빨리 계산을 하고는 도망가다시피 가게를 빠져나간다. 주인영감이 닭 쫓던 개처럼 눈을 희멀끔하게 뜨고 어느 새 한참이나 멀어져가고 있는 양례를 바라보았다.

62 | "영석 선배 오늘 저녁에 술 한 잔 하실래요?"

느닷없는 민복의 제안에 영석의 눈이 휘둥그레진다. 평소 같았으면 아직 민복이 학교에 도착하기도 한참 이를 시간이었다. 도서관에서 공부를 하다 생각지도 않게 민복을 발견하곤 커피 한 잔씩을 들고 캠퍼스 잔디에 앉았을 때 민복이 그렇게 제안했던 것이다. 그렇지 않아도 평소와 다르게 왜 이렇게 이른 시간에 학교에 왔는지 궁금해 묻고 싶었던 영석이었다. 자신도 3학년 2학기에 들어오고부터 아르바이트를 관두고 공부에만 매진해오고 있었다. 마침 국립사범대를 나온 형이 얼마 전에 교사로 임용되고부터 집안 형편이 약간 나아졌기 때문이었다. 자신도 이제부터 본격적으로 취업준비에 들어가야 했기에 더 이상 아르바이트에 연연할 입장이 아니었던 것이다.

마침 수업이 일찍 끝나는 관계로 저녁 8시 30분쯤 둘은 대학도서관 앞에서 만나 나란히 교문을 나서고 있었다. 둘이 자연스럽게 친해지기 시작한 것도 불과 두 달 전부터였다. 민복이 직장 안에서 벌어지고 있는 문제를 상의할 상대를 찾다 자연스럽게 평소 안면 있던 영석과 친해졌다. 영석도 자신의 일과 무관했지만 그런 일련의 사태에 대해 들어보고는 민복과 같이 흥분했고 분개했었다. 그 역시 젊은 혈기에다 힘들게 세상을 살아온 탓에 가진 자들의 횡포가 남의 일 같지 않게 여겨졌기 때문이다.

"결국 일이 그렇게 되어 버렸네요."

영석은 민복의 해고 소식을 듣자 결국 우려했던 일이 벌어진 것 같아 자신의 일처럼 안타까워했다.

"영석 선배, 이럴 때 제가 어떻게 했으면 좋겠어요? 공장장님도 괜히 나섰다 소득도 없이 상처만 받을까봐 두려워하는 눈치였어요."

"민복 씨 저도 생각을 정리해봐야겠어요. 어차피 이렇게 된 일 훗날을 도모하는 것도 괜찮을 것 같기도 하고."

"훗날을 도모한다면?"

"전에 민복 씨가 약자와 정의의 편에 서서 하는 일을 해보고 싶어 법대를 지원했다고 제게 말하지 않았어요. 그 정도의 권한을 행사할 때까진 실력을 기르는 일밖에 더 있겠습니까? 우리 이번 기회로 열심히 공부해보지 않을래요? 저도 미약하나마 옆에서 열심히 도울게요."

민복은 영석이 그렇게 말하자 오래 전부터 분개해왔던 사장의 행태에 자신의 해고 문제까지 겹쳐 꼭짓점까지 치솟았던 분노가 조금은 수그러드는 기분이었다.

사실 여직원과 관련된 일로 법을 가르치던 대학교수에게 상담을 요청해 자문을 받기도 했고 자신의 해고문제가 불거지자 교수가 추천해준 변호사 사무실에서 자신의 일과 여직원 일을 한데 묶어 상담을 해보기도 했었다.

그때 변호사 사무실에서 상담한 변호사도 말했었다. 한때 지독히 가난했던 우리나라를 잘살게 하기 위해 위정자들이 양적 팽창만을 강조하는 법을 중시하다보니 이와 관련되어 파생되는 일들은 묻혀 버리는 경우가 많다고 했다. 그래서 무리한 성장을 위해 저임금, 부당해고, 노동시간 착취, 고용인의 인권침해 등의 탈법을 서슴없이 저지르고 자행하는 고용주에겐 한없이 관대한 반면 소외된 자들의 권익보호는 상대적으로 취약할 수밖에 없는 구조로 되어 있다는 것이었다. 부당해고의 경우도 누구나 수긍할만한 사유나 증빙이 없다면 밝히기도 어려울 뿐 아니라 소송을 제기해도 승소할 확률이 거의 없다고 했다.

민복에게는 모든 것들이 실망스럽고 안타까웠다. 결국 공장장의 말처럼 아직 기다려야 하는 걸까. 기다린다면 과연 세상이 좋아지기는 할까.

쏴아! 쏴아! 어둠 속으로도 희끗희끗 다가왔다 밀려가는 파도가 뚜렷한 형체로 보였다. 양례는 밤늦은 시간에 해운대백사장에 앉아 끊임없이 다가왔다 밀려가는 파도를 무심히 바라보고 있었다. 그녀의 옆으론 반쯤 마시다 널브러져 있는 소주병과 새우깡이 흩어져 있었다.

드디어 가게를 비워주기로 한 날이 하루 뒤로 다가와 있었다. 그동안 영업시간이 끝나고 밤중에 시간이 날 때면 가게문제를 해결하기 위해 백방으로 뛰어다녔지만 뾰족한 방법은 없어보였다. 주인집여자의 질녀

뻘 되는 여자의 집도 어떻게 알아내어 찾아갔다가 문 앞에서 보기 좋게 쫓겨나기도 했다. 물론 주인집여자에게는 여러 번 쫓아가 죄인이라도 된 듯 머리를 조아렸고 두 손을 비비며 어떻게 해달라며 빌기까지 했지만 당최 소 앞에 경 읽기요 사정이 안 된 것은 댁 사정이라며 자신이 알 바 아니라며 일언지하에 무시당하기 일쑤였다. 그러다 한번은 주인여자와 서로 고성이 오갔고 서로 엉겨 붙어 여자의 옷에 실밥이 뜯겨나가고 자신은 아귀 큰 여편네의 손에 머리채가 붙잡혀 한 움큼이나 되는 머리카락이 뽑혀지는 수모를 당하기도 했다. 아직도 가끔 그때 일을 떠올리면 양례는 자신이 생각하기에도 나이가 먹어 고상해지기는커녕 살기 위해 아득바득 악착같이 변해가는 듯해 머리를 절레절레 흔들었다. 이제 두 사람 사이엔 건널 수 없는 강을 건너버린 셈이었다.

세 들어 사는 사람은 주인이 가게를 비우라면 무리 속 우두머리 사자 앞에 꽁지를 내리고 처분을 기다리는 짐승 같은 시늉이라도 내어야 하는 개판 같은 세상 천지였다. 답답한 사람이 우물 판다고 보다 못한 양례가 주변 사람 말고 법을 좀 알 것 같은 법무사 사무실에 들러서 알아낸 관련 법도 세 들어 사는 사람에게는 어느 대목에서도 별로 도움이 될 것 같지 않은 개떡 같은 규정만 들었을 뿐이었다. 분쟁이 생길 때 오직 해결의 방법이 민법으로만 가능한데 소송으로만 몇 년이 걸릴 수 있다는 말에 더 이상 법 따위엔 미련을 두지 않기로 했다. 법을 공부하고 있는 민복에게도 물어 볼까도 생각했지만 아직 공부하는 학생이 뭘 알까 생각되었고 괜히 걱정만 안길까봐 혼자서 삭이기로 했다.

지레 지쳐버렸고 답답한 심사에 초저녁에 가게를 닫아걸고 슈퍼에서 소주와 새우깡을 사들고 백사장을 찾았던 것이다. 그리고 그렇게 궁상맞게 마냥 죽치고 있었다. 소주는 억지로 마셔대었지만 혼자서 한 병도 채 마시지 못했다. 부실한 새우깡 안주도 먹기에 거북했다.

양례는 가만히 자신이 지나온 삶을 되짚어 보았다. 지지리도 복도 없는 삶이었다. 그나마 민복과 민석이라는 희망마저 없었다년 벌써 세상을 하직하고도 남았을 지도 모른다. 어느 새 자신의 삶은 둘에게 거는 희망만으로 축소되어 있었다.

개떡 같은 세상, 죽지 못해 사는 세상, 더러운 팔자

양례의 입에서 자꾸만 그런 말이 맴돌았다. 당장 내일부터 어떻게 해야 할지 막막했다. 혹시나 해서 자신이 이전에 장사를 했던 좌판도 알아봤지만 이미 다른 장사치가 확실히 자리를 잡아 무슨 염치가 있다고 건물 주인을 찾을 엄두도 내지 못했다. 양례는 앉은 자리에서 벌써 몇 시간을 그렇게 고민 속에 빠져 스스로 머리를 쥐어뜯으며 허우적대고 있었다.

영석과 헤어져 민복이 집에 들어오니 밤 11시가 임박해 있었다. 하지만 평소답지 않게 미닫이문은 열쇠로 굳게 닫혀 있었다.

엄마는 어디 갔지. 민복은 갑자기 어리둥절했다. 그러다 민복은 최근 며칠 동안 엄마의 표정이 무척이나 어두웠다는 것을 떠올렸다. 다른 때 같았으면 피곤해 누워 기다렸겠지만 오늘은 왠지 불안해 견딜 수 없었다. 일단 찾아보자. 민복은 그 생각밖에 들지 않았다.

민석은 학교수업을 마치면 독서실에 들러 공부를 하다 12시가 되어서야 집에 들어오기 때문에 부득이 혼자 나설 수밖에 없었다.

민복은 걸어서 우선 시장통 입구의 엄마가 운영하는 가게가 보이는 곳까지 갔지만 벌써 문은 닫혀있고 시장통 일대는 개미새끼 한 마리 얼씬 거리지 않았다. 밤 늦은 시장통 골목은 불이 꺼져 으스스했고 귀신이라도 나올 것 같이 을씨년스런 풍경이었다. 게다가 괴괴한 분위기를 깨기라도 하듯 제법 찬바람이 유난스레 불어대고 있었다. 갑자기 중개 정도나 되어 보이는 커다란 시커먼 고양이 한 마리가 시장통을 휙 가로질러 갔다. 민복은 움칠하며 재빨리 시장통을 벗어나 대로 쪽으로 갔다.

도대체 엄마는 어디로 갔을까. 대로에서 잠시 고민에 빠져있던 민복은 자신도 알 수 없는 기분에 터벅터벅 바닷가 쪽으로 향해갔다. 엄마가 갈 데가 어딜까 생각하며 그곳이라도 한 바퀴 둘러봐야 마음이 편할 것 같았기 때문이었다.

그러다 민복은 그동안 엄마에게 받으려고만 했지 한 번도 엄마의 고민이 무엇일까 심각하게 생각해보지 못했음을 느끼기 시작했다. 자신이 한 것이라곤 매번 번 돈에서 일정금액을 생활비에 보태준 일이 고작이었다. 엄마는 항상 자신이 필요한 곳에 있었고, 자신이 아쉽지 않으면 어디에 있는지조차 궁금해 하거나 생각해보지도 않았던 것 같았다. 엄마니까 항상 그 자리에 있을 것으로 생각했고, 엄마니까 당연히 그래야 하고 그래야만 한다고 생각했을 뿐이었다. 생각해보니 엄마한테만은 지독한 이기주의자로만 살아온 자신이었다.

그런 생각을 하며 한참을 백사장 일대를 둘러보았다. 백사장에는 아직도 많은 사람들이 어울려 놀거나 가끔 혼자서 죽치고 앉아있는 사람도 많았다. 민복은 혼자 있는 사람이면 엄마가 아닐까 옆으로 좇아가 살폈지만 아니었다.

그러다 그곳에서 진짜 엄마의 모습을 발견했다. 하지만 엄마는 이전의 엄마가 아니었다. 이미 정신을 반쯤은 놓아버린 듯 머리카락이 헝클어진 모습이었다. 민복은 그런 엄마에게 천천히 다가갔다. 민복이 옆에 갈 때까지도 엄마는 무심히 바다만 바라보고 있었다. 순간 민복은 아찔했다. 엄마가 혹시 미치거나 정신을 놓아버린 것은 아닐까 하는 생각이 들 정도의 몰골이었다.

주변을 맴도는 인기척에 양례가 시선을 향했다. 순간 두 사람의 눈동자가 정면으로 마주쳤다. 깜짝 놀란 양례가 그때서야 퍼뜩 제정신으로 돌아왔다.

"얘야 아니! 니가 여기에 웬일로?"

"엄마 도대체 어떻게 된 일이에요? 이 시간까지 이곳에."

민복은 그렇게 말하면서도 재빨리 엄마의 품속으로 안겼다. 아무리 자신의 덩치가 커졌어도 엄마의 품속은 언제나 넓고 따뜻했다. 두 사람은 아무 말 없이 잠시 동안 서로를 끌어안았다.

63 | "엄마 방금 뭐라고 그랬어요?"

민복은 방금 자신의 귀로 분명히 들었지만 도저히 믿기지 않자 재차 물었다.

마침 산동네 입구에 문을 닫지 않은 선술집에서 맥주 2병과 안주를 시키고 둘이 마주 앉은 자리에서였다. 두 사람이 바닷가에서 터벅터벅 집으로 돌아오다 마을로 진입하기 전 앞 쪽으로 마침 불이 꺼지지 않은 선술집이 보이자 민복이 한 잔 하고 가자고 먼저 제안했다. 양례는 내일 아침 민복이 회사 출근이 걱정 돼 가기를 꺼려했지만 민복은 엄마가 오늘 무척 슬퍼 보인다며 꼭 한 잔씩 하고 가자고 우기는 바람에 억지로 따라 왔던 것이다.

민복은 자신의 직장 해고소식을 언제쯤 알릴까 기회를 엿보고 있었는데 느닷없이 엄마로부터 가게를 관두게 되었다는 소식을 듣자 새삼 충격이 컸다. 그동안 아버지가 돌아가신 후 어떤 의무감처럼 마음속으로 자신의 역할에 대해 생각해 보긴 했었다. 하지만 어머니가 시장통에서 장사를 해오는 동안 한번이라도 어떤 어려움은 없나 진정이 우러난 마음으로 관심을 가져주지 못했던 자책감이 갑자기 거친 파도처럼 몰려왔다.

"엄마!"

갑자기 앞쪽에 앉아 있던 민복이 양례 옆으로 가 엄마를 끌어안았다. 오늘따라 더욱 왜소해 보이는 엄마였다.

"얘가 와 이라노?"

말은 그렇게 하면서도 양례는 딸의 품이 그다지 싫지만은 않다. 이제는 자신이 안겨도 전혀 지장이 없을 정도로 성숙해지고 커져버린 딸이 대견스럽고 뿌듯했다.

"우리 엄마 불쌍해서 어떻게 해."

그렇게 말하는 민복의 눈에는 어느 새 눈물이 글썽했다. 둘은 잠시 그렇게 안고 있었다. 그러다 양례는 어느 순간 자신이 이런 나약한 모습을 자식에게는 자꾸 보여서는 안 된다는 경각심이 일어났다. 자신은 언제나 강건해야 했고 자식을 위해선 무엇이든 할 수 있는 사람이어야 했다. 왜냐하면 자신은 아버지마저 잃고 오직 자신만을 바라보는 아이들이 둘이나 되는 엄마니까.

그러나 사실은 방금 자신도 마음속으론 벌써 피눈물을 흘리고 있었다. 민복이 눈치채지 않게 얼른 눈물을 훔친다.

"얘 민복아 그런 말 하지 마라. 내는 아무렇지도 않다 카이. 내일부터 다시 새로운 일거리 찾으면 될 낀데 괜히 내가 청승을 떨었는갑다. 정말요 입이 방정이라니까."

양례는 그렇게 말하며 앞에 놓여 있는 맥주잔을 쭉 들이켰다.

"그래요 엄마. 우리 엄마가 한다면 못할 일이 뭐 있겠어요?"

민복은 힘든 상황에서 그렇게 억지로라도 용기 있는 모습을 보여주는 엄마가 한없이 고마웠다.

"참 엄마 앞으로 하실 일에 대해 생각해 봤어요? 정 안되면 내가 같이 도울까요?"

"뭐! 앤 직장에 다니는 니가 어떻게 날 돕겠다고?"

"마침 요즘 회사사람들이 자꾸 그러네. 대학생이나 되었으면서도 아직도 공순이나 하는 일을 한다나 어쩐다나. 사실 그런 소릴 들을 때마다 직업의 귀천을 따지는 것 같아 기분이 막 나빠지고 정말 관두고 싶은 생각이 든다니깐요."

"그래?"

양례는 사실 그렇지 않아도 언제 쯤 민복에게 직장을 관두게 하고 공부만 하라고 말하려 하지 않았던가. 다만 가게를 관두게 되는 바람에 앞으로 어떻게 될지도 모를 불투명한 미래가 아니었다면 벌써 관두라고 말했을 것이다.

민복은 중학교를 졸업하고 도시로 가서 취직을 하고부터는 한 번도 제대로 쉬었던 적이 없었다. 심성이 무던하고 착한 민복은 돈을 버는 대로 자신에게 부치곤 했다. 그래서 민복의 앞으로 모아둔 돈이 제법 많이 있었다. 민복이 대학에 입학한 기념으로 그 통장을 내밀었을 때 언젠가 꼭 필요할 때 쓸 거라며 민복이 받기를 극구 반대했다. 사회생활을 빨리 한 만큼 일찍 철이 들어버린 민복은 항상 자신보다 가족을 먼저 생각했다. 그 후 한 번도 부모에게 손 내밀지 않았고 힘든 내색을 하지 않았다. 단 며칠이라도, 아니 한 달이라도 민복이 직장을 관두고 푹 쉬어가며 자신이 준 용돈으로 공부만 하게 한다면 얼마나 좋을까 양례는 그 점이 항상 마음에 걸리고 아팠다.

헌데 민복이 자신과 같이 일을 하자고 한다. 그게 가당키나 하고 현실성이 있는 일일까. 하지만 아직 무슨 일을 어떻게 해야 할지 모를 자신에게 민복이 던진 제안은 양례에게 당장 무슨 일이라도 할 수 있는 방안을 여러 각도로 생각해보게 했다. 세상이 무너져도 솟아날 구멍이 있다는 말도 있지 않은가. 헌데 나는 지금 별 대수롭지도 않게 닥쳐온 어려움에도 헤어나지 못하고 쩔쩔매고 있다. 양례는 순간적으로 생겨난 용기 못지않게 반성도 되었다.

드디어 가게를 비워주기로 한 날 오전이었다.

"동이엄마에겐 너무 미안하게 되었습니다. 이럴 수밖에 없는 형편이란 거 알지예."

양례는 그렇게 말하며 월급이 든 봉투를 내밀었다.

"그럼요 사장님. 제겐 처음으로 다녀본 직장이었는데, 가난한 사람들은 언제나 부자들이 하라는 대로 이리 저리 끌려 다니는 더러운 세상에서 언제나 벗어날 수 있을지 원. 그래도 사장님은 제게 너무 잘해 주셔서 항상 고맙게 생각했습니다. 당장엔 고달파도 대학에 다니는 따님도 있고 공부 잘하는 아드님도 있다니 언제 빛 볼 날이 안 있겠습니꺼?"

동이엄마는 양례의 손을 잡았다. 바깥 출입문에다 '금일휴업'이라고 써 놓았는데도 손님들이 열려진 문틈으로 고개를 내밀고 오늘 장사 안 합니까? 하고 물어보는 사람도 더러 있었다.

동이엄마는 이미 월급을 받았으면서도 끝까지 가지 않고 양례가 그곳을 정리하는 일을 도와주며 의리를 지켰다.

점심시간이 지날 무렵이었다. 별안간 민복이 밝은 웃음을 지으며 가게로 나타났다.

"민복아 니가 이 시간에 웬일로? 회사는 어떻게 하고."

양례가 깜짝 놀라 말한다.

"엄마 어제 저녁 제가 말하지 않았어요? 앞으로 엄마를 돕겠다고."

민복이 가게 물건 정리하는 일을 돕자 탄력을 받으며 가게는 금방 정리가 되었다.

"엄마 오늘은 그동안 가게를 꾸려 오신다고 고생 많으신 엄마를 위해 제가 맛있는 거 사 드릴게요. 아줌마도 같이 가세요."

가게 정리가 대충 끝나자 동이를 들쳐 업은 아줌마와 함께 민복이 이끄는 고기집으로 자리를 옮겨갔다. 민복이 맥주까지 시켜 셋은 맛있게 먹었다.

"엄마 참 아까 이곳으로 오다 보니 혜성중고등학교 앞 조그만 식당에 점포세가 붙어 있던데 우리가 그걸 맡아서 한번 해보면 어떨까 해서요."

"그곳에 있는 점포라면 제법 비싸지 않겠나?"

"엄마 그래서 제가 직접 찾아가 알아 봤는데 생각보다 비싸지 않더라구요. 낮에는 주변 학생들을 상대로 라면이나 국수 등 분식을 팔고 밤에는 주변 일대 주민들을 상대로 분식이나 간단한 한식 종류를 팔면 될 것 같더라구요."

"벌써 그런 것까지 다 알아봤다고? 아이구 누가 내 딸내미 아니랄까 봐 이래 똑 부러진다카이. 내가 낳은 딸이지만 이럴 때 보면 니가 한없이 든든하고 자랑스럽데이."

"엄마두 참. 그 정도 가지고 뭘. 참 이건 이번에 제가 받은 퇴직금 통장인데, 가게 얻을 때 보태세요."

"퇴직금? 아니 그럼 직장을 진짜 관두었다 말이가?"

"그래요 엄마. 제가 언제 엄마한테 거짓말 하는 거 봤어요. 그리고 전에 엄마가 보관중인 통장도 이번에 가게 얻을 때 보태세요."

"뭐! 그건 안 돼 민복아. 그건 모아두었다 니가 시집갈 때 혼수를 사거나 지참금으로 줄 참이다."

"엄마 절대 그런 소리 마세요. 결혼이야 앞으로 세월도 많이 남았고. 그리고 저는 제가 벌어 시집갈 거예요. 혼수니 뭐니 그런 것 절대 요구하지 않는 능력 있고 착한 남자 만나서 시집갈 테니까 어디 두고 보세요. 호호."

"민복아!"

양례가 민복의 손을 덥석 잡았다. 생각하면 할수록 대견스럽고 장한 딸이다. 어느 새 양례의 눈에는 감격의 이슬이 맺힌다. 그런 엄마에게 민복이 손수건을 꺼내 눈가를 닦아준다.

정말 그동안 말은 안했지만 얼마나 가슴 졸이며 살아왔던가. 하지만 그런 걱정들을 민복이 일거에 날려버리게 했다. 아무리 딸이라 해도 민복이 호응해주지 않으면 누가 보더라도 뻔한 민복의 돈을 마음대로 쓸 수도 없었을 것이다. 아니 쓸 엄두를 내지 못했을 것이다. 세상에 어떤 사람들은 돈 문제로 가족 간에도 원수가 되기도 하는 것을 보아왔다.

다행히 점포보증금은 민복이 말했던 것처럼 생각보다 비싸지 않았다. 국숫집에 걸었던 보증금을 돌려받은 돈에다 6개월 정도 장사가 잘 되어 모아둔 돈을 합치고 민복의 피와 땀이 묻은 돈이 보태져 '엄마손분식' 이라는 상호로 된 가게를 내고도 약간의 돈이 여분으로 남았다.

민복은 오전에 가게에 나가 점심시간에 손님을 받고 오후 시간에 약간 한가해지면 학교에 갈 때까지 공부를 하면서 지냈다. 민복으로서도 엄마와 자신이 운영하는 가게라 시간이 날 때 하는 공부는 전혀 남 눈치를 받지 않아 마음이 편했다.

엄마는 오전은 집에서 밀린 일을 하거나 쉬었고 오후에 시장을 봤다가 민복이 학교를 가고나면 저녁손님 받을 준비를 했고 영업은 국숫집 보다 2시간이 더 늦은 오후 10시경까지 했다. 밤중에도 보충수업을 마친 학생들이 군것질거리로 라면과 떡볶이를 찾았고 인근 주민들도 찾아주는 바람에 가게는 국숫집만큼은 못되어도 그럭저럭 할 만했다.

더구나 식당을 내면서 가장 좋았던 점은 민복과 양례가 서로의 여건에 맞게 파트 타임으로 가게를 운영하는 점이었다.

가난하고도 신산했던 세월은 그렇게 덧없이 지나가고 있었다.

64 | 시간은 흘러 흘러 문민정부의 레임덕 현상이 곳
곳에 드러나 삐걱대던 97년 봄이었다.

이제는 1달 주기로 염색을 해도 귀밑머리는 금세 자라나 흰머리가 희
끗희끗한 양례가 카운터에 앉아 신문을 보고 있었다. 세월과 나이는 속
일 수 없었다. 3년 전부터 시간이 날 때마다 문화원에서 문화강좌와 교
양수업을 받고 있는 양례는 여유가 있는 만큼 사회가 돌아가는 일에 부
쩍 관심이 많았다. 그래서 시간이 날 때면 신문을 꼼꼼히 챙겨 읽다가
가끔 사회곳곳에서 일어나는 좋지 않은 일들을 바라보며 혀를 차곤 했
다.

처음엔 엄마손분식으로 열었던 가게가 음식 맛으로 명성을 얻고 장사
가 잘되어 10여년 전 이곳으로 확장 이전해 왔다. 이제는 주방종업원이
5명에다 홀 서빙에만 상시 8명이 낮시간과 저녁으로 교대로 도와야 할
만큼 규모가 커져 있었다. 카운터는 민복이 대학 3학년이 되던 해 본격
적으로 공부에 나서고부터 친동기처럼 지내온 동이엄마와 자신이 번갈
아 보고 가끔 주방에서 음식의 부분적인 조언은 아직도 양례가 결정을
내리고 챙겼다.

양례가 보던 신문을 내려놓고 잠시 한가한 휴식을 즐기고 있는데 따
르릉 전화벨이 울렸다.

"여보세요 엄마손한식당입니다."

"엄마 저예요?"

"누구? 어이구 우리 민복 팀장님이 아침부터 웬 전화고?"

"엄마 오늘 저녁 7시경 우리 지검 직원 15명이 그곳에서 저녁을 하려구요. 전에 한번 먹어봤던 부장님과 직원들이 음식 맛이 너무 좋다고 그곳을 추천해 이번 회식도 그곳에서 하기로 했어요."

"나야 좋다만 너도 지위를 이용해 괜히 억지로 귀하신 분들을 모시고 오는 일은 없도록 해라."

"아이 엄마두 참. 그런 걱정일랑 붙들어두세요. 제가 어디 그런 사람인가요. 그럼 이따 봐요."

양례는 전화를 끊고 나자 직원들을 불러 예약에 차질이 없도록 꼼꼼히 지시했다. 가까운 사이일수록 예의를 지키라는 말이 있듯 아무리 자식이 포함된 손님일지라도 철저히 신경을 쓰는 양례였다.

민복은 대학 졸업반 때 검찰사무직 7급공무원으로 합격해 졸업하자마자 임용되어 15년째 근무해 오고 있었다. 그동안 부산지검, 창원지검, 울산지검 등에서 근무해오다 얼마 전 팀장으로 승진해 부산동부지검 특수부에서 근무하고 있었다. 민복이 동부지검으로 오면서 맡은 분야는 권력을 이용한 민생침해사건과 지위를 이용한 직장 내 인권침해, 특히 성희롱 등을 포함한 여성관련 부분을 담당하면서 검사를 보필했다.

양례는 민복이 그 어려운 과정을 뚫고 공무원이 되고 인정을 받고 있는 것이 대견스러웠다. 하지만 양례는 좀 더 집안형편이 좋아 잘만 뒷바라지 했더라면 사법고시라도 붙고도 남았을 건데 하고 항상 아쉽게 생각했다.

점심시간에만 두어 차례 밀물처럼 밀려왔던 손님들이 다시 썰물처럼 빠져나가자 가게는 한산해졌다. 오후 3시가 다 되어서야 홀 서빙을 보고 있던 동이엄마에게 카운터를 맡기고 양례는 가게를 나섰다. 오늘 문화강좌는 시립도서관에서 오후 4시경에 있는 수필쓰기 창작에 관한 것이었다. 양례는 사람이 나이가 들어갈수록 자신의 의사와 논리를 알기

쉽도록 표현하는 글의 중요성을 새삼 느껴오고 있던 터라 '백치여인' 이 란 수필로 유명한 박달자 교수의 특별강좌가 있다는 소식을 듣자마자 바로 신청했다.

자신의 인생경험담을 솔직하게 표현하면서 삶과 함께 묻어나는 향기 가 가득한 정겨움을 글로써 표현하는 창작기법 열강이 끝난 것은 저녁 6시 다 되어서였다. 박 교수가 강의했던 내용들을 때로는 감동으로 때로는 안타까움으로 되새기며 양례는 터벅터벅 식당으로 향해가고 있 었다. 이제는 걸어서 30분이나 되는 거리는 택시를 타거나 가끔 식당에 서 단체손님을 싣고 나르는 봉고기사에게 부탁을 할 수도 있었지만 근 검절약이 몸에 밴 양례는 쉽게 고쳐지지 않았다.

한참을 운동 삼아 걸어오고 있었는데 갑자기 자신의 옆으로 고급승용 차가 끽하고 섰다. 양례가 놀라 바라보니 선글라스를 낀 채 운전대를 잡 은 연숙이었다.

"야! 타."

"어! 언니."

연숙의 차 뒤로 몰려있던 차가 빵빵거리고 연숙이 재촉하는 바람에 눈치가 보여 얼른 탔지만 기분은 썩 내키지 않았다.

"어이! 양례여사. 고급식당 사장님이 궁상맞게 걸어서 어디 가시나? 이제 여유도 있고 할 텐데 돈도 써가며 좀 즐기고 살지."

"원체 걸어 다니는 것이 버릇이 돼놔서. 근데 언니 어디 가요?"

"마침 계모임하는 친구 3명과 함께 동생네 가게에서 음식을 먹기로 했는데, 잘 되었네. 내 가게까지 태워주지 뭐."

"그래요 언니."

친척임에도 불구하고 오래 전부터 남보다도 못하게 지내오던 연숙의 집안과 약간은 가까워진 것도 불과 몇 년 전부터였다. 민석이 서울 Y대

경영학과에 장학생으로 들어가고 졸업 후 전자제품 회사로 유명한 국내 유수의 거성전자에 입사하는 동안 연숙의 아들 병철이 삼수 끝에 부산에서도 별로 알려지지 않은 대학을 겨우 졸업하고 아버지가 운영하는 회사에 들어갔다는 소식은 양례도 이미 들어 알고 있었다.

연숙은 민석이 서울에 있는 일류대학에 입학할 때까지는 배만 잔뜩 아파하다가 나중에 남편이 납품하는 회사인 거성전자에 취직이 되고부터 과거는 언제 그랬냐는듯 그동안의 태도를 확 바꿔 친해보려고 애썼다. 아무리 그렇더라도 연숙은 자라온 환경과 살아온 생활방식이 다른 탓에 양례에겐 부담감만 줄 뿐 잘 가까워지지 않아 일정한 거리를 두고 있었다. 양례는 과거에 있었던 일련의 일들을 마음속으로 몇 번이나 비우려 했지만 그럴수록 또렷이 남아 있었다. 다른 무엇보다도 남편에 관한 일은 아무리 지우려 해도 지워지지 않았다. 또한 민석으로부터 자신이 다니는 회사가 약간은 동호 백부 회사와 관련이 있다는 말을 듣고 부턴 혹시나 자식에게 누를 끼치지는 않을까 더욱 조심스러웠다.

65 | 병철은 비서실 이 양의 깍듯한 인사를 뒤로 하고 사무실을 빠져나가고 있었다. 사업체를 각기 운영하는 사람들로 골프를 같이 치며 알음알음 알던 사람끼리 오늘 일식집에서 식사를 한 후 빌려놓은 장소로 옮겨가 크게 판돈을 걸고 한 판붙기로 했기 때문이었다. 내기골프를 칠 때도 스릴이 있지만 판돈을 걸어놓고 도박을 할 땐 흥분에 가까울 정도로 유달리 쾌감을 느꼈던 병철이다.

그동안 아무런 아쉬움을 느끼지 못하며 항상 풍족하게만 살아온 병철에겐 이제 웬만한 일은 시시하게만 느껴졌다. 그런 그가 그래도 최근 십여 년 사이에 가장 잘한 일을 굳이 찾아보라고 할 것 같으면 착하고 야무진 아내 송희를 만난 일일 것이다. 민식의 첫사랑이기도 한 송희를 아내로 만들 당시엔 나름대로 잠시 방탕생활을 접고 사랑을 쟁취하기 위해 올인했다. 그렇더라도 돈 많은 유한마담이자 엄마인 연숙의 적극적인 지원이 없었더라면 불가능한 일이었을지도 모른다. 연숙도 항상 방탕과 일탈을 일삼으며 미래가 불투명했던 병철이 한 여자에게 정성을 쏟는 사실만으로도 기특해했다. 그리고 직접 송희를 만나본 뒤로 자신도 쏙 맘에 들어 적극적으로 지원에 나섰던 것이다.

당시 송희는 관심은 있었지만 서울의 명문대에 입학하여 승승장구 발전해 가는 민석을 바라보며 혹여나 자신 때문에 걸림돌이 되지는 않을까 스스로도 거리감을 두고 지내오던 터였다. 민석은 첫사랑이자 조건 없이 순정을 바쳐서라도 결혼을 하고 싶었던 송희였지만 사람의 마음을 100% 잡는 데는 한계가 있음을 새삼 실감해오던 때였다.

그런 시기에 병철이 민석의 빈자리를 교묘히 비집고 들어섰다. 부쩍 외로움에 갈등하던 송희는 병철의 열렬한 애정공세와 연숙의 물질공세에다 아직도 성장일로에 있는 아버지의 튼튼한 기업을 고스란히 물려받아 결혼 후에도 찬란한 미래를 보장 받을 수 있다는 연숙의 감언이설에 자신도 모르게 무너져 갔다.

병철이 송희와 결혼한 후 한동안은 정말 달라져 성실하게 살았다. 아버지 회사에 입사해 과장, 부장을 거쳐 1년 전 사장으로 될 때까진 어쩌면 정해진 수순으로 아버지의 후광도 많이 작용했겠지만 아내 송희의 눈물겨운 내조가 컸다. 송희는 부지런히 남편에게 애정을 쏟아 과거의 병철이 아닌 새로운 사람으로 탈바꿈시키기 위해 애써왔다. 시아버지인 동호에게도 며느리로서 점수를 땄던 것도 병철에 대한 불신을 씻는데 한 몫 했다.

하지만 온실 안 화초처럼 자라난 병철은 어릴 때부터 무슨 사고를 저질러도 척척 해결해주는 부모의 영향 탓으로 스스로 이뤄나가는 성취도가 부족했다. 그런 환경 속에 자라난 병철이 매사에 흥미를 느끼지 못하고 시시하게 느끼는 일은 어쩌면 예견된 일일지도 몰랐다.

자신이 사장이 되고부터는 그동안 바짝 조여온 긴장이 한 순간에 확 풀어지면서 회장 자리로 물러난 아버지의 존재가 두려움에서 일순간 성가신 존재로 바뀐 것도 그즈음이었다. 개 버릇 남 못준다는 옛말이 있듯 아내 송희에 대한 사랑도 차츰 식었고 이전의 여성 편력증이 차츰 도지듯 되살아나기도 했다. 송희도 직감적으로 병철의 그런 부분을 눈치채긴 했지만 이제는 사장까지 올라선 병철은 더 이상 아쉬울 것이 없는 존재처럼 굴었다. 따라서 송희의 애정 섞인 조언과 잔소리는 애초부터 남의 감시를 싫어하는 병철의 성격상 근본적인 치유는 차치하고 매번 술에 물 타기 식의 임시방편의 효과밖에 낼 수 없는 태생적 한계를 지니고 있었다.

그런 점에서 요즘 송희는 일시적 외로움과 판단 착오에 의거 결혼했던 자신의 선택을 후회했지만 이미 엎질러진 물이었다. 이미 오래 전 종두와 결혼해 알콩달콩 잘 살고 있는 친구 남희가 요즈음은 오히려 부러울 지경이었다.

종두는 공고를 졸업한 후 지방의 중견기업체에서 오랫동안 기술자로 일해온 경험을 살려 3년 전에 가전제품 부품 조립공장을 차렸다. 마침 거성전자에 근무하는 절친한 친구 민석의 은근한 지원 속에 차츰 성장에 성장을 거듭해 가고 있었다. 종두는 타고난 성실함과 기술력을 바탕으로 사장이 몸소 뛰는 모범을 보여 5명의 직원으로 시작했던 회사가 불과 3년 사이에 30여 명으로 초고속으로 성장해 있었다.

특히 자상한 면모와 인간적인 소탈함까지 겸비한 사장 종두의 친화력까지 보태지고 전 직원이 똘똘 뭉쳐 회사의 전망과 미래는 아주 밝았다.

병철은 일식집의 예약된 방으로 들어갔다. 당초 모이기로 한 세 명이 이미 도착해 있었다. 모두들 사업체를 하나 이상은 운영하는 사람들로 그동안 내기 골프로 안면을 터놓은 사람들이었다. 특이한 것은 이 사람들이 자라온 환경이 하나같이 병철과 엇비슷해 병철은 이들과 만나면 일종의 동류의식을 느끼곤 했다.

아버지가 여러 빌딩을 소유하고 있어 야금야금 물려받고 있는 중이라는 부동산 임대업자 朴, 자신처럼 아버지의 사업을 물려받은 李, 시내에 룸살롱만 3개를 가지고 있는 金, 이들 중 스스로 사업을 일으켜 성공한 사람은 아무도 없었다. 모두가 부모를 잘 둔 탓에 아직도 잘 나간다는 소리를 듣고 있는 사람들 이었다.

모두들 인생의 고달픔과 전장과도 같은 치열한 세상살이를 별로 느껴보지 못하며 살아온 탓에 귀찮고 성가신 일은 극도로 싫어하는 경향이 있었다. 무덤덤하고 일상적인 일은 별로 흥미를 못 느끼는 대신 자극적이고 스릴 넘치는 일에는 예민한 촉각을 곤두세우고 있었다. 한때 병철은 이들과 어울려 내기 골프를 친 뒤 진 사람이 내는 고급식사와 유흥주점 등 환락가에서 흥청망청 지내보기도 했지만 요즘은 그마저 별로 흥미를 느끼지 못하고 있었다.

그러던 어느 날 누군가의 제안에 의해 판돈을 건 도박이 시작되었고 회를 거듭할수록 판돈은 눈덩이처럼 점점 불어났다.

"어이! 이 사장, 그 쩨쩨하게 한도액이 삼백만 원이 뭐야? 이번에는 5백으로 올리자구. 자꾸 이런 식으로 할 것 같으면 앞으로 나 빼고 하라구."

부동산 업자 朴이 갑자기 카드를 집어 던지며 말했다.

"어따 박 사장 이거 왜 이래? 성질 한번 되게 급하네 그려. 그래 올려보자구 까짓 거. 5백, 아니 아예 천으로 올릴까. 하하하."

유흥주점 사장 金이 너털웃음을 웃으며 말했다.

판돈이 오르자 도박에 참가한 사람들의 눈동자가 먹잇감을 노려보는 야수처럼 변해갔다. 병철도 오늘은 심심풀이 정도로 생각해선 안 될 것 같다며 신경을 바짝 조였다. 모처럼 양미간에 주름이 생긴 병철을 필두로 도박장의 분위기는 점점 진지해져 갔다.

민복은 오늘도 야근을 하고 있었다. 정권 말기의 레임덕 현상과 맞물려 민생침해 사건이 부쩍 늘어났다. 특히 직장 내 지위를 이용한 성희롱 사건은 은밀히 진행되는 만큼 고발자가 진정서 형태로 접수하는 경우가 많았다. 민복이 쭉 훑어보고 있던 서류 중 어떤 사람이 접수한 사연에서 눈을 뗄 수 없었다. 아주 오래 전 자신이 다녔던 성창방직의 사장이 저질렀던 형태와 유사한 방식으로 여직원을 성희롱해온 사건이었다. 순간적으로 분노가 머리끝까지 치솟은 민복은 그 사건을 일으킨 장본인을 상대로 한 수사착수보고서를 작성하기 시작했다.

아직도 이런 거머리 같은 사회의 암적인 존재가 있었다니. 자신의 쾌락을 위해 소위 돈 없고 힘없는 여성을 성의 노리개로 삼아 평생을 어둠의 질곡 속에 방치 할 수도 있다는 사실에 절로 눈물이 핑 돌았다.

수사는 바로 다음 날 착수될 예정이고 피고발자인 사장에겐 소환장이 우선 발송될 것이다. 민복은 그러다 말자 언니를 떠올렸다. 성창방직에 근무하던 당시 정말 친동기처럼 지내왔던 사이였다. 자신이 직장을 관두고 처음 얼마 동안은 서로 연락을 해오며 지내왔다. 그러다 각기 살기에 바빠 어느 순간부터 서로 연락을 못하고 있었다.

이번 사건이 마무리 되는 대로 어떻게 살고 있는지 찾아 볼 생각이었다.

66 │ 민복이 말자를 굳이 찾을 필요 없이 절로 만나게 된 일은 우연치고는 특이한 경우였다. 몇 번의 소환에 응하지 않던 피고발자를 임의 구인형태의 발부장을 들고 팀원들과 찾았다 민복은 까무라치게 놀랐다.

피고발자의 회사가 마침 자신이 이전에 다녔던 성창방직이 성창물산(주)로 상호변경이 되어 있었기 때문이었다. 시각적으로 약간만 변경시켜 놓아도 사람의 뇌라는 것은 전혀 다른 것으로 받아들이는 경향이 있다. 그래서 민복도 수사에 착수하기 전까지 전혀 눈치 채지 못했던 부분이다.

민복과 팀원들의 예방을 받은 사장 이민상은 처음엔 곤혹스런 표정을 짓다 점차 특유의 능글능글한 모습으로 변해갔다.

"어이구! 수사관 나으리들 다른 긴급한 공무도 많을 텐데 그깐 일로 이렇게 직접 내방까지 다 하시고."

민복은 번들번들하게 갖춰놓은 사장실을 휙 둘러보았다. 그러다 사장실 벽면에 걸려있는 수출산업훈장포장의 액자를 보았고 그 옆으로 이창식 회장의 사진을 발견하고선 묘한 기분에 휩싸였다. 창식은 수출훈장을 받을 때 찍은 사진인지 꽃다발을 목에 걸고 양복 깃에는 금빛으로 번쩍번쩍하는 금장을 달고 있었다. 겉으로는 저런 화려함과 성실을 가장한 속 내면에는 그 아버지의 그 아들, 여직원이 많은 회사에서 약자를 상대로 대를 이어 나쁜 습속을 이어받은 꼴이었다. 자신은 부당해고까지 감수해야만 하지 않았던가.

"일단 저희 지검으로 같이 가 주시죠?"

"아니 왜들 그러시죠? 제가 어디 죽을 죄를 지었나요? 전 도저히 이해가 되지 않는데요. 뭐가 잘못된 것 아닙니까? 아무리 검찰이라도 구속영장도 없이 함부로 시민을 끌고 가도 됩니까? 저게 뭔 줄은 아시죠? 정부에서 산업훈장까지 받았다구요. 저런 것은 이럴 때 도움은 되지 않나 이거야 원."

"말은 똑바로 하시죠? 끌고 가다뇨? 이건 어디까지나 구속이 아닌 임의 구인형태로 일단은 참고인 자격으로 가는 겁니다. 그리고 애초에 소환장을 발부했을 때 직접 출두하였더라면 이런 일은 없을 것 아닙니까?"

"뭐 그딴 용어는 내 잘 모르겠고 일단 제 사무실에 오셨으니 차나 한잔씩 하면서 뭐 땜에 그러는지 차분히 얘기나 나눈 뒤에 같이 가든지 말든지 그럽시다."

팀원들과 이민상이 서로 옥신각신 하는 사이 민복은 사장실에서 살며시 빠져나와 자신이 한때 일했던 작업장으로 가고 있었다.

실로 십수 년 사이에 자신이 한때 몸담았던 작업장을 둘러보는 민복의 감회는 남달랐다. 말자언니를 비롯한 친했던 동료들은 아직도 근무하고 있을까. 벌써 17년이나 지나 버렸는데. 민복은 입속으로 자꾸 그런 말이 맴돌았다.

멀리서 지켜보니 이전에는 사람들이 일일이 자르곤 했던 재단부는 이제는 대부분 기계가 사람을 대신하여 자르는 경우가 많아 인원이 대폭적으로 줄어 있었다. 그러다 완성부 작업장 문을 들어섰다. 그동안 개보수가 있었던지 작업장의 형태는 바뀌었지만 여기저기에 미싱대에 앉아 작업하는 분위기는 이전에 비해 크게 달라지지 않았다.

"어! 이게 누구야?"

완성부에 들어서자마자 바로 말자와 맞닥뜨렸다. 말자는 근 20년이나 작업반장으로 일해오고 있는 중이라 했다. 이제 40대 후반으로 들어선 말자는 누가 보더라도 중후한 티가 났다.

마침 작업장을 돌다 낯선 사람의 출현으로 쫓아왔다 민복인 줄 알고 반가워 손을 맞잡고 흔들었다.

"민복아 여기서 이렇게 아니라 구내식당이나 어디 장소를 옮기자. 근데 막 불러도 되는 줄 모르겠다. 공장사람들 사이에 니가 검사로 소문들이 났던데 진짜 검사님인가?"

"언니 검사는 아니고 검찰 내 팀장이야."

"검찰청 팀장이면 검사만큼은 못돼도 끗발 있겠네 뭐. 정말 장하다 민복아 호호."

두 사람이 그러고 있는 사이에 이전에 같이 지냈던 안면 있는 사람 몇이 다가왔다. 세월은 변했어도 여전히 그곳을 지키고 있는 사람들이었다. 그러나 대면의 시간은 그리 길지 못했다. 갑자기 팀원이 민복에게 쫓아왔기 때문이다.

"팀장님 준비가 다 되었습니다. 드디어 이민상이 출두하기로 했습니다. 근데 언제 연락 받았는지 회장이라는 사람이 나타나 뭣 때문에 그러는지 자신도 꼭 같이 가야겠다며 나서는 바람에 그쪽 차에 박 반장이 동승해 같이 타고 지검까지 가기로 했습니다."

"알겠습니다. 뭐 그러죠."

민복은 말자를 비롯한 주변사람에게 다음에 일이 마무리되고 나면 꼭 들리마 인사를 하고는 밖으로 나섰다. 말자는 경탄스런 눈빛을 한 채 부하직원들의 호위를 받아가며 사라져가는 민복에게 쫓아가며 연락처를 받아 적었다.

지검으로 귀청하는 그 짧은 틈 중에도 민복에겐 옛 일들이 주마등처럼 스쳐 지나갔다. 어렵게 반장이 되고서 너무나 기뻐하던 지난 시절 말자언니의 모습도 바로 어제 일같이 떠올랐다.

우리나라가 이전에 비해 아주 잘 살아졌다고도 했다. 하지만 자신이 보기엔 골고루 잘 사는 게 아니고 부자들은 점점 부자가 되고 가난한 사람들은 항상 가난에 허덕이며 상대적 빈곤 속에서 살고 있는 사람들이 많은 것 같았다. 부자들을 쫓아가기엔 이미 간격이 너무 커 지레 포기한다면 이미 꿈과 희망이 없는 사막과 무엇이 다를까. 가난한 사람들도 꿈과 희망을 가지고 열심히 살다보면 똑같이 잘살아지는 세상 그게 사람 사는 맛이 나는 세상이 아닐까. 민복이 진정으로 꿈꾸는 나라이기도 했다. 민복도 그런 꿈과 희망을 가지고 여태껏 살아왔고 그런 비전이 삶의 버팀목이 되어 주었다.

이민상이 조사실에서 조사를 받고 있었다. 민복은 의자에 앉아 있으면서도 팀원들이 고발서를 토대로 조사하는 조사실 쪽으로 자꾸만 시선이 갔다. 사무실 한 켠에 칸막이로 된 뒤편에 조사실이 있어서 잘 보이지 않으나 가끔 고성이 오갈 때면 사무실 안쪽까지 다 들렸다. 그곳까지 따라왔던 이창식이 가만 있지 못하고 사무실 안을 서성거리며 우왕좌왕했다. 상당히 흥분된 모습이었다. 벌써 20년 가까이 지나버린 세월로 이창식이 민복을 바로 알아보지 못하는 듯 했다. 민복도 조금 전 사장실에서 사진과 인적사항을 통해 알게 되었지만 그런 정보도 없이 길거리에서 맞닥뜨렸다면 전혀 모르는 사람처럼 그냥 지나쳤을 것이다. 구태여 아는 체할 필요성을 느끼지 못하는 민복이 서류를 보는 척하며 곁눈질로 이창식을 바라보았다. 이전보다 훨씬 배가 나오고 몸이 불어 있었다. 백부인 동호와 고등학교 동기생이라니 나이는 65세쯤 되어 있을 것이다.

이창식이 화장실을 다녀오기라도 하듯 사무실을 벗어났다. 민복이 의자에서 일어나 조사실 옆으로 다가가 귀를 쫑긋했다 자신은 팀장으로시 조사가 어떻게 잘 진행되는지 살펴볼 의무가 있었고 조사가 매끄럽지 못하거나 소란스러워 조사 진행이 어려워지는 등 여차하면 조사실로 들어가 조사가 잘 진행되도록 도와야 할 의무가 있었다.

조사실은 너무나 조용했다. 그도 그럴 것이 이민상이 자신에게 불리한 진술이 나올 때면 묵비권을 행사하고 있었다. 잠시 그렇게 시간이 지나가고 있었다.

"이민상 사장님! 정말 이럴 겁니까? 부인이든 시인이듯 답변을 해주셔야 조사가 진행될 거 아닙니까?"

참다 참다 더 이상 견디지 못하겠다는 듯 조사실 팀원이 소리를 쳤다. 하지만 이민상도 막무가내였다. 자신의 고집을 전혀 꺾을 생각이 없다는 듯 꿈쩍도 않을 태세였다. 민복은 화가 머리끝까지 솟구치는 기분이었다. 지난 날 이창식이 자신의 잘못을 시인하고 재발방지를 내어 놓으란 직원들의 요구에 응하고 대책을 마련했다면 이번과 같은 일은 다시 일어나지 않았을 거라는 생각으로 비약(飛躍)되자 민복은 점점 흥분되어 갔다. 하지만 공무를 집행하는 사람은 어디까지나 개인감정으로 일을 처리해서는 안 된다는 것을 알기에 꾹꾹 끝까지 참고 있었을 뿐이다. 바로 그때 전화벨이 울렸다.

"어이 김 팀장님 고생이 많아요,"

특수부 부장검사였다.

"예. 부장님."

"지금 피의자 이민상을 조사하고 있다고요?"

"예."

"김 팀장님 잠시 부장실로 와 주시겠습니까? 긴히 드릴 말씀이 있어서.”

민복은 전화를 끊고 나자 지시사항을 받아 적을 노트와 필기도구를 챙겨 부장실로 갔다. 상명하복이 중시되는 검찰내부에서 위계질서는 가장 큰 덕목으로 조직을 지탱해주는 축과도 같았다.

부장실로 들어서자 부장이 손수 자신이 끓인 차를 따라주며 민복을 반겼다. 민복은 부장에게도 저런 자상한 면모가 있나 의아하게 생각하면서도 가시방석에라도 앉은 기분이었다.

“김 팀장님 고생이 많습니다. 피의자 이민상 씨가 조사에 잘 협조하고 있습니까?”

“부장님 전혀 그렇지 않습니다. 자신이 불리한 부분엔 입에 자물쇠를 채우기라도 한 듯 굳게 다무는 통에 진척이 되지 않습니다.”

“하하 그래요? 그 친구 안되겠구만. 내가 가서 따끔하게 조사를 해야 술술 불까 어이. 하하 그건 그렇다 치고 김 팀장님 일단 조사는 잠시 그쯤에서 보류하고 일단 귀가 조치하는 게 어떻겠습니까?”

“……”

“방금 지검장님으로부터 이유 불문하고 사건을 보류하고 피의자를 귀가 조치하라는 연락을 받았습니다. 제 짐작으론 피의자의 부친 되는 사람이 여기저기를 쑤셔 방해를 하는 것 같은데, 그런 지시까지 받은 마당에 아직 뚜렷한 물증 없이 피의자를 붙잡아 두었다 나중에 문제가 되면 좀 곤란한 상황이 발생할 것 같아서.”

“무슨 말씀인지 알겠습니다. 지시대로 바로 시행하겠습니다. 하지만 뚜렷한 물증이 있고 확신이 서면 바로 재수사해도 되겠죠? 부장님.”

“물론입니다. 김 팀장님. 그땐 제가 직접 나서겠습니다.”

민복은 부장실을 나오며 어떤 경우에라도 이번 사건을 철저히 재수사해 다시는 그 따위 일이 재발되지 않도록 발본색원할 생각이었다.

민복이 사무실로 들어서자 그때껏 서성거리고 있던 창식이 얼핏 민복과 시선이 마주쳤다. 창식은 잠시 아는 사람을 만난 듯 표정이 바뀌었다 확실치 않은 듯 고개를 갸웃했다.

조사실에서는 어떠한 상황도 모른 채 조사는 계속되고 있었고 민상은 자물쇠를 채운 듯 모르쇠로 일관하고 있었다. 조사실로 들어간 민복이 상황설명을 하고 일단 민상을 귀가 조치하라고 지시했다. 조사를 진행하던 팀원들도 민상에게 지쳤는지 머리를 절레절레 흔들며 오히려 속시원하다는 표정을 지었다.

창식이 내 그럴 줄 알았어 하는 표정으로 사무실을 빠져 나가다 민복과 잠시 시선이 마주쳤다. 창식은 30대 중반도 더 되어 보이는 민상을 아이 토닥이듯 등을 두드리며 사무실을 벗어나다 다시 한번 민복과 눈이 마주쳤다.

창식은 아무리 생각해도 팀장이라는 여자가 낯이 익었다. 하지만 자신은 검찰 쪽에 근무하는 사람으로 아는 사람은 없었다. 있었다면 이번에도 벌써 연락을 취해 진행사항이나 수습을 부탁했을 것이다. 조금 전 부탁한 사람도 지역구의원 김억만이었다. 자신과는 이미 여러 차례 식당과 주점을 드나들며 친목을 도모해온 사람이었다. 사실 자신이 사업을 하면서 정관계에 밀착이 없었다면 지금처럼 사업이 번창하기 힘들었을 것이다.

하지만 이 사업도 인건비 문제로 동남아나 중국 쪽에서 야금야금 수출 물량을 뺏어가는 바람에 타격을 입고 있었다. 이미 한국은 이 분야에 세계 시장에서 주도권을 뺏긴 지 오래였다. 창식도 앞으로 얼마나 버틸지 항상 걱정이 앞섰다. 더구나 자신은 나이도 들어 열정이 이전 같지 않아 얼마 전 아들에게 사장자리를 물려주지 않았는가. 헌데 아들 민상도 누가 제자식이 아니랄까봐 복잡한 여자문제를 일으키고 있었다. 창식이 맨 처음 자식과 관련된 사건이 접수되었단 소리를 들었을 땐 업보란 생각밖에 들지 않았다.

지난 날 자신의 문제로 사건이 표면화 되었을 때 창피하더라도 모든 걸 까발리고 재발방지대책을 내어 놓았더라면 어떻게 되었을까.

모르긴 해도 그 사건 후 1년 뒤 받았던 산업훈장은 못 받았겠지. 하지만 그 사건을 덮어두려고만 했고 쉬쉬하는 바람에 내부로 곪아터져 이번에 자식에게까지 영향을 미쳤다는 부분을 놓곤 연관이 없었다고 부인만 할 수 없을 것 같다.

이제 와서 산업훈장이 뭐 대수라고 무릎을 치며 후회한들 무슨 소용이 있을 까. 창식은 참담함에 몸서리를 쳤다.

67 | 민석은 친구 종두를 도와주고 싶은 마음은 간절했지만 아직 자신의 힘이 부쳐 항상 미안한 생각을 갖고 있었다. 종두가 사장으로 있는 정일사가 납품하는 물량의 50% 정도가 자신이 몸담고 있는 거성전자와 관련 있었다. 종두는 납품을 계속 할 수만 있어도 고맙겠다고 했지만 민석의 솔직한 입장은 납품물량을 대폭적으로 늘려주고만 싶은 심정이었다. 내부의 라인을 통해 알아본 바에 의하면 정일사는 오더를 내린 물량의 기한 준수는 물론 제품의 질이 아주 우수하다는 것이 대체적인 시각이었다. 아무리 도와주고 싶어도 그런 부분에서 따라주지 못하면 친구 사이라도 민폐를 끼칠 수도 있다. 민석이 도와주고 싶은 마음이 생기는 데는 우정도 있지만 종두의 꼼꼼하고 성실한 면모를 잘 알고 있기 때문이었다.

어머님을 뵈러 부산에 내려올 때면 가끔 종두와 만나곤 했다. 종두와는 오랫동안 친동기 못지않은 긴밀한 우정을 유지해왔다. 이렇게 친동기 같이 친한 이면에는 종두와 자신은 같은 산동네 출신이라는 동류의 식이 큰 역할을 했다. 중학교 때부터 만나 어려운 환경에서도 서로의 꿈과 희망을 공유하면서 때로는 고민을 토로하며 지내왔기 때문에 내면의 깊은 속까지 드러내고 사귈 수 있는 친구라 언제나 편하고 서로를 신뢰했다.

승진발표 시기가 한 달 앞으로 다가오자 사무실 분위기가 뒤숭숭했다. 과장이 된 지 올해로 4년차인 자신도 같은 부에 근무하는 송진호 과장과 함께 승진자 물망에 오르고 있었다. 그동안의 전망을 토대로 볼 때 확률은 반반이었다. 그 말은 결국 둘 중 한명은 탈락의 고배를 마셔야 하는 것을 의미했다.

직장 내부에서 성실하고 매사에 긍정적인 이미지로 평판이 좋은 민석은 최선을 다해 살다보면 그에 걸맞은 직분이 주어질 것이라는 점을 확신하며 살아왔다. 꼭 남을 제치고 올라서야 한다는 욕심은 없었다. 이왕될 수만 있다면 같이 올라갔으면 하는 따뜻한 심성을 가지고 있었다. 그것이 그동안 민석이 세상을 살아오는 방식이었다.

거기에 덧붙여 민석은 오랫동안 비전을 독특하게 꿈꾸는 자신만의 방식이 있었다. 학창 시절부터 이루고 싶은 꿈과 희망을 책상머리 맡에 적어 걸어두고 상상하는 버릇이 있었다. 물론 그 일은 지금도 계속되었다. 내면으로의 동기부여와 할 수 있다는 잠재의식은 그동안 민석의 꿈을 실현시켜 주었고 흔들리지 않고 추진해가는 원동력이 되었다. 설사 그러한 꿈과 희망이 가끔 벽에 부딪치거나 기대에 못 미치는 일이 있더라도 결코 실망하지 않았다. 꿈과 희망을 상상하는 일만으로도 벌써 마음이 설레고 부정적인 생각들은 저만치 달아나고 없었다.

"김 과장, 잠시 내 방으로 와 줄래요?"

오전에 서류를 뒤적이며 근무를 하고 있던 민석에게 사업1본부장의 호출 전화가 왔다. 사업1본부는 민석이 근무하는 기획부와 영업부, 계약부를 총괄하는 부서였다.

"현재 구로동에 짓고 있는 공장이 철거민들과 보상 문제로 난항을 겪고 있는 일, 김 과장도 알고 있죠?"

민석이 본부장실에 들어서자마자 그 말부터 꺼냈다.

"예, 본부장님."

"대부분은 타결되었는데 주민 100여 가구가 살고 있는 달동네 쪽이 유독 비협조적이라 회사입장에서는 빨리 철거작업을 끝내야 공장을 지을 텐데 그런 일로 공기가 자꾸 지연되면 생산물량 확보에 차질이 불가피할 거란 말이죠. 어디 다음 주에 있을 협상대표로 김 과장이 직원 두 명을 데리고 한번 나서 볼 의향은 없나 해서."

민석은 짧은 순간이었지만 잠시 갈등했다. 회사는 회사대로 주민들은 주민들대로 한 치의 양보도 없이 진행되는 협상장의 분위기는 고성이 오가고 험악한 분위기라 상부의 눈치 때문에 어쩔 수 없이 협상에 참석하기는 해도 누구라도 참가를 꺼리는 편이었다. 그리고 성사를 시키지 못하면 그 원성을 고스란히 받아야 될 지도 모를 상황이다.

"거 별로 내키지 않은 표정인데 이번 일을 잘 성사하기만 하면 인센티브를 팍팍 주기로 상부와 고려중인데 본인이 싫다면 아무리 좋은 일도 할 수 없는 일 아뇨. 어디 다른 사람으로 알아볼까?"

본부장이 은근한 말로 의견을 타진했다.

"아닙니다 본부장님. 제가 한번 해 보겠습니다."

"그래요?"

그 순간 본부장의 눈이 번쩍 빛났다. 조금 전 송진호 과장에게는 노골적으로 성사로 얻게 되는 혜택까지 부각하면서 부탁해도 꿈쩍 하지 않앉다. 서울에서 부유한 집에서 나고 성장해온 송진호는 S대에서 박사학위를 받은 엘리트코스만 거쳐 온 인물이었다. 팔이 안쪽으로 굽는다고 역시 S대 출신인 본부장 자신이 후배를 밀어주고 싶은 마음에 먼저 송진호에게 제안했다 보기 좋게 거절당했던 것이다.

"선배님 저 이번에 진급 못해도 좋습니다. 그 분야엔 차라리 김민석 과장이 적임일 것 같은데요. 김민석 과장도 산동네 출신이라는 말을 언젠가 술자리에서 들었는데 산동네 주민들의 애로점도 알고 공통분모도 있는 만큼 어쩌면 협상자리에서 더욱 설득력을 발휘할 수도 있지 않겠습니까?"

나중에 은근히 그런 말까지 하며 자신의 거절의사를 분명히 했다. 하지만 이번에도 성사하지 못하면 진급은 고사하고 온갖 비난을 감수해야 할지도 모를 상황이라 심정은 이해가 되면서도 울지도 웃지도 못하는 묘한 기분을 느꼈었다.

남들이 그렇게 꺼리는 자리를 김민석이 별 망설임 없이 하겠다고 나섰으니 놀란 만도 했다.

거성전자는 주민들의 최소한의 생존권을 보장하고 성의있게 협상에 임하라!

협상장 입구부터 달동네의 주민들이 몰려나와 노조의 데모대처럼 머리에 붉은 띠를 두르고 외치고 있었다. 민석은 같이 간 직원 두 명과 함께 주민대표 3명이 기다리고 있는 협상장소로 들어가기 전, 살풍경한 모습을 잠시 일별하곤 쓴 웃음을 지었다.

얼마 전 철거문제가 원만히 해결되어 이사를 앞두고 있는 이전에 살았던 산동네가 떠올랐다. 수개월 전 어머니에게 인사차 들렀던 산동네에도 똑같은 상황이 벌어졌었다. 현재는 어머니만 살고 계시지만 그곳도 아파트를 지으려는 건설사와 보상 문제로 제법 시끄러웠었다. 그때 엄마도 그랬다. 맨 처음엔 건설사는 건설사대로 자신들의 입장만 내세울 줄 알았지 주민들의 입장은 아예 생각해 주지 않았고 막상 주민들의 요구도 자신이 생각하기에 무리한 생각이 들었다고 했다.

민석은 당장에 처리한 시급할 문제였기에 어제 엄마에게 전화를 걸어 조언을 구했었다.

"니가 어려운 일 맡았구나. 사람이 정이 들어 살던 곳을 하루아침에 떠나는 일이 어데 쉽겠나? 물론 당장에 보상금을 받아 좋아하는 사람도 있기도 하겠지만서두. 사실 보상받는 평수가 작아 워낙 짜투리 같은 그 돈으론 아파트는 엄두도 못 내고 아이들 학교문제로 근처로 세들어 가는 경우가 많지. 건설사에서 나온 사람이 처음에 자기 방식대로 하다 잘 협상이 되지 않자 나중에 머리를 썼는지 하루는 동네잔치 겸 경로잔치를 열더구마. 그때 나온 사람들이 할아버지 할머니한테 큰 절을 올렸지. 그러고선 멀리 떠나는 사람들은 할 수 없지만 근처 마을로 이사 가는 사람들은 어쨌든 자신들이 최선의 성의를 보이겠다더구나. 장학금을 조성해 6년 동안 철거민 자녀들에게 학자금으로 보태주고 아파트가 들어서는 입구에다가는 별도로 양로원 겸 휴게실을 만들어 옛날에 살던 추억을 갖고 찾아오는 사람들이 쉬어갈 수 있는 쉼터를 만들어 주겠다고 했지."

엄마와 통화한 후 민석도 협상에 임하기 전에 본부장에게 이주비 외에도 그와 비슷한 협상카드로 내세울 조건을 협의해 수락을 받았다. 회사의 명의로 지급되는 장학금이나 신축되는 양로원은 회사의 홍보와 건전한 기업이미지 조성에 도움이 될 거라는 민석의 판단을 전적으로 수용했다. 본부장은 공장을 시급히 지어야 하니 어쨌든 협상을 빨리 마무리 짓도록 신신당부했다. 다만 마지노선으로 정해놓은 철거비용은 회사의 방침을 초과할 수 없다고 못을 박았다.

"선생님들이 어디 우리 입장이 되어 봐요. 지금 보상해주는 돈으론 근처에 전세방을 얻고 나면 그 뿐인데, 쉽게 협상을 할 수 있겠습니까?"

협상은 예상했던 대로 난항을 겪었다. 마지노선으로 제시된 금액에도 합의는 쉽게 이뤄지지 않았다.

"선생님 저희 회사 입장에서도 제시된 금액 이상은 불가합니다. 딱한 사정은 알겠지만 더 이상은 곤란하겠습니다."

민석과 같이 갔던 송 대리가 협상대표단으로 온 주민들을 바라보며 딱한 표정을 지었다.

"선생님들 어디 산동네에 살아 봤어요? 여름엔 그냥 집에 오기만 해도 땀범벅이 되고 한겨울엔 눈이라도 와 빙판이 되고 나면 노인네들은 가파른 산동네 길에서 아예 실족사할까 무서워 바깥출입을 삼가는 곳이 산동네라니깐요. 그곳을 우린들 살고 싶어서 살았겠습니까? 게다가 자기가 살던 집을 처분해 겨우 세를 얻어 나가야 할 사람의 심정을 한번이라도 헤아려 보셨습니까?"

"……"

갑자기 협상장은 물을 끼얹은 것처럼 조용해졌다.

"저도 산동네 출신이라 여러분의 입장을 잘 압니다."

벌겋게 달아올라있던 협상대표로 나온 주민이 민석의 갑작스런 그 말에 잠시 눈을 치켜뜨고 바라보았다.

"저도 산동네에서 홀어머니 밑에서 살았습니다. 이런 말씀을 드리긴 뭣하지만 힘들고 여유 없이 살아온 것이 몸에 배여 버렸습니다. 형편이 약간은 나아진 지금도 가끔 어려운 일이 닥치면 옛날을 떠올리며 스스로 위로받으며 살아가고 있습니다. 고3때 제가 반에서 3등을 했는데도 성적이 나은 사람들을 제치고 장학금을 받았던 이유가 뭔 줄 아십니까?"

"……."

"네 그렇습니다. 제가 장학금을 받았던 이유는 가난했기 때문입니다. 여러분 지금은 비록 가난하다 해도 실망하지 마십시오. 여러분에게는 앞길이 창창한 자녀가 있지 않습니까? 다른 부분은 차치하고서라도 이것 하나는 제 명예를 걸고서라도 확실히 약속드리겠습니다. 자녀들의 학업문제로 전학하기도 쉽지 않아 대부분이 먼 곳으로 이사를 가지 못하는 걸로 알고 있는데 아파트 입구에다 일정 부분을 조성하여 여러분들의 자녀들을 위한 도서실이 갖춰진 전용 공부방을 만들어 공급하겠습니다. 도서실에는 향후 6년간 매년 새로 출간되는 책으로 채워놓겠습니다. 그 옆에는 양로원을 따로 지어드리겠습니다. 가끔 이전에 살았던 곳이 그리워서 그곳을 찾았다 잠시라도 쉬어갈 수 있는 공간이 필요할 거라는 생각이 들었습니다. 그리고 향후 6년간 장학금을 조성하여 여러분들의 자녀들이 중학교, 고등학교를 마칠 때까지 지원하도록 하겠습니다. 여러분들의 자녀들도 희망을 가지고 살다보면 누구나 대학도 가고 미래는 더 나은 행복한 삶이 되도록 미력하나마 돕겠습니다."

민석의 적극적이고 솔직한 제안에 협상장의 분위기가 금세 활기를 되찾았다. 철거에 따른 이주비는 마지노선으로 정해진 금액을 초과할 수 없다고 못을 박았기 때문에 주민대표로 나온 사람들도 이주비 외에 부수적으로 제시된 부분에 주민들과의 의논이 필요하다며 정회를 요구했다.

주민들의 대표로 나온 협상단이 협상장 주변에 몰려와 있던 주민들과 의논할 수 있도록 민석과 함께 참석했던 회사 측 협상단은 자리를 비껴

주었다.

"김 과장님 그렇게 파격적인 제안을 제시했다 나중에 회사에서 수용 못하겠다고 하면 어떡 하시려고요?"

협상카드로 제시된 부분에 대해서 사전에 잘 모르고 있던 송 대리가 걱정이 되는지 물어온다.

"송 대리 그 부분은 걱정하지 말아요. 지금 우리 회사는 기업브랜드 가치를 올리기 위해 힘쓰고 있잖아요. 이럴 때 회사가 기부하는 장학금은 물론이고 회사의 기부 형태로 지어지는 공부방이나 양로원은 바로 우리 회사의 홍보관이나 마찬가지 일거란 말이죠."

"역시 과장님의 혜안이 있었군요. 근데 과장님 아까 산동네 출신 운운 하시던데 그것도 협상을 위한 전략이었습니까?"

"송 대리 그건 그렇지 않습니다. 나 산동네 출신 맞아요. 한창 감수성이 예민한 중고등학교 시절을 산동네에서만 고스란히 보냈죠. 이번 협상에서도 서로의 벽을 허물어야 진전이 있을 거라 생각했습니다. 그렇다면 협상전략이라고 봐야 하나 하하하."

1시간 정도의 정회가 있은 후 협상이 다시 진행되었고 일사천리로 마무리 되었다. 주민대표는 장학금금액과 공부방 및 양로원 규모를 제시했고 회사측대표인 민석이 수용했다. 협상과정에서 민석이 어려운 가정 형편에서도 서울의 명문대를 나오고 일류기업에 취업한 사실을 우연히 알아버린 주민대표들은 감동을 받았다. 주민대표들은 다음에 공부방이 완성되면 민석을 초대해 철거민의 자녀들을 대상으로 꿈과 희망을 제시하는 특별강연을 제안했고 민석은 기꺼이 수용했다.

68 | 민복은 팀원 두 명과 함께 민상을 고발했던 여자를 만나보고 있었다. 여자에게 증거자료 보강을 위해 검찰로 방문해주기를 요청했으나 수사기관에 대한 막연한 두려움으로 오기를 꺼려해 부득이 여자가 살고 있는 근처의 찻집으로 자리를 잡았다. 여자는 어린 나이에 얼마 전 강제 해고까지 당하고 여러 상황에 시달린 탓인지 몹시 초췌해 보였다. 진정서에서는 사장의 아내가 간통죄 고소를 할 거라며 위협까지 받았다고 되어 있었다. 여자는 여공과는 어울리지 않게 늘씬한 몸매와 갸름한 턱이 돋보이는 미인이었다. 미인박명이라고 했던가. 아무튼 남자들은 미인을 가만두려 하지 않는다. 민복은 그녀를 보자 그동안 당해왔을 고초가 연상되어 연민의 감정이 복받쳐 올랐다.

"사장님의 편애와 선물공세에 처음엔 동료들이 부러워까지 했어요. 저도 고급선물이 싫진 않았구요."

조심조심 꺼내놓던 여자는 그 과정에서 민상에 대한 적개심이 되살아난 탓인지 그동안 있었던 일들을 다 뽑아버려야 속이 시원하겠다는 듯이 세세한 부분까지 털어놓기 시작했다.

여자는 스무 살에 회사에 처음 입사했다고 했다. 회사에 입사하고 채 두 달도 되지 않아 어느 날 사장의 눈에 띄어 한동안은 특별대우를 받았다고 했다. 사장은 잔업이 있는 날의 경우 사무실에서 도와 줄 일이 있다며 불러내어 드라이브를 하거나 맛있는 식사를 사준 뒤 회사에 다시 태워다주곤 했다. 하도 철두철미하고도 은밀하게 진행했던 탓에 특별히 의심하는 직원들은 없었다고 했다. 만나는 횟수가 늘어나면서 고급신발은 물론 옷까지 선물공세로 이어졌다. 그러자 여자는 차츰 부담감을 느끼기 시작했다. 값비싼 선물 공세 뒤에 도사리고 있는 함정이나 무리한 요구가 점점 의식되었기 때문이었다. 그렇지 않아도 가끔 식사자리에서 사장의 노골적 추파가 자신의 몸매나 얼굴로 박히는 것을 느끼기 시작했고 노래방에서 억지로 블루스 추기를 강요받기도 했다. 자신은 이제 겨우 스무 살, 사장은 30대 중반이나 된 유부남이었기에 애초에 남녀 간의 사랑과는 거리가 한참 멀었고 누가 보더라도 불륜이 연상될 만큼 어색한 만남이었다.

여자는 차츰 그런 자리를 거절했다. 하지만 그럴수록 민상은 집요하게 여자를 물고 늘어졌고 일이 생각대로 진행되지 않으면 은근히 위협조로 사장의 권한을 행사했다. 급기야는 반강제적으로 몸까지 뺏기고 사건이 접수될 때까지 비정상적인 관계는 2년간이나 이어졌던 것이다.

"거절 의사를 분명히 표시했다는 사실을 직원 중에 증언해줄 사람은 있습니까?"

"그럼요. 처음엔 별 대수롭지 않게 지켜보던 동료들이 나중엔 차츰 의심의 눈초리를 보내기 시작했습니다. 그래서 잔업이 있는 날 반장에게 그냥 공장에서 일하겠다고 했습니다. 그 인간이 얼마나 치밀한지 꼭 잔업이 있는 날을 골라 데리고 다니며 괴롭혔으니깐요. 그런데……."

"그런데요?"

"그런데 반장님도 어떤 이유에선지 사장을 도와주라고만 했어요. 심지어 부장님은 회사에 잘 다니려면 사장의 말을 잘 들어야 할 거라며 은근히 위협까지 했어요. 일반 동료들도 어느 날부터 저만 보면 슬슬 눈치를 보기 시작했어요. 저는 그때서야 제가 완전 외톨박이가 된 기분이었어요."

민복은 당시 여자에게 처해진 상황이 이해가 되기 시작했다. 그렇다면 여자의 동료들을 통해 수집될 증거자료는 크게 어렵지 않을 것 같았다. 하지만 그것으로 여자가 사장에게 일방적으로 끌려 다녔다는 증거가 될까? 민상이 둘이 합의하에 즐겼다면 어떻게 하지? 여자의 말을 들었던 민복은 물론 나중에 가서야 알았다지만 사장의 무리한 환심을 처음부터 의심하지 않고 따라 준 여자에게도 일말의 책임이 있다는 생각이 들었기 때문이었다. 민상도 고급신발과 의류 선물 등으로 여자의 허영심을 교묘히 자극해 십분 활용했던 것 같았다. 물론 세상 사람들이 다 그런 것은 아니지만 대개 미인들에게 치명적인 약점이 그것이었다. 미인들은 세상 사람들의 환심이 자신이 예뻐서 그렇다고 간주하는 경향이 있었다. 그래서 미인들은 세상의 유혹에 쉽게 노출되고 가볍게 넘어가는 경향이 있다.

"나중에 일이 시끄럽게 진행될 것 같으니 이 작자 마누라까지 동원해 저를 괴롭히기 시작하는데 정말 억울했습니다. 본인은 아니라고 했지만 제가 보기엔 어딘지 의심 가는 대목이 많았거든요. 나중에 그 사람의 부인되는 사람이 간통고소를 안하는 조건으로 직장에 사표까지 강요받았을 땐 하도 억울해 자살충동까지 느꼈습니다."

민복은 그 대목에 가선 자꾸만 울어대는 여자에게 기꺼이 자신의 손수건을 건네주었다. 한참 어린 막내 동생 같은 여자였다. 한참 꿈에 부풀어도 시원찮을 판에 소위 약자라는 이유로 너무 어린 나이에 사회에 대해 냉소와 환멸을 느꼈을 그녀를 바라보니 동정심이 일었다. 아가씨라고 도저히 여겨지지 않을 만큼 그녀의 말투에서마저도 풍상을 다 겪은 사람처럼 거칠어져 있었다.

다음 날, 이번에는 여러 상황 상 팀원들을 회사입구에 대기시키고 민복만이 성창물산(주)로 방문했다. 반장과 부장을 토대로 구체적인 진술을 들을 예정이었다. 수사기관에서 나온 여러 사람이 한꺼번에 회사로 들이닥치면 혼란스러울 수도 있고 소기의 목적을 달성하기에 역효과를 낼 수도 있다.

"민복아, 나도 아는 안면에 니가 원하는 것을 들어주고 싶다만 고등학교에 다니는 애를 둘이나 둔 40대 후반인 아줌마에게 처해진 상황도 이해해 주길 바란다."

그래도 한때 친하게 지내왔던 말자로부터도 진술을 받아내지 못한 충격은 컸다. 회사 곳곳에 당장에 눈에 띄진 않지만 사장의 위협이 도사리고 있는 느낌이었다. 검찰이 회사에 다녀간 일이 알려지고 난 다음 사장과 회장이 직원들을 대상으로 입조심을 시켰다고 조금 전 말자도 넌지시 알려주었다. 그렇다고 민복이 포기할 사람이 아니었다.

민복은 일단 말자를 제쳐두고 부장이라는 사람과 부딪치기로 했다. 다행히 부장은 이전에 자신과 알던 사람은 아니어서 일을 처리하기가 껄끄럽지 않을 듯 보였다. 솔직한 진술을 받아내기 위해선 충격이나 자극이 필요했다. 민복은 회사에서 벗어난 바깥쪽 차안에서 기다리고 있던 두 명의 팀원에게 지금 회사 내에 돌아가는 사정과 분위기를 대충 전했다.

민복은 구내매점에서 기다리고 두 명의 팀원이 부장을 데리러 갔다. 팀원들은 공장 사무실에 앉아 신문을 보고 있던 부장에게 다가갔다.

"박성만 부장님 되시죠? 동부지검에서 나왔습니다. 잠깐 저희들과 가주셔야겠습니다."

어깨가 쩍 벌어진 두 명이나 되는 수사관의 갑작스런 방문에 박성만은 깜짝 놀랐다. 자신이 무슨 큰 잘못을 저질렀나 생각하는 눈치였다.

"제가 무슨 잘못한 거라도 있습니까?"

상황정리가 안되었던 박성만이 잠시 후에 사장과 관련된 일을 눈치채곤 반발조로 말했다.

"박 부장님 잠깐이면 됩니다. 일단 저희와 같이 가주시죠?"

옆에서 공장장도 아주 어리둥절한 표정으로 우왕좌왕했다. 하지만 수

사기관에 무작정 반발했다간 어떤 불똥이 튈지 몰라 부장에게 같이 동행하도록 하고 이번 일을 대비해 미리 약속한 대로 이 회장과 사장에게는 얼른 전화로 보고했다.

사무실에서 벗어나자 구내매점으로 간다는 사실을 알고서야 박성만은 안도의 한숨을 내쉬었다. 잠시 동안 얼마나 놀랐던지 식은땀까지 흘렀었다.

"당장의 진술은 좀 곤란하겠는데요. 저에게도 생각할 수 있는 약간의 시간을 주십시오."

민복이 설득 끝에 내민 진술서를 받아든 박성만도 여유를 가졌는지 진술과 날인은 완강히 거부했다.

"박 부장님 박 부장님도 이번 사건에 책임이 있다는 걸 아시죠? 지위와 권한을 가진 사장이 부당하게 범법행위를 저지를 때 중간 간부입장으로 감시는 못할망정 옆에서 방조 내지는 오히려 도와주었다는 부분에 가선 이번 사건과 자유롭지 못하다는 것을요. 지금 진술하지 않으면 지검에서 출두명령을 하거나 임의구인장을 발부받아 회사로 직접 데리러 올지도 모릅니다."

민복의 그 말에 박성만의 얼굴이 대번 긴장된 표정이 역력했다. 하지만 진술서에 그대로 사인했다가는 언제 직장에서 쫓겨날지도 모른다는 두려움이 더 큰 탓인지 진술을 끝내 거부했다.

민복은 오늘 당장은 진술서를 받아내기는 글렀다는 생각이 들었다. 하지만 성만이 매우 두려워하는 표정으로 봐선 시간이 좀 걸리더라도 진술을 받아내는 데는 어렵지 않을 것 같았다.

"박성만 부장님. 오늘은 일단 돌아갑니다. 저희 검찰에서 임의구인장을 발부받아 다음에 모시러 오기 전에 잘 생각하셨다 진술에 임해주길 바랍니다. 물론 직장 상사에 관한 진술이 당장 불이익으로 닥쳐올까 걱정되시는 모양인데 저희 검찰은 그런 일로 피해를 보지 못하도록 법적 안전장치를 해놓고 있으니 전혀 걱정할 필요가 없습니다. 그 일로 부당해고 되거나 침해가 발생 시 저희 쪽에 연락을 주시면 노동부와 연계해 바로바로 직장으로 원상 복귀는 물론 재발방지를 보장해드릴 것을 확실히 약속드립니다."

성만에게 그렇게 재차 다짐을 해둔 뒤 민복은 팀원들과 함께 지검으로 귀청했다. 여러 정황으로 내부 증인자료 확보에는 약간의 시간이 필요할 것 같지만 주변 동료들을 토대로 한 진술 등 자료 수집에는 문제없을 것으로 보인다는 내용의 보고서를 작성해 부장에게 보고했다.

오후의 시간이 무료하게 지나갔다. 민복은 일단 시간이 나자 이번 사건은 잠시 제쳐두고 다른 건으로 접수된 서류를 검토하는 여유를 부렸다.

다음 날 오전이었다. 민복이 한창 업무를 보고 있자니 며칠 전 아주 우연히 맞닥뜨린 이창식 회장이 사무실로 불현듯 내방한 것이다. 이창식은 바로 민복의 의자로 다가가 90도로 깍듯이 인사를 한 다음 민원인을 위한 보조의자에 앉았다.

"김민복 팀장이라구요? 정말 오랜만입니다."

"네 이창식 회장님, 오랜만입니다."

상대방이 알고 나오는 마당에 굳이 피할 이유가 없었다.

"저 김 팀장님. 잠시 조사실로 같이 가 주시겠습니까? 제가 이번 사건에 대해 꼭 하고 싶은 말이 있습니다."

이창식은 굳이 조사실을 고집했다. 민복은 무슨 말 못할 사정이 있겠거니 하고 칸막이 뒤의 조사실로 향했다. 같이 걸어가는 그 짧은 순간에도 민복은 창식의 몰골이 이전에 비해 매우 초라한 느낌이었다. 이전의 화려했던 부분은 눈을 씻고 봐도 찾을 수 없는 느낌이었다.

"정말 볼 낯이 없습니다. 아주 오래 전 제가 댁에게 큰 죄를 지었지요. 이 추하게 늙어버린 늙은이를 용서해 주세요. 흐윽."

칸막이로 들어서자마자 창식은 민복의 앞에 무릎을 꿇었다. 깜짝 놀란 민복이 창식에게 다가가 일으켜 세우려 해도 꿈쩍 않았다.

"이 회장님 왜 이러세요? 일어나세요. 이러시면 안 되죠."

"김 팀장님. 아주 오래 전 그때 이미 모든 일을 시인하고 재발방지대책을 내어놓으라는 당시 김민복이라는 여직원의 간절한 말을 들었어야 했어요. 지금 똑같은 상황이 아들에게 닥치고 나서야 내가 큰 잘못을 저질렀다는 사실을 깨달았습니다. 돈이 좀 있다고 거들먹거리고 문제가 있으면 돈으로 해결하고 없는 사람은 아예 무시하던 그런 행동들이 바로 자식에게도 영향을 미치더군요. 업보란 말도 있듯 결코 가볍게 생각할 일이 아니더군요. 이번 일을 놓고 내 눈에는 분명 잘못이 보이는데 자식놈은 잘못을 빌고 용서를 구하자는 말에 이해를 못하겠다는 표정을 짓더라구요. 그동안 아버지가 그런 일은 큰 잘못은 아니라고 행동으로 보여주지 않았어요 하는 눈빛으로 바라보는 자식놈을 보면서 내가 한참을 잘못 살았구나 하는 생각이 들었습니다. 이대로 두었단 앞으로 어떤 큰일을 저지를지 생각만 해도 등골이 오싹 합디다. 이번 일을 당하곤 새삼 후회와 함께 이렇게라도 하지 않으면 안 될 것 같은 참회의 심정으로 김 팀장을 찾은 것입니다. 지난 시절 참 원망도 많이 했을 거라는 생각이 듭니다. 제발 불쌍한 이 노인을 용서해 주세요."

민복은 창식을 새삼 바라보았다. 그의 표정과 행동에서 진심이 전달되는 느낌이었다. 죄는 밉지만 사람은 미워하지 말란 말도 있듯 한때 그에게 품었던 적의와 원망도 세월과 함께 서서히 옅어지는 기분이었다.

창식이 굳이 그렇게 나오자 사건은 거의 해결된 것과 마찬가지였다.

이번 일은 처벌만이 능사는 아니었다. 피해자에게는 충분한 합의금으로 보상하고 재발방지대책을 세워 회사 내에 유사한 사례가 다시는 일어나지 않게 하는 일이 중요했다.

민복이 중재자로 적극 나서 피해자에게 충분한 위로금을 전달하는 것으로 합의를 이끌어내었고 민상이 회사게시판에 재발방지를 포함한 사과공고문을 게시하는 선으로 사건은 마무리 되었다. 창식은 이번 기회로 인생의 새로운 기로에 섰고 그 아들 민상은 원점에서 자신의 삶을 되돌아 볼 기회를 가질 게 분명했다. 그나마 민상은 아직 젊었으니 본인의 의지만 있다면 개전(改悛)의 여지는 충분했다.

69 | 양례의 회갑연이 며칠 뒤로 다가왔다. 이번 연회는 얼마 전 부장급인 외주계약총괄팀장으로 승진한 민석의 적극적인 후원 속에 부산 남포동 글로리아호텔 연회장에서 열릴 예정이었다. 민석은 참신하고 성실한 회사 내의 평판으로 인사고과에서 우수한 점수를 받았으며 최근 회사에서 골머리를 앓았던 철거민 보상 문제의 극적인 타결이 부장 승진의 결정적인 발판이 되었다.

외주계약총괄팀장 교체설이 나돌 때부터 신경을 곤두세웠던 동호는 그 자리에 민석이 앉게 되었다는 소식에 한시름 놓으면서도 그동안 껄끄럽게 지내왔던 두 집안 사이를 양례제수의 회갑연을 통해 만회의 기회로 삼고자 했다. 상전벽해(桑田碧海)란 말이 있듯 자신이 생각하기에도 인생은 참으로 예측 불가한 것으로 여겨졌다. 한때 거들떠보지도 않았던 동출의 아들이 납품을 위주로 하는 전국의 내로라하는 대기업의 1차 벤드 사장들에게 가장 두려운 존재인 외주계약총괄팀장이 될 거라고 한번이라도 생각해 봤던가. 적어도 하청업주들에게 있어 그 자리는 막

강한 권한을 행사할 수 있는 무시무시한 자리였다. 계약을 중지해버리면 하루아침에 회사는 문을 닫고 거리에 나 앉을지도 모를 만큼 업주들 사이에선 염라대왕이라고 불리는 자리였다.

민석은 그 자리에 앉자마자 세간에 떠도는 그런 인식을 불식시키기 위해 애썼다. 본사 주관으로 납품업체 전부가 참여하는 자리를 마련하여 모든 거래는 투명하고도 가장 민주적 절차에 따라 이루어질 것임을 분명하게 밝혔다. 대신 납품가격이 제품가격 형성에 영향이 큰 만큼 납품업체간 가격담합을 중지해 줄 것을 정중히 요청했다. 이후에 그런 일이 밝혀졌을 시는 어떤 책임도 질 수 없다고 못 박았다. 본사에서도 구체적 실천방안으로 부속품의 정찰가격입찰제를 시행하고 미비한 점은 제도적으로 보완해 가기로 약속했다.

무엇보다도 민석은 기존의 단순한 납품과 하청업체관계에서 협력업체 수준으로 끌어올리는데 안간 힘을 쏟았다.

"어이, 김 사장 이번엔 가봐야 할 거 아니가?"

아버지의 제안에도 병철의 반응은 시큰둥했다. 병철은 민석이 외주계약총괄팀장으로 승진되었다는 소식에도 별 반응이 없다가, 이번에는 친척인 민석모의 회갑연 참석에도 아예 갈 생각이 없음을 내비쳤다. 동호는 사업을 잘 하려면 시류편승을 잘하고 세상이 돌아가는 상황에 기민하게 대처해도 뭣한데 아무리 생각해도 굼뜨게 행동하는 병철이 답답하기만 했다.

동호가 보기에 병철은 회사경영에 대해서도 큰 애착이 없는 듯 해 시름만 커져갔다. 그래도 퇴근 무렵만 되면 올빼미라도 되는 듯 유독 두 눈에 생기가 돌았다. 답답한 동호가 며느리에게 전화로 병철이 술을 먹고 다니느냐고 물어보니 밤늦게 피곤에 절여 들어오긴 해도 술은 별로 마시지 않는 것 같다고 해 의구심만 더욱 커갈 뿐이었다.

　고급승용차의 앞좌석엔 영석과 민복이 앉고 한복을 곱게 입은 양례와 두 명의 손주가 뒷좌석에 앉아 회갑연이 열리고 있는 연회장으로 가고 있었다.

　서영석은 상대 졸업 후 지방의 탄탄한 기업에 근무하던 중 세무사자 격증을 취득해 5년 전부터 세무사로 개업해 있었다.

　회갑연이 열리는 연회장에는 토요일 오후의 시간대로 퇴근 후라 그런지 벌써 많은 사람들이 자리를 잡고 있었다. 민석 내외가 서울에서 내려와 이미 도착해 있었다. 송희와 결혼이 물 건너 간 뒤 결혼한 민석의 처는 영어교사로 고등학교에서 교편을 잡고 있었다.

　동민 내외도 보였다. 친척 중에서는 민복과 민석이 잘된 소식에 가장 기뻐하며 후원해주던 고마운 숙부였다. 그런 만큼 민복과 민석은 기회가 될 때마다 아직도 고향에 있는 동민숙부에게 인사 차 들리곤 했다. 민복은 어머니와 함께 동민에게 다가가 인사를 했다.

　시간이 조금 지나자 민석이 다니는 회사사람들과 어디서 소식을 듣고 왔는지 협력업체 사장들, 민복의 직장동료들로 연회장은 입추의 여지가 없을 만큼 가득 찼다. 종두도 부인인 남희와 함께 양례에게 인사를 올리고 자신들의 자리로 돌아갔다. 많은 손님들 속에 동호내외와 창식내외의 모습도 보였다. 동호는 생각지도 않았던 창식이 미리와 앉아 있자 깜짝 놀라며 나란히 옆으로 가 앉았다.

　"세상 참 오래 살고 볼일이제? 촌에서 먹고 살기가 막막해 이사를 온 사람들이 저렇게 전 가족이 하나같이 잘될 줄 누가 알았겠노?"

　"자네 나중에 회갑연 마치고 나면 나하고 한 잔 하자구. 내 자네한테 유감 많네."

창식의 그 말에 동호가 대번에 긴장하는 눈치다.

회갑연은 화기애애한 분위기 속에 성대하게 끝이 났다. 동호는 자존심을 팍팍 구겨가며 그동안 결혼식장이나 장례식장을 찾았다 낸 부조금과는 비교가 안될 만큼 많은 금액을 축의금으로 내었으면서도 뒤가 개운치 않았다. 자신의 의도대로 이번 회갑연이 두 집안 사이에 화해의 물꼬를 터는 계기가 될 수 있을까? 동호는 아직도 세상을 이끌어가는 힘은 돈이 최고라고 굳게 믿고 있었다.

하지만 그런 생각도 잠시였다. 부인들을 먼저 돌려보내고 창식과 술이나 한 잔 더하기 위해 막 식장을 떠날 때쯤 축의금 접수를 보고 있던 젊은 친구가 동호에게 갑자기 다가와 봉투를 내밀었기 때문이다.

"저희 팀장님께서 도를 넘어선 축의금은 돌려드리라고 해서."

"근데 내 이름은 어떻게 알고?"

동호가 막상 그렇게 말하며 젊은이를 바라보았을 때 그 뒤편으로 약간 떨어진 곳에서 민석이 동호를 보며 가볍게 목례했다. 순간 당황스런 마음에 얼굴이 확 달아 오른 동호가 쑥스러워하며 자신의 이름이 쓰여진 봉투를 억지로 자신의 양복안주머니에 집어넣었다.

"거 봐! 저런! 저런! 친구하고. 자네도 이제 생각을 바꿀 때가 된 것 같아."

창식의 그 말에 동호는 자존심이 팍 구겨졌다. 동호는 꾸역꾸역 올라오는 불쾌감을 억지로 삭이면서 창식이 이끄는 장소로 옮겨 갔다. 제법 근사한 곳으로 갈 줄 알았는데 막상 도착해 보니 생맥주 전문점이이었다.

"자네 날 속였더군. 난 민복 양이 자네와 그렇게 가까운 질녀 뻘 되는 줄은 오늘에야 알았지 뭐고? 그것도 자네 집사람이 하는 대화를 우연히 엿들어서 알게 되었네만. 난 그것도 모르고 지난 날 자네에게 그때 그 일이 벌어졌을 때 부탁까지 했고 말이다."

"친구야 본심은 그게 아니었네. 오해는 말거라. 하도 오래 전 일이라 기억은 잘 나지 않지만."

"친구하곤. 속일 걸 속여야지. 나도 물론 그때 일을 내가 잘 했다고 따지자는 것은 아니야. 떳떳하지 못했던 나의 행동이 창피해 얼른 벗어나고 싶은 생각밖에 없었으니까. 하지만 오랜 시간이 지나니 세상의 모든 일은 결국은 정도로 흐른다는 사실을 알게 되었네. 막상 그렇게 되니 그 당시의 졸속한 처리를 얼마나 후회했는지 몰라."

"자네 그새 무슨 일이 있었군."

"말도 마시게. 얼마 전 자식놈이 나와 똑 같은 일을 저질러 아주 혼줄이 났다네. 다행히 민복 양이 아량으로 구원을 풀고 적극적으로 화해를 시켰기에 망정이지 잘못했단 하나밖에 없는 아들놈을 깜빵까지 보낼 뻔했지 뭔가. 그때 일이 하도 고마워 오늘 회갑연까지 참석했지만 말야."

"그런 일도 있었구만. 이래저래 나도 요즘 들어 잘못 살아온 세월이 후회스러우이."

"와? 무슨 안 좋은 일이 있는가베?"

동호는 그 말에 즉답을 피하고 커다란 맥주잔을 들어 맥주를 벌컥벌컥 들여 마셨다. 생각만 해도 열불이 나는 요즈음이었다. 시골에서 겨우 중학교를 졸업하고 살길이 막막해 부산으로 왔던 육촌동생 동출의 집안 일만 해도 그랬다. 물론 세상살이를 게임으로 보기도 그렇지만 누가 보더라도 자신과는 애초부터 게임이 되지 않을 싸움이었다.

하지만 나이가 들수록 돋보이는 것은 자식농사라는데 이건 누가 보더라도 자신이 KO패로 넉 다운 된 경우나 마찬가지였다.

사촌이 땅을 사면 배가 아프다는 말이 새삼 들어맞는 요즈음이었다.

헌데 자신은 사업도 이만큼 크게 번창시켜 놓았고 누가 봐도 성공한 삶이라 여겨왔는데 늘그막에 와서 오직 내세울 만한 그 부분마저 조금씩 불안이 싹트고 있었다.

당최 자식놈이 미덥지가 못한 것이다. 자신이나 마누라나 학창시절 별나게 말썽을 피워대던 병철이 못 마땅해도 사회생활을 하면 나아지겠거니 하며 너무 방관했던 일이 뼈저리게 후회가 되기도 했다.

확실히 세상은 나날이 변해가고 있었다. 학창시절 문제아가 사회에서는 모범생이 된다는 통설도 자신이 보기엔 이치에 전혀 맞지 않는 말이었다. 인생이란 항상 진지하고 성실히 살아도 부족한 마당에 학창시절에 별종처럼 굴었던 사람이 사회에 나와도 하루아침에 진지해 질 수는 없는 노릇이고 결국 별종이 될 수밖에 없는 세상이었다.

"동호 친구 이거 이거 너무 생각이 많은 거 아닌가? 뭘 그리 심각히 생각해?"

창식이 술잔을 들어 건배 시늉을 하며 자신의 앞쪽으로 내밀었을 때야 동호는 얼른 제 정신으로 돌아왔다.

"그래 내가 잠시 딴 생각을 했는갑다. 요즘 이러면 안되는데 하도 열불이 나서 말이야. 아까 자네도 봤지 않은가?"

"뭘 말이고?"

"내가 한때는 거들떠보지도 않았던 조카놈에게 한방 크게 먹는 모습을."

"그거야 자네가 지나치게 했으니까 상대방이 부담감을 느껴서 그랬을 테고."

"사실 오늘 일만 해도 그렇네. 이 나이나 되어서 그런 일을 직접 해야 되겠나? 아들놈이라고 하나 있는 게 오늘 같은 날은 다른 일은 만사 제쳐놓고 찾아보는 게 도리가 아니겠나? 좀 심한 말로 앞으로 우리 회사의 생사존망이 그 사람한테 달려있는 판국에."

"자네 아들이 학창시절부터 좀 별나게 굴었지. 하하. 근데 그런 친구들이 사회생활은 오히려 잘 할 낀데."

"그랬으면 오죽 좋겠나? 오늘 봤지? 그 집안사람들을. 민석이 그 친구가 그 어려운 가정형편에서도 일류대학을 나오고 일류기업에 취업해 승승장구 해나가는 모습을. 이럴 줄 알았으면 친척 조카겠다 아예 배신 못하게 일찌감치 학비다 해서 보태주는 건데."

"그 사람하곤. 너무 이해타산으로 놀면 되나? 너무 신경쓰지 말게. 자네 아들도 앞으로 차츰 나아지겠지."

"글쎄다. 난 요즘 자식놈들 교육을 놓고 새삼 후회되는 부분이 한두 가지가 아니네. 딸내미 민경이 개만 해도 그렇고. 지가 미대에서 가장 알아주는 대학을 나오면 뭘 하노?"

"참 개는 지금 뭘 하지?"

"그 좋은 혼처자리에 결혼을 앞두고 한때 누드화 모델로 나선 기 문제가 돼 파혼까지 당하고. 지금도 그 일을 생각하면 열불이 난다. 지가 뭐가 아쉬워 그런 일을 했노 말이다."

"그래도 그 누드화를 그렸던 화가가 유명해지면서 그 그림도 떴지 아마. 하하."

"그러면 뭐 하노? 그림에 나오는 사람이 누군지 알 만한 사람은 다 알아 오히려 알몸을 온 세상에 선전하는 꼴이 되어버렸는데. 예술이니 뭐니 사람들이 아무리 그렇게 말들 하지만 창피해서 이거야 원."

"딸내미는 지금 교수쯤 되나?"

"교수는 무슨? 고등학교에서 그림을 가르치고 있다. 한때 잘못된 처신으로 아직도 독신으로 살아가는 모습이 애비로서 영 안타깝다."

"자네나 나나 그러고 보면 인생을 허비한 부분이 많아 허허."

314

"그러게 말야. 아무리 여건이 좋으면 뭣해? 아이들에게는 당장에 풍족함으로만 채워줄게 아니라 부족함도 알게 하고 미래에 대한 꿈도 키우게 했어야 했는데. 항상 아쉬움이 없는 판국에 걔들이 주변의 어려운 이웃을 보면서 저런 인생도 다 있구나 생각을 해보기나 했나 차분하게 관조해볼 기회가 있었나 뭐. 부모라는 것들이 그저 무슨 일이 생기면 오냐오냐하면서 감싸주기 바빴는데."

두 사람은 술이 늘어가는 만큼 시름도 깊어 갔다. 하지만 창식은 전에 있었던 일을 계기로 아들 민상이 제발 정신을 차리고 달라졌으면 하는 희망을 가져본다.

70 | "자 이것도 챙기고."

　　　　"엄마 이건 너무 낡았는데 이번 기회에 버리고 새로 하나 장만하시죠?'

모처럼 일요일에 모든 식구들이 이삿짐을 챙기느라 시끌벅적했다. 서울에서 민석 내외가 아이들을 데리고 내려왔고 민복내외와 아이들도 모두 한 자리에 모였다. 양례가 이전에 부모들이 어렵게 살았던 집을 둘러보는 일도 교육상 좋은 일이라며 모두를 한꺼번에 불렀기 때문이다.

양례는 8명이나 되는 대식구가 분주하게 움직이는 모습을 흐뭇한 표정으로 바라보았다. 이제는 이미 다 커버린 손주들이 할머니는 그냥 구경만 하라며 의자를 내어주어 앉아서 지시만 내리곤 있지만 이것저것 챙기느라 신경이 쓰였다. 자잘하고 별 쓸모없던 물건들도 정이 들어 버리지 못한 것이 제법 많았다. 어떤 물건들은 남편 동출과 결혼 했을 때부터 지녀온 가슴시린 사연이 많은 물건이라 아직도 바라보면 짠했다.

바로 그 순간 자신의 어깨 위로 따뜻한 체온이 느껴졌다. 분명 누군가가 어깨를 주무르는 느낌이었다.

'당신 그동안 고생 많았어. 드디어 산동네를 떠나가는구마. 내가 옆에 있었다면 더 빨리 벗어났을 텐데. 언젠가 근사한 집을 지어 옮기고 싶었는데.'

남편 동출이 지긋이 양례를 바라보고 있었다.

"할머니 뭐 하세요. 식사하셔야죠?"

민복의 딸 수진이 다가와서야 양례는 잠시 꾸벅 졸았던 정신이 번쩍 들었다.

점심은 가족들이 안방에 빙 둘러 앉아 중국요리를 시켰다. 이삿짐을 들어내서 망정이지 그렇지 않았다면 안방이라 해도 9명이나 되는 사람이 앉을 공간은 도저히 없어 보였다. 일꾼들은 짐이 갈무리되어가는 트럭 위에 걸터앉아 식사를 했다.

"그래 너희들 이전에 할머니와 외삼촌이 살았던 다락방을 둘러보니 어떤 생각이 드니?"

민복이 딸인 수진과 조카들을 바라보며 물었다.

"엄마 아까 이곳으로 올라오다 보니 오르막길이라 할머니가 다니시기가 참 힘들었을 것 같았어요. 방도 너무 좁아 안방 같지도 않구요."

"그렇지. 수진이 니가 사는 공부방보다도 적은 것 같지. 참 엄마가 살던 방에 가보면 더 기가 막힐 걸. 방이 좁아 앉은뱅이책상 하나 넣을 만한 공간에다 손바닥만 한 창이 하나 있었는데 그 틈을 통해 하늘의 별을 바라보기도 하고 미래에 대한 꿈도 참 많이 꾸기도 했는데."

그 말에 눈물이 그렁그렁해진 수진이 엄마 곁으로 다가가 엄마의 손을 꼭 잡아주는 모습을 양례가 흐뭇한 표정으로 바라보았다.

"너희들 오늘 이곳 할매가 살고 있는 집에 와보니 딱한 생각이 들제?"

그 말에 손주들 모두가 예 하고 시원스럽게 대답했다.

"조금 전 수진이 니도 엄마가, 상훈이는 고모가 하는 말 들었제? 사람이 희망을 가지고 꿈을 키워가는 일이 별것 아닌 것 같아도 사실은 굉장히 중요한 일이데이. 세월이 지나도 그때 일이 아직도 생생하게 기억나는구나. 우리 집안의 기둥이던 니들 할아버지가 사고로 돌아가시고 모두들 힘들어 하고 있을 때 이제야 겨우 말하지만 나도 삶을 포기하고 싶을 때가 한두 번 아니었다."

처음으로 고백하는 그 말에 민복과 민석이 놀란 눈으로 양례를 바라보았다.

"그랬다가 어느 날인가 민복의 방에 들어가 청소를 하다간 책상 위에 촘촘히 적혀져 있던 꿈들을 보았데이. 그때 정신이 번쩍 들더구나. 아이들이 이렇게 미래에 대한 꿈을 키우고 있는 마당에 에미가 되어 도와주지는 못할망정 방해를 해서야 쓰냐고. 근데 참 이상하지. 민복의 꿈이 가족들에게 전염이 되었는지 어느 날 민석의 책상 앞에도 써놓은 꿈들을 바라보고 이제 너희들 미래는 아무 걱정 안 해도 되겠구나 안심이 들었다. 나부터도 그때부터 이상하게 장사가 잘 되데 희한하게도. 흔히들 세상일은 마음먹기에 달렸네 시작이 반이네 라는 말이 세상을 살다보면 하나도 틀린 말이 아니라는 것을 알게 될 때가 많데이. 나도 그걸 확실히 느꼈고."

"엄마 어려운 가운데서도 우리를 이렇게 훌륭하게 키워 주셔서 정말 고맙습니다."

민석이 엄마의 그 말에 진심이 우러나는 마음으로 감사를 표했다.

"오데가? 내야 너거 들이 잘 자라줘 정말 고맙데이. 맨 처음 이곳 산동네에 왔을 때 언제 우리도 이 지긋지긋한 동네를 떠날까 그것만 생각했는데."

막상 그 말을 하려니 양례는 눈물이 앞을 기렸다.

양례는 산동네가 아파트 신축이 결정됨에 따라 철거를 며칠 앞두고 지긋지긋하면서도 정이 들었던 산동네를 훌훌 떠나갔다. 오래 전부터 민석이 엄마가 그동안 고생이 많았다며 서울로 모시고 싶어 했지만 아직 힘 있을 때 더 움직여야 건강해진다며 부산에서 식당을 계속하기로 했다. 그러자 마침 민복이 전원주택을 지어 엄마와 같이 살고 싶어 하자 민석이 굳이 엄마의 집 몫은 자신이 내겠다고 나서 보탠 돈으로 2층으로 지어 1층은 양례가 들어가 살기로 했다. 양례 입장에서도 늘그막에 손주들과 함께 지내는 것이 덜 외로울 것 같아 그것만큼은 들어 주기로 했다.

***

이사 온 첫 날 설렘에 잠을 설친 양례는 이슬이 마르기도 전에 그렇게도 꿈꾸던 자기만의 정원 돌담에 앉아 무심히 정원을 바라다보았다. 바로 그때 발밑으로 뭔가가 꼬물거렸다. 느린 걸음으로 등에는 자신의 몸무게만큼이나 되는 집을 짊어지고 느릿느릿 버겁게 기어가고 있는 달팽이었다. 순간 양례의 눈가에 이슬이 촉촉이 맺혔다. 자신의 삶도 달팽이의 삶보다 결코 나을 것이 없는 삶이었다. 하지만 그런 삶도 살다 보면 다 이런 때도 오는구나 하는 감격의 눈물이었다.

그해 겨울 외화부족으로 비틀거리던 나라는 결국 IMF에다 구제금융을 요청했다. 튼튼하던 기업들이 하루아침에 곳곳에서 부도를 맞고 쓰려졌다.

민석이 다니는 거성전자도 수출물량감소로 제조라인을 많이 줄였다. 사장의 방만한 경영으로 부도위기에 몰린 영진실업은 부채까지 끌어다 쓸 만큼 재정 사정은 열악해졌다. 도박하는 사람과는 아예 상종도 하지 말라는 옛말도 있듯 말로는 비참했다.

그해 겨울 엄마가 못다 이룬 꿈을 꼭 자신이 실현하고야 말겠다는 다부진 성격의 민복의 딸 수진이 서울대 법대에 들어가 양례의 집안은 시끌벅적하게 한 차례 잔치를 벌여야만 했다.

달팽이의 꿈

초 판 1쇄 인쇄일 2015년 8월 25일
초 판 3쇄 발행일 2015년 10월 1일

지 은 이   임상현
펴 낸 이   이정옥
펴 낸 곳   평민사
          서울특별시 서대문구 남가좌2동 370-40
          전화 (02)375-8571(代)
          팩스 (02)375-8573
          평민사(이메일) 모든 자료를 한눈에 ―
          http://blog.naver.com/pyung1976

등록번호   제10-328호

  값   13,000원

  ISBN   978-89-7115-611-7   03800